SUSAN WIGGS
La balada del irlandés

Editado por Harlequin Ibérica.
Una división de HarperCollins Ibérica, S.A.
Núñez de Balboa, 56
28001 Madrid

© 2009 Susan Wiggs. Todos los derechos reservados.
LA BALADA DEL IRLANDÉS, Nº 96 - 1.3.10
Título original: At the Queen's Summons
Publicada originalmente por Mira Books, Ontario, Canadá.
Traducido por Victoria Horrillo Ledesma

Todos los derechos están reservados incluidos los de reproducción, total o parcial. Esta edición ha sido publicada con permiso de Harlequin Enterprises II BV.
Todos los personajes de este libro son ficticios. Cualquier parecido con alguna persona, viva o muerta, es pura coincidencia.
™ TOP NOVEL es marca registrada por Harlequin Enterprises Ltd.

® y ™ son marcas registradas por Harlequin Enterprises Limited y sus filiales, utilizadas con licencia. Las marcas que lleven ® están registradas en la Oficina Española de Patentes y Marcas y en otros países.

I.S.B.N.:978-84-671-7925-5
Depósito legal: B-1700-2010

Dedicado con cariño a mi amiga,
colega y mentora
Betty Traylor Gyenes

AGRADECIMIENTOS

Gracias en particular a:

Barbara Dawson Smith, Betty Traylor Gyenes y Joyce Bell por todas esas generosas horas de crítica y apoyo.
A los muchos miembros de GEnie® Romance Exchange, un foro digital de estudiosas, locas, soñadoras y sabias mujeres.
Al Bord Failte del condado de Kerry, Irlanda.
Y a la sublime Trish Jensen por su vista de águila a la hora de corregir pruebas.

Primera parte

Ahora esta corona de oro es como un pozo profundo
que posee dos cubos que se llenan por turnos,
el más vacío siempre bailando en el aire,
el otro abajo, oculto y lleno de agua.
El cubo de abajo, repleto de lágrimas, soy yo,
bebiendo mis penas mientras tú subes en alto.

William Shakespeare
Ricardo II, acto IV, escena 1ª, 184

De los Anales de Innisfallen

Conforme a una antigua y honorable tradición, yo, Revelin de Innisfallen, tomo la pluma para relatar las nobles y valerosas aventuras del clan O Donoghue. Esta tarea ya la acometió mi tío, y su tío antes que él, y así desde tiempo inmemorial.

Canónigos somos de la muy sagrada orden de San Agustín y por la gracia de Dios tenemos nuestro hogar en una isla lacustre poblada de hayas y llamada de Innisfallen.

Quienes me precedieron llenaron estas páginas con historias de héroe fabulosos, terribles batallas, robos de ganado y peligrosas aventuras. Ahora, el papel de Mór O Donoghue ha recaído en Aidan, cuyas hazañas tengo el deber de relatar.

Pero (y disculpe el Rey de los Cielos la torpeza de mi pluma) no sé por dónde empezar. Porque Aidan O Donoghue no se parece a ningún hombre que yo haya conocido, ni nunca se ha enfrentado un jefe a tal desafío.

El Mór O Donoghue, conocido por los ingleses como lord Castleross, ha sido llamado a Londres por la reina que se arroga el derecho a gobernarnos. Me pregunto con impío y vergonzoso regocijo si, tras posar sus ojos en Aidan O Donoghue y su séquito, Su Británica Majestad no llegará a arrepentirse de haberlos llamado a su presencia.

Revelin de Innisfallen

CAPÍTULO 1

—¿Cuántos nobles hacen falta para encender una vela? —preguntó una voz risueña.

Aidan O Donoghue levantó una mano para detener a su escolta. Aquella voz de acento inglés había despertado su curiosidad. En la atestada calle de Londres que se extendía tras él, su guardia personal, formada por un centenar de irlandeses, detuvo al instante su briosa marcha.

—¿Cuántos? —gritó alguien.

—¡Tres! —respondió otra voz desde el centro del cementerio de Saint Paul.

Aidan picó a su caballo y se dirigió hacia la zona que rodeaba la enorme iglesia. Un mar de libreros, mendigos, estafadores, mercaderes y truhanes se agitaba a su alrededor. Veía ya a quien había hablado: un pequeño relámpago de energía en la escalinata de la iglesia.

—Uno para llamar a un criado —continuó la muchacha, embriagada y burlona—, otro para darle una paliza, otro para encender la vela chapuceramente y otro para echar la culpa a los franceses.

Quienes la escuchaban rompieron a reír a carcajadas. Luego un hombre gritó:

—¡Eso son cuatro, moza!

Aidan flexionó las piernas para erguirse sobre los estribos. Estribos. Hasta hacía quince días, nunca había usado aquel artilugio, ni tampoco el bocado curvo. Quizá, después de todo, aquella visita a Inglaterra sirviera de algo. Podía prescindir, sin embargo, de los vistosos jaeces en los que tanto había insistido lord Lumley. En Irlanda, los caballos eran caballos, no muñecos vestidos de satén y plumas.

Alzado sobre los estribos, echó otro vistazo a la muchacha: un sombrero chafado sobre el pelo grasiento, una cara sucia y risueña, ropas hechas harapos.

—Bueno —contestó ella—, yo no he dicho que sepa contar, como no sean las monedas que me lancéis.

Un hombre de semblante astuto, vestido con calzas ceñidas, se reunió con ella en la escalinata.

—Y bien que ahorro mi dinero para comprar lo que me entretiene —enlazó descaradamente a la muchacha con un brazo y la apretó contra sí.

Ella se llevó las manos a las mejillas en un gesto de burlona sorpresa.

—¡Señor! ¡Vuestra coquilla halaga mi vanidad!

El tintineo de las monedas acompañó un nuevo estallido de risas. Cerca de la muchacha, un hombre grueso sostenía en alto tres antorchas encendidas.

—Seis peniques a que no podéis lanzarlas las tres a la vez.

—Nueve peniques a que sí, tan seguro como que la reina Isabel sienta su blanco trasero en el trono —vociferó la chica y, asiendo hábilmente las antorchas, comenzó a hacer malabarismos con ellas.

Aidan acercó un poco más su caballo. La enorme yegua florentina, a la que había puesto por nombre Grania, se granjeó unas cuantas miradas de fastidio y un par de maldiciones de quienes tuvieron que apartarse para dejarle paso, pero nadie desafió a Aidan. Aunque los londinenses no sabían que era el Mór O Donoghue, señor de Ross Castle, parecían intuir que no convenía enemistarse con su caballo, ni con él. Quizá fuera por la prodigiosa envergadura del caballo; o quizá por el azul frío y amenazador de los ojos del jinete. Pero lo más probable era que se debiera a la espada desnuda que colgaba de su muslo.

Dejó que su enorme séquito pululara fuera del cementerio y pasara el rato intimidando a los londinenses. Cuando se acercó, la muchacha estaba lanzando al aire las antorchas. Las llamas formaban un torbellino que enmarcaba su cara sonriente y manchada de hollín.

Era una moza extraña. Parecía estar hecha de sobras: ojos grandes y boca ancha, nariz chata y pelo de punta, más propio de un chico. Llevaba una camisa sin corpiño, pantalones de tartán caídos y unas botas tan viejas que podían ser reliquias del siglo anterior.

Sin embargo, el Todopoderoso, en virtud de algún capricho, la había dotado de las manos más diestras y refinadas que Aidan había visto nunca. Las antorchas giraban y giraban, y cuando la muchacha pidió otra, ésta se sumó a la rueda sin dificultad. La muchacha se las pasaba de mano en mano, cada vez más aprisa. Entonces, el barrigón le lanzó una reluciente manzana roja.

Ella se rió y dijo:

—Eh, Dove, ¿no temes que te tiente?

Su compañero soltó una risotada.

—Pippa, pequeña, a mí me gustan las muchachas hechas de algo más que de ternilla y descaro.

Ella no se ofendió, y mientras Aidan pronunciaba para sí su extraño nombre, alguien arrojó un pescado a la rueda.

Aidan dio un respingo, pero aquella muchacha llamada Pippa aceptó el desafío sin inmutarse.

—Parece que he pescado a uno de tus parientes, Mort —le dijo al hombre que le había lanzado el pez.

El gentío rugió, entusiasmado. Unos cuantos caballeros arrojaron monedas a los escalones. A pesar de que llevaba dos semanas en Londres, Aidan seguía sin entender a los ingleses. Lo mismo les daba arrojar monedas a una malabarista callejera, que verla colgada por vagabunda.

Sintió que algo le rozaba la pierna y miró hacia abajo. Una prostituta de aspecto soñoliento deslizaba los dedos hacia el puñal de mango de asta guardado en lo lato de su bota.

Con una sonrisa desdeñosa, Aidan le apartó la mano.

—Ahí no encontraréis más que infortunios, señora.

Ella replegó los labios en una mueca de desprecio. La sífilis empezaba a pudrir sus encías.

—Irlandés —dijo, retrocediendo—. Casto como un cura, ¿eh?

Antes de que Aidan pudiera responder, un agudo maullido desgarró el aire y la yegua aguzó las orejas. Aidan vio que un gato volaba por el aire, hacia Pippa.

—¡A ver qué haces con eso! —gritó un hombre, bramando de risa.

—¡Jesús! —exclamó ella. Sus manos parecían moverse por voluntad propia, haciendo girar los objetos mientras ella intentaba esquivar el gato volador. Pero logró asirlo y pasárselo de una mano a otra antes de que el animalillo asustado saltara sobre su cabeza y se quedara allí, con las uñas clavadas en su astroso sombrero.

El sombrero se deslizó sobre los ojos de la malabarista, cegándola.

Las antorchas, la manzana y el pescado cayeron al suelo con estrépito. Un hombre flaco al que llamaban Mort apagó las llamas a pisotones. Dove, el gordo, intentó ayudar, pero pisó el pescado y resbaló, y al agitar los brazos carnosos sus mangas se desgarraron. Justo cuando perdió el equilibrio, uno de sus puños golpeó a un espectador que inmediatamente se lanzó a la refriega. Otros se unieron a la pelea entre gritos de júbilo. A Aidan le costó impedir que la yegua se encabritara.

Todavía cegada por el gato, la muchacha cayó hacia delante con los brazos estirados. Se agarró al extremo del carro de un librero. El gato y el sombrero cayeron a una, y el felino enloquecido trepó por un montón de volúmenes, arrojándolos al barro del cementerio.

—¡Imbécil! —chilló el librero, y se abalanzó hacia Pippa.

Dove estaba luchando contra varios contrincantes. Con un húmedo «zas», atizó a uno en la cara con el pez.

Pippa asió el borde del carro y lo levantó. El resto de los libros resbalaron y cayeron sobre el librero, lanzándolo al suelo.

—¿Dónde están mis nueve peniques? —preguntó mientras escudriñaba los escalones. La gente estaba demasiado atareada peleándose para responder. Pippa recogió un penique perdido y se lo guardó en la voluminosa bolsa que llevaba atada a la cintura con una soga. Luego huyó hacia Saint Paul's Cross, un monumento muy alto rodeado por una glorieta abierta. El librero la siguió, y ahora tenía una aliada: su esposa, una señora formidable, con brazos como jamones.

—¡Vuelve aquí, mona del diablo! —bramaba la esposa—. ¡Este día será el último para ti!

Dove estaba disfrutando de la pelea. Tenía a su contrincante agarrado por el cuello y estaba jugando con su nariz: la abofeteaba de un lado y de otro mientras se reía.

Con idéntica alegría, Mort, su compinche, se las veía con la furcia que un rato antes se había acercado a Aidan.

Pippa corría alrededor de la cruz, perseguida por el librero y su esposa.

Otros espectadores se unieron a la refriega. El caballo retrocedió, con los ojos desorbitados por el miedo. Aidan le susurró algo y le acarició el cuello, pero no abandonó la plaza. Se quedó mirando la pelea y pensó, por enésima vez desde su llegada, que Londres era un lugar extraño, apestoso y fascinante. Por un momento olvidó por qué estaba allí. Se convirtió en un espectador, y concentró toda su atención en las travesuras de Pippa y sus compañeros.

Así pues, aquello era Saint Paul, el palpitante corazón de la ciudad. Más bien un lugar de reunión que un templo en el que se rindiera culto a Dios, lo cual no sorprendió a Aidan. Los ingleses eran un pueblo que se agarraba débilmente a una fe anémica; los reformadores, en su odio a Roma, habían despojado a la iglesia de pasión y boato.

El campanario, derruido hacía tiempo y nunca reparado, daba sombra a una panoplia de mendigos y mercaderes, de jugadores y ladrones, de rameras y rufianes. Al otro lado de la plaza había un caballero y un alguacil de librea. Aguijados por los chillidos de la mujer del librero, se acercaron de mala gana. El librero había acorralado a Pippa en el escalón de arriba.

—¡Mort! —gritó ella—. ¡Dove! ¡Ayudadme! —sus compañeros desaparecieron al instante entre el gentío—. ¡Canallas! —les gritó—. ¡Que os zurzan a los dos!

El librero se abalanzó hacia ella. Pippa se agachó y recogió el pescado, apuntó y se lo arrojó al librero.

Él agachó la cabeza. El pescado golpeó en la cara al caballero que se acercaba y, dejando escamas y babilla a su paso, resbaló por su jubón de brocado y fue a caer sobre sus zapatos de terciopelo.

Pippa se quedó paralizada, mirando con horror al caballero.

—¡Uy! —dijo.

—Sí, uy —él le clavó una mirada feroz y llena de reproche. Sin parpadear siquiera, hizo una seña al alguacil—. Señor —dijo.

—¿Sí, milord?

—Arrestad a este... roedor.

Pippa dio un paso atrás, rezando por que el camino estuviera despejado y pudiera huir. Pero chocó de espaldas con la mole de la esposa del librero.

—Uy —repitió. Sus esperanzas se hundieron como un cadáver lastrado en el Támesis.

—A ver si sales de ésta, señorita —le siseó la mujer al oído.

—Gracias —dijo ella afablemente—. Eso pienso hacer —puso su mejor sonrisa de pillastre y se tiró de un mechón de pelo. Se había cortado el pelo hacía poco para librarse de unos piojos particularmente tenaces—. Buenos días, Excelencia.

El noble se acarició la barba.

—No son muy buenos para ti, diablilla —dijo—. ¿Acaso ignoras que hay leyes contra los cómicos ambulantes?

Ella miró a izquierda y derecha, ardiendo de indignación.

—¿Cómicos ambulantes? —dijo con rabia—. ¿Quién? ¿Dónde? Por Dios, ¿adónde irá a parar esta ciudad si hay tales sabandijas sueltas por sus calles?

Mientras hinchaba el pecho, escudriñaba la multitud en busca de Dove y Mortlock. Como temerarios paladines que eran, sus compañeros se habían dado a la fuga.

Su mirada se posó un momento en el hombre a caballo. Se había fijado en él antes. Iba ricamente vestido y llevaba una buena montura, pero tenía un aire extranjero que Pippa no lograba identificar.

—¿Quieres decir que no eres una cómica ambulante? —le gritó el alguacil.

—Señor, mordeos la lengua —le espetó ella—. Yo... yo... —respiró hondo y soltó una falacia—. Soy evangelista, milord. He venido a predicar la Buena Nueva a los feligreses de Saint Paul que aún no se han convertido.

El altivo caballero levantó una ceja.

—La Buena Nueva, ¿eh? ¿Y cuál es esa Buena Nueva?

—Ya sabéis —dijo ella con un exceso de paciencia—. El Evangelio según San Juan —hizo una pausa y hurgó en su memoria en busca de alguna golosina recogida en los muchos días que había pasado escondida y acurrucada en iglesias. Una inveterada colección de palabras y frases coloridas que se preciaba de usar–. La pistola de San Pablo a los fósiles.

–Ah –el alguacil lanzó las manos hacia delante. Con un rápido ademán, la empujó contra la pared, junto a la puerta. Ella se volvió para mirar anhelante hacia la nave, cuyos altos pilares de piedra bordeaban el pasillo al que se daba el nombre de Camino de Pablo. Como una rata avezada, conocía cada rincón y cada grieta de la iglesia. Si podía entrar, encontraría un modo de salir.

–Más vale que se te ocurra algo mejor –dijo el alguacil–, o te clavo las orejas al cepo.

Ella se encogió sólo de pensarlo.

–Muy bien –exhaló un suspiro teatral–. La verdad es ésta.

Una pequeña multitud se había reunido a su alrededor, seguramente con la esperanza de ver cómo los clavos atravesaban sus orejas. El desconocido a caballo desmontó, le pasó las riendas a un palafrenero y se acercó.

La sed de sangre era universal, pensó Pippa. O quizá no. A pesar de su rostro salvaje y de su negra melena, aquel hombre poseía un halo de temerario esplendor que la fascinaba. Respiró hondo.

–La verdad, señor, es que soy una cómica ambulante. Pero tengo el permiso de un noble –concluyó, triunfante.

–¿Ah, sí? –el caballero guiñó un ojo al alguacil.

–Sí, señor, os doy mi palabra –odiaba que los caballeros se pusieran juguetones. Su idea del juego solía consistir en mutilar a personas o animales indefensos.

–¿Y quién es tu patrono, si puede saberse?

–Robert Dudley, conde de Leicester, en persona –Pippa echó los hombros hacia atrás con orgullo. Qué astucia la suya, pensar en el eterno favorito de la reina. Dio un buen codazo al alguacil en las costillas–. Es el amante de la reina, ¿sabéis?, así que más vale que no me irritéis.

Un par de espectadores se quedaron con la boca abierta. El caballero se puso de color gris y, un momento después, el sonrojo inundó sus mejillas y papada.

El alguacil agarró a Pippa de la oreja.

—Has perdido, roedor —con una floritura, señaló al noble—. Ése es el conde de Leicester, y no creo que os haya visto nunca antes.

—Si la hubiera visto, me acordaría, no hay duda —dijo Leicester.

Ella tragó saliva.

—¿Puedo cambiar de idea?

—Hacedlo, por favor —la invitó Leicester.

—Mi patrono es lord Shelbourne, en realidad —lo miró, indecisa—. Sigue vivo, ¿verdad?

—Oh, sí.

Pippa exhaló un suspiro de alivio.

—Bueno, pues es mi patrono. Ahora será mejor que vaya...

—No tan deprisa —el alguacil le tiró más fuerte de la oreja. Las lágrimas le ardieron en los ojos y la nariz—. Shelbourne está encerrado en la Torre, sus tierras han sido confiscadas y su título derogado.

Pippa sofocó un gemido de sorpresa. Su boca formó una O.

—Lo sé —dijo Leicester—. Uy.

Por primera vez le faltó el aplomo. Normalmente era lo bastante ágil de ingenio y de pies para salir airosa de tales aprietos. Pero de pronto la imagen del cepo se agrandó, amenazadora, en su cabeza. Esta vez, no tenía escapatoria.

Decidió hacer un último intento de buscarse un patrono. Pero ¿quién? ¿Lord Burghley? No, era demasiado viejo y gruñón. ¿Walsingham? No, con sus inclinaciones puritanas. La reina misma, entonces. Para cuando pudieran comprobarlo, ella ya se habría escabullido.

Entonces vio de nuevo a aquel alto desconocido que se

alzaba al final del gentío. Aunque no había duda de que era extranjero, la miraba con un interés que parecía teñido de simpatía. Quizá no hablara inglés.

–Lo cierto –dijo– es que ése es mi patrono –señaló al extranjero. Que fuera holandés, rezó para sus adentros. O suizo. O borracho. O estúpido. Pero que le siguiera la corriente.

El conde y el alguacil se volvieron y estiraron el cuello. No tuvieron que esforzarse mucho. El extranjero sobresalía como un roble en medio de hierbajos, extrañamente plácido mientras la muchedumbre que solía congregarse en Saint Paul se agitaba y murmuraba en torno a él.

Pippa también estiró el cuello y pudo verlo claramente por primera vez. Sus miradas se encontraron. Ella, que había visto casi de todo en su vida, cuyos años no podía contar, sintió un arrebato de algo tan nuevo y profundo que no supo qué nombre dar a aquel sentimiento.

Los ojos del extranjero eran azules y brillantes como un zafiro, pero no era su color, ni el rostro arrebatador desde el que la miraban lo que importaba. Una fuerza misteriosa habitaba tras aquellos ojos, o en sus profundidades. Pippa y él parecieron entenderse. Ella notó que aquella sensación la atravesaba y se hundía en sus entrañas como el sol rasgando las tinieblas.

Old Mab, la mujer que la había criado, habría dicho que era magia.

Y por una vez habría estado en lo cierto.

El conde se acercó las manos a la boca y gritó:

–¡Vos, señor!

El extranjero se llevó una mano enorme a un pecho aún más enorme y levantó inquisitivamente una de sus negras cejas.

–Sí, señor –dijo el conde–. Esta diablilla asegura que actúa bajo vuestra protección. ¿Es así, señor?

La multitud aguardó. El conde y el alguacil aguardaron.

Cuando apartaron la mirada de ella, Pippa juntó las manos y miró suplicante al extranjero. La oreja empezaba a entumecérsele, pellizcada por el alguacil.

Las miradas suplicantes eran su especialidad. Llevaba años ensayándolas, utilizando sus grandes ojos claros para sacar monedas y mendrugos de pan a los transeúntes.

El extranjero levantó una mano. Detrás de él, el callejón se llenó de pronto de una tropa de... Pippa no estaba segura de qué eran.

Se movían en grupo, como soldados, pero en lugar de capas llevaban horribles pellejos grises que parecían pieles de lobo. Portaban hachas de guerra de mango largo. Algunos se habían afeitado la cabeza; otros llevaban el pelo suelto y desgreñado sobre la frente.

Todo el mundo se apartó cuando entraron en la explanada. A Pippa no le extrañó que los londinenses se asustaran. Ella también se habría encogido de miedo, de no ser porque el alguacil la sujetaba con fuerza.

—¿Eso ha dicho la muchacha? —el extranjero avanzó. Maldición, hablaba inglés. Tenía un acento muy extraño, pero hablaba inglés.

Era enorme. Por norma, a Pippa le gustaban los hombres grandes. Los hombres grandes y los perros grandes. Parecían tener menos necesidad de pavonearse y fanfarronear que los pequeños. Aquél se pavoneaba un poco, en realidad, pero Pippa comprendió que era su modo de abrirse paso entre el gentío.

Tenía el pelo negro. Le caía sobre los hombros y brillaba a la luz de la mañana con destellos de índigo y violeta. Llevaba un fino mechón de color ébano adornado con una tira de cuero y cuentas.

Pippa se reprendió por sentirse tan subyugada por un hombre alto con ojos de zafiro. Debía aprovechar aquella oportunidad para huir, en lugar de mirar como una boba al extranjero. O, al menos, debía fabricar algún embuste para explicar cómo se había puesto bajo su protección sin que él lo supiera.

El extranjero llegó a los escalones de la puerta, donde Pippa esperaba entre Leicester y el alguacil. Sus ojos llameantes se clavaron en el alguacil hasta que éste soltó la oreja de Pippa.

Suspirando de alivio, ella se frotó la oreja dolorida.

—Soy Aidan —dijo el extranjero, Mór O Donoghue.

¡Un moro! Pippa cayó de rodillas inmediatamente y agarró el bajo de su manto azul oscuro, llevándose la seda polvorienta a los labios. La tela era densa y pesada, tersa como el agua y tan exótica como su dueño.

—¿No os acordáis, Excelencia? —gimió, consciente de que los hombres importantes adoraban los títulos honoríficos—. ¿Con qué bondad acogisteis a esta pobre infeliz bajo vuestra protección para que no se muriera de hambre? —mientras parloteaba, descubrió un puñal muy interesante metido en la doblez de una de las altas botas del extranjero. Incapaz de resistirse, lo robó con un gesto tan rápido y furtivo que nadie la vio esconderlo en su bota.

Deslizó la mirada por la fornida pierna del extranjero. Aquella imagen despertó en ella un extraño cosquilleo. Sujeta al muslo llevaba una espada corta, tan afilada y peligrosa como su portador.

—Dijisteis que no queríais que sufriera los tormentos de la cárcel de Clink, que no queríais llevar sobre vuestra delicada conciencia el peso de esta desgraciada, y temer quemaros eternamente en el infierno por dejar a una mujer indefensa en manos de...

—Sí —dijo el Moro.

Ella soltó el bajo del manto y se quedó mirándolo.

—¿Qué? —preguntó neciamente.

—Sí, en efecto, me acuerdo, mistress... eh...

—Trueheart —contestó ella, solícita, extrayendo del arse-

nal de su imaginación uno de sus nombres preferidos–.
Pippa Trueheart.

El Moro miró a Leicester. El otro, más bajo, lo observaba boquiabierto.

–Ahí lo tenéis –dijo el caballero moreno–. Mistress Pippa Trueheart actúa bajo mi protección.

Con una mano enorme como una zarpa, la agarró del brazo y la hizo levantarse.

–Confieso que a veces es ingobernable y que hoy se me ha escapado. De aquí en adelante, la ataré en corto.

Leicester asintió con la cabeza y se acarició la estrecha barba.

–Sería muy de agradecer, milord Castleross.

El alguacil miró la enorme escolta del Moro. Sus miembros le devolvieron la mirada, y el alguacil sonrió con nerviosismo.

El Moro dio media vuelta y se dirigió a sus feroces sirvientes en una lengua tan extraña que Pippa no reconoció ni una sola sílaba. Lo cual era extraño, porque tenía muy buen oído para los idiomas.

Aquellos hombres cubiertos con pieles salieron de la explanada de la iglesia y bajaron por Paternoster Row. El muchacho que servía de palafrenero se llevó al enorme caballo. El Moro asió a Pippa del brazo.

–Vamos, *a storin* –dijo.

–¿Por qué me llamáis *a storin*?

–Es una expresión cariñosa. Quiere decir «tesoro».

–Ah. Nadie me había llamado nunca tesoro.

El acento musical del extranjero y el olor del viento prendido a su pelo y su manto la hicieron estremecerse. Nunca la habían rescatado, y menos aún un espécimen como aquel caballero de negra melena.

Mientras caminaban hacia la verja de poca altura que unía Saint Paul y Cheapside, lo miró de reojo.

–Parecéis bastante amable para ser un moro –pasó por la puerta de la verja, que él sostenía abierta.

—¿Un moro, decís? Señora, os aseguro que no soy ningún moro.

—Pero habéis dicho que sois Aidan, el Moro de O Donoghue.

Él se echó a reír. Pippa se paró en seco. Se ganaba la vida haciendo reír a la gente, así que debería estar acostumbrada a las carcajadas, pero aquello era distinto. La risa del extranjero era tan hermosa y profunda que le pareció verla ondear como una bandera de seda oscura empujada por la brisa.

Él echó hacia atrás la cabeza. Pippa vio que tenía todos los dientes. Sus ojos azules, que ardían como llamas, la atraían con la misma magia irresistible que había sentido un rato antes.

Aquel hombre empezaba a ponerla nerviosa.

—¿De qué os reís? —preguntó.

—Mór —dijo él—. Soy el Mór O Donoghue. Significa «grande».

—Ah —asintió sagazmente, fingiendo que lo sabía desde el principio—. ¿Y lo sois? —dejó que su mirada lo recorriera por entero, deteniéndose en las partes más interesantes.

Dios era mujer, pensó con súbita certeza. Sólo una mujer podía crear un hombre como aquel O Donoghue, ensamblando sus partes deliciosas en un todo aún más apetitoso.

—Aparte de lo obvio, quiero decir.

Él había dejado de reírse, pero seguía rodeado de un fulgor de alegría. Tocó la mejilla de Pippa con un gesto sorprendentemente tierno y dijo:

—Eso, *a stor*, depende de a quién preguntéis.

Aquella caricia breve y ligera sacudió a Pippa en lo más hondo, aunque se resistió a demostrarlo. Cuando la gente la tocaba, era para tirarle de las orejas o para echarla a patadas, no para acariciarla, ni para reconfortarla.

—¿Y cómo se dirige uno a un hombre tan grande como vos? —preguntó en tono burlón—. ¿Excelencia? ¿Señoría? —guiñó un ojo—. ¿Enormidad?

Él se rió de nuevo.

—Para ser una pobre comedianta, conocéis palabras muy pomposas. E insolentes.

—Las colecciono. Aprendo muy deprisa.

—No tanto como para libraros de un buen lío, según parece —la tomó de la mano y siguió caminando hacia el este por Cheapside. Pasaron al albañal y luego Eleanor Cross, repleto de estatuas doradas.

Pippa vio que el extranjero las miraba con el ceño fruncido.

—Los puritanos mutilan las efigies —explicó, asumiendo el papel de cicerone—. Les desagradan las imágenes. Allí, en el Standard, podéis ver cuerpos de verdad, mutilados. Dove me ha dicho que el martes pasado ejecutaron a un asesino.

Cuando llegaron al pilar cuadrado, no vieron ningún cuerpo, sino la mezcolanza habitual de estudiantes y aprendices, convictos con la cara marcada, mendigos, rufianes y un par de soldados a los que conducían a prisión atados a una carreta, entre latigazos. Como telón de fondo de aquel horrendo espectáculo se alzaba Goldsmith Row: relucientes casas blancas con vigas negras y doradas estatuas de madera. O Donoghue lo contemplaba todo con interés, taciturno y pensativo. No dijo nada, pero repartió discretamente monedas entre los mendigos.

Por el rabillo del ojo, Pippa vio a Dove y Mortlock de pie junto a un barril, cerca de Old'Change. Estaban echando una partida con dados cargados y monedas huecas. Sonrieron y la saludaron con la mano, como si nada hubiera pasado, como si no acabaran de abandonarla en un momento de extremo peligro.

Pippa levantó la nariz al aire, altiva como una gran dama, y puso la mano sucia sobre el brazo del gran O Donoghue.

Que Dove y Mortlock se murieran de curiosidad. Ahora, ella pertenecía a un gran hombre. Pertenecía al Mór O Donoghue.

Aidan se estaba preguntando cómo librarse de la muchacha. Ella trotaba a su lado, parloteando sobre tumultos, rebeliones y carreras de barcos por el Támesis. Aidan tenía poco que hacer en Londres mientras la reina le daba largas, pero eso no significaba que necesitara entretenerse con un duendecillo de Saint Paul.

Aun así, estaba la cuestión del puñal, que ella le había robado mientras le tiraba del manto. Quizá debía dejar que se lo quedara, como pago por el espectáculo de esa mañana. Había que reconocer que la muchacha era muy divertida.

Aidan miró de soslayo y al verla se le encogió súbitamente el corazón. Ella saltaba a su lado orgullosa como una niña con su primer par de zapatos. Pero, bajo la mugre de su cara, Aidan veía los vestigios que la falta de sueño había dejado alrededor de sus ojos verdes claros, sus mejillas hundidas, la serena resignación que evidenciaba un hambre de mil días, asumida tácitamente, sin rechistar.

Por el cayado de Santa Brígida, nada de aquello le hacía falta, como no le hacía falta el llamamiento de la reina a presentarse en Londres.

Y sin embargo allí estaba. Y su corazón se enternecía al ver la mirada anhelante de los grandes ojos de la muchacha.

—¿Habéis comido hoy? —preguntó.

—Sólo si contáis mis propias palabras.

Él levantó una ceja.

—¿De veras?

—Hace quince días que no pasa alimento por estos labios —fingió tambalearse de debilidad.

—Eso es mentira —dijo Aidan suavemente.

—¿Una semana?

—Tampoco es cierto.

—¿Desde anoche? —dijo ella.

—Eso estoy dispuesto a creerlo. No hace falta que mintáis para granjearos mi compasión.

—Es una costumbre, como escupir. Lo siento.

—¿Dónde puedo invitaros a una buena comida, muchacha?

Los ojos de Pippa brillaron de expectación.

—Allí, Excelencia —señaló al otro lado de la calle, pasado el Change, donde guardias armados flanqueaban un cofre lleno de lingotes de oro—. En la fonda de La Cabeza de Penco hay buenas empanadas, y no aguan la cerveza.

—Hecho —Aidan se adentró en la calle. Varios carros pasaron traqueteando a su lado. Unos niños andrajosos y sonrientes perseguían a un cerdo huido, y el ruidoso carro de un carnicero, cargado hasta arriba de piezas de caballo, avanzaba pesadamente por el camino. Cuando la calle pareció por fin despejada, Aidan agarró a Pippa de la mano y la hizo cruzar a toda prisa.

—Bueno —dijo al pasar bajo el dintel de la puerta agachando la cabeza—, aquí estamos.

Sus ojos tardaron un momento en acostumbrarse a la penumbra. La taberna estaba casi llena, pese a ser temprano. Aidan llevó a Pippa a una mesa arañada, flanqueada por un par de taburetes de tres patas.

Pidió a voces comida y bebida. La tabernera estaba arrellanada junto al fuego, como si le repugnara moverse. Indignada, Pippa se acercó a ella.

—¿Es que no has oído a Su Excelencia? Desea que le sirvan inmediatamente —llena de orgullo, señaló el rico manto y el jubón que Aidan llevaba debajo, adornado con puntas de cristal tallado. La aparición de un cliente tan bien vestido espoleó por fin a la tabernera, que un momento después les llevó cerveza y empanadas.

Pippa tomó su jarra de madera y se bebió casi la mitad

de un trago, hasta que Aidan dio unos golpecitos en su fondo.

—Despacio. Os va a sentar mal, con el estómago vacío.

—Si bebo suficiente, a mi estómago no le importará —dejó la jarra y se pasó la manga por la boca. Cierto brillo vidrioso cubrió sus ojos, y Aidan se sintió incómodo. No era su intención entontecerla bebiendo.

—Comed algo —le dijo. Ella le lanzó una sonrisa vaga y tomó una de las empanadas. Comía metódicamente y sin saborear. Los ingleses eran pésimos cocineros, pensó Aidan, no por primera vez.

Una figura corpulenta llenó el vano de la puerta, sumiendo la taberna en sombras aún más oscuras. Aidan echó mano de su daga, y entonces recordó que aún la tenía la chica.

En cuanto el recién llegado entró, Aidan sonrió y se relajó. No necesitaba armas contra aquel hombre.

—Ven a sentarte, Donal Og —dijo en gaélico, acercando otro taburete a la mesa.

Aidan era célebre por su prodigiosa estatura, pero al lado de su primo parecía un enano. Donal Og tenía enormes espaldas, piernas como troncos de árbol y una frente ancha y prominente que le daba el aspecto de un cretino. Nada más lejos de la verdad. Donal Og era inteligente e irónico, y su lealtad hacia Aidan no conocía límites.

Pippa dejó de masticar para mirarlo con la boca abierta.

—Éste es Donal Og —dijo Aidan—, el capitán de mi guardia.

—Donal Og —repitió ella con pronunciación perfecta.

—Quiere decir Donal el Pequeño —explicó Donal Og.

Ella lo midió con la mirada.

—¿Dónde?

—Me apodaron así al nacer.

—Ah. Eso lo explica todo —sonrió ampliamente—. Es un honor. Yo soy Pippa Trueblood.

—El honor es mío, os lo aseguro —dijo Donal Og con leve ironía.

Aidan frunció el ceño.

—Creía que habíais dicho Trueheart.

Ella se rió.

—Puede que sí, tonta de mí —comenzó a lamerse la grasa y las migajas de los dedos.

—¿Dónde has encontrado esto? —preguntó Donal Og en gaélico.

—En la explanada de Saint Paul.

—Los ingleses dejan entrar a cualquiera en sus iglesias, hasta a los lunáticos —Donal Og levantó una mano y la tabernera le llevó una jarra de cerveza—. ¿Está tan loca como parece?

Aidan mantuvo una sonrisa suave y afable en la cara para que la chica no adivinara de qué estaban hablando.

—Seguramente.

—¿Sois holandeses? —preguntó ella de pronto—. El idioma que estáis usando para hablar de mí... ¿es holandés? ¿O noruego, quizá?

Aidan se echó a reír.

—Es gaélico. Creía que lo sabíais. Somos irlandeses.

Ella agrandó los ojos.

—Irlandeses. Me han dicho que los irlandeses son salvajes y feroces, y más papistas que el papa.

Donal Og se rió.

—Lo de salvajes y feroces es cierto.

Ella se inclinó hacia delante, con los ojos llenos de curiosidad. Aidan se pasó una mano por el pelo.

—Como veis, no tengo cuernos, así que de ese mito podéis olvidaros. Si queréis, puedo demostraros que tampoco tengo rabo...

—Os creo —se apresuró a decir ella.

—No le hables de los sacrificios humanos —dijo Donal Og.

Ella sofocó un gemido de sorpresa.

—¿Sacrificios humanos?

—Últimamente, no —respondió Aidan, muy serio.

—Y menos aún con luna menguante —añadió Donal Og.

Pero Pippa se sentó algo más derecha y los miró con recelo. Parecía estar midiendo la distancia entre la mesa y la puerta. Aidan tuvo la impresión de que estaba acostumbrada a escapar a toda prisa.

La tabernera, atraída sin duda por su dinero, llegó con más cerveza.

—¿Sabíais que somos irlandeses, señora? —preguntó Pippa imitando perfectamente el acento de Aidan.

La tabernera levantó una ceja.

—¡Caramba!

—Veréis, yo soy monja —explicó Pippa—, de la orden de las Hermanitas de la Virtud de San Dorcas. Nunca olvidamos un favor.

Impresionada, la tabernera hizo una reverencia y se retiró.

—Bueno —dijo Aidan, y ocultó su regocijo bebiendo un sorbo de cerveza—, nosotros somos irlandeses y vos no os aclaráis con vuestro apellido. ¿Cómo es que estabais actuando en Saint Paul?

Donal Og masculló en gaélico:

—Mi señor, ¿no podríamos irnos? No sólo está loca, sino que seguramente está llena de bichos. Estoy seguro de que acabo de verle una pulga encima.

—Ah, es una historia muy triste —dijo Pippa—. Mi padre fue un gran héroe de guerra.

—¿De qué guerra? —preguntó Aidan.

—¿De cuál suponéis vos, milord?

—¿De la Gran Rebelión? —preguntó él.

Ella asintió vigorosamente, y su cabello corto se agitó.

—De ésa misma.

—Ah —dijo Aidan—. ¿Y decís que fue un héroe?

—Estás tan chiflado como ella —refunfuñó Donal Og, hablando aún en irlandés.

—En efecto —declaró Pippa—. Salvó a toda una guarnición de la muerte —una mirada abstraída invadió sus ojos como la niebla de la mañana. Miró más allá de él, por la puerta abierta, hacia el trozo de cielo que se veía entre los picudos tejados de Londres—. Me quería más que a la vida misma, y lloró cuando tuvo que dejarme. Ah, aquél fue un día lúgubre para la familia Truebeard.

—Trueheart —la corrigió Aidan, extrañamente conmovido. La historia era más falsa que promesa de alcahueta, pero el anhelo que advertía en la voz de la muchacha sonaba a verdad.

—Trueheart —dijo ella tranquilamente—. No volví a ver a mi padre. A mi madre se la llevaron los piratas, y yo me quedé sola y tuve que valerme por mí misma.

—Ya he oído suficiente —dijo Donal Og—. Vámonos.

Aidan no le hizo caso. Se hallaba cautivado por la muchacha, a la que observaba servirse más cerveza y beber con avidez, como si no pudiera hartarse.

Había algo en ella que lo tocaba en lo más profundo, en un lugar remoto que mantenía cerrado desde hacía mucho tiempo: las ascuas de un afecto que guardaba en el mismo centro de su ser, protegidas por una barrera, como protegía un pastor su fogata contra el viento. Nadie podía compartir la vida íntima de Aidan O Donoghue. Lo había permitido una sola vez y se había llevado tal jarro de agua fría que sus sentimientos, su confianza, su alegría, su esperanza, todo aquello que hacía que valiera la pena vivir, se había helado.

Y ahora allí estaba aquella extraña mujer, sucia y desnutrida, aquella mujer que no tenía nada, salvo sus grandes ojos claros y su vívida imaginación para defenderse de la crueldad del mundo. Era fuerte y sagaz, sí, como lo era cualquier cómico ambulante, pero no muy lejos, bajo aquella apariencia de golfilla, Aidan veía algo que avivaba las ascuas que albergaba dentro de sí. Poseía una vulnerabilidad sutil, una especie de orfandad que, al menos en apariencia, contrastaba con su lengua afilada y su coraza de despreocupación.

Y aunque su cara, su pelo y sus andrajos estaban manchados de grasa y ceniza, a través de ellas brillaba un atractivo lleno de encanto y espontaneidad.

—Una historia asombrosa —comentó Aidan.

La sonrisa de Pippa los iluminó como un sol rompiendo a través de nubes de tormenta.

—Lástima que sea un montón de mentiras —dijo Donal Og.

—Preferiría que hablarais en inglés —le dijo ella—. Es de mala educación dejarme fuera de la conversación —lo miró con reproche—. Pero supongo que, si vais a decir que soy una loca y una mentirosa y cosas parecidas, es mejor que habléis en irlandés.

Ver acobardarse a un hombre tan grande era un espectáculo interesante. Donal Og se movió adelante y atrás y el taburete crujió. Su cara carnosa se sonrojó hasta las orejas.

—Sí, bueno —dijo en inglés—, no hace falta que actuéis para Aidan y para mí. A nosotros nos basta con la verdad.

—Entiendo —hablaba alargando las palabras, mientras los efectos de la cerveza fluían por su cuerpo—. Entonces debería confesaros la verdad y deciros exactamente quién soy.

Diario de una dama

Regocijarse y sufrir, todo a una, es el sino de una madre. Siempre ha sido así, pero saberlo nunca ha aliviado mi pena, ni empañado mi alegría.

Al iniciarse su reinado, la reina donó a nuestra familia una finca en el condado de Kerry, en Munster, pero hasta hace poco tiempo ostentamos su señorío sólo de nombre y nos contentamos con dejar Irlanda a los irlandeses. Ahora, de pronto, se espera que hagamos algo al respecto.

Hoy, mi hijo Richard ha recibido un cargo regio. Me pregunto si, cuando los consejeros de la reina concedieron a mi hijo la potestad de dirigir un ejército, pensaron en él ni por un instante como pienso yo: como un niño risueño, con manchas de hierba en los codos y la dulzura pura de un corazón inocente brillándole en los ojos.

¡Ah, me parece que fue ayer cuando abrazaba su rubia cabecita contra mi pecho y escandalizaba a toda la sociedad despidiendo a la nodriza!

Ahora quieren que conduzca a hombres a la batalla por unas tierras que él no pidió, por una causa que nunca ha abrazado.

Mi corazón suspira, me digo que he de aferrarme a los dones que sé míos: un amante esposo, cinco hijos crecidos y una deslumbrante fe en Dios que sólo una vez, hace mucho tiempo, perdió algo de su lustre.

Alondra de Lacey,
condesa de Wimberleigh

CAPÍTULO 2

—No puedo creer que la hayas traído con nosotros —dijo Donal Og al día siguiente, mientras se paseaba por el patio amurallado del viejo priorato de los Frailes de la Cruz.

Como dignatario invitado, Aidan había recibido de lord Lumley (católico acérrimo y, pese a todo, favorito real desde hacía mucho) la casa y su priorato adyacente. La residencia estaba en Aldgate, donde vivían todos los hombres de importancia cuando estaban en Londres. La enorme mansión, que antaño había albergado a humildes y devotos amanuenses, comprendía toda una aldea, incluida una fábrica de vidrio, un patio y establos de grandes proporciones. Estaba ubicada en un lugar extraño, bordeado por la ancha Woodroffe Lane y la retorcida calle Hart, a tiro de piedra de un lúgubre y esquelético patíbulo.

Aidan había dado a Pippa una habitación propia, una de las celdas de los monjes que daban a la arcada central. Los soldados tenían órdenes estrictas de vigilarla, pero sin amenazarla, ni molestarla en modo alguno.

—No podía dejarla en la fonda —miró la puerta cerrada de la celda de Pippa—. Podrían haberse aprovechado de ella.

—Seguramente ya lo han hecho. Es probable que se gane la vida así —Donal Og cortó el aire con un ademán impaciente–. Siempre recogiendo animalillos extraviados, mi señor: corderos huérfanos, cachorros repudiados por sus madres, caballos cojos... Criaturas que sería mejor dejar... –se interrumpió, frunció el ceño y siguió paseando.

–Morir –concluyó Aidan por él.

Donal Og se volvió. Su expresión era una rara mezcla de compasión y frío pragmatismo.

–Es el ritmo propio de la naturaleza: unos luchan y se esfuerzan, algunos sobreviven y otros perecen. Somos irlandeses, hombre. ¿Quién lo sabe mejor que nosotros? Ni tú ni yo podemos cambiar el mundo. Ni se espera de nosotros que lo hagamos.

–Pero ¿no es para eso para lo que vinimos a Londres, primo? –preguntó Aidan suavemente.

–Vinimos porque la reina Isabel te mandó llamar –replicó Donal Og–. Y ahora que estás aquí, se niega a recibirte –levantó hacia el cielo la rubia cabeza y se dirigió a las nubes–. ¿Por qué?

–Le divierte tener en ascuas a los dignatarios extranjeros, esperando una audiencia.

–Yo creo que se siente ofendida porque vas por toda la ciudad con un ejército de cien soldados. Tal vez convendría mostrar un poco más de modestia.

Iago salió de los barracones bostezando y rascándose el pecho desnudo y lleno de cicatrices rituales.

–Bla, bla, bla –dijo con el acento musical de la isla en la que había nacido–. Nunca te callas.

Aidan dio mecánicamente los buenos días a su mariscal. Por una extraordinaria concatenación de acontecimientos, Iago había llegado hacía diez años de las Antillas del Nuevo Mundo. Su madre era una mestiza, mezcla de sangre africana e isleña, y su padre un español.

Iago y Aidan se habían hecho adultos juntos. Dos años menor que Iago, Aidan admiraba la fortaleza y las hazañas del caribeño y se empeñaba en emularlas. Un día, borracho como una cuba, se sometió en secreto a la ceremonia de la escoriación ritual, que le produjo grandes dolores. Para espanto de su padre, Aidan lucía ahora, lo mismo que Iago, una serie de cicatrices en forma de V que le bajaban por el centro del pecho.

—Sólo estaba diciendo —explicó Donal Og— que Aidan siempre recoge animalillos perdidos.

Iago se rió de buena gana y su cara de color caoba brilló a través de la bruma de la mañana.

—Menudo necio, ¿eh?

Escarmentado, Donal Og guardó silencio.

—¿Y qué ha traído esta vez? —preguntó Iago.

Pippa yacía perfectamente quieta, con los ojos cerrados, jugando a algo que conocía bien. Desde que tenía uso de razón, siempre se despertaba con la certeza de que su vida había sido una pesadilla y de que, al despertar, encontraría las cosas tal como debían ser y vería a su madre sonriendo como una madona y a su padre postrado ante ella de rodillas, ambos contemplando con una sonrisa a su amada hija.

Con una sonrisa burlona, ahuyentó aquella fantasía. En su vida no había sitio para sueños. Abrió los ojos y al levantar la vista vio un techo encalado y cubierto de grietas. Paredes de madera y zarzo. El olor de la paja aplastada y ligeramente enmohecida. El murmullo de voces de hombre más allá de la gruesa puerta de madera.

Tardó un momento en recordar lo ocurrido la víspera. Mientras reflexionaba sobre ello, encontró una vasija de barro llena de agua y una jofaina, tomó agua con las manos para beber y se lavó luego la cara para disipar los últimos vestigios de sus ensueños.

El día anterior había empezado como otro cualquiera: unas cuantas payasadas en Saint Paul; luego, Mortlock, Dove y ella robarían alguna bolsa o birlarían algo de comer a un carretero. Y, como el humo de Londres arrastrado por la brisa, pasarían el día vagando sin rumbo y volverían luego a la casa de Maiden Lane, embutida entre dos ruinosos patios de vecinos.

Pippa tenía la habitación del desván para ella sola. O casi. La compartía con una rata bastante entrometida a la que, sin saber por qué, llamaba Pavlo, y con la tristeza difusa, los desvelos íntimos, los recuerdos vagarosos de los que no hablaba con nadie.

El día anterior, el curso de su vida, que hasta entonces fluía libremente, se había alterado. No sabía si para bien o para mal. No se sentía atada a Mort y Dove. Se utilizaban entre sí, compartían lo que tenían que compartir y guardaban celosamente el resto. Si la echaban de menos, sería por su talento para ganar alguna que otra corona. Si ella los añoraba (y aún no había decidido si así era), sería porque los conocía, aunque ello no significara que los quisiera.

Pippa sabía que no convenía querer a nadie.

Había acompañado a aquel noble irlandés sencillamente porque no tenía nada mejor que hacer. Quizás el destino hubiera intervenido al fin en su fortuna. Siempre había ambicionado el patronazgo de un hombre rico, pero ninguno se había fijado nunca en ella. Cuando se dejaba llevar por sus fantasías, pensaba en granjearse un lugar en la corte. De momento, se contentaría con un señor celta.

A fin de cuentas, era extraordinariamente guapo, rico y sorprendentemente amable.

Podía haberle ido mucho peor.

Cuando él la llevó a aquella casa, ella estaba ya mareada por la cerveza. Recordaba vagamente haber montado en un caballo enorme, con el Mór O Donoghue sentado delante de ella y todos aquellos estrafalarios guerreros detrás.

Se aseguró de que la bolsa andrajosa en la que guardaba sus pertenencias seguía en un rincón de la habitación y luego se secó la cara. Mientras se limpiaba los dientes con el faldón de la camisa mojado en agua, vio al fondo de la jofaina un escudo de armas.

La cruz normanda, un halcón y unas flechas.

La insignia de Lumley. Pippa la conocía bien, porque una vez que Lumley pasaba por Saint Paul, le había robado un alfiler de plata.

Se irguió y se pasó los dedos por el pelo corto. No echaba de menos tenerlo largo, pero de vez en cuando pensaba en vestirse a la moda, como las hermosas damas que paseaban en barca por el Támesis. Antes, cuando se molestaba en lavarse el pelo, le caía en ondas doradas como la miel que brillaban al sol.

Un verdadero lastre. Los hombres se fijaban en el cabello rubio. Y a ella no le interesaban esas atenciones.

Se caló el sombrero (un sombrero gacho de lana marrón que había conocido mejores tiempos) y abrió la puerta para saludar al día.

La bruma de la mañana se extendía como un sudario sobre el enorme patio. Hombres, perros y caballos aparecían y desaparecían como espectros. La niebla aislaba el ruido, y los soportales producían un eco suave, de modo que las voces de los irlandeses resonaban con fantasmagórica intimidad.

Pippa pegó los pulgares a las palmas de las manos para ahuyentar a los malos espíritus... sólo por si acaso.

A unos metros de allí, tres hombres hablaban en voz baja. Formaban un cuadro interesante: O Donoghue, con su manto azul echado sobre el hombro, un pie apoyado en la vara de una carreta y el codo apoyado en la rodilla. Donal Og, su primo, recostado contra la rueda de la carreta, gesticulaba como si tuviera el baile de San Vito. El tercero estaba de espaldas, con los pies separados, como si se hallara en la cubierta de un barco. Era alto (Pippa se preguntó si hacía falta ser de prodigiosa estatura para formar parte de la escolta de un noble irlandés) y su larga y suave capa, de colores más vivos que las flores de abril, ondeaba y refulgía.

Al salir, Pippa descubrió que su habitación formaba parte de una larga línea de barracas o celdas construidas junto a una antigua muralla y a las que daba sombra una arcada. Se acercó a la carreta y, con su franqueza de costumbre, tomó el bajo de la capa de colores del desconocido y tocó la tela.

—Cuidado, muchacha —dijo Aidan O Donoghue en tono de advertencia.

El de la capa de colores se volvió.

Pippa se quedó boquiabierta. Retrocedió, tambaleándose, y un grito escapó de su garganta. Su talón se enganchó en un adoquín roto. Perdió el equilibrio y cayó de culo en un charco de barro y agua helada.

—¡Por los clavos de Cristo! —exclamó.

—Es muy piadosa, ¿no? —preguntó Donal Og irónicamente—. A fe mía que es toda una santa.

Pippa seguía mirándolos fijamente. Aquello sí que era un moro. Había oído hablar de ellos en cuentos y canciones, pero nunca había visto uno. Su cara era muy notable: una escultura reluciente, de altos pómulos, mandíbula huesuda, bella boca y ojos del color de la cerveza fuerte. Su cabello era una perfecta nube negra, y su piel era del color del cuero viejo y pulido.

—Me llamo Iago —dijo y, dando un paso atrás, apartó del barro el bajo de su llamativo manto.

—Pippa —murmuró ella—. Pippa True... True...

Aidan le tendió la mano y la ayudó a levantarse. Ella sintió su fortaleza, suave y sin esfuerzo, y su contacto le pareció maravilloso. A su modo, más maravilloso aún que la apariencia del moro.

Iago miró a uno y a otro.

—Milord, os habéis superado.

Pippa sintió que el barro resbalaba por su trasero y sus piernas y caía sobre sus botas viejas. Las botas se las había robado el invierno anterior a un hombre que había muerto congelado en un callejón.

—¿Quieres comer o bañarte primero? —preguntó O Donoghue no sin amabilidad.

Pippa notaba un calambre en el estómago, pero estaba acostumbrada a pasar hambre. El barro helado la hacía tiritar.

—Bañarme, supongo, Reverencia.

Donal Og y Iago se sonrieron.

—Reverencia —dijo Iago con su voz honda y musical.

Donal Og adelantó un pie y se inclinó.

—Reverencia.

Aidan no les hizo caso.

—Un baño, pues —dijo.

—Nunca me he dado uno.

O Donoghue se quedó mirándola un momento. Su mirada la quemaba, abrasaba hasta tal punto su cara y su cuerpo que Pippa pensó que iba a achicharrarse como un pollo en una parrilla.

—¿Por qué será que no me sorprende? —preguntó él.

Pippa cantaba con perfecta y desafinada alegría. La habitación, contigua a la cocina de Lumley House, era pequeña, carecía de ventanas y estaba atestada de cosas, pero la puerta abierta dejaba pasar un torrente de luz. Sentado al otro lado del biombo, Aidan se tapaba los oídos con las manos, pero la desvergonzada canción de Pippa atravesaba aquella barrera.

> Hay en Steelyard bodegas
> que alegran el alma
> y mozos que no se casan
> si no deshonran su fama.
> Todos buscan buenas chicas
> y alguna que otra encuentran...

Se interrumpió y dijo alzando la voz:

—¿Os gusta mi canción, Excelencia?

—Es fantástica —se obligó él a decir—. Sencillamente fantástica.

—Puedo cantaros otra, si queréis —se apresuró a decir ella.

—Eh, sería un placer, estoy seguro —contestó él.

Pippa se tomaba muy a pecho su patronazgo. Demasiado a pecho.

> De placer se sacudía la cama
> cuando el caballero daba
> una buena cabalgada...

Cantaba a pleno pulmón, sin ningún sonrojo. Aidan nunca había visto que un simple baño surtiera aquel efecto en una persona. ¿Cómo era posible que un barril de madera medio lleno de agua tibia embriagara de gozo a una mujer?

Pippa cantaba y chapoteaba y de vez en cuando Aidan la oía restregarse. Confiaba en que estuviera sirviéndose del áspero jabón de cenizas.

Hacía rato que, atraídas por las canciones de Pippa, las criadas de Lumley House se habían congregado en el patio a chismorrear. Cuando Aidan les había dicho que prepararan un baño, habían sacudido la cabeza y se habían puesto a cuchichear sobre los extraños invitados irlandeses de lord Lumley.

Pero habían obedecido. Hasta en Londres, tan lejos de su señorío de Kerry, seguía siendo el Mór O Donoghue.

Excepto para Pippa. A pesar de sus constantes intentos de entretenerlo y buscar su aprobación, la muchacha no sentía respeto alguno por su posición. Hizo una pausa en su canción para tomar aliento, o quizá (Dios no lo quisiera) para inventar otro verso.

—¿Habéis acabado? —preguntó Aidan.

—¿Acabado? ¿Es que tenemos prisa?

—Acabaréis arrugada como un arenque si seguís mucho más tiempo en el agua.

—Ah, muy bien —Aidan oyó el chapoteo del agua contra las paredes del barril—. ¿Dónde está mi ropa? —preguntó ella.

—En la cocina. Iago va a hervirla. Las criadas os han buscado unas cosas. Las he colgado en una percha...

—Uuuy —logró infundir a la exclamación una intensa nota de asombro y anhelo—. Esto es un verdadero regalo del cielo.

No era ningún regalo, sino la ropa dejada por una criada que la semana anterior había huido con un marinero veneciano. Aidan oyó a Pippa trastear detrás del biombo. Un momento después, ella apareció por fin.

Su cuerpo menudo y erguido irradiaba una especie de altivo orgullo. Aidan se mordió la lengua para no reírse.

Se había puesto la falda hacia atrás y el corpiño de ante del revés. Su cabello húmedo sobresalía en pinchos, como una corona de espinas. Estaba descalza y llevaba en las manos, con adoración, las zapatillas de cuero.

Entonces se acercó a los rayos de sol que entraban por la puerta de la cocina y Aidan vio por primera vez su cara desprovista de ceniza y carbonilla.

Fue como ver el rostro de una santa o un ángel en sueños. Aidan no había visto jamás una cara como aquélla. Ni uno solo de sus rasgos era notable por sí mismo, pero tomados en conjunto su efecto resultaba arrebatador.

Tenía la frente ancha y despejada, las cejas arrogantes sobre unos ojos soñadores. Las suaves curvas de su nariz y su barbilla enmarcaban una boca tersa que mantenía fruncida, como si esperara un beso. La piel sonrosada por el baño acentuaba sus pómulos. Aidan pensó en el ángel labrado en escayola que había sobre el altar de la iglesia de Innisfallen. De algún modo, Pippa estaba tocada por aquella misma magia, majestuosa y sobrenatural.

—La ropa es espléndida —afirmó.

Él se permitió una discreta sonrisa, pensada para no herir el orgullo de la muchacha.

—En efecto. Permitidme que os ayude con los botones.

—Ah, no seáis bobo, mi señor. Me los he abrochado todos yo sola.

—Así es. Pero como carecéis de doncella, como es propio de una dama, yo asumiré ese papel.

—Sois muy amable —dijo ella.

—No siempre —replicó Aidan, pero ella pareció no percatarse de la nota de advertencia que había en su voz—. Acercaos.

Ella cruzó el cuarto sin vacilar. Aidan no sabía si aquello era bueno o no. ¿Debía fiarse tanto una muchacha de un desconocido? La confianza de Pippa no era un regalo, sino una carga.

—Primero, el corpiño —dijo con paciencia, y desató el nudo que ella había hecho con los lazos—. Nunca he sabido por qué, pero la moda exige que se lleve del revés.

—¿De veras? —ella se quedó mirando la rígida prenda con desaliento—. Tapa más así. Si le dais la vuelta, voy a rebosar como masa de pan de una sartén.

Aidan se sintió arder al representarse aquella imagen, y apretó los dientes. El polvo y las cenizas de la dura vida de Pippa habían enmascarado sus inmensos encantos. Aidan tenía la sensación de que era el primer hombre que veía lo que había bajo su ropa mugrienta.

Al tirar de los lazos, sus nudillos la rozaron. Las criadas no le habían dado ni combinación, ni corsé. Entre la dulce carne de Pippa y las manos de Aidan no había más que una camisa de fino linón. Aidan sentía su calor, olía la fragancia limpia y untuosa de su piel y su pelo recién lavados.

Apretó la mandíbula con viril resolución y dio la vuelta al corpiño. Mientras ataba lentamente la prenda, viendo cómo el rígido ante ceñía la estrecha cintura de Pippa, se tensaba sobre sus caderas sutilmente femeninas y empujaba hacia arriba sus senos, no logró disipar su insistente deseo.

Tal y como Pippa había dicho, sus pechos rebosaban incitantes por encima del corpiño, contenidos apenas por la fina tela de la camisa. Aidan los veía, altos y redondeados, y veía la sombra rosada de los pezones. Por un momento, sólo pudo pensar en tocarlos tiernamente, en descubrir su forma y su peso, en enterrar la cara en ellos y ahogarse en su perfume.

Un rugido semejante al fragor del mar comenzó a sonar en sus oídos, siguiendo el compás acelerado de su sangre. Inclinó la cabeza. Su lengua anticipaba ya el sabor de la piel de Pippa. Sus labios ansiaban sentir su textura. Su boca estaba tan cerca que sentía el calor que emanaba de ella.

Ella exhaló un suspiro trémulo y aquel movimiento recordó a Aidan que debía pensar con el cerebro (aunque en aquel instante sólo funcionara una pequeña parte de él), y no con la bragueta.

Era el Mór O Donoghue, un caudillo irlandés que, un año antes, había renunciado a sus derechos a tocar a otra mujer. No podía perder el tiempo con una vagabunda inglesa que seguramente estaba loca.

Se obligó a mirar no el corpiño, sino los ojos de Pippa. Y lo que vio en ellos era aún más peligroso que las curvas de su cuerpo. Lo que vio en ellos no era locura, sino un anhelo doloroso.

Aquello lo golpeó como una bofetada. Contuvo el aliento y lo soltó luego siseando entre dientes.

Deseaba zarandearla. «No me muestres tus ansias», quiso decirle. «No esperes que haga nada al respecto».

Pero lo que dijo fue:

—Estoy en Londres en misión oficial. Regresaré a Irlanda en cuanto pueda.

—Yo nunca he estado en Irlanda —dijo ella. En sus ojos brillaba una brasa de insoportable esperanza.

—En estos tiempos que corren, es un país triste, sobre todo para quienes lo amamos —triste. Qué palabra tan ridícula e inadecuada para describir el horror y la desolación que había visto: torres quemadas, campos abrasados, aldeas desiertas, jaurías de lobos alimentándose de los muertos sin sepultar.

Ella ladeó la cabeza. A diferencia de Aidan, se sentía cómoda a su lado. Una sospecha lo asaltó de pronto. Quizás estuviera acostumbrada a que un hombre le tirara de la ropa.

Aquella idea lo sacó de su pasividad y congeló la compasión que sentía por ella. Acabó de abrocharle el corpiño, la ayudó a ponerse los zapatitos y se apartó.

Pero Pippa tiró por tierra la indiferencia que tanto le había costado reunir adelantando uno de sus pies calzados, haciendo con naturalidad una reverencia y preguntando:

—¿Qué tal estoy?

Parecía un sueño paradisíaco de la cabeza a los pies, se dijo Aidan.

Pero la expresión de Pippa lo turbaba. Tenía el rostro de un querubín, lleno de una confianza y un candor que, si se pensaba en las penurias que había soportado llevando la vida de una cómica ambulante, parecían un milagro.

Aidan observó su cabello porque era menos peligroso que mirar su cara y zozobrar en sus ojos. Ella levantó una mano y se revolvió el pelo dorado y picudo.

—¿Tan mal está? —preguntó—. Cuando me lo corté, Mort y Dove dijeron que podía usar la cabeza para fregar toneles de vino o limpiar chimeneas.

Él se rió con desgana.

—No está tan mal. Pero, decidme, ¿por qué lo lleváis tan corto?

—Por los piojos —contestó ella con sencillez—. Me las hicieron pasar canutas.

Él se rascó la cabeza.

—Sí, bueno. Espero que hayan dejado de molestaros.

—Últimamente, sí. ¿A vos quién os peina, mi señor? Tenéis un pelo extraordinario –osada como una niña inquisitiva, se puso de puntillas y levantó la trenza que colgaba entre sus mechones negros.

–Me la hizo Iago. Cuando estamos a bordo, hace cosas extrañas para eludir el aburrimiento –«como emborracharme y marcarme el pecho», pensó Aidan malhumorado–. Le diré que haga algo con vuestro pelo.

Pensaba alargar el brazo y revolverle el cabello: un gesto juguetón y sin consecuencias. Pero, como si tuviera voluntad propia, su palma se posó sobre la mejilla de Pippa y su pulgar rozó su pelo rapado. Su tacto suave lo sorprendió.

–¿Os parece bien? –se oyó preguntar con un susurro.

–Sí, Inmensidad –apartándose, Pippa estiró el cuello para mirar por encima de su hombro–. Necesito una cosa –entró en la cocina, donde su ropa vieja y sucia estaba amontonada en el suelo.

Aidan frunció el ceño. No había visto ni un solo botón que mereciera la pena salvar en aquellos andrajos. Ella recogió el jubón y palpó sus costuras. Dejó escapar un suspiro de alivio. Aidan vio un destello metálico.

Seguramente una chuchería o una moneda que había birlado a algún mercader de Saint Paul. Encogiéndose de hombros, Aidan se acercó a la puerta del huerto para llamar a Iago.

Al volverse, vio que Pippa levantaba aquel objeto y lo apretaba contra su boca con los ojos cerrados, y tuvo la impresión de que aquella chuchería era para ella más preciosa que el oro.

DE LOS ANALES
DE INNISFALLEN

Soy ya lo bastante viejo como para perdonar al padre de Aidan, y lo bastante joven como para recordar que Ronan O Donoghue era un granuja. ¡Ay!, podría arder eternamente en el fuego del infierno por mis pensamientos impíos, pero así son las cosas: odiaba a ese viejo canalla y no derramé ni una sola lágrima a su muerte.

Esperaba de su único hijo mucho más de lo que puede dar cualquier hombre: lealtad, honor, franqueza, y, por encima de todas las cosas, una obediencia ciega y estúpida. Era ésta la única cualidad de la que Aidan carecía. La única cosa que podría haber salvado de la muerte a su padre, ese mísero patán.

Sin duda Aidan piensa en ello a menudo y con gran pesar.

Lo cual es una pérdida de tiempo, si me preguntáis a mí, Revelin de Innisfallen. Porque hasta que no se deshaga de su mala conciencia por lo que pasó aquella noche fatídica, Aidan O Donoghue no podrá vivir realmente.

Revelin de Innisfallen

CAPÍTULO 3

—Así que, cuando el barco de mi padre se hundió —explicó Pippa alegremente—, sus enemigos creyeron que había muerto —estaba sentada, muy quieta, en un taburete, en el huerto. El olor a plantas en flor llenaba el aire de la primavera.

—Claro, claro —dijo Iago con aquella voz oscura como la miel—. Y, naturalmente, vuestro padre no murió y ahora mismo está asistiendo al consejo de Su Majestad la reina.

—¿Cómo lo sabéis? —Pippa se volvió en el taburete para mirarlo, sonriendo de oreja a oreja.

Enmarcado por las ramas del viejo olmo que daba sombra al sendero del huerto, Iago la miraba con curiosidad y tolerancia. Tenía un peine en la mano y una expresión compasiva en los ojos negros y aterciopelados.

—A mí también me gusta inventar respuestas para las preguntas que me mantienen en vela por las noches —dijo.

—Yo no invento nada —replicó ella—. Sucedió todo tal y como lo he descrito.

—Si no fuera porque la historia cambia cada vez que os topáis con alguien nuevo —hablaba con amable desenfado, sin reproche—. Vuestro padre ha sido un pirata, un caballero, un príncipe extranjero, un soldado de fortuna y un exterminador de ratas. Ah, ¿y no os he oído contarle a O Mahoney que os engendró el papa?

Pippa resopló y sus hombros se hundieron. Un cuervo chilló en el olmo y se lanzó al cielo de Londres. Claro que inventaba historias sobre quién era y de dónde venía. Porque afrontar la verdad era impensable. Era imposible.

Iago siguió peinándole el pelo apelmazado. Su contacto resultaba reconfortante. Le levantó la barbilla y se quedó mirando su cara un momento con la intensidad de un escultor. Pippa lo miraba absorta como si estuviera soñando. Qué hombre tan extraordinario, con su hermosa piel de color ébano, su voz bien timbrada y aquel orgullo feroz que llevaba como un manto de seda.

Él cerró un ojo y luego empezó a cortar con sus pequeñas tijeras, que Pippa había sentido la tentación de robar al verlas en una mesa de la cocina.

Mientras trabajaba, él dijo:

—Sois muy buena contando cuentos, pequeña, pero son sólo eso: cuentos. Lo sé porque yo solía hacer lo mismo. Solía quedarme despierto por las noches, intentando recomponer la cara de mi madre a partir de los fragmentos de mi memoria. La doté así de todo lo bueno que sabía sobre las madres, y al poco tiempo era más real para mí que cualquier mujer de carne y hueso. Sólo que más grande. Mejor. Más dulce. Más amable.

—Sí —susurró ella notando una súbita opresión en la garganta—. Sí, os entiendo.

Iago retorció unos cuantos rizos, formando con ellos una suave orla sobre la frente. La brisa lo movió ligeramente.

—Si fuerais un inglés, iríais a la última moda. A esto lo llaman flequillo. Pero a vos os queda mejor —guiñó un ojo—. Una madre de ensueño. Era algo que necesitaba en un momento muy tenebroso de mi vida.

—Habladme de ello —dijo Pippa, fascinada por la destreza

de sus manos y por su color, tan marrón por el dorso y tan blanco y delicado en las palmas.

—La esclavitud —dijo Iago—. Me hacían trabajar hasta que caía de bruces de puro cansancio, y luego me pegaban hasta que lograba enderezarme y seguir trabajando. Vos también tenéis una madre soñada, ¿eh?

Ella cerró los ojos. Una cara muy bella le sonreía. Había pasado más de mil noches pintando a sus padres con la imaginación, hasta hacerlos perfectos. Bellos. Sabios. Intachables, salvo por un pequeño detalle. Se las habían ingeniado para perder a su hija.

—Tengo una madre soñada, sí —confesó—. Y un padre también. Las historias pueden cambiar, pero eso no cambia —abrió los ojos y lo descubrió observándola de nuevo—. ¿Qué me decís de O Donoghue? —preguntó, fingiendo una curiosidad cargada de despreocupación.

—Su padre murió. Por eso Aidan es el jefe. Su madre también murió, pero su... —se interrumpió—. Ya he dicho demasiado.

—¿Por qué le sois tan leal?

—Me dio la libertad.

—¿Y cómo era vuestro dueño?

Iago sonrió. Su cara se abrió como una flor exótica.

—No lo era. Me metieron en un barco para llevarme desde San Juan, una isla muy lejana, al otro lado del mar Océano, a Inglaterra. Iba a ser un regalo para una gran dama. Mi amo quería impresionarla.

—¿Un regalo? —Iago la obligó a estarse quieta en el taburete—. ¿Cómo una copa, o un salero, o un armiño?

—Tenéis una forma muy franca de decirlo, pero sí. El barco naufragó frente a las costas de Irlanda. Yo me alejé nadando de mi amo, a pesar de que me suplicó que lo salvara.

Pippa se echó hacia delante, asombrada.

—¿Murió?

Iago asintió con la cabeza.

—Se ahogó. Yo lo vi. ¿Os impresiona?

—¡Sí! ¿Estaba muy fría el agua?

La risa profunda de Iago llenó el aire.

—Casi helada. Me arrastré hasta una isla. Luego descubrí que la llamaban Skellig Michael. Allí, en las escaleras del santuario, me encontré con un peregrino cubierto con arpillera y cenizas.

—¿El Mór O Donoghue cubierto con arpillera y cenizas? —para Pippa, Aidan estaría siempre rodeado por un fulgor de joyas, y su cabello negro reluciría al sol. No era un peregrino astroso, sino un príncipe de cuento de hadas.

—En aquel entonces no era el Mór O Donoghue. Me ayudó a secarme y a entrar en calor, y se convirtió en mi primer y único amigo —la furia ensombreció de pronto los ojos de Iago—. Cuando su padre me vio, declaró ser mi amo e intentó reducirme de nuevo a la esclavitud. Y Aidan se lo permitió.

Pippa se agarró a los lados del taburete.

—¡Qué truhán! ¡Qué sinvergüenza! ¡Qué infame!

—Fue una estratagema. Me reclamó, alegando que era él quien me había encontrado. Su padre estuvo de acuerdo, pensando que ser el primer irlandés que poseía un esclavo negro engrandecería la posición de Aidan.

—¡El muy canalla! —insistió ella—. ¡Qué poca...!

—Y luego me dejó libre —dijo Iago, riéndose—. Hizo que un sacerdote llamado Revelin redactara un documento. Ese día, Aidan prometió ayudarme a regresar a mi hogar cuando ambos fuéramos adultos. De hecho, prometió cruzar conmigo el mar Océano.

—¿Y por qué queréis volver a un país donde eras un esclavo? ¿Y por qué quiere Aidan ir contigo?

—Porque amo las islas y porque ya no tengo dueño. Había una chica llamada Serafina... —su voz se extinguió, y sacudió la cabeza como si quisiera ahuyentar aquel recuerdo—. Aidan quería acompañarme porque ama Irlanda demasiado para quedarse —retocó algunos rizos que le hacían cosquillas en la nuca.

—Si ama Irlanda, ¿por qué quiere marcharse?

—Cuando lo conozcáis mejor, lo comprenderás. ¿Nunca habéis tenido que ver morir a un ser querido?

Ella tragó saliva y asintió enérgicamente, pensando en Old Mab.

—Nunca me he sentido tan impotente.

—Pues eso le pasa a Aidan con Irlanda —dijo Iago.

—¿Por qué está aquí, en Londres?

—Porque la reina lo mandó llamar. Oficialmente, está aquí para firmar tratados de rendición y vasallaje. Tiene el título de lord Castleross. Extraoficialmente, creo que la reina siente curiosidad por Ross Castle. Quiere saber por qué se completó el castillo, después de su edicto prohibiendo la construcción de fortalezas.

La idea de que su patrono tuviera el poder de decidir el destino de una nación casi desbordaba la comprensión de Pippa.

—¿Está muy enfadada con él? —hasta le parecía extraño estar hablando de la reina Isabel como si tal cosa, porque para Pippa y otros como ella, Su Majestad siempre había sido una idea remota, más una institución, como una catedral, que una mujer de carne y hueso.

—Lleva quince días haciéndole esperar —Iago la levantó del taburete y la hizo ponerse de pie—. Estáis tan guapa como una orquídea.

Ella se tocó el pelo. Parecía distinto: más suave, más equilibrado, ligero como la brisa. Tendría que ir al pozo de la calle Hart para ver su reflejo.

—Habéis dicho que cuando conocisteis a Aidan, no era aún el Mór O Donoghue —dijo, pensando que la reina debía de divertirse teniendo autoridad para llamar a su lado a hombres tan apuestos.

—Lo era Ronan, su padre. Aidan se convirtió en lord Castleross cuando él murió.

—¿Y cómo murió su padre?

Iago se acercó a la puerta de la cocina y abrió su mitad inferior.

—Preguntádselo a Aidan. No me corresponde a mí contároslo.

—Iago dice que matasteis a vuestro padre.

Aidan se levantó de un salto, como si Pippa hubiera acercado un ascua a su trasero.

—¿Que ha dicho qué?

Ocultando su temor, Pippa entró en el gran salón de Lumley House y avanzó entre las sombras que el atardecer lanzaba sobre el suelo de baldosas. A lo lejos se oía el lúgubre retumbar de los truenos. Aidan había cerrado los puños, tenía la cara crispada y tensa. El instinto le dijo a Pippa que huyera, pero se sintió impelida a quedarse.

—Ya me habéis oído, mi señor. Si vais a tenerme a vuestro lado, quiero estar segura. ¿Es cierto? ¿Matasteis a vuestro padre?

Él agarró un atizador de hierro. Profirió una sola palabra en gaélico al clavarlo en el grueso leño que ardía lentamente en la chimenea.

Pippa respiró hondo para darse valor.

—Ha sido Iago quien...

—Iago no ha dicho nada parecido.

Ella salió de las sombras y se reunió con él junto al hogar, rezando por que lo negara.

—¿Es cierto, mi señor? —musitó.

Él se movió tan raudamente que la dejó sin aliento. El atizador resonó en el suelo. Un instante después, las grandes manos de Aidan agarraron sus hombros, la empujó contra un pilar de piedra y acercó su cara furiosa a la de ella. Aunque Pippa seguía envuelta en sombras, veía reflejarse las llamas del hogar en sus ojos.

—Sí, maldita entrometida. Maté a mi padre.

—¿Qué? —Pippa tembló entre sus manos.

Aidan se apartó bruscamente de ella y se volvió para mirar el fuego.

—¿No es eso lo que esperabais oír? —cerró los ojos y se pellizcó el puente de la nariz. El recuerdo de aquella última y violenta discusión volvió a abrir heridas en su alma.

Se giró para mirar a Pippa con intención de sacarla por la fuerza del salón, de Lumley House, de su vida. Pero ella se apartó de las sombras y salió a la luz. Y Aidan se quedó paralizado.

—Por el amor de Dios, ¿qué os ha hecho Iago? —preguntó. Como si sirviera de eco a sus palabras, un trueno retumbó fuera de la casa.

Ella agitó un poco la mano al levantarla para tocarse el pelo, que ahora se curvaba suavemente alrededor de su cara luminosa.

—¿Lo mejor que ha podido? —dijo, indecisa. Luego abandonó aquel aire de temblorosa inseguridad—. Intentáis cambiar de tema. ¿Sois o no sois un parricida?

Él puso los brazos en jarras.

—Eso depende de a quién preguntéis.

Ella imitó su agresiva postura. Parecía un duendecillo feroz.

—Os estoy preguntando a vos.

—Y ya os he contestado.

—Pero habéis contestado mal —dijo Pippa con tanta vehemencia que Aidan casi esperaba que diera un zapatazo en el suelo. Algo (el baño, el peinado) la hacía resplandecer como si las hadas la hubieran cubierto con niebla mágica—. Exijo una explicación.

—No me siento obligado a dar explicaciones a una desconocida —contestó él, desalentado por la intensidad de su atracción por ella.

—No somos desconocidos, Alteza —dijo ella en tono cargado de ironía—. ¿Acaso no me desvestisteis esta mañana y me vestisteis luego como la más íntima de las doncellas?

Él hizo una mueca al acordarse. Bajo su apariencia pizpireta se escondía un cuerpo suave y femenino que él deseaba con una vehemencia al mismo tiempo innegable e inapropiada. Despojada de sus andrajos de mendiga, Pippa se había convertido en una de esas mujeres por las que los hombres juraban conseguir honores, matar dragones y entregar alegremente sus vidas. Y él no estaba en situación de hacer ninguna de esas cosas.

—Algunos dirían —reconoció sombríamente— que la muerte de Ronan O Donoghue fue un accidente —por el rabillo del ojo vio el destello de un relámpago a través de las ventanas emplomadas del lado este del salón.

—¿Y qué decís vos? —preguntó Pippa.

—Digo que no es asunto vuestro. Y si insistís en hablar de ello, puede que tenga que tomar una resolución respecto a vos.

Ella resopló, intuyendo claramente lo ocioso de su amenaza. Aidan no estaba acostumbrado a que las mujeres no le tuvieran miedo.

—Si yo tuviera un padre, lo adoraría.

—Tenéis un padre. El héroe de guerra, ¿recordáis?

Ella parpadeó.

—Ah. Ése. Sí, claro.

Aidan golpeó la repisa de piedra de la chimenea y miró el escudo de los Lumley que colgaba sobre ella como si fuera una autoridad superior.

—¿Qué voy a hacer con vos? —el viento arrojaba ráfagas contra las ventanas, y Aidan se volvió para mirarla con enojo.

—¿Conmigo? —miró hacia la puerta. Aidan no podía reprocharle que no quisiera estar con él a solas. No sería la primera.

—No podéis quedaros aquí para siempre —afirmó él—. Yo no pedí ser vuestro protector —la punzada de culpa que sintió en las tripas lo sorprendió. No estaba acostumbrado a hablar con crueldad a mujeres indefensas.

Ella no pareció sorprendida. Dejó caer un hombro y lo miró con desconfianza. Parecía un perro tan habituado a que le dieran patadas que le extrañaba que no lo hicieran.

Levantó la barbilla redondeada.

—No he pedido quedarme para siempre. Puedo volver con Dove y Mortlock. Tenemos planes para conseguir el patronazgo de... del emperador de Alemania.

Aidan se acordó de sus compinches de Saint Paul: el grueso y grasiento Dove y el cadavérico Mortlock.

—Deben de estar muertos de preocupación por vos.

—¿Esos dos? —Pippa bufó, recogió ociosamente el atizador de hierro y se puso a pinchar el leño de la chimenea. Una ráfaga de chispas se elevó en el aire y desapareció—. Sólo les preocupa perderme porque me necesitan para hacer reír a la gente. Su especialidad es birlar bolsas.

—No permitiré que volváis con ellos —se oyó decir Aidan—. Os buscaré un... —se quedó pensando un momento—... un empleo con una dama...

Aquello la hizo bufar otra vez, esta vez con amargura.

—Para eso estoy perfectamente capacitada —volvió a dejar el atizador en su sitio—. Desde hace tiempo, mi mayor aspiración en la vida es vaciar el orinal de una gran señora y llenarle la copa de vino —el bajo de su falda se movió mientras reproducía con gestos aquellas humildes tareas.

—Es preferible a vagar por las calles —irritado, Aidan se acercó a la mesa y llenó una jarra de vino. Volvió a brillar un relámpago, diáfano y frío en la noche de abril.

—Oh, desde luego, milord —Pippa cruzó la habitación,

puso las palmas sobre la mesa, se inclinó y lo miró con enojo—. Escuchad. Yo soy una comedianta. Y soy buena en mi oficio.

Aidan ya lo había notado. Pippa podía imitar cualquier acento, tanto de personas de alta como de baja cuna, reproducir cualquier gesto con destreza y agilidad, cambiar de personalidad de un momento a otro, como un actor probándose diversas máscaras.

—Yo no os pedí que me sacarais de Saint Paul y me metierais en vuestra vida —afirmó.

—No recuerdo que pusierais reparos cuando os salvé de acabar con las orejas clavadas al cepo —Aidan probó el vino. Era de la variedad dulce que tanto le gustaba a la nobleza inglesa. Echaba de menos la copa de whisky irlandés que se bebía por las noches. Pippa le daba ganas de beberse dos copas del potente licor.

—Tenía hambre. Pero eso no significa que os haya entregado mi vida. Puedo conseguir un empleo en casa de otro noble en un periquete —chasqueó los dedos.

Estaba tan cerca que Aidan veía el hoyuelo de su mejilla izquierda. Pippa olía a jabón y a ropa secada al sol, y su pelo brillaba como oro batido al resplandor del hogar.

Aidan bebió otro sorbo de vino. Luego, muy suavemente, dejó la jarra y tocó un rizo suave que caía sobre su mejilla.

—¿Cómo es posible que os baste con sobrevivir? —preguntó en voz baja—. ¿Nunca soñáis con hacer algo más?

—Maldito seáis —dijo ella. Se apartó de la mesa y le dio la espalda. Había un orgullo conmovedor en su forma de erguirse, en su modo de cuadrar los hombros y ladear altivamente la cabeza—. Adiós, Reverencia. Gracias por nuestra breve asociación. No volveremos a vernos.

—Pippa, esperad...

Ella salió del salón entre un revuelo de faldas y dignidad herida, y desapareció en la penumbra del claustro que bordeaba el huerto. Aidan no sabía por qué, pero al verla alejarse sintió en el pecho una dolorosa punzada de mala conciencia.

Masculló una maldición, apuró el vino y se puso a pasear por la habitación. Tenía cosas más importantes en que pensar que el destino de una cómica callejera. Las guerras de clanes y las agresiones de los ingleses estaban desgarrando su demarcación. El acuerdo que había negociado el año anterior se tambaleaba. Era aquél un asunto muy amargo, teniendo en cuenta el alto precio que había pagado por él. Había comprado la paz a cambio de su corazón.

Aquella idea le hizo volver a pensar en Pippa. La muy ingrata. Que se fuera a su cuarto y se quedara allí, refunfuñando, hasta que entrara en razón.

Pensó entonces que Pippa no era de las que se quedaban refunfuñando, sino de las que actuaban. Había sobrevivido (y florecido) haciendo justamente eso.

El lanzazo aserrado de un relámpago hendió el cielo al tiempo que una idea terrible lo asaltaba. Arrojó la jarra de peltre al suelo, salió corriendo de la casa y se adentró en el claustro de los monjes. Recorrió la arcada hasta la puerta de Pippa y la abrió de golpe.

No había nadie. Cruzó el refectorio y salió a la calle. Tenía razón. Vio a Pippa a lo lejos, avanzando a toda prisa por el camino ancho y bordeado de árboles que llevaba a Woodroffe Lane y al barrio sin ley que rodeaba Tower Hill. El viento agitaba las copas de los castaños. Las nubes corrían y tropezaban unas con otras, ennegreciendo el cielo, y al respirar Aidan notó el denso sabor y el olor de la lluvia, y la leve fragancia de los truenos que se acercaban.

Ella apretó el paso, casi echó a correr.

«Vuélvete», le ordenó él en silencio, intentando hacerla obedecer. «Vuélvete y mírame».

Pero Pippa se levantó las faldas y empezó a correr.

Mientras pasaba por el pozo público de la calle Hart, hubo un relámpago.

Desde donde estaba Aidan, pareció que la mano misma de Dios rasgaba el cielo y lanzaba un rayo de fuego al corazón de Londres. El estruendo del rayo pareció sacudir el suelo. Las nubes se abrieron como fruta madura, y empezó a llover.

Para ser irlandés, Aidan no era muy supersticioso, pero los rayos y los truenos eran una señal clara de lo alto. No debería haberla dejado marchar.

Sin pensarlo dos veces, se lanzó hacia la tormenta, corriendo entre las hileras de castaños doblados por el viento. La lluvia lo golpeaba con enormes gotas frías, y los relámpagos alanceaban de nuevo las nubes.

Se pasó la mano por los ojos mojados y escudriñó el lluvioso atardecer. El reguero del centro de la calle corría ya como un riachuelo desbordado, arrastrando las miasmas de los hogares de Londres.

Aquí y allá, la gente corría a refugiarse, pero la oscuridad se había tragado a Pippa. Aidan gritó su nombre. La tormenta ahogaba su voz. Maldiciendo, comenzó a buscar metódicamente en cada callejón y cada sendero que encontró, avanzando hacia el sur, en dirección al río, y virando luego al oeste, hacia Saint Paul, cada vez que veía un atajo.

La tormenta cobraba fuerza, laceraba su cara y tironeaba de su ropa. El barro salpicaba sus muslos, pero Aidan no se daba cuenta de ello.

Siguió hacia el oeste, tomando cada callejón, gritando su nombre. La lluvia lo cegaba, el viento lo zarandeaba, el barro tiraba de sus pies.

En una calle particularmente hedionda, el viento arrancó un cartel pintado y lo arrojó al suelo. Golpeó en la puerta de un sótano y cayó de lado sobre un montón de recortes de madera.

Aidan oyó un gemido sofocado. Sintiendo un arrebato de esperanza, apartó el cartel y el serrín.

Allí estaba ella, con las rodillas pegadas al pecho y la cara escondida en el hueco que formaban sus brazos unidos. Retumbó otro trueno, y Pippa dio un respingo, como golpeada por un látigo.

—¡Pippa! —Aidan tocó su hombro tembloroso.

Ella gritó y lo miró.

A Aidan le dio un vuelco el corazón. La cara de Pippa, salpicada de lluvia y lágrimas, brillaba, blanca, en medio del crepúsculo deslustrado por la tormenta. El pánico cegaba sus ojos. No pareció reconocerlo. Aidan sólo había visto una vez aquella mirada de terror irracional: en la cara de su padre, justo antes de morir.

—Por Dios, Pippa, ¿estáis herida?

Ella no respondió a su nombre, pero balbució algo que él no pudo comprender. ¿Una palabra sin sentido, o una frase en una lengua extranjera?

Impresionado, se inclinó, la levantó en brazos y, apretándola contra su pecho, inclinó la cabeza para protegerla de la lluvia lo mejor que pudo. Ella no se resistió, sino que se aferró a él como si fuera una balsa en medio de un mar embravecido. Aidan sintió repentinamente el intenso deseo de protegerla. Nunca se había sentido tan dolorosamente vivo, tan decidido a defender a la desconocida a la que llevaba en brazos.

Ella, sin embargo, no parecía reconocerlo mientras Aidan corría de vuelta a Lumley House. Un tropel de demonios perseguía a la muchacha que se hacía llamar Pippa Trueheart.

Y Aidan O Donoghue sintió de pronto la necesidad de matarlos uno por uno.

—¡Atrancad las escotillas! ¡Asegurad el timón! ¡No podemos hacer nada, salvo dejarnos llevar por el viento!

El hombre de la chaqueta de rayas tenía una voz extraña y herrumbrosa. Parecía enojado, o quizás asustado, como papá cuando se le calentaba la cabeza y tenía que meterse en la cama y no recibir visitas.

Ella se agarraba al cuello peludo de su perro y miraba a la niñera desde el otro lado de la habitación oscura y maloliente. Pero la niñera tenía las manos enredadas en una sarta de cuentas rosadas (que escondía de mamá, que era protestante), y sólo decía:

—Ave María, Ave María, Ave María...

Algo levantó el barco. Ella lo notó en la tripa. Y luego, mucho más deprisa, una fuerza aún mayor lo hizo bajar de golpe.

La niñera empezó a gritar:

—Ave María, Ave María, Ave María...

El lebrel gimió. Su pelo olía a perro y a mar.

Un chirrido hirió sus oídos. Oyó el gemido de las cuerdas al pasar por las poleas y un grito del hombre de la extraña chaqueta. Y de pronto tuvo que salir de allí, de aquel lugar húmedo y cerrado, donde el agua inundaba el suelo y no podía respirar.

Abrió la puerta de un empujón. El perro salió primero. Ella lo siguió hasta una escalera de madera. Los barriles sueltos rodaban por los pasillos y las cubiertas. Oyó el bramido del agua. Miró atrás en busca de la niñera, pero sólo vio una mano que se agitaba, con las cuentas rosadas entrelazadas en los pálidos dedos. El agua cubría su cabeza.

—¡No! —Pippa se incorporó en la cama. Por un instante, la habitación le pareció borrosa y palpitante. Poco a poco fue haciéndose diáfana. Un fuego ardía en el hogar. Una vela parpadeaba sobre la mesa. Unas gruesas cortinas colgaban del bastidor del dosel.

El Mór O Donoghue estaba sentado a los pies de la cama.

Pippa se llevó la mano al pecho. Detestaba aquel ahogo que a veces, cuando se asustaba, o respiraba aire frío o contaminado, se apoderaba de sus pulmones. Su corazón latía a toda prisa. El sudor bañaba su cara y su cuello.

—¿Un mal sueño? —preguntó él.

Ella cerró los ojos. Como la niebla empujada por el viento, las imágenes se alejaron, irreconocibles. La sensación de terror persistió, sin embargo.

—Cosas que pasan. ¿Dónde estoy?

—Os he dado una habitación privada en Lumley House.

Sus ojos se agrandaron de asombro y a continuación se encogieron, llenos de sospecha.

—¿Por qué?

—Soy vuestro patrono. Os alojaréis donde os mande.

Ella levantó la barbilla.

—¿Y qué queréis de mí a cambio de vivir lujosamente?

—¿Por qué he de esperar nada de vos?

Pippa lo calibró largamente con la mirada. No, el Mór O Donoghue no era de esos hombres que necesitaban tener mujeres a su disposición, aunque fuera por la fuerza. Cualquier mujer en su sano juicio desearía a aquel hombre. Salvo, naturalmente, ella. Pero eso no le impedía disfrutar de su espléndido rostro y de su figura, ni ansiar (contra toda lógica) su calor y su cercanía.

—Deduzco que no os gustan las tormentas —dijo él.

—No, yo... —de pronto todo aquello le parecía una estupidez. En Londres había peligros mucho mayores que una tormenta, y ella había sobrevivido durante años en la ciudad—. Gracias, milord. Gracias por ir en mi busca. No debería haberme ido con tantas prisas.

—Cierto —contestó él suavemente.

—No todos los días alguien hace que me cuestione la razón misma de mi existencia.

—No era ésa mi intención, Pippa. No debería haber cuestionado vuestras preferencias.

Ella asintió con la cabeza.

—A la gente le encanta manejar a los demás —frunció el ceño, recorrió la habitación con la mirada y se fijó en la maravillosa cama, en el fuego que crepitaba en la chimenea, en el aire cristalino que entraba por la pequeña ventana abierta–. No recuerdo gran cosa de la tormenta. ¿Ha sido muy fuerte?

Él sonrió. Fue una sonrisa suave y espontánea, como si sonriera sinceramente.

–Estabais muy alterada cuando os encontré.

Pippa se sonrojó y bajó la mirada. Luego, al descubrir que sólo llevaba puesto un camisón, se sonrojó aún más. Se arrimó la manta al pecho.

–He colgado vuestras cosas junto al fuego para que se secaran –dijo Aidan–. El camisón lo he sacado del ropero de lady Lumley.

Pippa tocó la fina tela de la manga.

–Por ésta me cuelgan, seguro.

–No. Lord y lady Lumley están en su casa de campo en Wycherly. Puedo usar libremente la casa y todo lo que contiene.

Ella suspiró, soñadora.

–Qué maravilla, que te traten como a un invitado importante.

–A mí a menudo me parece una carga, no una maravilla.

Pippa empezó a recordar fragmentos de la tormenta: los rayos y los truenos persiguiéndola por las calles, la lluvia que azotaba su cara. Y luego los brazos fuertes de Aidan y su ancho pecho, y la sensación de velocidad mientras la llevaba corriendo a la casa. Sus manos la habían desvestido delicadamente y depositado en la única cama verdadera en la que había dormido.

Ella había escondido la cara en su hombro y había llorado. Con fuerza. Él le había acariciado el pelo, se lo había besado, y al final ella se había quedado dormida.

Lo miró.

–Sois muy amable, para ser un parricida.

La sonrisa de Aidan vaciló.

–A veces yo mismo me sorprendo –se inclinó sobre la cama y tocó su mejilla, rozando con los dedos su piel acalorada–. Vos me lo ponéis fácil, muchacha. Me hacéis mejor de lo que soy.

Pippa sintió tal efusión de calor que se preguntó si tenía fiebre.

–¿Y ahora qué? –preguntó.

–Ahora, por una vez en vuestra vida, vais a decirme la verdad, Pippa. ¿Quién sois, de dónde venís y qué demonios voy a hacer con vos?

Diario de una dama

¡El tocayo de mi hijo Richard va a venir a Londres! El célebre reverendo Richard Speed, ahora obispo de Bath, asistirá al nombramiento de su sobrino. Naturalmente, traerá a su esposa, Natalya, la hermana de Oliver, tan querida para mí como si fuera de mi misma sangre.

Los demás hermanos de Oliver vendrán con sus esposos y esposas. Belinda y Kit, Simon y Rosamund, a quienes no veo desde hace dos inviernos. Sebastian vendrá con algún amigo especial; el de ahora es un joven poeta, con talento y muy mala reputación, llamado Marlowe.

Mi querida Belinda sigue aferrándose a su escandaloso pasatiempo: los fuegos de artificio. Ha hecho exhibiciones para miembros de las nobles casas de Habsburgo y Valois, y naturalmente también para Su Majestad la reina. Ha prometido un programa especial de fuegos italianos de colores en honor de Richard.

Pero, entre tantos festejos, me pregunto si alguien, aparte de Oliver, se acordará del acontecimiento que la tormenta de esta noche me recuerda tan vivamente. Durante muchos años luché por sobrevivir a nuestra pérdida, y todos los días doy gracias a Dios por mi familia. Pero la tormenta me ha devuelto a aquella noche oscura y lluviosa.

Una noche que habita en mi corazón como el más doloroso de los recuerdos.

Alondra de Lacey,
condesa de Wimberleigh

CAPÍTULO 4

Aidan la miraba con aquellos ojos azules y penetrantes. Pippa notaba por su mirada feroz que no toleraría más bromas ni más evasivas.

Se pasó las manos por el pelo, pasando los dedos por sus nudos rubios y húmedos. Se sentía temblorosa, como cuando se levantaba después de pasar varios días con fiebre. La tormenta la había golpeado con fuerza aterradora, dejándola exhausta.

—El problema es —dijo con sombría honestidad— que tengo la respuesta a todas vuestras preguntas.

—¿Y cuál es?

—Que no lo sé —observó atentamente su reacción, pero él siguió sentado a los pies de la cama, mirándola. La luz del fuego, que brillaba a su espalda, silueteaba sus grandes hombros y hacía refulgir su melena negra.

No apartaba los ojos de ella, y Pippa se preguntó qué veía. ¿Por qué se interesaba por ella un gran señor irlandés? ¿Qué esperaba conseguir de su amistad? Ella tenía poco que ofrecer: un puñado de trucos, unos pocos chistes, una risa o dos. Y sin embargo, él parecía absorto, infinitamente paciente, mientras aguardaba una explicación.

El arrebato de ternura que Pippa sintió por él casi la

asustó. Podía amar a aquel hombre. Podía acogerlo en su corazón. Pero no lo haría. A su modo, Aidan era tan distante como la luna, bello e inalcanzable. Pronto volvería a Irlanda, y ella retomaría su vida en Londres.

–No sé quién soy –explicó–, ni de dónde vengo, ni siquiera adónde voy. Y desde luego no sé qué vais a hacer conmigo –haciendo un esfuerzo, cuadró los hombros–. No es que sea asunto vuestro. Soy dueña de mi destino. Cuando decida indagar en mi pasado, será para dar respuesta a mis preguntas, no a las vuestras.

–Ah, Pippa –se levantó, tomó un cacillo de vino de un caldero que había junto al hogar y sirvió el líquido caliente y especiado en una jarra–. Bebed despacio –dijo, dándole la bebida–. Y veremos si podemos solucionar esto.

Ella aceptó el vino, sintiéndose mimada, y dejó que el líquido terso se deslizara por su garganta. Mab había sido su maestra, su consejera en las artes de la herboristería y la busca, pero la vieja sólo se había ocupado de sus necesidades más básicas, de mantenerla seca y alimentada, como si fuera una res. De Mab, Pippa había aprendido a sobrevivir. Y a protegerse del dolor.

–¿No sabéis quién sois? –inquirió él, sentándose de nuevo a los pies de la cama.

Pippa titubeó, se mordió el labio inferior. Dentro de ella se agitaba un torbellino. Sintió de pronto el impulso de reírse a carcajadas y bromear de nuevo, afirmando ser la hija de un sultán, o una huérfana de los Habsburgo. Luego, con la jarra entre las manos, levantó la mirada hacia Aidan.

Vio arder la preocupación como una llama en sus ojos, y su atractivo surtió sobre ella un efecto mágico: la calentó como el vino, desplegó los secretos que guardaba dentro de sí, penetró en ella hasta encontrar palabras que nunca antes había pronunciado delante de nadie.

Lentamente, dejó la jarra sobre un taburete, junto a la cama, y empezó a hablarle.

—Desde que tengo uso de razón, me han llamado Pippa —aquella afirmación se le atascó en la garganta—. Es algo muy liberador, mi señor. No saber quién soy me permite ser quien se me antoje. Un día mis padres son duques, y al siguiente son granjeros pobres pero orgullosos, y al siguiente héroes de la revolución holandesa.

—Pero lo único que queréis en realidad —dijo él en voz baja— es pertenecer a un lugar. Pertenecer a alguien.

Ella parpadeó, pero no le salió un comentario acerbo, ni una carcajada para responder a aquella acusación. Y por primera vez en su vida reconoció la dolorosa verdad.

—Sí, santo cielo. Lo único que quiero es saber que alguien me quiso alguna vez.

Aidan alargó el brazo y tomó sus manos. Una sensación extraña y reconfortante inundó a Pippa como una ola. Aquel hombre, aquel caudillo extranjero que prácticamente reconocía que había matado a su padre, la hacía sentirse segura, protegida y amada.

—Remontémonos en el tiempo —Aidan le acarició suavemente las muñecas con los pulgares—. Contadme cómo es que estabais en la escalinata de Saint Paul el día que os conocí.

Hablaba de su encuentro como si fuera un momento trascendente. Pippa apartó las manos y apretó la mandíbula, negándose tenazmente a decir nada más. El terror a la tormenta la había hecho bajar las defensas. Luchó por levantarlas de nuevo. ¿Por qué tenía que confesarle sus secretos a un desconocido, a un hombre al que no volvería a ver cuando se marchara de Londres?

—Pippa —dijo él—, es una pregunta bastante sencilla.

—¿Qué os importa a vos? —replicó ella—. ¿Qué interés podéis tener en eso?

—Me importa porque vos me importáis —se pasó una mano por el pelo—. ¿Tan difícil es de entender?

—Sí —dijo ella.

Aidan estiró el brazo y luego se detuvo, y su mano quedó suspendida entre ellos un momento antes de apartarse. Se aclaró la garganta.

—Soy tu patrono. Actúas bajo mi protección. Y son preguntas sencillas.

Pippa se sintió estúpida por ocultarle sus pensamientos como si fueran oscuros secretos. Respiró hondo, intentando decidir por dónde empezar.

—Muy bien. Mort y Dove dijeron que, con el tiempo, todo Londres pasa por Saint Paul. Supongo que confiaba neciamente en que algún día, al levantar la vista, vería a un hombre y una mujer que dirían: «Nos perteneces» —tiró de un hilillo de la colcha—. Qué bobada, ¿no? Naturalmente, nunca pasó nada parecido —soltó una breve risa, sofocando un anhelo melancólico y fugaz—. Aunque me reconocieran, ¿por qué iban a reclamarme, sucia y deshonrada, robando a la gente en la plazoleta de una iglesia?

—Yo lo hice —le recordó él.

Sus palabras encendieron dentro de Pippa un fulgor que calentó su pecho. Deseó lanzarse en sus brazos, balbuceando de gratitud, jurarle que se quedaría con él para siempre. Pero el recuerdo acerado de otros momentos, de otras despedidas, la mantenía distante y recelosa.

—Y por ello estaré siempre en deuda con vos, milord —dijo afablemente—. No os arrepentiréis. Os divertiré como a un rey.

—Eso no importa. Entonces, ¿seguiste actuando como cómica ambulante, vagando por ahí sin hogar, como una gitana? —preguntó.

Pippa contuvo el aliento al sentir el súbito alfilerazo de un recuerdo.

—¿Qué ocurre? —dijo Aidan.

—Acaba de pasarme algo extraordinario. Hace años, cuando llegué a Londres, vi acampada a las afueras de la ciudad, en Moor Fields, una tribu de gitanos. Pensé que eran cómicos ambulantes, pero sus ropas y su forma de hablar eran distintas. Eran como... como una familia. Me sentí atraída por ellos.

Animada por su historia, se sacudió los últimos vestigios del terror de la tormenta. Se echó hacia delante, sentada en la cama, y se abrazó las rodillas.

—Fue tan emocionante, Aidan... Había algo en aquella gente que me parecía reconocer. Casi entendía su lengua, no las palabras, claro, sino su cadencia y sus matices.

—¿Y te acogieron bien?

Ella asintió con la cabeza.

—Esa noche hubo un baile alrededor de una gran hoguera. Allí conocí a una mujer llamada Zara. Era muy mayor. Muy anciana. Algunos decían que tenía más de ochenta años. Habían sacado su camastro para que viera el baile.

Pippa cerró los ojos y recordó su melena crespa y blanca como la nieve, su cara arrugada como una manzana, sus ojos oscuros como la noche, tan intensos que parecían ver el porvenir.

—Decían que estaba enferma, que no se esperaba que viviera, pero pidió verme. Imagínate —abrió los ojos de nuevo, miró a Aidan para ver si la creía o si pensaba que estaba inventando cuentos una vez más. No logró averiguarlo, porque él se limitaba a mirarla y a aguardar con sereno interés. Nadie la había escuchado nunca con tanta atención.

—Continúa —dijo él.

—¿Sabes qué fue lo primero que me dijo? Dijo que iba a conocer a un hombre que cambiaría mi vida.

Él masculló algo en celta y la miró con el ceño fruncido.

—No, es cierto, mi señor, debéis creerme.

—¿Por qué? Habéis mentido sobre todo lo demás.

Su comentario no debería haberla herido, pero la hirió. Arrimó aún más las rodillas a su pecho e intentó ahuyentar el dolor que atenazaba su corazón.

—Sobre todo no, Alteza.

—Continúa, pues. Dime qué te dijo esa bruja.

—Hablaba muy despacio, entrecortadamente —Pippa volvió a verlo todo como si hubiera sucedido la víspera: las llamas saltarinas y el rostro de la anciana, sus ojos profundos y a los gitanos susurrando entre ellos y señalando a Pippa, que se había arrodillado junto al camastro de Zara—. Balbuceaba, supongo, y hablaba en más de un idioma, pero recuerdo que me habló de ese hombre. Y también de sangre, de promesas y de honor.

—¿Sangre, promesas y honor? —repitió Aidan.

—Sí. Eso fue muy claro. Pronunció esas tres palabras, tal cual. Se estaba muriendo, milord, pero se aferraba a mi mano con más fuerza que la muerte misma. No tuve valor para dudar de lo que me decía o hacerle preguntas. Es como si ella creyera conocerme y me necesitara en esos últimos momentos.

Aidan cruzó los brazos sobre su fornido pecho y la observó. Pippa tenía miedo de que volviera a acusarla de mentir, pero él asintió con la cabeza casi imperceptiblemente.

—Dicen que quienes se hallan al borde de la muerte a menudo confunden a extraños con personas a las que conocían. ¿Dijo algo más esa mujer?

—Una cosa más —Pippa vaciló. Volvía a sentirlo todo, las emociones que la habían atravesado mientras aquella desconocida apretaba su mano. Una esperanza terrible había brotado del fondo de su ser—. Una afirmación que jamás olvidaré. Levantó la cabeza y con sus últimas fuerzas clavó su mirada en mí. Y dijo: «El círculo está completo». Luego, menos de una hora después, murió. Algunos gitanos jóvenes parecieron sospechar de mí, así que me pareció prudente marcharme. Además, la cháchara de la anciana...

—¿Te había asustado? —preguntó Aidan.

—No, más bien me había conmovido. Como si tuviera que conocer lo que me decía. Os aseguro que me dio mucho que pensar.

—Me lo imagino.

—Aunque después no pasó nada —dijo ella y, agachando la cabeza, bajó la voz—. Hasta ahora.

Lo miró, estudió su cara. Dios, qué bello era. No simplemente guapo, sino bello a la manera de un risco que se alzara sobre los páramos del norte, o como un majestuoso venado contemplando sus dominios en lo más hondo de un bosque verde y aterciopelado. Era aquélla la clase de belleza que arraigaba en su pecho y desafiaba todos sus esfuerzos por desprenderse de una adoración espléndida y peligrosa.

Entonces notó que tenía una ceja y un lado de la boca levantados en una mueca de ironía. Soltó el aliento en un brusco suspiro.

—Supongo que es el precio que hay que pagar por ser una embustera empedernida.

—¿Cuál? —preguntó Aidan.

—Que, cuando por fin dices la verdad, nadie te cree.

—¿Y por qué pensáis que no os creo?

—Por esa mirada, Reverencia. Tenéis cara de no saber si reíros de mí o llamar a los guardias del manicomio.

Él levantó la ceja un poco más.

—La verdad es que no sé si reírme de vos o besaros.

—Prefiero que me beséis —balbució ella precipitadamente.

Las cejas de Aidan se alzaron y volvió luego a descender lentamente sobre sus ojos, que se habían vuelto suaves y brumosos. La agarró de las manos y tiró de ella para que se pusiera de rodillas. Las mantas se amontonaron a su alrededor, y el fino camisón susurró sobre su piel acalorada.

—Yo también lo prefiero —tocó su cara con la mano. Su pulgar se movió despacio, provocativamente, por la curva de su pómulo y luego hacia abajo, deslizándose como seda sobre mármol hasta tocar su labio inferior y frotar su carne prominente. A Pippa casi le pareció que no necesitaba que la besara para sentirle.

Casi.

—¿Te han besado alguna vez, muchacha?

Ella se sonrojó.

—Bueno, cla...

—Pippa —dijo él, apretando suavemente sus labios con el dedo—, éste sería muy mal momento para mentirme.

—Ah. Entonces, no, Inmensidad. Nunca me han besado —los pocos que lo habían intentado habían recibido un puñetazo en la nariz, pero le pareció prudente no mencionárselo.

—¿Sabes cómo se hace?

—Sí.

—Pippa, la verdad. Lo estabas haciendo muy bien.

—Lo he visto, pero no sé cómo se hace en la práctica.

—Lo primero que tiene que ocurrir...

—¿Sí? —sin dar crédito a su buena suerte, Pippa comenzó a saltar sobre sus rodillas, haciendo crujir el entramado de cuerda que sujetaba el colchón—. Esto es tan emocionante, milord...

Él volvió a acallarla con el pulgar.

—...es que dejes de hablar. Y por el amor de Dios, no lo narres todo. Se supone que esto es un gesto de afecto, pero lo estás convirtiendo en una farsa.

—Ah. Bueno, claro, no era mi intención...

Él la atajó de nuevo, y en aquel mismo momento un leño rodó en la chimenea. El breve resplandor de las chispas se reflejó fugazmente en el centro de los ojos de Aidan. Pippa gimió de puro deseo, pero recordó que no debía hablar.

—Ah, bien hecho —musitó él, y su dedo volvió a moverse con sutil y devastadora ternura, deslizándose apenas dentro de su boca y emergiendo de nuevo para humedecer el labio.

—Si quieres, puedes cerrar los ojos.

Ella sacudió la cabeza sin decir nada. No todos los días la besaba un caudillo irlandés, y no pensaba desperdiciar ni un instante de embriagadora felicidad.

—Entonces mírame —dijo Aidan, acercándose a ella—. Mírame y yo haré el resto.

Ella levantó la barbilla al tiempo que él bajaba la cabeza. Aidan apartó el dedo para dejar sitio a sus labios, y su boca rozó la de ella suave y dulcemente. Pippa sintió brotar un deseo descarnado dentro de sí.

Profirió un sonido, pero él lo sofocó con su boca y se inclinó un poco, hasta que sus labios estuvieron unidos. Sus diestros dedos acariciaban con tierna insistencia la mandíbula de Pippa, y sus labios empujaban la juntura de su boca.

«Ábrete».

Pippa no había aprendido nada de aquello espiando a las parejas que se abrazaban en los callejones de Southwark o se manoseaban entre las sombras de las columnas de Saint Paul.

Cuando la lengua de Aidan penetró en su boca, dejó escapar un chillido de sorpresa y alborozo. Deslizó las manos por su pecho, hacia arriba, y rodeó con ellas su cuello. Ansiaba su cercanía con un deseo arrollador. Su lengua se hundió más aún, y sus manos le acariciaron la espalda, desplegando los dedos y apretándola contra sí.

La rapidez con que respiraba Aidan la sorprendió e hizo que se diera cuenta de que aquella muestra de intimidad también lo había turbado a él. Él también había elegido el beso.

Pippa siempre había sentido curiosidad por todas las cosas alegres y luminosas que veía, y el juego amoroso no era excepción, aunque fuera por completo distinto. Aquello no era una simple apetencia, sino una necesidad repentina y sobrecogedora que ignoraba tener.

Tensando los brazos alrededor de su cuello, se frotó contra él. Deseaba que aquella cercanía durara eternamente. Sentía el latido del corazón de Aidan contra su pecho, sentía palpitar en su carne la energía vital de otra persona y fundirse con la suya de un modo extraño y espiritual.

Aidan se apartó. Una expresión de perplejidad asomó a su cara.

—Ah, muchacha —susurró con urgencia—, tenemos que parar antes de que...

—¿Antes de qué? —Pippa disfrutó al sentir el dulzor del vino en su aliento, rozándole la piel.

—Antes de que quiera algo más que un beso.

—Entonces es demasiado tarde para mí —reconoció ella—, porque yo ya quiero más.

Él se rió muy suavemente, y una sutil nota de angustia resonó en su voz.

—Cuando decides ser sincera, no te muerdes la lengua, ¿no?

—Supongo que no. Y es cierto que te deseo, Aidan.

Una sonrisa dulce y triste curvó la bella boca de Aidan.

—Y yo a ti, muchacha. Pero no debemos permitir que esto vaya más lejos.

—¿Por qué no?

Él le apartó las manos y se levantó de la cama, moviéndose despacio, como si le doliera algo.

—Porque es indecoroso.

Ella frunció el ceño, ofendida.

—A mí nunca me ha preocupado el decoro.

—A mí sí —masculló él, y se alejó. Al llegar junto al caldero, se sirvió una jarra de vino y se la bebió de un trago—. Lo siento, Pippa.

Ya se había alejado de ella, y Pippa se estremeció, helada por su rechazo.

—¿No puedes mirarme para decírmelo?

Él se volvió. Sus movimientos seguían pareciendo cansinos.

—He dicho que lo siento. Me he aprovechado de tu inocencia, y no debería haberlo hecho.

—Yo elegí el beso.

—Yo también.

—Entonces ¿por qué has parado?

—Quiero que me hables de ti. Los besos impiden pensar con claridad.

—Entonces, si te hablo de mí, ¿podremos volver a besarnos?

Él tensó la mandíbula, enojado.

—Yo no he dicho eso.

—Bueno, pero ¿podremos?

Él dejó su jarra con exagerado cuidado y se acercó a la cama. Tomó la cara de Pippa entre las manos y la miró con conmovedora tristeza.

—No, muchacha.

—Pero...

—Piensa en las consecuencias. Algunas de ellas muy duraderas.

Ella tragó saliva.

—Te refieres a un bebé —un anhelo melancólico se agitó dentro de ella. ¿Tan catastrófico sería, se preguntó, que el Mór O Donoghue le diera un hijo? ¿Una criatura pequeña e indefensa que sólo le perteneciera a ella?

Pippa sentía la ternura de las manos de Aidan, pero en su expresión había una dolorosa negativa.

—¿Por qué he de hacer lo que dices? —preguntó, resistiéndose al impulso de lanzarse en sus brazos, de aferrarse a él y no soltarlo.

—Porque te lo estoy pidiendo, *a gradh*. Por favor.

Ella exhaló un suspiro cansino, convencida, sin necesidad de preguntar, de que las palabras que Aidan había dicho en irlandés eran un cumplido.

—¿Sabes lo difícil que es negarte algo?

Él sonrió un poco, se inclinó y la besó en la coronilla antes de soltarla.

—Bueno, estábamos hablando de cuando llegaste a Londres. Conociste a una misteriosa bruja...

—A una gitana.

—En Irlanda la llamaríamos una *sidhe*.

—Me dijo que iba a conocer a un hombre que cambiaría mi vida —Pippa se recostó en las almohadas. Se preguntó si él notaba que se había sonrojado–. Siempre he pensado que se refería a que iba a encontrar a mi padre. Pero he cambiado de opinión. Se refería a ti.

Aidan se sentó a los pies de la cama y se quedó muy callado y pensativo. ¿Cómo podía mostrarse tan indiferente al saber que era la respuesta a una profecía mágica? Qué necia debía de considerarla. Entonces preguntó:

–¿Qué te ha hecho cambiar de opinión?

–El beso –Dios, no era tan sincera en una conversación desde su llegada a Londres. Aidan O Donoghue la impelía a ser sincera. Era un don que tenía, un don que hacía que se sintiera a salvo diciéndole lo que pensaba o incluso lo que sentía, si se atrevía a hacerlo.

Él pareció ponerse rígido, aunque no se movió.

«Idiota», se dijo Pippa. Seguramente estaba deseando librarse de ella. Seguramente la llevaría a rastras al manicomio y cobraría la recompensa por entregar a una loca. No sería el primero en deshacerse así de una muchacha enamorada.

–No debería haber dicho eso –explicó, obligándose a reír–. Ha sido sólo un beso, no un juramento de sangre, ni ninguna de esas bobadas. Verdaderamente, Magnificencia, deberíamos olvidar todo esto.

–Soy irlandés –dijo él suavemente, y su acento musical sonó más pronunciado que nunca–. Los irlandeses no se toman un beso a la ligera.

–Ah –Pippa se quedó mirando su cara mística, iluminada por el fuego, y contuvo el aliento. Tuvo que hacer un esfuerzo para no lanzarse hacia él y pedirle que le subiera las faldas y le hiciera lo que los hombres hacían bajo las faldas de las mujeres.

–¿Pippa?

–¿Sí?

–La historia. Antes de venir a Londres, ¿dónde vivías? ¿A qué te dedicabas?

Aquellas sencillas preguntas extrajeron imágenes muy vívidas del pozo de su memoria. Cerró los ojos y rememoró su largo viaje a Londres, interrumpido a menudo. Perdió la cuenta de las compañías de cómicos itinerantes a las que había pertenecido. Al principio, siempre la recibían con el mismo escepticismo; luego, tras desplegar sus chanzas y hacer sus malabarismos, era bien acogida. Pero nunca se quedaba mucho tiempo. Normalmente se escabullía de noche, dejando casi siempre a un hombre semiinconsciente en el suelo, con la mandíbula o la nariz rota y hablando pestes de ella.

—¿Pippa? —insistió de nuevo Aidan.

Ella abrió los ojos. Cada vez que lo miraba le parecía más bello. Quizás estuviera hechizada. El sólo hecho de mirarlo acrecentaba su atractivo y debilitaba su voluntad de resistirse a él.

Casi con pesar, se tocó el pelo corto. «Quiero ser como tú», pensó. «Bella y amada, una de esas personas a las que los demás desean abrazar y no poner en el cepo». Sintió aquel anhelo como un nudo doloroso en el pecho, de asombrosa intensidad. Aidan O Donoghue estaba despertando en ella, contra su voluntad, sentimientos de los que llevaba toda la vida huyendo.

—Mi viaje a Londres fue lento —dijo—, lo pasé haciendo payasadas y malabarismos por el camino. En ocasiones pasé hambre o dormí al raso, pero no me importó mucho. Siempre había querido venir a Londres, ¿sabes?

—Para buscar a tu familia.

¿Cómo lo había adivinado? Era parte de su magia, pensó Pippa.

—Sí. Sabía que era casi imposible, pero a veces... —se interrumpió y apartó la mirada, avergonzada de su candor.

—Continúa —murmuró él—. ¿Qué ibas a decir?

—Sólo que a veces el corazón pide un imposible.

Aidan alargó el brazo, le levantó la barbilla con un dedo y le guiñó un ojo.

—Y a veces lo consigue.

Ella le lanzó una tímida sonrisa.

—Mab estaría de acuerdo contigo.

—¿Mab?

—La mujer que me crió. Vivía en Humberside, en la playa de Hornsy. Eran tierras que no pertenecían a nadie, así que se instaló allí. Eso fue lo que me contó. Mab era muy sencilla, pero era todo lo que yo tenía.

—¿Cómo es que fuiste a vivir con ella?

—Ella me encontró —Pippa sintió el peso de una sorda resignación. Siempre había odiado la verdad sobre su vida—. Según ella, estaba tendida en la playa, agarrada a un barril de arenques. Había conmigo un perro. Mab decía que yo era muy pequeña, que no tenía más de dos o tres años —el recuerdo la atravesó como un relámpago, y dio un respingo, sacudida por su fuerza. «Recuerda». Aquella orden cruzó su mente con un destello.

—¿Muchacha? —dijo Aidan—. ¿Estás bien?

Ella se tapó los oídos, intentando alejar de sí el susurro insistente del pánico.

—¡No! —gritó—. ¡Por favor! ¡Ya no me acuerdo!

Con una furiosa maldición en irlandés, Aidan O Donoghue, señor de Castleross, la tomó en sus brazos y dejó que bañara su hombro con lágrimas llenas de amargura.

—Haz como si no pasara nada —siseó Donal Og. Iago, Aidan y él estaban en el patio del establo del priorato, al día siguiente. Aidan tenía mozos que cuidaban de sus caballos, pero disfrutaba cepillando a la enorme yegua, sobre todo por la mañana temprano, cuando no había nadie por allí.

En medio del luminoso relente de la mañana, Iago parecía cariacontecido. Detestaba el frío. Decía cosas absurdas del clima de su patria, insistiendo en que en el Caribe nunca nevaba, ni helaba, y que el mar era tan cálido que se podía nadar en él.

Mientras acariciaba distraídamente el fuerte cuello de Grania, Aidan observaba a su primo y a Iago. Qué pareja tan formidable componían, uno moreno y el otro rubio, ambos grandes e imponentes como los riscos de un acantilado.

—No pasa nada —dijo, agachándose para recoger un cepillo. Entonces vio lo que Donal Og tenía en la mano—. ¿Es eso?

Donal Og miró a un lado y a otro. El patio estaba desierto. Un alto seto de matorrales separaba los establos del huerto de la casa principal y de la fábrica de vidrio de la abadía. A través de los resquicios entre los matorrales, Lumley House y sus jardines tenían un aspecto apacible, y las matas de hierbas aromáticas se veían adornadas con gotas de lluvia de la noche anterior que brillaban al sol.

—Léelo tú mismo —Donal Og le entregó un papel a Aidan—. Pero, por el amor de Dios, disimula. Hay espías de Walsingham por todas partes.

Aidan miró hacia la casa, a su espalda.

—Espero que no.

Donal Og y Iago se miraron. Una enorme sonrisa apareció en sus caras.

—Ya era hora, amigo —dijo Iago.

Aidan sintió que le ardían las orejas.

—No es lo que pensáis. Esperaba que me entendierais mejor.

Las sonrisas de los otros se borraron.

—Como quieras, muchacho —dijo Donal Og—. Lejos de nosotros el sospechar que estés beneficiándote a tu invitada.

—¡Ahhh! —gorjeó una dulce voz de mujer a lo lejos. Miraron los tres por entre el alto seto de la casa. Pippa abrió las puertas del salón y salió al sol.

El pergamino se arrugó en el puño cerrado de Aidan. Aparte de eso, nadie hizo ningún ruido. Se quedaron quietos, como si se hubieran helado de pronto. Pippa estaba en lo alto de la escalinata, vestida sólo con su camisón. Estaba claro que creía que no había nadie en el jardín tan temprano. Respiró hondo, como si saboreara el aire áspero de la mañana, que la lluvia había limpiado.

Tenía el pelo revuelto por el sueño, suave y dorado a la luz del día. Aunque Aidan la había besado sólo una vez, recordaba vivamente la suavidad de pétalo de sus labios. Sus ojos estaban levemente amoratados por las lágrimas que había vertido esa noche.

Su cuerpo era tan cautivador como su extraño rostro. El fino camisón, por el que penetraba el sol, dejaba entrever unos pechos altos y erguidos, unas caderas femeninas, una cintura estrecha y unas piernas largas, ensombrecidas en la parte de arriba por un oscuro misterio.

Se apoyó en la cadera la jofaina que llevaba en brazos. Bajó los escalones mientras tres pares de ojos la miraban con pasmo por entre el seto del establo.

Al llegar al pie de la escalinata, se detuvo para apartarse de la cara un mechón rizado y rubio. Luego se inclinó sobre el pozo para sacar agua. La fina tela del camisón susurró sobre un trasero tan turgente y bien formado que a Aidan se le quedó la boca seca.

—Ay, mujer —musitó Iago—. Si yo tuviera una así en mi cama...

—No es lo que pensáis —logró repetir Aidan con voz baja y tensa.

—No —dijo Donal Og con envidia, despegando sus mandíbulas de mala gana mientras Pippa se erguía. El agua salpicó la parte delantera de su camisón, y su carne brilló, rosada, a través del linón blanco. Se detuvo para arrancar un narciso y ponérselo tras la oreja—. No hay duda de que es cien veces mejor de lo que pensamos —añadió Donal Og.

Aidan lo agarró por la pechera del jubón.

—Te obligaré a hacer seis semanas de penitencia si no dejas de mirar.

Ajena a todo, Pippa volvió a entrar en la casa. Iago se enjugó teatralmente la frente mientras Donal Og se paseaba por el patio, cojeando como si estuviera incómodo. El caballo soltó un ruido fuerte y grosero.

—Esa bribonzuela ha resultado ser una belleza, Aidan —dijo su primo—. Yo no la habría mirado dos veces, pero tú la miraste una sola y encontraste una verdadera joya.

—No andaba buscando ningún tesoro, primo —repuso Aidan—. La muchacha se vio atrapada en un tumulto y correría peligro de acabar en prisión. Me limité a...

—Calla —Donal Og levantó una mano—. No hace falta que te expliques, amigo mío. Nos alegramos por ti. No era sano que vivieras como un monje, fingiendo que no sentías las necesidades de cualquier hombre. A fin de cuentas, Felicity y tú nunca...

—Deja de parlotear de una vez —le espetó Aidan, alterado por la sola mención de Felicity. Apretó con más fuerza el pergamino. Tal vez la carta de Revelin de Innisfallen contuviera buenas noticias. Tal vez el obispo le hubiera concedido la anulación. «Por favor, Dios mío, que así sea».

—No vuelvas a hablar de Felicity. Y por Dios que si vuelves a insinuar que Pippa y yo somos amantes, convertiré nuestros lazos de sangre en un baño de sangre.

—¿No te has acostado con ella? —preguntó Iago, horrorizado.

—No. Huyó durante la tormenta y la volví a traer aquí. Parece que las tormentas la asustan especialmente.

—O estás enfermo o eres un santo —dijo Iago, apuntándole al pecho con un dedo—. Tiene el cuerpo de una diosa. Te adora. Tómala, Aidan. Estoy seguro de que ha recibido peores ofertas que la de un caudillo irlandés. Te dará las gracias.

Aidan lanzó un juramento y se acercó a un mojón de

piedra. Apoyó la cadera en él, desdobló el pergamino y empezó a leer.

La carta de Revelin de Innisfallen estaba en irlandés. Y sí, contenía noticias respecto al matrimonio infernal en el que Aidan se había comprometido, presa de la desesperación. Pero eso poco importaba, teniendo en cuenta el resto. Cada palabra se le clavó como una esquirla de hielo. Cuando acabó de leer, miró a Donal Og y a Iago.

–¿Quién ha traído esto?

–Un marinero en un barco de lino que venía de Cork. No sabe leer.

–¿Estás seguro?

–Sí.

Aidan rompió el pergamino en tres trozos iguales.

–Que aproveche, amigos míos –dijo con sorna–. Confío en que no os envenene.

–Dime qué me estoy comiendo –dijo Iago mientras masticaba con repugnancia.

Aidan hizo una mueca al tragarse su pedazo.

–Una insurrección –dijo.

Cuando Aidan regresó a la alcoba de Pippa, ella ya se había vestido. Esta vez se había anudado bien la falda y el corpiño.

Estaba sentada a la mesa de roble que ocupaba el centro de la habitación y no levantó los ojos cuando él entró. Ante ella, sobre la mesa, había varios objetos. El sol de la mañana entraba a raudales, en grandes lingotes oblicuos. La luz brillaba en su pelo y doraba su tez suave como una perla. El narciso que había cortado adornaba mejor sus rizos que un peine de oro puro.

Aidan sintió una punzada en las entrañas. Justo cuando creía haber conquistado y aniquilado la ternura que tenía dentro, encontraba a una muchacha que despertaba de nuevo su corazón.

Al diablo con ella. Parecía la virtud y la inocencia personificadas, un ángel en un retrato idealizado, con la cara bañada por el sol y el cabello como una aureola, la pureza de su perfil y la carnosidad de sus labios, que fruncía, concentrada en su tarea.

—Sentaos, Serenidad —dijo suavemente, sin levantar la mirada—. He decidido contaros más cosas porque...

—¿Por qué? —Aidan hizo un esfuerzo por alejar de sí el recuerdo de las noticias de Irlanda, se acercó a la mesa y se dejó caer en el banco, a su lado.

—Porque os interesan.

—No deberían...

—Pero así es —insistió ella—. Os interesan, a pesar de vos mismo.

Él no lo negó. Cruzó los brazos sobre la mesa y se inclinó hacia delante.

—¿Qué es todo esto?

—Mis cosas —tocó la bolsa floja y polvorienta que llevaba atada a la cintura el día que se conocieron—. Es asombroso lo poco que se necesita para sobrevivir. Todo lo que tengo está en esta bolsa. Cada objeto tiene un significado especial para mí, una importancia. Si no, me deshago de él.

Hurgó en la bolsa, sacó una caracola y la puso sobre la mesa, entre ellos. Relucía de tanto tocarla y era blanca por fuera, pero la curva interior estaba teñida de tonos rosados cuya intensidad se reducía progresivamente.

—Ni siquiera recuerdo cómo la encontré. Mab siempre decía que se me daba bien encontrar las cosas que el mar dejaba en la playa, y que desde muy pequeña le llevaba objetos maravillosos. Manzanas para hacer juegos malabares, un pesario de hierbas silvestres. Una vez encontré el cráneo de un ciervo.

Sacó un mechón de pelo negro y blanco, atado con un cordel.

—Espero que no sea de la pobre Mab —comentó Aidan.

Ella se rió.

—Por favor, Magnificencia. No soy tan cruel —acarició el mechón—. Es del perro con el que estaba cuando me encontró Mab. Ella juraba que el pobre animal me salvó de ahogarme. Estaba medio muerto, pero se recuperó y vivió con nosotras. Según Mab, yo decía que se llamaba Paul.

Apoyó la barbilla en la mano y se quedó mirando la pared encalada de junto a la ventana, sobre cuya superficie el sol de la mañana dibujaba cintas de luz de colores.

—El perro vivió cuatro años desde que Mab nos encontró. Yo apenas me acuerdo de él, aparte de... —se detuvo y frunció el ceño.

—¿Aparte de qué? —preguntó Aidan.

—Por la noche, cuando había tormenta, me acercaba a su cama y dormía con él —le enseñó unos cuantos tesoros más. Una página de un libro que no podía leer. Aidan vio que pertenecía a un panfleto ilegal criticando los planes de la reina para casarse con el duque de Alençon—. Me gusta el dibujo —dijo Pippa con sencillez, y le mostró otros objetos: una bola de lacre y una campanilla de bronce—. La robé de la carreta de la gitana —acero y pedernal, una cuchara.

Aidan comprendió con una punzada de lástima que eran los retazos de una vida dura, vivida a escape.

Y entonces, casi como timidez, ella comenzó a sacar cosas recogidas hacía poco: la navaja de mango de asta de Aidan, que él no había tenido valor para reclamarle; y una jarra de cerveza de La Cabeza de Penco.

Lo miró directamente a los ojos con un afecto que rayaba la adoración.

—He guardado un recuerdo de cada día que he pasado con vos —le dijo ella.

Aidan sintió una opresión en el pecho. Se aclaró la garganta.

—Ya veo. ¿No tienes nada más que enseñarme?

Ella volvió a guardar pausadamente sus tesoros en la

bolsa. Se movía con tanta parsimonia, con tanto esmero, que Aidan sintió el impulso de ayudarla para que se diera prisa.

El mensaje que había recibido aún le ardía en la mano. En Irlanda había un desastre en potencia esperándolo, y allí estaba él, conversando sobre sus recuerdos con una muchacha confusa y posiblemente trastornada.

La carta había llegado desde Kerry, llevada primero por un jinete hasta Cork y luego en barco. Revelin, el amable amanuense de Innisfallen, lo avisaba de que una banda de forajidos campaba por Kerry saqueando a voluntad, robando hasta a sus compatriotas irlandeses e incitando a los menesterosos a alzarse contra sus opresores. Le informaba de que la banda había llegado al pueblo de Killarney y se había congregado en torno a la casa de Fortitude Browne, un odiado súbdito inglés que recientemente había sido nombrado alguacil del distrito.

Revelin no estaba seguro, pero daba a entender que los forajidos intentaban tomar rehenes. Quizás a Valentine, el gordo y lloroso sobrino de Fortitude.

Aidan juntó las manos con fuerza, presa de la impotencia. Desde Londres no podía hacer nada. La reina Isabel lo había llamado para obligarlo a someterse a ella y volver a donarle luego sus tierras. Le estaba haciendo esperar sólo para demostrar su poder. Aidan refrenó el impulso de marcharse de Londres sin pedirle siquiera permiso. Pero eso sería un suicidio, tanto para él como para su gente. Los ejércitos de Isabel en Irlanda eran el instrumento de su ira.

Como lo había sido Felicity.

Aidan escribiría a Revelin, naturalmente, pero aparte de eso sólo podía rezar para que prevaleciera la prudencia y aquellos bandidos se dispersaran.

—Tengo que enseñaros una cosa más —dijo Pippa, sacándolo bruscamente de sus cavilaciones.

Aidan miró sus ojos claros y de pronto, sin saber por qué, sintió que su pesadumbre se disipaba.

Había algo en ella que lo conmovía. Le recordaba al esforzado pueblo de su comarca y a su tenaz lucha contra la dominación inglesa. La determinación de Pippa era tan firme como la de su padre, que había preferido morir a someterse a los ingleses. Y sí, Pippa le recordaba a Felicity Browne, antes de que aquella fría beldad inglesa mostrara su verdadera cara.

—Muy bien —dijo, intentando olvidar el desastre que se preparaba en Irlanda—. Enséñame una cosa más.

Ella respiró hondo y soltó el aire lentamente al tiempo que ponía su mano cerrada sobre la mesa. Volvió con esfuerzo la mano y dejó al descubierto un objeto de oro de buen tamaño, pero bastante feo.

—Es mío —afirmó.

—Yo no he dicho que no lo sea.

—Me preocupaba que lo dijerais. ¿Veis? —lo dejó sobre la mesa—. Ahora tiene un aspecto extraño, pero no siempre ha sido así. Lo llevaba prendido al vestido cuando Mab me encontró —lo ladeó hacia él—. Está hueco, como si algo encajara dentro. Antes tenía por fuera doce perlas idénticas en torno a un enorme rubí. Mab decía que este alfiler y el vestido que llevaba demuestran que procedo de una familia noble. ¿Qué pensáis vos, mi señor? ¿Soy de estirpe noble?

Aidan observó sus facciones de duendecillo, sus ojos grandes y frágiles, su boca expresiva.

—Creo que os hicieron las hadas.

Ella se rió y prosiguió con su historia.

—Cada año, Mab vendía una perla. Cuando murió, intenté vender el rubí, pero me acusaron de robarlo y tuve que huir para salvar la vida.

Hablaba tranquilamente, incluso con un deje de humor e ironía, pero pese a ello Aidan se imaginó a una muchachita hambrienta y asustada huyendo de la ley.

—Así que ahora sólo me queda esto —Pippa dio la vuelta al broche y señaló unas marcas que había por detrás, bajo el alfiler—. Estoy segura de que sé qué significan estos símbolos.

—¿Ah, sí? —él sonrió al verla tan seria.

—Son runas celtas que proclaman que quien lleva este broche es la encarnación de la reina Maeve.

—¿Sí?

Ella se encogió de hombros.

—¿Tenéis una idea mejor?

Él ladeó el broche para que el sol iluminara el grabado en todos sus detalles. Había empezado a asentir con la cabeza y a declarar que Pippa tenía toda la razón cuando recordó algo.

No eran dibujos hechos al azar, sino una leyenda escrita en un alfabeto distinto. No era hebreo, ni griego; Aidan había estudiado ambas lenguas. Pero entonces ¿por qué le resultaba tan familiar?

Frunció el ceño y buscó pluma y pergamino. Mientras Pippa lo miraba fascinada, copió cuidadosamente los símbolos y volvió la página a un lado y a otro, frunciendo el ceño, concentrado.

—¿Aidan? —dijo Pippa—. Lo miráis como si fuera la zarza ardiente de Moisés.

Él le devolvió el broche.

—Es muy bonito, y no me cabe ninguna duda de que desciendes de la reina Maeve —se guardó distraídamente la copia que había hecho—. Dime una cosa. Muchas veces preferiste pasar hambre a vender esa pieza de oro. ¿Por qué nunca intentaste empeñarla o cambiarla por algo?

Ella se llevó el broche al pecho.

—Jamás renunciaré a esto. Es lo único que tengo. La única cosa que me pertenece. Cuando lo tengo en la mano, a veces puedo... —se mordió el labio y cerró los ojos con fuerza.

—¿Qué?

—Puedo verlos —susurró.

—¿Verlos?

—Sí —dijo ella, abriendo los ojos—. Nunca le he dicho esto a nadie, Aidan.

«Entonces no me lo digas», quiso advertirla él. «No me hagas partícipe de tus sueños, porque no puedo hacer que se cumplan».

Pero aguardó, y un momento después Pippa continuó.

—Es una idea que me consume desde que murió Mab. Tengo que encontrarlos, Aidan. Quiero encontrar a mi familia. Quiero saber de dónde vengo.

—Es natural. Pero tienes muy pocas pistas.

—Lo sé —reconoció ella—. Pero a veces, cuando acabo de despertarme y estoy tumbada entre el sueño y la vigilia, oigo voces. Veo gente. Es muy vago y muy confuso, pero sé que está todo relacionado.

Guardó el alfiler de oro y se aferró a su mano.

—Tengo que creer que soy alguien, mi señor. ¿Podéis entenderlo?

Aidan se llevó sus manos a los labios y le besó los dedos suavemente, mirándola a los ojos. La mirada desvalida de Pippa le hacía sentirse incómodo, porque le recordaba lo que jamás podría darle.

Ella necesitaba el amor constante e incondicional de un hombre que la ayudara a curar y a valorarse, y que al mismo tiempo le enseñara lo que era el amor. Y él no podía ser ese hombre.

Podía amarla apasionadamente.

Pero no para siempre.

De los Anales
de Innisfallen

Pasadas ya varias semanas desde que envié mi misiva a Londres, sigo fustigándome por haber echado esa carga sobre los aguerridos hombros del Mór O Donoghue. Confiaba en suavizar el golpe con la noticia de que la Arpía (es decir, su señora esposa) había desaparecido para siempre de su vida, pero el obispo no deja de dar largas, de retorcerse las manos y andarse por las ramas. A veces creo que teme más a los ingleses que al Mór O Donoghue, lo cual es un grave error.

Aunque creía que era mi deber informar a Aidan de la insurrección, espero que no se desvíe de su propósito en Londres. Un acuerdo con Isabel, la reina de las islas, es nuestra última esperanza. Sobre todo ahora, y que Dios nos ampare.

Toda su vida, mi señor de Castleross se ha visto cruelmente zarandeado entre fuerzas que reclamaban su lealtad, su energía, su afecto. Su padre no le enseñó nada, salvo a odiar y guerrear, a robar y saquear. Creo que soy el único que lo ve como realmente es: un hombre dividido entre el deseo y el deber, un hijo abocado a cumplir el sueño de un padre al que despreciaba, un caudillo que lucha por suplir las necesidades de su pueblo.

A veces, en esos ensueños paganos que tantos problemas me traen con el abad, veo al Mór O Donoghue avanzar desatado como Fionn Mac Cool por el Camino de los Gigantes, dirigiéndose no hacia el nido de víboras en el que se ha convertido su comarca, sino hacia un lugar muy lejano, hacia una libertad ganada con el sudor de su frente y grandes pedazos de su siempre demasiado generoso corazón.

Revelin de Innisfallen

CAPÍTULO 5

—Abundantísima Excelencia —dijo Pippa con la voz que ponía cuando quería actuar—, hoy os sonríe la fortuna —sonrió ansiosamente cuando Aidan levantó la mirada de la mesa en la que estaba enfrascado conversando con Donal Og e Iago.

Donal Og la miró, como siempre, con aquel ceño fruncido que parecía decir «lárgate». Pero Pippa, que no estaba dispuesta a que echara por tierra sus planes, le sacó la lengua.

—Iba a invitaros también a vos, pero puede que no lo haga.

Iago se levantó de la mesa.

—¿Adónde vamos?

Ella lo miró con una sonrisa de oreja a oreja. A diferencia de Donal Og, Iago siempre estaba dispuesto a emprender una aventura.

Con Aidan, nunca se sabía.

Aidan se frotó el puente de la nariz de una forma que hablaba de una noche de insomnio. Pippa deseó poder aliviar sus preocupaciones, pero él ni siquiera le diría de qué índole eran. ¿Acaso no era consciente de cuánto le importaba? ¿De cuánto ansiaba tomar su bello y cansado rostro entre las manos y borrar aquel ceño de su frente con un beso?

—Venid, mi señor Remolón —lo instó ella, avergonzada de sus propios pensamientos—. Hasta Atlas tiene que bajar una mano de vez en cuando para rascarse las posaderas.

Aidan levantó los ojos al cielo.

—¿Cómo voy a rechazar un ofrecimiento tan encantador?

—Pone más títulos que la reina misma —dijo Donal Og.

—Ah, pero los míos salen mucho más baratos, sir Donal del Corto Ingenio.

—¿A qué debemos este honor, mistress Trueheart? —preguntó Aidan.

Pippa sintió que el rubor le subía por el cuello y coloreaba sus mejillas. Se estaba sonrojando. Ella. Qué ridiculez. Se estaba volviendo más blanda que la esposa de un mercader de lanas.

—Parecéis necesitar diversión, milord. Estos últimos dos días no habéis hecho otra cosa que escribir cartas, gritar a vuestros hombres, pasearos de un lado a otro y soltar juramentos. Y beber vino como si fuera agua de lluvia.

—Peligros de ser caudillo, pequeña —dijo Iago.

Ella le hizo una breve reverencia. Llevar ropa decente le sentaba mejor de lo que jamás había imaginado.

—He decidido llevaros al teatro.

Iago dio una palmada con sus grandes manos.

—¡Excelente! —luego juntó las cejas, perplejo—. ¿Qué es el teatro?

Pippa abrió los brazos, queriendo abarcarlos a los tres.

—Lo que uno quiera que sea.

Una hora después, Pippa estaba en el patio de los establos, mirando un caballo ensillado como si fuera un dragón que escupiera fuego.

—No veo por qué no podemos ir andando.

—Así tardaremos menos —dijo Aidan—. No tienes miedo, ¿verdad?

—¿Miedo? —su voz subió una octava—. ¿Yo? ¿Pippa Trueborn, miedo de una... de una bestia de carga con el cerebro de un mosquito?

Aidan la miró, risueño.

—Pensaba que te daría miedo montar la primera vez, y tenía razón. Supongo que podríamos ir los dos en Grania...

—¡Ja! —ella le clavó un dedo en la pechera del jubón—. Mirad —entre un revuelo de faldas e indignación, se agarró al arzón de la silla e intentó encaramarse al lomo del alto caballo bayo. El animal resopló y se movió ligeramente—. Ven aquí, peste orejuda —agarrándose a la silla, consiguió meter el pie en el estribo. El animal escogió ese momento para cruzar el patio. Pippa chilló y fue saltando a su lado a la pata coja—. ¡Santo cielo, este engendro del diablo va a matarme! —gritaba—. ¡Salvadme, por Dios!

Acababa de tomar aire para soltar otro grito cuando unos fuertes brazos la asieron por la cintura. Era Donal Og, que se reía tan fuerte que Pippa sentía estremecerse su corpachón. Iago había agarrado las riendas del bayo y se reía a carcajadas. Ella les obsequió con una prodigiosa sarta de exabruptos que sólo consiguieron redoblar sus risotadas mientras Aidan, igual de alborozado, le desenganchaba el pie del estribo.

Pippa se apoyó en él, tambaleándose, y luego se apartó de un empujón y los miró a los tres con enfado.

—Dejad de rebuznar, cabezas de chorlito —dijo—. Voy a montar a este caballo aunque tenga por maestros a un trío de patanes.

Para su sorpresa, fue Donal Og quien más la ayudó. Aunque el grandullón se esforzaba por parecer hosco, no conseguía ocultar su aire de paciencia y buen humor. Fue él quien la enseñó a sujetar las riendas y quien la ayudó a sostenerse en la silla para no perder el equilibrio. Entre tanto, Iago tranquilizaba al caballo haciéndole carantoñas con voz musical. Poco después, Pippa estaba sentada sobre el caballo, orgullosa y sonriente, convencida de que dominaba el arte hípico.

Cuando salieron los cuatro del patio, preguntó:

—¿Cómo se llama este caballo, milord?

—¿No te lo he dicho? —el Mór O Donoghue guiñó un ojo—. Se llama Mosquito.

Salieron a Woodroffe Lane, dejando atrás los estrechos callejones, cruzaron al trote Finsbury Fields, salpicado de molinos de viento, y pasaron Holywell, donde los días de fiesta la gente iba a comer al aire libre. La bandera del teatro ondeaba al viento, a lo lejos, y Pippa dio un grito de alegría.

Pero ello fue un error. El caballo dejó de trotar y partió al galope. Pippa chilló, aterrorizada, y se aferró a la crin del animal. Al mirar hacia abajo, vio pasar el suelo a toda velocidad. Aidan gritó algo, pero ella no le entendió.

La idea de que estaba a punto de morir de forma violenta resultó inesperada e intensamente liberadora. La resignación disipó el pánico y Pippa descubrió que la emoción que se agitaba dentro de ella ya no era miedo, sino euforia. Nunca se había movido tan deprisa. Era como volar, pensó. Era una pluma empujada por la brisa, alzándose cada vez más alto, y nada le importaba, salvo la velocidad.

Dos sombras la cercaron. Aidan y Donal Og. Se pusieron a su lado y obligaron a su caballo a aflojar el paso. Como una pluma, Pippa se posó lentamente en tierra, sus manos se relajaron y su boca se ensanchó en una sonrisa de puro deleite.

—Lo conseguimos, milord —dijo con voz trémula—. Mirad —delante de ellos había un enorme establo y un abrevadero y, más allá, el teatro se alzaba como una ciudadela.

Entusiasmada aún por la carrera, Pippa se deslizó hasta el

suelo. Con mano temblorosa entregó las riendas al mozo que esperaba. Aidan y sus compañeros hicieron lo mismo, lanzaron unas monedas a los mozos y les advirtieron que cuidaran bien de sus monturas.

—Ojo con su bocado —le gritó Pippa al mozo que se llevaba a su caballo—. Y dale bien de beber —la sola idea de que alguien la obedeciera le parecía embriagadora.

Bajo la bandera del teatro se congregaba todo tipo de gente: nobles, mercaderes, mendigos y alcahuetes. Pippa tiró de la manga de Aidan y los condujo hacia una de las puertas.

—Si no queréis pagar, podemos quedarnos de pie en el patio, pero por un penique cada uno podemos...

—Yo quiero verlo desde allá arriba —él señaló la escalera que conducía a las curvas filas de asientos.

—Ah, milord, para eso hay que pagar un precio más alto y, además, los asientos son para la nobleza.

—¿Y qué somos nosotros? —preguntó Iago con un resoplido altanero—. ¿Plebeyos?

Ella se rió.

—Yo siempre me he encontrado muy a gusto con el público de a penique. Los actores nos adoran, porque nos reímos y gritamos cuando hay que hacerlo. Los puritanos nos odian.

—No me hables de puritanos —dijo Aidan—. Bastante he sufrido ya a esa gente.

—Ah, entonces ¿conocéis a muchos cuervos negros, Reverencia?

La respuesta de Donal Og en irlandés pareció indicar que sí, pero antes de que Pippa pudiera pedir una traducción, Iago los empujó hacia las escaleras.

—Esperad —dijo ella—. No tengo máscara.

—Ahora sí —Aidan le dio un antifaz de seda negra—. Es una costumbre curiosa, pero los ingleses son un pueblo curioso.

Mientras se anudaba el antifaz, Pippa deseó que Aidan no hablara así: sólo conseguía poner de manifiesto hasta qué punto era un extranjero en el único mundo que ella conocía.

Pero mientras subía por la escalera el asombro se apoderó de ella. Había formado parte del público de a penique muchas veces, pero nunca había pagado una butaca en el teatro.

El magnífico edificio estaba diseñado en forma circular, como el jardín de fieras de Southwark. El escenario se alzaba, inclinado, en medio de la platea. En él, la pintura y la escayola daban vida al colorido mundo de la imaginación.

Cuando salieron a las gradas, la gente miró a Aidan, Donal Og e Iago. Sonrojada detrás de su antifaz de seda, Pippa levantó la barbilla, dándose importancia, y disfrutó de las miradas boquiabiertas del público, que los observaba entre el pasmo y la admiración. Iago, con su piel oscura y su atuendo multicolor, era el más llamativo de los tres, pero Donal Og y Aidan, que se alzaban muy por encima de los prósperos mercaderes y los caballeros, cosecharon también un sinfín de miradas maravilladas.

—¡Diablos! —exclamó Iago, dando un respingo al tiempo que se volvía—. Me han dado un pellizco.

Pippa contuvo la risa. Una mujer gorda, ataviada con un vestido de color cereza, le guiñó un ojo a Iago por detrás de un antifaz con plumas. Pero acto seguido otra mujer a la que los pechos prácticamente se le salían del corpiño fijó su atención en Aidan, bajó los párpados y se pasó la lengua encarnada por los labios.

Pippa agarró a Aidan de la manga y tiró de él.

—No os acerquéis a ésa —lo advirtió.

Los ojos de Aidan brillaron, llenos de regocijo.

—¿Y eso por qué?

—Es un mal bicho. Acordaos de lo que os digo.

—Me acordaré —dijo él, riendo.

Pippa respiró hondo.

—Podría pegaros algo que no podríais lavaros.

Él profirió un sonido estrangulado. Luego le puso una mano sobre el hombro.

—No me atraen las vacas pintadas —su voz era baja e íntima—. Prefiero con mucho el encanto de la inocencia.

Pippa sintió que su corazón aleteaba de alegría. Luego él le guiñó un ojo.

—Eso por no hablar de los malabarismos.

Un estremecimiento de emoción corrió por la espalda de Pippa. Se agarró al brazo de Aidan, tan orgullosa de ser la acompañante del Mór O Donoghue que ni siquiera sentía el suelo bajo sus pies. Absorbía como una esponja seca los modales de la nobleza, aprendiendo a agitar el abanico delante de su pecho, a doblar puntillosamente el dedo al degustar la comida, a taparse la boca al reírse de alguna broma hecha en el escenario.

La obra trataba sobre un marido cornudo y su insaciable esposa, y Pippa disfrutó de lo lindo, a pesar de que no sería la comedia lo que recordaría de ese día, como no recordaría haber probado las empanadas, los frutos secos y los dulces que Donal Og compraba a los vendedores que pasaban cargados con bandejas.

Lo que recordaría sería haber estado con Aidan. Oír la música de su risa. Mirar de soslayo su hermoso perfil. Imitar las maneras y las expresiones de las señoras de la nobleza, aunque él dijera que aquellos melindres no le interesaban.

Olvidó el ritual al que antes siempre se entregaba. Cada vez que se hallaba entre una multitud, escudriñaba cada cara en busca de algo que le resultara familiar, aunque fuera vagamente: una forma de ladear la cabeza, un gesto de la boca, algo que marcara su relación con otro ser humano; algo que la convirtiera en miembro de una familia.

Ese día, sin embargo, su obsesión quedó olvidada. Se preguntó por qué, y respondió con el corazón.

Cuando estaba con Aidan O Donoghue, no necesitaba familia, porque le pertenecía en cuerpo y alma.

Aidan se preguntaba qué edad tenía ella. Algunas mujeres llevaban sus años como un escudo de armas: uno u otro detalle denotaba claramente, les gustara o no, que tenían dieciocho, veintiséis o treinta y dos.

Pero Pippa no. Pippa daba brincos a su lado, reía y chillaba de alegría mientras miraba la farsa que se desarrollaba en el escenario. A veces, al verla tan joven, tan entusiasta y tan fresca como el amanecer, Aidan se convencía de que no podía tener más de dieciséis años. Pero luego la melancolía la cubría como una niebla, y hacía algún comentario tan sabio y hastiado del mundo que Aidan habría jurado que era viejísima.

Un grupo de payasos salió al escenario, dándose mazazos en la cabeza los unos a los otros. Pippa soltó una carcajada, se dio una palmada en las rodillas y olvidó que estaba entre nobles damas.

—¿Cuántos años tienes? —preguntó por fin Aidan. Pero en ese mismo momento maldijo su estupidez. Aquello no debía importarle.

Sin dejar de reír, Pippa se volvió hacia él. Luego, poco a poco, fue adoptando aquella expresión seria y penetrante contra la que Aidan no tenía defensa.

—No lo sé —dijo.

—¿Cómo que no lo sabes?

Ella bajó la cabeza. Las risas y los aplausos ahogaban su conversación y Aidan tuvo que acercar la cabeza a ella para oírla.

—Olvidáis, mi señor —dijo Pippa— que yo no nací, me encontraron. ¿Quién sabe qué edad tenía entonces? ¿Dos años? ¿Tres? ¿Cuatro?

Aidan imaginaba que había nacido fuera del matrimonio y había sido abandonada por una madre que no podía mantenerla, o quizá que había quedado huérfana al morir su madre. El broche de oro y el rico vestido con los que había sido encontrada eran pistas interesantes. Pero, aunque fuera de estirpe noble, ello no alteraba sus circunstancias. Estaba completamente sola en el mundo. Lo único que Aidan sabía con toda certeza era que había resultado herida por una fuerza terrible: llevaba consigo el estigma del abandono.

El dolor de sus ojos le dio ganas de estremecerse.

—No dejo de hacerme la misma pregunta, mi señor. ¿Estaba destinada a que me encontraran, o a morir allí tumbada?

Él la agarró de los hombros.

—Pippa...

—Fue pura suerte que Mab tropezara conmigo, así que no tengo más remedio que pensar que no estaba destinada a vivir —miró a los payasos del escenario, pero no pareció verlos—. Imaginaos. Había nacido hacía poco tiempo, y entonces alguien decidió que todo se acabara para mí.

—Eso no lo sabes —dijo él, disimulando su compasión con hosquedad.

Ella parpadeó, y una hermosa sonrisa borró su melancolía.

—Estuve doce años con Mab. Un año por cada perla que vendió.

—Dijiste que siempre vendía una por san Miguel —le soltó los hombros y se volvió, fingiendo interés por lo que ocurría en el escenario.

—Y luego vine a Londres. Llevo aquí once años.

—Eso concreta un poco las cosas. Tienes entre veinticinco y veintisiete años.

Pippa se mordió el labio.

—Lo bastante vieja para ser una solterona.

Aidan le apartó un mechón de la frente.

—No te pareces a ninguna solterona que yo haya conocido.

Con un leve grito de alegría, Pippa se aferró a su brazo y pegó su mejilla a la de él.

—Qué amable sois, mi señor. Mort solía decir que los irlandeses son unos salvajes, pero vos sois la prueba de que no es así —lo miró con ojos brillantes—. Nadie se había molestado nunca en hablarme con amabilidad.

Aidan sintió la mirada fija de Donal Og como un hierro candente y miró a su primo por encima del hombro. Donal Og había conseguido encontrar a la segunda mujer más bella del teatro, con la que estaba bebiendo vino especiado.

—Me preocupas, primo. De veras —le dijo Donal Og en gaélico—. Si sólo quisieras levantarle las faldas y jugar a esconder la salchicha, lo entendería. Eso es lo que pienso hacer yo con aquí mi encantadora amiga.

La «encantadora amiga» hizo un mohín.

—¿Qué secretos os contáis en esa lengua bárbara?

—Hablan de una cosa que hace con aceite para candiles —dijo Pippa, solícita— y una botella de vi...

Aidan le tapó la boca con la mano.

—No hagáis caso de esta bribona —le dijo Donal Og a su acompañante—. Tiene un sentido del humor muy retorcido.

Aidan sintió que la mano de Pippa se deslizaba lentamente por su brazo, acariciándolo.

—Tú diviértete, que yo haré lo mismo —le dijo en irlandés a Donal Og.

El gentío se reía a carcajadas de las travesuras de los comediantes.

—Por Dios, Aidan, eres el Mór O Donoghue. Piensa lo que haces —dijo su primo con una nota de advertencia—. Te guste o no, tu destino lo sellaron hace mucho tiempo fuerzas que escapaban al control de los hombres. Hasta el conde de Desmond se ha echado al monte como un vulgar ladrón. Eres el responsable de mantener la paz de un distrito entero. No puedes convertirte en la niñera de una rapacilla inglesa.

—¿Crees que no lo sé? —dijo Aidan. La mano de Pippa se deslizó más abajo; sus dedos le acariciaron la muñeca, se detuvieron sobre sus venas palpitantes. Aidan creía haber encontrado la respuesta con Felicity Browne, una perfecta rosa inglesa incluida en el acuerdo para mantener la paz. Pero Felicity era el mayor error que había cometido nunca.

—No te conviene enamorarte de ella —Donal Og señaló a Pippa con la cabeza.

—¿Y qué te hace pensar que me estoy enamorando? —preguntó Aidan, molesto—. Es la mayor idiotez que he oído nunca.

Pero mientras hablaba la mano de Pippa se deslizó en la suya y se quedó allí, tímidamente, como un pajarillo silvestre que buscara resguardo en una tormenta.

Era imposible que aquella mujer y él tuvieran algo en común, por más que la deseara. Y sin embargo Pippa lo fascinaba. Sacudía inopinadamente su soberbia natural, lo desafiaba y lo contradecía, le hacía reír y le rompía el corazón al mismo tiempo. Cada momento que pasaba con ella relucía como una joya, pero era tan fugaz como el brillo del sol sobre el agua en movimiento: deslumbrante e intenso, pero efímero.

Cada minuto que pasaba con ella, pensó notando una opresión en el pecho, vislumbraba lo que nunca podría tener.

Se obligó a reírse de las payasadas que tenían lugar en el escenario para ocultar la angustia que atenazaba su corazón. Si fuera de veras el hijo de su padre, simplemente se acostaría con ella. Y bien sabía Dios que eso era lo que le pedía el cuerpo. Nunca había deseado tanto saborear la boca de una mujer, tomarla en sus brazos y hundirse en su calor.

La fe ciega que Pippa depositaba en él resultaba desconcertante, sobre todo teniendo en cuenta las cosas que se le pasaban por la cabeza. ¿Acaso no sabía que la posición de un caudillo irlandés era siempre precaria, que era probable que su vida acabara a sangre y fuego?

Aidan tomó una decisión. Mientras los cómicos salían a saludar, recogiendo los vítores y las monedas que les lanzaban, se le ocurrió un modo de mantener a salvo a Pippa mucho después de que él se hubiera ido.

—Ni pensarlo —dijo ella al día siguiente, intentando parecer indignada cuando en el fondo se le estaba partiendo el corazón—. Jamás haría lo que sugerís, mi señor de las ideas absurdas.

Caminaba por el sendero del jardín, consciente de la belleza del día. Las dedaleras y las aguileñas formaban un tumulto de colores y aromas, y el sol brillante tocaba las copas de los olmos y los tejos.

—Es una buena idea —Aidan se apoyó en el pretil del pozo y cruzó los tobillos. Estaba tan insolentemente guapo que Pippa sintió deseos de abofetearlo—. Creo que deberías pensarlo.

—¡La corte! —estalló ella, casi atragantándose con la palabra—. No puedo creer que penséis que podría ir a la corte. Como bufón, quizá. Pero ¿como una dama? Eso nunca.

—Escúchame, al menos —llevaba el jubón abierto por el cuello y, por más que lo intentaba, Pippa no podía dejar de imaginarse cómo sería su pecho, ancho y musculoso, moreno, cubierto de suave vello por el centro...

Enseguida se impacientó consigo misma. Levantó el brazo y arrancó tres peritas verdes de un árbol y empezó a hacer juegos malabares con ellas, haciéndolas girar una y otra vez, ociosamente.

—Os estoy escuchando. Intentaré no resoplar de repugnancia demasiado fuerte.

Él se apartó del pozo y juntó las manos a la espalda. Parecía un comandante planeando la estrategia de una batalla.

«Y eso está haciendo», dijo una fea vocecilla dentro de ella. Planear una campaña para quitársela de encima.

«Pero si acabo de encontrarte», quiso decirle ella.

—Aún no conozco a tu reina —dijo Aidan—, pero me han dicho que le gusta la gente ingeniosa —siguió con la mirada las peras con las que ella jugaba sin esfuerzo.

—Y a mí me han dicho que le quitó el título a un caballero por peerse en su presencia —replicó Pippa.

—Tú le gustarás.

—Decidme, ¿de dónde os habéis sacado esa idea? ¿Y cómo sabéis que le gustaré a la reina?

—Tú gustas a todo el mundo. Hasta a Donal Og.

—Tiene una manera encantadora de demostrarlo. ¿Qué es lo que me llamó esta mañana?

—Una pesadilla vestida de tafetán —contestó Aidan con voz risueña.

—¿Lo veis? —mantuvo las peras en movimiento, fingiendo despreocupación—. ¿Y a vos, Aidan O Donoghue? ¿Os gusto?

—Me siento responsable de ti. Quiero hacer lo que más te convenga.

—¿Es propio de los irlandeses? —preguntó ella.

—¿El qué?

—Fingir que contestan a una pregunta cuando en realidad no dicen nada —recogió las peras y le arrojó una sin previo aviso. Aidan la tomó hábilmente. Pippa dio un mordisco a una e hizo una mueca al sentir su amargor—. ¿Cómo me las he ingeniado para sobrevivir entre veinticinco y veintisiete años sin vos? —preguntó ácidamente.

—Has sobrevivido, Pippa. Pero ¿puedes decir sinceramente que has vivido? Dices que quieres encontrar a tu familia. Tienes motivos para creer que son de estirpe noble.

¿Qué mejor sitio para empezar a buscar que la corte? Allí puedes encontrar a gente que conserva árboles genealógicos, censos, archivos robados de las iglesias. Puedes preguntar por familias que perdieron una hija, presumiblemente ahogada.

Ella intentó defenderse de una punzada de anhelo.

—Creo que los dos sabemos qué posibilidades tengo —dijo en voz baja—. No sé cuál es mi apellido, así que ¿cómo voy a buscarme en los archivos?

Él le tocó la mano. ¿Siempre tenía que ser tan tierno?

—No digas eso —dijo—. Al menos, no aún. Esta noche hay un baile de disfraces en Durham House. Se espera mi presencia. Dime que vendrás conmigo. Concédete la oportunidad de relacionarte con personas que tal vez puedan ayudarte. De conocer a Robert Dudley, y a Christopher Hatton, y a Evan Carew...

Aquellos nombres se agolparon en su cabeza, extraños y atrayentes.

—No —dijo—. Ése no es mi lugar. No podría...

—Dime que mis oídos me engañan —ladeó la cabeza—. Jamás creí que te vería acobardarte ante un reto.

Ella le dio la espalda. Maldito fuera. ¿Cómo se las arreglaba para ver el interior de su corazón hasta cuando ella se molestaba en ocultarle sus sentimientos?

—¿Qué es lo que temes? —preguntó Aidan y, agarrándola de los hombros, la obligó a volverse—. ¿No descubrir quién eres... o descubrirlo?

—¿Y si resulto ser la bastarda de un viejo duque gotoso? —preguntó ella.

—Entonces te llamaremos lady Pippa —arrojó distraídamente la pera arriba y abajo—. Quizá tengas que dejar de pensar que tu madre es una princesa en una torre de cristal. Puede que descubras que es humana, tan imperfecta como tú y como yo.

Ella se quedó mirándolo un rato. Qué guapo estaba, rodeado por el esplendor de la primavera. Le estaba arrebatando el sueño que abrigaba desde hacía mucho tiempo, pero a cambio le ofrecía otro: un sueño que tenía posibilidades de hacerse realidad.

–Está bien –dijo–. Iré.

–Iago dice que has despedido a las doncellas –dijo Aidan, enojado, a través de la puerta de la alcoba de Pippa.

–Sí, Esplendidez –contestó ella con voz alegre. Era la voz cantarina con la que engañaba a las multitudes. Llevaba años perfeccionándola. Nadie habría adivinado que llevaba dentro de sí cicatrices que herían su orgullo en lo más vivo–. No me rebajo a tratar con personas de tan baja estofa.

–Las ha mandado especialmente lady Lumley –dijo Aidan–. ¿Les has dado tiempo a vestirte?

Pippa apoyó la frente en el panel de la ventana emplomada y respiró hondo. Tenía un nudo en la garganta. «He dejado que se quedaran el tiempo justo de llamarme la furcia de O Donoghue. La oveja cubierta de encajes. El mamarracho engalanado».

–Al final he decidido no ir –dijo alzando la voz. Ah, maldición. La emoción le quebró la voz. Y era demasiado esperar que él no lo notara.

Aidan lo notó. Abrió la puerta y entró en la alcoba. Estaba magnífico con un jubón de lana negra y calzas de piel. Iago había adornado el mechón trenzado de su pelo con cuentas de plata bruñida. Al detenerse, nada más verla, tenía un aspecto salvaje y hosco, levemente peligroso.

Pippa deseó marchitarse y morir, porque sólo iba vestida con la combinación y la camisa, tenía las medias caídas alrededor de los tobillos y el resto de su complejo disfraz estaba amontonado sobre la cama.

Pero Aidan no veía su desaliño. Estaba mirando su cara. Sus ojos.

—Has estado llorando —dijo.

—Esto me hace estornudar —contestó ella, tomando un saquito de olor por el cordel y sujetándolo a la distancia de un brazo.

Aidan tomó el saquito y lo puso sobre la mesa.

—¿Por eso has despedido a las criadas? Me ha costado algún trabajo hacerlas venir con la costurera y ese traje —señaló el vestido, una fantasía de seda azul y plateada. Al verlo, Pippa había sentido que se le aflojaban las rodillas. Nunca había visto un traje tan bonito. Pero eso había sido antes de que las criadas empezaran a insultarla.

—Dicen que fue confeccionado originalmente para una dama de compañía —dijo Aidan—. Pero... —se interrumpió, levantó una de las mangas y la inspeccionó.

—¿Pero qué? —preguntó Pippa.

—La expulsaron de la corte.

—¿Por qué?

Él soltó la manga acuchillada y la miró con una expresión de sincero desconcierto.

—Según Iago, la dama en cuestión pidió a la reina permiso para casarse y la reina se negó. Unos meses después, se descubrió que la dama estaba encinta y que se había casado en secreto con su amante. Él fue encarcelado en la Torre y ella arrojada de la corte.

Pippa se olvidó por un momento de sus preocupaciones.

—¿Por qué?

—Lo mismo pregunté yo. Una persona se atrevió a responder, pero en voz baja. La reina no encuentra a nadie con quien casarse, y hace tiempo que superó la edad de tener hijos.

—Casarse y tener hijos no es tan importante —dijo ella.

Por un momento, una fría sombra pareció cubrir a Aidan. Luego, con la misma celeridad, un brillo de regocijo apareció en su mirada.

—Y tú eres una autoridad en tales asuntos.

—Dove me dijo una vez que hay sacerdotes célibes que dan consejos matrimoniales.

—Ah. En fin. Respecto al vestido...

—Sin duda me traerá suerte —dijo Pippa con acritud.

—¿No es de tu gusto?

—El vestido está bien, milord. Eran la costurera y sus ayudantes las que no eran de mi gusto.

—¿Te han ofendido?

—A mí no. Me han llamado cosas peores que furcia, oveja cubierta de encajes o adefesio engalanado... ¿o era mamarracho? —le lanzó su sonrisa más despreocupada y un instante después lo miró con indignación—. Fue lo que dijeron de vos lo que me enfureció, milord.

Él levantó una ceja.

—¿Ah, sí? ¿Y qué dijeron?

—Bueno, no estoy segura. Nunca había oído a nadie hablar así. ¿Qué quiere decir «garañón»?

Aidan se puso muy colorado y bajó la cabeza.

—No entiendo a los ingleses. Dejar que sus mujeres hablen como taberneras...

—¿Y en Irlanda qué «dejáis» hacer a las mujeres? —preguntó ella.

Una furia gélida ocupó el lugar de su tímido regocijo. Luego parpadeó y aquella mirada sombría desapareció.

—Nosotros no las dejamos hacer nada. Hacen lo que se les antoja —se acercó a ella—. Lamento que hayas tenido que soportar a esas arpías. Deja que te ayude a vestirte. Prometo no llamarte nada, excepto quizá... —se aclaró la garganta, encantadoramente incómodo.

—¿Excepto qué?

—*A storin*. O quizás *a gradh* —sus ojos le sonrieron, y Pippa sintió un estremecimiento.

No podría haberse resistido aunque hubiera querido.

—¡Me rindo! —exclamó con un desfallecimiento teatral, llevándose la muñeca a la frente mientras se tambaleaba—. Soy vuestra. Haced conmigo lo que queráis.

Aidan se rió y observó las partes que componían el vestido extendido sobre la cama.

—No estoy seguro de cómo colocar todo esto. La verdad es que no sé cómo te las has ingeniado para que el Mór O Donoghue te sirva de doncella no una, sino dos veces.

—En el fondo os encanta. Lo sabéis muy bien.

Aidan recogió un objeto de aspecto extraño, con varillas de hierro.

—¿Corsé?

—No, gracias. Nunca he entendido por qué la gente se empeña en enmendarle la plana a Dios.

—Ocupémonos de las enaguas, pues. Son bastante bonitas.

Eran espléndidas, de un fino tejido azul atravesado de hilos de plata. El bajo estaba bordado con la misma cenefa que las mangas. Aidan se las pasó por la cabeza y las colocó alrededor de su cintura. La rodeó con los brazos y empezó a atar los lazos.

Pippa experimentó un intenso deseo de apoyar la mejilla en su pecho, de cerrar los ojos y disfrutar de su cercanía. ¿Qué diría él, se preguntaba, si supiera que ninguna otra persona le había demostrado ternura?

Antes de que lograra armarse de valor para confesarle sus sentimientos, Aidan le puso la sobrefalda de tela más gruesa, cuya parte delantera se abría para dejar al descubierto las delicadas enaguas.

Entonces le llegó el turno al corpiño.

—Esto es absurdo, milord —declaró Pippa cuando él se puso tras ella para abrochárselo—. ¿De qué sirve una prenda que se ata por detrás?

—Tiene valor social. Demuestra que una mujer es tan rica que tiene doncellas que la vistan.

—Ah. ¿Y hay que ser muy rica para que te vista un noble irlandés?

—Para eso —contestó él, y su aliento cálido le acarició la nuca—, sólo tienes que ser Pippa —la rozó con los nudillos y ella comenzó a estremecerse.

Aidan le producía la sensación de dejar atrás el frío y acercarse a una hoguera. Si fuera posible levitar, habría levitado. Aidan sabía siempre qué decir, cuándo bromear y cuándo ponerse serio. Era mágico, tan lleno de encantos que Pippa no prestaba atención a la sombra que de cuando en cuando parecía caer sobre él.

Se rió cuando él le ató las grandes mangas del vestido sobre la camisa blanca. Al parecer, cuantas más mangas tuviera una, tanto mejor. Pero se resistió cuando él se acercó con la rígida gorguera.

—Eso podéis devolverlo a la sala de tortura de donde viene —dijo—. He estado en cepos más cómodos. ¿Por qué demonios arruga alguien cuarenta varas de encaje y las pone tiesas con... con...?

—Almidón, lo llaman —dijo él—. Porque alguien muy listo inventó el almidón, supongo. Se supone que esto hay que coserlo después de vestida.

—¿Así es como se sujeta? Qué ridiculez. No me extraña que los nobles parezcan muñecos rellenos que tardan cuatro horas diarias en ponerse la ropa.

Él le guiñó un ojo y dejó la gorguera.

—Si no quieres llevarla, se me ocurre una idea mejor.

—¿Cuál?

Aidan sacó un collar brillante de una bolsa que llevaba sujeta a la cadera. Las gemas eran redondas y pulidas, y refulgían con un fuego violeta. El engaste de plata estaba labrado con extrañas filigranas.

—Santa Madre de Dios —musitó ella—. Es demasiado bonito para ponérmelo.

—Créeme, tú vales mucho más que un adorno. Pensaba regalárselo a otra dama, pero parece un tanto reacia.

Un estremecimiento tocó el corazón de Pippa. No debía sorprenderla que él prefiriera a otra, pero eso no aliviaba su dolor.

—Vuestra Serenidad debería guardarlo para esa dama.

Aidan se detuvo con el collar colgando elegantemente de sus dedos.

—Santo cielo —dijo en voz baja, y las comisuras de sus ojos se arrugaron—, creo que estás celosa.

—¡Ja! —estalló ella, muy colorada—. Ni lo soñéis, mi señor Pavo Real. No os envanezcáis a mi costa.

Él se rió suavemente.

—Tus protestas me halagan.

—Vanidad —repuso ella—, tu nombre es O Donoghue.

Cuando dejó de reírse, Aidan dijo:

—No era un regalo sincero, sino diplomático. Estaba destinado a la reina.

Era la última respuesta que ella esperaba.

—¿Queréis que me ponga un collar que trajisteis para la reina?

—Para la mismísima Gloriana —dijo él, burlón—. Tú realzarás la belleza de las gemas. Son amatistas —añadió—, extraídas de las colinas de Burren —se puso tras ella y le abrochó el collar—. El diseño es celta. Muy antiguo.

Y muy hermoso. Brillaba cuando Pippa se movía a un lado y a otro.

Se volvió para mirar a Aidan.

—¿Sois mago? —preguntó.

Él arrugó el ceño y frunció las cejas negras, desconcertado.

—¿Mago?

—Ya sabéis. Cosas de encantamientos. Mab me contó una vez una historia sobre un príncipe mago que cobra vida y concede todos los deseos a una mujer.

—Soy el jefe de un clan, no un príncipe —dijo él—. Y desde luego no soy mago.

Ella casi se rió al verlo tan indignado. Luego Aidan se inclinó y le besó la frente. El roce leve de su boca encontró eco en lo más hondo de su ser.

—Pero confieso —murmuró— que la idea de concederte todo lo que deseas tiene cierto atractivo.

Diario de una dama

Esta noche hay baile de máscaras en Durham House, pero hemos declinado la invitación. Richard irá, porque es demasiado joven para cargar con mi dolor. ¡Ah, cuán dura es la tarea de proteger a nuestros hijos! Richard ignora nuestra desgracia. Ocurrió antes de que naciera y nos pareció que no tenía sentido contárselo.

Sólo mi querido esposo comprende el ritual íntimo que ejecuto cada año en este día, el aniversario de la tragedia. Al atardecer, llevo un trozo de madera y una vela a la escalinata del embarcadero, el lugar en el que me despedí de mi hijita con un beso hace tanto tiempo. Recuerdo cómo miré sus ojos grandes y confiados y cómo le di un beso de más «para después» en la palma de su mano gordezuela.

Luego dejo que la corriente se lleve el barquito con la vela encendida y me quedo en la orilla, mirándolo, mientras llegan las lágrimas, y pido a Dios que me dé fuerzas para soportar lo insoportable.

Alondra de Lacey,
condesa de Wimberleigh

CAPÍTULO 6

—No pienso ir en una caja como si estuviera muerta —declaró Pippa.

Molesto por sus protestas, Aidan respiró hondo. Donal Og e Iago se miraron, exasperados. Haciendo acopio de paciencia, Aidan dijo:

—A mí también me parecen extraños los carruajes. Pero lord Lumley me ha asegurado que las personas elegantes los usan.

Como un hada vestida de azul, pero con muy malas pulgas, Pippa miraba con recelo el oscuro interior del carruaje de madera estilo Mecklemburgo.

—Serán los muertos elegantes —dijo—. Esto es una carroza fúnebre.

—Es como un teatro portátil —dijo Iago.

Aidan lo miró con ceño fruncido.

—¿Qué es eso?

—Carros que aparcan en las esquinas de las calles y sirven como escenario —Iago cruzó los brazos sobre el pecho—. ¿Verdad, pequeña?

—No se parecen en nada. Ahí dentro todo está cerrado y oscuro —dijo ella—. Ha de ser para gente que tenga algo que esconder.

«Lo cual me convierte en el pasajero perfecto», pensó Aidan.

—O para gente a la que no le importa dónde va —ella miró al cochero, encaramado a un estrecho banquillo, delante del carruaje. Él le devolvió la mirada.

—Yo cuidaré de ti —prometió Aidan. La tomó por la cintura, la levantó y la montó en el carruaje. Luego se sentó frente a ella, en el asiento de crin. El interior del carruaje era oscuro y angosto, y olía a cuero y a caballo. Aidan experimentó una sensación de intimidad y contuvo el aliento al notar el calor de la mujer que lo miraba ceñuda.

—Aún no te has acostado con ella —comentó Donal Og en irlandés cuando Iago y él subieron al coche—. Lo noto por tu cara de pena.

—Donal Og —contestó Aidan con calma sorprendente—, somos parientes, eres lo más parecido que tengo a un hermano. Pero si vuelves a decir algo así, reniego de ti.

El cochero hizo resonar su látigo. El carruaje se puso en marcha con una sacudida. Pippa masculló una maldición y estuvo a punto de caerse del asiento.

Donal Og se dio una palmada sobre las rodillas.

—¿Qué ocurre, es que el Mór O Donoghue, conocido por su gélida mirada, se está enamorando de una golfilla?

—No pienso permitir que la insultes, ni siquiera en gaélico.

—Es amor —dijo Iago, asintiendo con la cabeza y rascándose la barbilla.

Aidan apretó los dientes y miró a Pippa de reojo. El sol poniente la hacía resplandecer, sentada delante de él, con la mejilla pegada a la ventanilla sin esmerilar y las manos enguantadas juntas sobre el regazo. Tenía los labios húmedos, los ojos enormes, los rizos formando un halo. Nunca había estado más hermosa.

—No puedo quererla —masculló él, aguijoneado por un sentimiento de futilidad.

—¿Qué te hace pensar que puedes elegir? —preguntó Donal Og.

—Hablad en inglés —dijo Pippa—. Si no, pensaré que estáis hablando de mí. Aunque así es, claro —sacudió un dedo con aire de reproche—. ¿Verdad?

—Sí —reconoció Iago antes de que Aidan pudiera detenerlo—. Le estamos explicando al Mór O Donoghue que se ha enamorado de ti.

—Soy muy afortunado por tener amigos tan leales —dijo Aidan con las orejas muy coloradas.

Pero fue Pippa quien lo rescató echándose a reír.

—No digáis tonterías, Iago. ¿Esas ilusiones románticas son propias de los irlandeses o de los hombres en general? Dejad ya de chismorrear y prestad atención. Voy a hablaros de esta parte de Londres.

—Como desees —Iago alargó el brazo para sujetarla cuando el carruaje se zarandeó al doblar la esquina de Ivy Bridge Lane.

Mientras ella parloteaba sobre casas y tiendas célebres, Aidan deseó sentir por Pippa un deseo sencillo, saludable y apasionado. Pero al mirarla se sentía asaltado por una emoción tan penetrante que resultaba dolorosa.

Era conmovedora. Subyugaba a la gente. Iago se había convertido en su esclavo devoto. Hasta Donal Og, tan duro y desabrido como los acantilados de Moher, la admiraba. Y cuando creía que nadie miraba, era amable y paciente con ella. Pippa suscitaba en los hombres el deseo de protegerla, quizá porque insistía en valerse por sí misma.

Como si sintiera que la observaba, ella lo miró. Una sonrisa fugaz, casi tímida, curvó sus labios.

—Esto no está tan mal después de todo, Vuestra Abundancia —dijo—. Me gusta bastante montar en coche.

Aidan respondió con una sonrisa. Disfrutaba de verla contenta. «¿Quién eres?», se preguntaba. La triste verdad era que posiblemente su madre había sido una mujerzuela que no podía mantenerla, ni la quería. Lo que ella le había dicho volvió a resonar en su memoria: «¿Estaba destinada a que me encontraran, o a morir allí?».

Deseó abrazarla, acariciar su pelo y tranquilizarla, asegurarle que no la habían abandonado, que simplemente se había perdido. ¿Qué clase de monstruo podía abandonar a una niña como Pippa? Aidan casi podía convencerse de que no tenía madre, de que la habían hecho las hadas.

Tras pasar bajo la arcada y entrar en el patio interior, el carruaje se detuvo chirriando. Los lacayos vestidos de librea se apresuraron a ayudar a apearse a los pasajeros. Durham House era una mansión alta e imponente, con columnas de mármol y dos grandes torreones. Encarnaba la esencia misma de la riqueza y el privilegio. Pero en lugar de quedarse boquiabierto de asombro, Aidan sintió desprecio. Los ingleses se esforzaban por situarse muy por encima de su pueblo. Él no, a pesar de que descendía de reyes. Celebraba banquetes y consejos en campos abiertos en los que todo el mundo era bienvenido, en lugar de amurallarse lejos del pueblo llano.

Miró a Pippa y vio que estaba impresionada. Se había detenido ante la puerta principal para tocar una borla de seda que colgaba de un cordón. Pero cuando comenzó a desatarla, Aidan comprendió lo que se proponía y se echó a reír.

—Creo que no conviene que te pillen birlando los adornos.

En la antesala de la galería, los criados la miraron con la boca abierta por la admiración y Aidan sintió un arrebato de orgullo. Poco tiempo atrás, aquellos mismos sirvientes ni siquiera se habrían dignado escupirle. Ahora se inclinaban ante ella y hacían reverencias, convencidos de que era una dama de noble cuna.

Iago fue recibido con miradas de pasmo. Como de costumbre, la gente lo tocaba a hurtadillas para ver si su color era auténtico o sólo pintado. Él lo soportaba todo con su encanto y su aplomo de siempre.

Al llegar al arco que daba paso a la galería vieron una muchedumbre de invitados. Pippa vaciló, se puso pálida como la tiza. Aidan vio con sorpresa que parecía aterrorizada. Pero antes de que pudiera tranquilizarla, ella echó los hombros hacia atrás, levantó la barbilla y avanzó airosamente, seguida por Iago y una docena de miradas boquiabiertas.

Donal Og dio un codazo a Aidan en las costillas.

—Aún no nos han anunciado. ¿Qué ocurrirá cuando los vean los invitados?

La gente los miraba. Pippa lo notó enseguida mientras caminaba entre Iago y Donal Og, delante de Aidan, su señor. La primera persona con la que se toparon era un hombre vestido con un jubón de seda roja. Su espléndido bigote se proyectaba hacia fuera cuando los saludó. Pippa adelantó un pie, dispuesta a hacer una reverencia.

Donal Og le puso discretamente la mano en el brazo.

—Es el mayordomo, muchacha. Tiene que anunciarnos.

La sola idea de que la anunciaran le pareció tan embriagadora como una copa de buen vino.

El mayordomo gritó sus nombres, dirigiéndose a los invitados que llenaban el salón. El gentío, tan cuantioso como los que se reunían en Saint Paul, miró inquisitivamente a la comitiva irlandesa.

Iago, con su piel oscura, su sonrisa presta y su manto de colores, era el más llamativo, claro. Como un comediante bien curtido, satisfacía la curiosidad de los espectadores hinchando las narices y juntando las manos como si se dispusiera a hacer un exótico saludo extranjero.

Pippa se ganaba la vida actuando, y le gustaba que la gente le prestara atención. Presentada como la maestra de ceremonias del Mór O Donoghue, sonrió radiante a la multitud y eligió a unos pocos para dedicarles un saludo con la mano o una inclinación de cabeza: un hombre muy grueso embutido como una salchicha en un jubón almohadillado y unas calzas de color escarlata, una dama que sostenía ante su cara un antifaz de lentejuelas, un paje que casi se atragantó con una uva cuando le guiñó un ojo.

—Así pues, éste es el caudillo irlandés —dijo un hombre, sonriendo a Aidan con furia mal disimulada—. Parecéis tan bárbaro como vuestro padre —su sonrisa se endureció—. Asesinó a mi padre, ¿sabéis? Soy lord Arthur Grey de Wilton.

Pippa vio con asombro cómo chisporroteaba el odio entre ellos: el inglés delgado y elegante y el imponente caudillo irlandés de negra melena.

—Recibid mi más sentido pésame —dijo Aidan sin inflexión, casi inexpresivamente—. Es una lástima que vuestro padre intentara llevarse el ganado de mi padre sin pagar por él —se alejó.

Pippa echó a andar tras él, pero Iago la detuvo.

—Dadle tiempo para calmarse. No le gusta tener que salir en defensa de su padre.

Donal Og se reunió con su primo, inclinó su rubia cabeza hacia la de Aidan y le susurró algo en gaélico. Aidan contestó secamente, se volvió y, tomando a Pippa de la mano, bajó los tres escalones que conducían hacia la multitud.

Las presentaciones se sucedieron en un torbellino: el lord Canciller y el lord Guardián, una princesa sueca, tres caballeros de Sajonia, un almirante y un obispo, y docenas de grandes señoras. Lady Helmsley se bajó la máscara de plumas, se llevó unas antiparras a los ojos y miró a Pippa.

Ella, que nunca antes había visto unas antiparras, se inclinó y le devolvió la mirada.

—¿Es costumbre entre los grandes señores de Irlanda ir

acompañados de sus bufones? —preguntó la dama—. ¿Y de una escolta de un centenar de salvajes?

Pippa le lanzó una sonrisa deslumbrante.

—Señora, ¿pretendéis decir algo o sólo intentáis convencerme de que sois el culo de un caballo?

—¡Santo cielo! —la dama se abanicó con nerviosismo—. Debéis de ser su querida.

—Sólo en mis sueños, Señoría. Sólo en mis sueños.

Iago la alejó de allí antes de que agrediera a lady Helmsley. Después se encontraron con personas mucho más agradables: un alegre poeta llamado Sharpe, unas gemelas idénticas llamadas Lucy y Letty, una mujer gorda y con bocio, y Ann, la enana de la reina. Aquella recia mujercilla fascinó a Pippa, y estuvieron charlando un rato.

—Debéis entrar en la corte —la aconsejó Ann—. Es el único sitio para personas como nosotras.

—Tenéis razón —reconoció Pippa.

Los músicos tocaban una danza desde una galería elevada y protegida por una barandilla, por encima del gentío. Cuando llevaba una hora sonriendo e inclinando la cabeza, Pippa sintió unas ganas irrefrenables de bailar. Pero la expresión agria de Aidan y su mirada turbulenta la convencieron de que no era el momento de pedírselo. Buscó, en cambio, un modo de apartarlo de los curiosos.

Lo agarró del brazo.

—Ahí vuelve otra vez esa horrenda lady Helmsley. ¿Le digo que tiene una araña subiéndole por la espalda?

La dama los miró con enojo y pasó sin detenerse. Pippa se miró la mano, en la que sostenía un brazalete de diamantes.

—¿De dónde has sacado eso? —preguntó Aidan en voz baja—. Por Dios, cuida tus modales —le quitó el brazalete y lo dejó caer al suelo—. Señora —dijo—, se os ha caído esto —con una exagerada reverencia, devolvió el brazalete a lady Helmsley.

De no conocer a Aidan, Pippa habría creído que su sonrisa deslumbrante y su galantería eran sinceras. El desdén de lady Helmsley se disolvió en un periquete. Le dio las gracias con una sonrisa afectada y se alejó.

—Me inclino ante vuestro encanto irlandés —susurró Pippa.

—Basta de robos —masculló Aidan—. Lo digo en serio.

Ella se llevó la mano al corazón.

—Palabra de honor.

Él la miró y su expresión pareció suavizarse.

—¿Tienes hambre?

—Yo siempre tengo hambre.

Y entonces Aidan se echó a reír. Su risa era el sonido más bello que conocía Pippa. La condujo por entre la gente, y ella notó lo distinto que era a los nobles ingleses.

Los hombres presentes en el salón lucían polainas de seda y zapatos de cabritilla. Sus pantalones bombachos se inflaban obscenamente, como si sus portadores se hubieran aliviado encima. Los jubones entallados, cubiertos de adornos, henchían airosamente pechos demasiado escuálidos para impresionar por sí solos. Tal y como había dicho Iago, los caballeros ingleses lucían flequillo bajo las boinas de terciopelo.

Aidan, en cambio, llevaba calzas de cuero y botas hasta la rodilla, una túnica ajustada a la cintura por un ancho cinturón adornado con gemas pulidas y una capa azul que se agitaba a su alrededor como el manto de un rey.

—Muchacha... —su voz suave la sobresaltó.

—¡Qué!

—Me estás mirando a mí en lugar de darte un festín contemplando a la flor y nata de la nobleza inglesa —divertido, le puso una copa de plata en la mano y la animó a beber.

Ella probó el vino dulce y especiado y sonrió.

—Vos sois mucho más agradable a la vista que todos ésos, mi señor.

Él masculló algo en gaélico.

—¿Qué? —preguntó ella.

—A veces eres más sincera de lo que te conviene —la agarró de los hombros y la hizo darse la vuelta para mirar a la multitud—. Ahora presta atención —dijo severamente—. Mira a quienes te señalo. Están los que se alzan por encima del favor de la reina y cuya amistad nunca viene mal.

Desobedeciéndole, Pippa cerró los ojos y se apoyó en él. Qué delicioso era sentirse abrazada, notar su calor tan cerca de ella, respirar su olor a hombre y cuero.

—¡Pippa! —Aidan le apretó los hombros.

Ella abrió los ojos lentamente.

—Os estoy escuchando.

—Está bien. ¿Veis a ese hombre de allí, el que está delante del tapiz?

Pippa deslizó la mirada por un tapiz cubierto de flores y fue a posarla en un hombre vestido completamente de negro. Su fino bigote se estiraba como un látigo.

—¿Sí?

—Míralo atentamente. Te aseguro que sus espías nos están vigilando.

—¿Espías? —siseó ella, fascinada.

—Es Francis Walsingham. Siente un odio cerval por los católicos. De buena gana me vería achicharrado en la hoguera, si pudiera salirse con la suya. Es el jefe de espías de la reina. Todos le desprecian, incluida la reina, pero admiran sus habilidades. Junto a él están lord Norfolk y lord Arundel, ambos muy amables y no especialmente peligrosos.

Tocó la nuca de Pippa y la acarició suavemente. Ella se sintió embriagada por la caricia, pero Aidan parecía empeñado en aleccionarla. La hizo volverse hacia un hombrecillo de pelo blanco y una dama alta y rubia.

—Ése es el embajador veneciano. Es astuto e imparcial, y está al tanto de los asuntos de todo el mundo. La mujer que está con él es su hija Rosaria, condesa viuda de Cerniglia.

Es aún más astuta que su padre, pero he oído decir que no juega tan limpio.

—¿Cómo sabéis todo eso? —preguntó ella, con la cabeza rebosante de títulos.

—La reina tiene sus espías y yo tengo los míos. No puedo permitirme ignorar los asuntos de estado de los ingleses —dijo—. ¿Y bien? ¿Qué te parece tan deslumbrante compañía?

Ella suspiró. Los invitados parecían brillar en medio de los salones sobredorados y las infinitas galerías de ventanas, en los extensos jardines y las fuentes de fuera, iluminados por las antorchas, entre las obras de arte y los valiosos tapices. Pippa observó sus caras, sus ojos brillantes detrás de las máscaras, sus bocas sonrientes, y se preguntó si alguna de aquellas señoras habría perdido una hija hacía mucho tiempo y si, en tal caso, se habría olvidado de ella o la tenía constantemente en el recuerdo.

—No sé —dijo por fin—. Cuando sueñe, imaginaré que crecí en un lugar como éste, rodeada de gente rica y alegre. Pero no siento que éste sea mi sitio.

—Tratándose de esta gente, la alegría y a veces la riqueza no son más que una ilusión.

—¿Y mis padres? —se preguntó ella, y sintió que la angustia le atenazaba el estómago. La sola idea de que pudiera pertenecer a aquel mundo le parecía ridícula—. ¿Debo acercarme a alguien, tocarle el hombre y decir: «Disculpad, ¿perdisteis por casualidad una hija hace tiempo?»?

Aidan le acarició la nuca.

—No tengas prisa. Si no, podrías dar con la persona equivocada. Buscaremos a William Cecil y empezaremos nuestras pesquisas por ahí. Es uno de los pocos ministros en los que confío. No me gustaría que te acusaran de ser una farsante.

Pippa se volvió tan deprisa que Aidan se descubrió abrazándola. Bajó las manos. Ella masculló:

—Me moriría si me acusaran de serlo.

Los ojos azules de Aidan escudriñaron la multitud y fueron a posarse en la cabeza calva de lord Cecil Burghley.

—Nadie parece reaccionar al oír tu nombre. Aunque, naturalmente, no sabemos cómo te llamas en realidad.

Ella volvió a suspirar.

—¿Sabéis que me gustaría de verdad?

—¿Qué?

—Que bailarais conmigo.

Se preparó para soportar el ridículo o su rechazo. Pero él sonrió e hizo una reverencia.

—La verdad es que los ingleses bailan muy tranquilamente, comparados con los irlandeses. Pero intentaré complacerte —dijo.

Ella no sentía el suelo bajo sus pies cuando lo siguió al cuadrángulo donde se bailaba. Las parejas se movían en círculo. Sus pasos lentos y comedidos recordaban la cadencia de un cortejo fúnebre.

Aidan y Pippa se pusieron a bailar con las manos unidas y levantadas. Él le rodeaba la cintura con un brazo.

—¿Quién se ha muerto? —preguntó ella torciendo la boca.

Él refrenó la risa.

—¿Los músicos?

Al pasar junto a Donal Og e Iago, pronunció unas cuantas palabras sin emitir sonido y señaló hacia la galería con la cabeza.

—¿Qué van a hacer? —preguntó ella.

—Intentar resucitar a los muertos —bromeó él.

Iago y Donal Og desaparecieron tras una pared recubierta de paneles de madera. Unos segundos después, salieron a la galería elevada. Donal Og tomó una gaita e Iago una larga flauta.

Un trémolo de la flauta hizo detenerse a los danzantes. El maestro de ceremonias, pálido y angustiado, se acercó a la barandilla y esbozó una sonrisa forzada.

—Señoras y caballeros —dijo alzando la voz—, en honor de nuestro noble invitado irlandés, vamos a tocar una contradanza.

El conde de Essex se acercó a Aidan, lleno de engreimiento.

—Esto demuestra unos pésimos modales —dijo—, pero supongo que todos los irlandeses son unos patanes, a juzgar por los que he conocido.

Pippa le dedicó su mayor sonrisa.

—¡Caramba, milord! ¿Habéis practicado durante años para ser insufrible o es un talento natural?

Él la miró como si fuera un gusano que flotara en su copa.

—¿Cómo decís?

Ella le guiñó un ojo.

—Imagino que, a falta de aguijón, os esforzáis por parecer un asno, ¿no es eso?

Los ojos de Essex brillaron.

—O Donoghue, quitad de mi vista a vuestra mujerzuela o...

Aidan dio un paso adelante. Estaba tan cerca del conde que nadie, excepto Pippa, lo vio agarrar el jubón de Essex y retorcerlo hasta que la gorguera almidonada casi le tapó la cara.

—Una palabra más sobre ella —dijo con gélida calma— y limpio el suelo con vos, milord.

La música estalló de pronto, dando paso a una danza casi frenética. Aidan dio la espalda a Essex, gritó algo en gaélico y empezó a bailar.

Su espíritu salvaje envolvió a Pippa como una ola. De pronto se sintió arrastrada por un arrebato de euforia.

Era fácil bailar con Aidan. Sólo tenía que dejarse llevar. Él la sujetaba por la cintura y la levantaba en volandas. Ella giraba y reía. La gente empezó a dar palmas y a seguir el ritmo con los pies. Dieron vueltas y más vueltas, y el salón se convirtió en un borrón. Antes de que Pippa comprendiera lo que ocurría, Aidan se apartó suavemente del gentío y, cruzando unas altas puertas, la llevó a un corredor poco iluminado que había junto al salón.

El sonido de la música se apagó y ellos se detuvieron. Pippa se dejó caer contra su pecho, jadeando y risueña.

—Ha sido maravilloso —dijo—. Bailar así es como volar.

Una risa aguda salió de las sombras del pasillo. Pippa se volvió a tiempo de ver a una bella dama atravesar corriendo el jardín a oscuras.

Al igual que ella, aquella dama parecía acalorada y jadeante. Pero sonreía con unos labios carnosos, hinchados por los besos. Llevaba la gorguera torcida. Tenía el bajo del vestido manchado de hierba y sus ojos brillaban con la alegría íntima de haber sido amada hacía muy poco tiempo.

—Aidan —susurró Pippa—, ¿quién...?

—Cordelia, estás ahí —un hombre entró corriendo y la enlazó por la estrecha cintura—. ¡Mi amada ratoncita se escapaba! —se rieron ambos, ella no pareció ofenderse y él la condujo a un círculo de luz alumbrado por las antorchas del salón.

Pippa se quedó paralizada. Por un instante, pensó que su corazón había dejado de latir. Un momento después, sin embargo, su corazón se lanzó a un rápido redoble cargado de nerviosismo. Oyó como desde muy lejos que Aidan decía su nombre, pero no pudo contestar.

No podía apartar la vista de aquel desconocido de cabello rubio.

Decir que era guapo habría sido risible, porque un término tan banal no podía apenas describir la belleza de que estaba dotado.

Su cabello, del color del sol, coronaba una cara que no habría desmerecido entre ángeles. Tenía los labios carnosos y sensuales. Sus altos pómulos componían una hermosa simetría y sus ojos del color de la mañana estaban orlados de densas pestañas marrones. Para asegurarse de que nadie pudiera competir con él en apostura, la Naturaleza lo había dotado de un perfecto hoyuelo en la barbilla, de unos dientes de incomparable blancura y de una expresión irreverente e irónica que curvaba las comisuras de su boca.

—Muchacha —dijo Aidan, divertido—. Si sigues mirándolo así, pensará que vas a echarle mal de ojo.

Ella parpadeó. La imagen del desconocido brillaba como oro recién acuñado. Se reía al conducir a su dama a la galería, con la cabeza inclinada hacia ella.

Su físico atraía numerosas miradas. Las mujeres, jóvenes y viejas, se esforzaban por pasar a su lado. Una dejó caer un abanico y se rió con disimulo cuando él lo recogió. Otra logró perder la liga. Al devolvérsela, el rubio Adonis murmuró el viejo adagio:

—*Honi soit qui mal y pense.*

—Ella tiene mala cara —dijo Aidan con sorna—. ¿Crees que se va a desmayar?

Pippa tomó de pronto conciencia de lo ridículo que era todo aquello y se rió.

—¿Quién es ese hombre? —preguntó.

—No lo sé. Lo que me pregunto es cómo soporta tantas pamplinas.

Ella se apoyó en el marco de la puerta y se quedó mirando al joven: una estrella resplandeciente rodeada de bellezas menores. No sólo parecía atraer a las mujeres, sino también a los hombres. Tenía un aire de elegancia desenfadada y natural; se sentía a gusto consigo mismo y con los demás. No parecía preocuparle ser el hombre más bello del mundo.

—Tantas atenciones —dijo Pippa, hablando para sí— no pueden ser tan difíciles de soportar.

De pronto sintió la mano de Aidan en la espalda. Era un gesto sutil, pero lleno de ternura.

Por un momento se sintió asaltada por una idea tan extraña que la dejó sin aliento. Aquel hombre, aquel irlandés, la comprendía. Conocía su necesidad de atenciones, de caricias, de halagos.

—Aidan —dijo, emocionada—, debo pedirte...

—¿El honor de este baile? —preguntó una voz musical.

Ella se quedó boquiabierta. Con infinita paciencia, Aidan puso un dedo bajo su barbilla y se la cerró.

El joven rubio se inclinó ante ella y le tendió la mano.

—Deduzco que a mi encantadora invitada le gustaría bailar con vos —dijo Aidan—. Quizá podáis hacerle el favor de presentaros.

Aquel dios la tomó de la mano. Mientras la conducía al centro del salón, inclinó su deslumbrante cabeza hacia Aidan.

—Me llamo Richard, milord. Richard de Lacey.

Aidan sufrió una extraña metamorfosis. Hasta ese instante, se había mostrado comprensivo y paciente. Pero al oír el nombre del desconocido, el Mór O Donoghue pareció quedar petrificado.

Richard de Lacey comenzó a bailar la pavana y, ladeando la cabeza, susurró al oído de Pippa:

—Sois la criatura más deslumbrante que hay aquí. Pero está claro que O Donoghue os considera de su propiedad.

Ella miró a Aidan por encima del hombro. No se había movido.

—Sabéis quién es.

—Mi dulce muchacha, todo el mundo ha oído hablar del señor de Castleross. En otras circunstancias, me esforzaría por ser su amigo. Pero, tal y como están las cosas, es inevitable que me desprecie —inclinó la cabeza majestuosamente saludando a las parejas que pasaban—. Y no sólo porque os encuentre deslumbrante.

—¿Por qué, si no? —preguntó ella, intrigada, a pesar de echaba de menos la cercanía de Aidan.

—Porque me han asignado un puesto oficial en Irlanda, en el distrito del Mór O Donoghue.

A la mañana siguiente, Pippa estaba harta de oír hablar de Richard de Lacey. En la alcoba que compartía con varias damas resonaban las alabanzas a sus muchos encantos.

—No podía creerlo. Me tocó. ¡Me tocó! —lady Barbara Throckmorton Smythe alargó una mano floja y pálida.

—¡Uy! —las otras tres la rodearon para inspeccionar aquel privilegiado apéndice.

Por fin, tras escuchar cómo comparaban a Richard de Lacey con todos personajes míticos y astrológicos que se les ocurrieron, Pippa resopló, exasperada.

Lady Barbara la miró con enojo.

—Pues no os oí resoplar cuando os invitó a bailar, maestra de ceremonias.

—Cierto —Pippa hizo una mueca. La doncella que le estaba peinando el pelo corto se había topado con un nudo—. Reservo mis resoplidos para invitaciones menos apetecibles.

—¿Cómo fue? —preguntó Bessie Josephine Traylor—. Tenéis que contárnoslo porque sois la única con la que bailó, aparte de Cordelia Carruthers, esa fulana repintada.

—Sí, contádnoslo —la instó lady Jocelyn Bellmore. Miró los rizos cortos de Pippa y se pasó una mano por el largo cabello rojizo—. He estado pensando en cortarme el pelo. Richard adora el pelo corto.

Pippa levantó los ojos al cielo. Parecían gallinas cluecas, correteando tras el gallo del corral. Pero la miraban con tanta expectación que hicieron salir a la comedianta que llevaba dentro.

—En fin, no sería propio de una dama como yo entrar en detalles —susurró con aire de complicidad—. Pero si tuviera que poner un mote a Richard de Lacey, lo llamaría el Semental Rubio.

Las otras rompieron a reír sin poder evitarlo y a la doncella se le cayó el peine. Pippa lo recogió, risueña, y se quedó pensativa mientras ellas seguían charlando.

Por apuesto que fuera, Richard de Lacey ejercía sobre ella una atracción de otra clase. Se sentía arrastrada hacia él de un modo misterioso que nada tenía que ver con el deseo que sentía por Aidan O Donoghue.

Había en su modo de ladear la cabeza, en su sonrisa oblicua, en sus gestos suaves algo que le encogía el corazón. No era la sensación de reconocerlo. No podía ser eso. No había visto a aquel hombre en toda su vida.

—¿Qué clase de carrera? —preguntó Pippa mientras caminaba junto a Aidan por los jardines.

—No estoy seguro —la miró de soslayo—. Creo que es una regata por el Támesis —estaba tan fresca como una rosa recién abierta, con los pétalos aún mojados por el rocío. ¡Con cuánta naturalidad encajaba entre aquellos aristócratas de finos modales y retorcidos juegos! Su talento para la imitación le era muy útil en aquel ambiente. Sus modales cortesanos parecían tan espontáneos como los de una mujer educada en ellos desde la cuna.

Ese día llevaba un vestido con todas las mangas y los adornos bien abrochados. Se había recogido el pelo con una cofia adornada con cuentas de ónice.

—Creo —explicó Aidan— que el que gana se lleva una copa. Tú mirarás desde la línea de meta, con las otras damas. O sea, desde las gradas del embarcadero.

—Entiendo —miró con los ojos entornados la cinta que se extendía a lo ancho del río.

—¿Te llevas bien con ellas? —preguntó Aidan, y frunció el ceño. Aquello no debía importarle.

—¿Con las otras? —Pippa levantó la mirada, le lanzó una sonrisa falsa y fingió agitar un abanico ante su cara—. Mi señor, sin duda sabéis lo mucho que me gusta hablar de moda y cultivo de rosas.

Él se echó a reír.

—No saben hablar de otra cosa. Los ingleses atan a sus mujeres en corto.

—Qué expresión tan encantadora. ¿Acaso los irlandeses tienen la correa más larga?

—Hay quien diría que en Irlanda son las mujeres las que empuñan la correa.

Ella sonrió de oreja a oreja.

—Eso parece mucho más sensato.

—Supongo que todas ellas están enamoradas de Richard de Lacey.

—Naturalmente. Hablamos de él con todo detalle —fingió de nuevo abanicarse—. El hoyuelo de su barbilla, el contorno perfecto de sus pantorrillas, el timbre de su voz, el encanto de sus modales fueron la comidilla hasta bien entrada la noche.

Aidan sintió una punzada, pero se resistió a poner nombre a aquella emoción.

—Así pues, tú también te has enamorado de él.

Ella resopló para apartar un rizo que había escapado de su cofia y le caía sobre la frente.

—Debería. Casi parece un sacrilegio no estarlo.

—¿Pero? —dentro de él se agitó un destello de esperanza.

—Pero... —sus ojos brillaron, burlones—. No sé, Vuestra Potencia. No sé muy bien cómo decirlo. Prefiero a los irlandeses altos y morenos —se rió al ver su expresión de pasmo—. Richard de Lacey es demasiado perfecto para que me enamore de él. ¿Creéis que tiene sentido?

Él refrenó una sonrisa.

—Perfecto sentido, sí. Enamorarse es un asunto muy serio, y a veces muy doloroso.

Pippa se mordió el labio y lo miró con unos ojos tan luminosos que Aidan se vio reflejado en ellos.

—¡Aidan! —gritó Donal Og desde el fondo del jardín—. ¡Calla de una vez y ven aquí! —sus palabras resonaron como música pagana por los jardines y las arcadas de Durham House—. Esos patanes ingleses quieren que les demos una lección sobre cómo remar.

—Mi señor —dijo Pippa cuando Aidan se volvió para marcharse—, Richard dijo que ibais a odiarlo porque la reina le ha dado un puesto en Irlanda. ¿Es eso cierto?

Aidan se detuvo, sorprendido por su pregunta y por lo mucho que le complacía. No estaba acostumbrado a que una mujer le comprendiera.

—No lo odio —dijo, volviéndose hacia Donal Og—. Aún.

La dejó sentada entre los muchos espectadores que se habían reunido en el embarcadero del río y fue a enterarse de los pormenores de la carrera.

Sabía ya que los juegos en los que se entretenía la aristocracia inglesa tenían propósitos sutiles que no debían tomarse a la ligera. La posición de un hombre entre sus pares dependía en buena medida de sus hazañas deportivas. Y lo que era más importante: la reina en persona recibía un informe detallado de la actuación de cada cual.

Remontaron el río por espacio de una milla hasta llegar a los botes que iban a tomar parte en la carrera. Donal Og se acomodó rápidamente en uno.

—¡Es como un *curragh*! —exclamó, refiriéndose a las barcas de remos de los irlandeses.

—Van a ahogarse todos como perros detrás de nosotros —dijo Iago con total convicción.

Mientras veía prepararse a los demás equipos, Aidan pensó que era cierto. Ninguno de aquellos ingleses parecía haber hecho nunca el menor esfuerzo físico. Llevaban hermosos ropajes y parecían muy satisfechos de sí mismos.

Iago se situó delante de ellos y puso cara de salvaje: sacó los labios, hizo brillar los ojos y flexionó los músculos. El aire de superioridad de los ingleses se disipó al instante.

—Creo que han captado el mensaje —dijo Aidan, conteniendo la risa. Ya había decidido qué hacer con la copa de vencedor. Se la daría a la reina como regalo, junto con las otras cosas que le había llevado.

Aquella vieja arpía estaba empezando a sacarlo de quicio.

Entonces apareció el bello Richard de Lacey y Aidan sintió el primer aguijonazo de la duda. Aquel joven encantador llevaba a la zaga dos hombres de aspecto extraordinario. Eran casi tan exóticos como Donal Og e Iago. Aunque no tan altos como los compañeros de Aidan, eran fuertes y musculosos. Uno tenía el pelo negro y muy corto, bigote negro y ojos del mismo color. Llevaba botas negras, pantalones de tartán anticuados y un jubón ricamente bordado con una casaca roja sin mangas encima.

El otro tenía un mostacho tan grande que sus tiesas puntas, semejantes a las astas de un toro, sobrepasaban con creces el ancho de su cara.

Mientras aquellos formidables regatistas montaban en su bote, Richard saludó con una sonrisa a sus rivales. Era un joven muy simpático, y estaba claro que no sólo lo querían las damas.

Pero en Irlanda no le bastaría con su encanto, pensó Aidan. Él había visto a muchos jóvenes, tanto irlandeses como ingleses, envejecer en apenas unos meses a causa de las penurias que tenían que soportar en el curso de absurdas e inacabables campañas.

Entonces Richard dijo algo a sus compañeros y Aidan sintió que un extraño escalofrío le corría por la espalda. Hablaban en una lengua extranjera, una lengua nasal y gutural, tan extraña que no entendió una sola palabra.

—¿Qué son? —preguntó Iago—. ¿Demonios?

—Prusianos o turcos —aventuró Donal Og.

—Es igual —Aidan agarró los remos—. En lo que a nosotros respecta, ya han perdido.

Sonó un silbato y empezó la carrera. Como Aidan esperaba, enseguida dejaron atrás a los ingleses. La única amenaza seria procedía de Richard y sus compañeros.

Aidan apretó los dientes y siguió remando con todo su empeño. Remaba con tal vigor, tan rápidamente, que el sudor le corría por la cara y los brazos. Las manos se le llenaron de ampollas y las ampollas se reventaron, pero él no aflojó el ritmo.

Tenía una sola idea en mente. Pippa lo estaba mirando desde la línea de meta. No sería el Mór O Donoghue si no ganaba.

Pero una idea igual de poderosa parecía impulsar a Richard de Lacey y su tripulación. Ellos también remaban con todas sus fuerzas. Parecían tan serios y reconcentrados como Aidan y sus compañeros.

Al poco rato, Aidan oyó el estruendo de los vítores. Intentó hacer oídos sordos. Escuchaba sólo los golpes de los remos, el latido de su corazón, su respiración acompasada.

Por el rabillo del ojo vio que el bote de Richard avanzaba a la par que el suyo. Entonces, girando la cabeza una fracción de segundo, vio la banderola llena de cintas tendida sobre la línea de meta.

Su fortaleza tenía profundas raíces. La feroz obstinación de los celtas se apoderó de él y una energía semejante al fuego invadió sus miembros.

El último golpe de remo fluyó desde sus hombros a las puntas de los remos y el bote se lanzó hacia delante con tal fuerza que el público dejó escapar un gemido de asombro. Aidan agarró la banderola. Entre vítores y gritos en contra de los irlandeses, la levantó en alto.

El otro bote pasó a su lado y Richard inclinó la cabeza.

—Bien hecho, mi señor de Castleross. Sólo lamento no haber estado a vuestra altura.

—No lo habéis hecho mal, para ser inglés —dijo Donal

Og mientras miraba las ampollas en carne viva de sus manos.

Los compañeros de Richard de Lacey cambiaron unas palabras en su lengua incomprensible.

—Pardiez, a esto lo llamo yo sudar —Aidan se echó agua por el cuello y los hombros. Iago y Donal Og hicieron lo mismo.

Los espectadores guardaron un extraño silencio cuando los vencedores se dirigieron hacia el embarcadero. Aidan no comprendió a qué se debía hasta que dejó los remos y vio que el gentío se había agolpado al borde mismo de las gradas y que las mujeres empujaban a los hombres para mirar boquiabiertas a aquellos bárbaros empapados. Hasta Pippa se acercó al agua con ojos llenos de asombro.

Aquello bastaba para colmar de orgullo a cualquier hombre. Aidan cambió una mirada con sus compañeros y se pusieron los tres a remar exhibiendo sus músculos al máximo. Las señoras comenzaron a murmurar entre ellas.

Sin que Pippa se diera cuenta, un caballero muy atildado (lord Temple Newsome, si Aidan no recordaba mal) se acercó a ella por detrás.

Aidan no vio exactamente dónde ponía la mano, pero no le costó adivinarlo por la cara de indignación que puso Pippa. La muchacha se incorporó y al mismo tiempo agarró a lord Temple por el brazo. Con un giro que habría despertado la admiración del luchador más aguerrido, se inclinó hacia delante, tiró de lord Temple y lo lanzó volando por encima de su cabeza. Lord Temple cayó de cabeza al agua con un chillido.

—Así que así es como ha conseguido conservar su virtud todos estos años —dijo Donal Og pensativamente.

—Yo también me lo preguntaba —dijo Iago.

Un juramento resonó al fondo del gentío. Mientras Temple Newsome boqueaba y agitaba los brazos, su criado agarró a Pippa del brazo. Ella se apartó bruscamente y cayó al río haciendo aspavientos.

Por un instante, sus faldas se hincharon a su alrededor como una campana.

—¡Maldito bribón! —gritó con rudeza antes de hundirse.

En una fracción de segundo, Aidan experimentó una sensación de pánico y desvalimiento que nunca antes había conocido. Ni la horrible muerte de su padre ni la traición de Felicity podían compararse con aquella angustia. Hasta ese momento, cuando corría peligro de perderla, ignoraba lo que había supuesto para él la aparición de Pippa.

Se levantó de un salto y se zambulló limpiamente en el agua. Pasó nadando junto a Newsome, que intentó agarrarse a él, y al llegar al lugar donde se había hundido Pippa volvió a zambullirse.

La luz del sol brillaba entre la turbia cortina de algas y cieno. Aidan vio la vaga silueta de un brazo que se agitaba. Intentó agarrarlo. Falló. «¡Aprisa!», gritaba su mente. «¡Aprisa!». Nunca antes le había importado tanto la vida de otra persona. Con una fuerte patada salió a la superficie, tomó aire y volvió a sumergirse. Vio agitarse una falda. Alargó los brazos hacia ella, y por primera vez supo lo que era rezar con el corazón, sin palabras. Su mano se cerró sobre la tela. Tiró de ella, la tela se rasgó y volvió a escapársele. Aidan se lanzó hacia delante y, al tocar la mano de Pippa (la mano de una inglesa, de una desconocida, de una plebeya), su corazón estuvo a punto de estallar de alegría. La arrastró hacia la superficie.

Pippa comenzó a toser, escupiendo agua del río y juramentos. Aidan la enlazó con el brazo y la llevó hacia las gradas del embarcadero. Al llegar adonde hacía pie, la sujetó por la cintura y por debajo de las rodillas y la levantó en brazos. Subió con cuidado los resbaladizos escalones cubiertos de verdín.

—Me estáis llevando en brazos —dijo ella.

—Sí.
—No puedo creer que hayáis tenido que salvarme.
—Otra vez —le recordó él.
—Bueno, al menos soy coherente.

Aidan llegó al rellano. La multitud se apartó para dejarle paso, y él dejó a Pippa en el suelo. Intentaba fingir que no había pasado nada, pero a sí mismo no podía mentirse. Estaba temblando.

—No tengo remedio —dijo ella.

Aidan la miró a los ojos y vio en ellos angustia y esperanza, y lo que más temía ver: un amor tan tierno y puro que lo atravesó como una estocada.

—Ninguno de los dos lo tiene —dijo con voz ronca, pensando en Irlanda, en Felicity, en todas las razones por las que no podía corresponder a su amor.

Richard de Lacey estaba de pie en su bote. Aidan esperaba que se riera de él, pero Richard comenzó a aplaudir lentamente. Otros lo siguieron, y los aplausos resonaron a lo largo del río.

Pippa se apartó de Aidan y empezó a sacudirse las algas del vestido. Adoptó la pose del comediante: se agarró las faldas hechas trizas e hizo una florida reverencia. Lord Temple Newsome se esforzaba por subir a gatas los escalones del embarcadero.

—La próxima vez que decidáis pellizcar el trasero de una dama —dijo Pippa—, aseguraos de que vuestra víctima es tan débil que no puede resistirse o tan tonta que no le importa.

—Sois una vulgar mujerzuela.

—Gracias, señor mío —replicó ella con fingida reverencia.

—Qué encanto —dijo él, y escupió en el suelo.

—Vos tenéis el de un retrete —contestó ella.

Newsome miró a Aidan con furia.

—¿De dónde habéis sacado a esta... fregona?

—¿No ha bastado un chapuzón para limpiaros la boca, Newsome? —preguntó Aidan, avanzando hacia él.

Newsome no dijo nada, pero se alejó rápidamente por un sendero del jardín, hacia la casa.

Aidan se quitó el jubón y la camisa. Se irguió, sacudió su pelo mojado y vio que todos lo miraban. Otra vez.

Los susurros de las mujeres cundieron entre el gentío. La expresión de Pippa hizo que su vanidad alcanzara nuevas cotas. Tenía los ojos brumosos, la boca entreabierta. Sacó un poco la lengua para humedecerse los labios. Él se bajó el jubón para ocultar su reacción física.

—¿De qué son esas cicatrices? —preguntó ella con asombro.

—Es una larga historia —contestó él, sintiendo que se sonrojaba—. Más vale que nos sequemos.

—Sí, más vale —dijo ella, risueña.

Richard de Lacey subió hasta el rellano del embarcadero.

—Venid conmigo a Wimberleigh House. Está justo ahí, en lo alto del jardín —señaló una hermosa mansión adornada con chapiteles y grandes rosetones que daban al río—. Será un honor hacer de anfitrión de tan singular compañía.

Dos horas más tarde, de pie en lo alto de la gran escalera de Wimberleigh House, Pippa miraba con el ceño fruncido los escalones. La casa no era tan grande ni tan laberíntica como Lumley House o la abadía, ni tan opulenta como Durham House.

Y sin embargo enseguida se sintió a gusto allí. Le dieron ropa limpia y una doncella muy tímida la ayudó a vestirse. El aroma a cera de abejas y linimento de verbena que respiraba le era ajeno, así que ¿por qué le parecía tan familiar, tan evocador? Observó las paredes cubiertas de tapices y paneles de madera. Podía imaginarse a Richard de Lacey creciendo en aquella casa, un hermoso niño mimado corriendo por las galerías y los salones y haciendo travesuras en el jardín.

Al apoyarse en el poste superior de la barandilla, la bola de madera se inclinó hacia un lado. Pippa sofocó un grito de sorpresa y se apartó de un salto.

—No os preocupéis por eso —dijo una voz jovial.

Se dio la vuelta y vio que una criada se acercaba a ella sonriendo, con una vela encendida en la mano.

—Soy Tess Harbutt. Vengo a encender la lámpara —señaló el poste con la cabeza—. Antes había aquí unas poleas para ayudar a mi querida abuela a subir y bajar las escaleras.

Tess bajó las escaleras y corrió un panel de madera, dejando al descubierto un mecanismo de cuerdas y ganchos. Mientras Pippa la observaba con interés, la muchacha tiró de una cuerda y la lámpara comenzó a descender lentamente.

—El anciano lord Wimberleigh, conde de Lynley y padre del señorito Richard, es inventor —explicó Tess—. Siempre está imaginando cachivaches.

Pippa bajó deprisa las escaleras para echar un vistazo. La lámpara, una gran rueda de velas, cada una con su pantalla de cristal esmerilado, colgaba ahora al nivel de sus ojos.

—¿Puedo? —tomó la vela y acercó la llama a las bujías de la lámpara. Eran gruesas y blancas, y no olían a sebo, como las que ella conocía.

—Ése es —Tess señaló un retrato que había en la pared de la escalera—. Se llama Stephen de Lacey.

Pippa levantó la mirada. Ah, de allí era de donde Richard había sacado su cabello rubio.

—La de al lado es lady Juliana, la segunda esposa de Stephen de Lacey —la dama de cabello oscuro sostenía un abanico junto a su pecho y estaba rodeada de niños. Un extraño perro de pelo largo yacía acurrucado a sus pies.

—Juliana —dijo Pippa—. Bonito nombre —casi se había olvidado de la vela.

—Algunos dicen que es de la realeza rusa —explicó Tess, animándose. Bajó la voz y añadió en tono confidencial—: Y otros dicen que es gitana.

Pippa giró la mano, sorprendida, y volcó la última bujía. La pantalla de cristal cayó al suelo, pero logró atraparla antes de que se hiciera añicos.

—¿Qué has dicho? —volvió a colocar la pantalla.

Tess se sonrojó.

—Chismorreos, nada más. No sé lo que me digo, señora.

Pero después de encender la última bujía, mientras Tess accionaba una palanca para subir la lámpara, Pippa contempló el retrato con el ceño fruncido.

Juliana. Una gitana. Una idea difusa aleteó al borde de su conciencia y se alejó. Debía de ser su encuentro con aquella vieja gitana, se dijo. Señaló dos sombras rectangulares que había en los paneles de madera.

—¿De quién eran los retratos que faltan?

—De los padres del señorito Richard, lord y lady Wimberleigh. Los han llevado a bajo para empaquetarlos. El señorito Richard ha recibido un cargo militar. Tiene retratos en miniatura de sus hermanos y hermanas, los señoritos Lucas, Leighton y Michael y de la señorita Caroline, por supuesto, la favorita de la familia.

Pippa se quedó mirando un rato los retratos. Una familia. Qué extraña era aquella noción para ella. De pronto se sintió torpe y anhelante y se recogió con nerviosismo las faldas. Siempre era la inadaptada, la que no acababa de encajar.

—¿Estoy bien?

—Sí, señora. Ése vestido era de la señorita Caroline. Os sienta como un guante —la doncella miró su cabello corto, fue a decir algo y apartó la mirada educadamente—. Más vale que vayáis al comedor. Creo que os están esperando.

Pippa cruzó la antecámara, flanqueada por grandes arcadas, y pasó por las puertas de su derecha.

—Perdonadme, señora. No sabía que ya habíais estado en esta casa —dijo Tess.

—Nunca he estado aquí.

—Entonces ¿cómo sabéis por dónde se va al comedor?

Pippa se paró en seco. Sintió de nuevo aquel cosquilleo, aquel estremecimiento. Una idea la asaltó y desapareció sin llegar a cobrar forma definida. Miró desconcertada a la amable criada.

—He acertado de chiripa, supongo.

DE LOS ANALES
DE INNISFALLEN

Soy cristiano además de celta, lo cual me hace pasar algunos malos ratos en el confesionario. Se supone que no he de sentir en la médula de los huesos la turbia intuición de un desastre venidero, porque parece paganismo y es una afrenta contra Dios Todopoderoso.

Pero a veces me veo obligado a reconocer que los antepasados me susurran secretos al oído, y últimamente esos secretos me perturban.

Algo anda mal en el pueblo de Killarney y en Ross Castle. No tengo motivos para asegurarlo: me lo dice el escalofrío que siento en los huesos. Eso, y la mirada huidiza de la esposa de O Donoghue cuando fui al castillo a presidir la procesión. Nuestras ceremonias «paganas» hieren su sensibilidad puritana, pero se mostró más desconfiada y arisca de lo normal.

El obispo ha prometido al fin su ayuda. Ese matrimonio no debió celebrarse. De hecho, no es tal matrimonio. Pronto enviaré a Aidan buenas noticias sobre la anulación.

Entre tanto, lord Browne ha sofocado la rebelión sobre la que informé a Aidan con tanta urgencia. Me estremezco al pensar en lo implacable que habrá sido. Unos cuantos rebeldes lograron tomar rehenes, entre ellos a esa bola de sebo de Valentine Browne, el sobrino del alguacil. Es una situación muy desafortunada que apesta a traición. Me extraña que los rebeldes apresaran únicamente a hombres incapaces de luchar o incluso de ejercer el mando. Los insurrectos no son hombres de Kerry, sino forasteros, gentes sin amo que no sirven a más causa que a la de su propio provecho.

Una horrenda sospecha me asalta cuando pienso en quién puede estar tras la toma de rehenes y a quién culparán los ingleses cuando sepan lo que ha ocurrido.

Si la reina de Londres se entera, encerrará al Mór O Donoghue y tirará la llave.

Revelin de Innisfallen

CAPÍTULO 7

Cenaron en un majestuoso salón con el techo de artesonado. Un batallón de sirvientes llevaba platos suntuosos a una mesa tan larga que Pippa apenas veía a Iago y Donal Og. Estaban enzarzados en una animada, aunque renqueante, discusión con los extranjeros que acompañaban a Richard.

Pippa descubrió dos cosas inmediatamente: que odiaba las anguilas con mostaza y que adoraba que le sirvieran. Poco a poco fue descubriendo también las delicias de los higos secos y el pudin de leche de almendras, y el placer de sentir una copa de plata en los labios. Tener compañeros de mesa que le hablaban cortésmente, con frases completas, era un auténtico deleite.

—Estoy esperando que mis padres regresen de Hertfordshire —explicó Richard—. Y también mis tíos y primos. Mi familia es enorme y están todos encantadoramente chiflados. Lo pasamos muy bien juntos.

Aidan lo miraba con una sonrisa encantadora. Pippa sospechaba que era la única que conocía lo que significaba en realidad su mirada.

—¿Creéis que vuestra familia también lo pasará bien en Irlanda, mi buen amigo? —preguntó—. No seríais los primeros.

—Os aseguro, milord, que si mi familia fuera a Irlanda, no sería para asolar vuestra patria —contestó Richard, muy serio.

Una oleada de melancolía invadió a Pippa. Pensar en una familia la hacía anhelar aquella sensación de pertenencia, dulce e insondable.

—Aferraos a ellos —murmuró—. Muchos no saben valorar a su familia hasta que la pierden —se sonrojó y agachó la cabeza—. Hablo demasiado de mí misma —dijo.

Un criado puso ante ella un plato de ensalada. Pippa se quedó mirándolo con pasmo. No sabía si debía comérsela o no.

—Usad un tenedor —dijo Richard.

—No habléis así a una dama —le espetó Aidan.

—Sólo he dicho tenedor —Richard levantó un instrumento de tres puntas que parecía un pequeño rastrillo.

—Ah —Aidan se recostó en el asiento de su silla labrada—. Creía que os estabais poniendo impertinente.

Richard se echó a reír y luego les enseñó cómo se manejaba el tenedor.

—Estribos y tenedores —dijo Aidan, riendo—. He encontrado dos cosas útiles entre los ingleses.

Pippa probó el tenedor y descubrió que era muy de su agrado. A pesar de la tensión existente entre Richard y Aidan, también su compañía era muy de su gusto. En un extremo de la mesa, Donal Og e Iago seguían obsequiando a sus interlocutores con historias en inglés, español y gaélico. Era agradable observar a un grupo de hombres de buen humor. Eran tan guapos, tan fastuosos, que se quedó muda de asombro. Se sentía como si estuviera en el cielo, donde, gracias a la infinita sabiduría de Dios, todos los hombres eran perfectos.

Uno de ellos, sin embargo, era demasiado impecable. Allí estaba ella, en la casa del hombre más bello de Inglaterra, y sin embargo no se sentía atraída por él. Su mirada, en cambio, volaba constantemente hacia Aidan, con su larga melena, sus toscas facciones, sus ojos penetrantes y aquella boca que la hacía estremecerse cuando recordaba cómo la había besado. Lo recordaba recién salido del río, con el cabello cayéndole como cintas negras sobre los hombros y el magnífico pecho al aire. Pensó en el vello negro que bajaba como una flecha por su vientre. Las cicatrices, que parecían extenderse hacia fuera, debían de ser muy antiguas y tenían que haberle causado un dolor indecible.

¿Sería algún rito católico?, se preguntaba. Se lo preguntaría muy pronto.

—Creo que está enamorada de vos —le dijo Richard a Aidan, riendo.

Ella resopló, confiando en no sonrojarse.

—¿Os molesta que no lo esté de vos?

—No —Richard sonrió—. Sólo me sorprende.

Ella se quedó boquiabierta. Se le cayó el tenedor.

—Deduzco que el amor propio es otra de vuestras muchas virtudes.

Richard soltó una carcajada.

—Sois un soplo de aire fresco, ¿no es cierto, mi señor de Castleross?

Aidan la miró con tal ternura que Pippa sintió deseos de llorar.

—Sí —dijo—. Es un privilegio conocerla. Y por desgracia dudo que ninguno de nosotros aprecie debidamente hasta qué punto es un regalo.

Ella intentó replicar con un comentario ingenioso, pero no pudo. Nunca antes le había fallado el ingenio. Su lengua, sin embargo, no le permitió derramar ácido sobre la dulzura del comentario de Aidan, destruir aquel instante con una réplica frívola, despojar de sentido su hermoso cumplido.

Aquellas pocas palabras, dichas con la voz profunda y melodiosa de Aidan, encendieron en su piel un rubor que tiñó sus mejillas, su cuello y hasta su pecho. De pronto lamentó no haberse puesto la gorguera que le había llevado la doncella, junto con el vestido.

Notó un cosquilleo en la garganta, cierta humedad en los ojos, y al fin se dio cuenta de lo que le había ocurrido. De algún modo, aquellos dos hombres (Richard, con su buen humor y su apostura, y Aidan, con su espíritu místico y majestuoso) la hacían sentirse querida.

Pero en cuanto formuló aquella idea, se apartó de ella como si quemara. Conocía muy bien el precio del cariño, y no estaba dispuesta a pagarlo. Respiró hondo y se convirtió de nuevo en Pippa la malabarista, en la bufona que escondía sus lágrimas.

—Un privilegio, sí —balbució y, levantándose de un salto, agarró tres tenedores y los lanzó al aire—. No en todas las mesas hay un malabarista residente.

Richard apoyó los codos en la mesa y su gorguera se mezcló con la ensalada.

—¿Estáis bien? —preguntó Aidan.

Richard siguió mirando a Pippa hasta que ella recogió los tenedores y volvió a sentarse. Parecía observarla con todo detalle.

Luego parpadeó.

—Disculpad. No suelo ser tan descortés —esbozó una sonrisa radiante—. Por un momento me habéis recordado a alguien. Pero no sé a quién. En fin, que no se diga que en Wimberleigh House obligamos a los invitados a entretenernos —dio unas palmadas y aparecieron tres músicos, uno con un laúd, otro con una flauta y un cantante—. Quizás esto sea más de vuestro agrado que el ruido de Durham House —dijo.

El cantante, un joven de aspecto decadente, apagó casi todas las velas de la mesa, dejando la habitación en penumbra. Una nota sutil brotó del laúd, y el cantante cerró los ojos y se meció ligeramente. Después empezó a cantar con perfecta voz de tenor. La flauta tocó una hermosa melodía y ambas voces se mezclaron con melancólico esplendor. La música hizo que Pippa se sintiera desvalida y vulnerable, como si una parte de su ser hubiera sido desnudada contra su voluntad.

Miró a Aidan de soslayo. Él la estaba mirando, y no con el tibio interés con que solía escucharse una actuación. A pesar de la penumbra, Pippa lo veía con claridad. La vela que ardía en medio de la mesa bañaba su cara con un resplandor de oro viejo. Él se echó hacia delante, con el semblante inexpresivo y tenso, y sin embargo la pasión que había en su mirada era inconfundible. A pesar de que estaba inmóvil, sus ojos turbulentos cautivaron a Pippa. Se sentía hechizada, expuesta a él, incapaz de resistirse. Su carne ardía en deseos de tocarle. Mientras lo miraba desde el otro lado de la mesa, recordó cada uno de los momentos que habían compartido desde el día en que ella cayó de rodillas a sus pies y le robó el cuchillo, hasta esa tarde, cuando sus fuertes brazos la sacaron del río. Pensó en la noche en que él la besó, una noche iluminada por las velas y arrullada por el tamborileo de la lluvia, en la que ella no pudo ocultarle sus sueños secretos. Era como si llevaran toda la vida juntos, en lugar de unas pocas semanas.

Aidan sólo la liberó de su mirada al acabar la canción, dejándola tan débil y trémula como si la hubiera acariciado.

—Santo cielo —dijo Richard, divertido—. Había oído hablar de hacer el amor con la mirada, pero hasta ahora nunca lo había visto.

Pippa forzó una risa ligera.

—Vuestros músicos tienen mucho talento. Deberíais embotellarlo, como el vino.

Los músicos hicieron una reverencia y tocaron otra tonada.

Richard apuró su copa de vino, despidió con un ademán al criado que se acercó para volver a llenarla y se levantó.

—Disculpadme. Tengo muchos preparativos que hacer antes de que mi familia venga a despedirme. Confío en que tengáis oportunidad de conocerlos.

Pippa había saboreado por un instante la sensación de pertenecer a un lugar, pero ese instante había pasado. Richard de Lacey y Aidan O Donoghue eran prácticamente unos desconocidos para ella. Casi los odiaba por permitirle vislumbrar otro mundo más allá de sus sueños.

Abandonaron todos el salón. Los sirvientes los siguieron y se pusieron en fila delante de la escalera. Richard se volvió hacia sus invitados.

—Buenas noches, pues —Aidan y él se saludaron inclinando la cabeza; luego, Richard tomó la mano de Pippa y la besó. La luz de las velas de la lámpara brillaba en su cabello dorado.

—Buenas noches, milord —se volvió hacia Aidan, incapaz de sofocar una sonrisa—. Buenas noches.

Él también la tomó de la mano, pero de un modo completamente distinto. Muy suavemente, tal vez por accidente, uno de sus dedos se deslizó por la palma de Pippa. Le sostuvo la mirada mientras se llevaba lentamente la mano a la boca para besarla. Ella sintió primero el roce cálido de su aliento, y ello bastó para erizarle el vello de los brazos. Luego, Aidan pegó los labios a su piel. Sacó la lengua discretamente y la tocó.

Ella sofocó un gemido.

Richard se echó a reír.

—Aidan, vos podríais darme lecciones.

Pippa apartó la mano.

—No, por favor. Es inaguantable —«y estoy completamente loca por él», añadió su errático corazón.

Aidan se echó a reír.

—Puede que sea mi sangre irlandesa. Hay más de un modo de hacer la guerra a los ingleses.

Aidan y Richard se apartaron para dejar que Pippa subiera delante de ellos las escaleras. Justo antes de poner el pie en el primer escalón, ella oyó un sonido leve y extraño.

Uno de los lacayos de Richard profirió una exclamación gutural.

Sin pensarlo, Pippa agachó la cabeza y se apartó. En ese mismo instante, una de las pantallas de cristal de la lámpara cayó al suelo y se estrelló con estrépito a sus pies.

—¿Estáis bien? —preguntó Richard, aunque fue Aidan quien la abrazó.

—Sí, claro —apartó el bajo de su falda para asegurarse de que no había trozos de cristal entre los pliegues y sonrió al lacayo—. Gracias por avisarme.

Richard se rascó la cabeza y frunció el ceño.

—¿Ocurre algo? —Pippa se recostó en Aidan. Le gustaba sentirlo tras ella.

—No, nada, pero... Sé que es una pregunta extraña, pero ¿habláis ruso?

Ella se rió.

—A duras penas hablo inglés, mi señor. ¿Por qué lo preguntáis?

—Porque Yuri —señaló al lacayo con la cabeza— sólo habla ruso. ¿Cómo es posible que le hayáis entendido?

Pippa sintió un escalofrío. Había algo extraño en aquella casa, en los retratos de la bella familia de Lacey, en las cosas que sentía cuando miraba a Richard.

Miró a Aidan. Él la observaba con la misma curiosidad que Richard.

Pippa se encogió de hombros.

—Supongo que ha sido por su tono. Siempre he tenido que valerme sola, Richard.

Los cristales rotos fueron recogidos y toda la comitiva subió las escaleras hasta los aposentos de la planta de arriba. En el pasillo en penumbra, Pippa deseó buenas noches a Richard y Aidan.

No volvieron a besarle la mano, pero Aidan hizo algo

peor, en cierto sentido. Su mirada ardiente la acarició como la mano de un amante.

—Dulces sueños, *a gradh* —le susurró al oído, inundándola con un placer prohibido.

Y justo cuando ella estaba a punto de desfallecer de deseo, Aidan se fue a la cama.

Horas después, rodeada de lujos, Pippa seguía sin conciliar el sueño. Se había puesto su camisón prestado y una bata y se paseaba por la habitación, a la luz de la luna. Debería estar disfrutando de cada instante que pasaba allí. Debería contemplar con atención cada mueble, cada panel de cristal, cada tapiz de los muchos que adornaban las paredes. Siempre había soñado con tales lujos. Pero ahora que estaba allí, rodeada de ellos, no parecía capaz de disfrutarlos.

Se atormentaba, en cambio, pensando en Aidan. ¿Por qué se dejaba arrastrar hacia él, sabiendo que sólo podía acabar con el corazón roto? ¿Por qué no podía mantenerlo a distancia, como hacía con los demás?

Una sombra se agitó en el jardín bañado por la luz de la luna, allá abajo. Atraída por aquel movimiento, Pippa se acercó a la ventana y miró por el cristal emplomado.

Lo que vio le causó una extraña satisfacción.

Aidan O Donoghue tampoco podía dormir.

Como un enorme fantasma, se paseaba arriba y abajo por un sendero del jardín, deteniéndose de vez en cuando para contemplar meditativo la cinta del río, visible al final del prado.

Pippa sintió que una fiebre se agitaba en su vientre y se extendía por su piel. Cerró los puños y pegó la frente al cristal.

¿Qué tenía aquel hombre?

Su aura de virilidad la abrumaba, de eso no había duda. No era tan guapo y perfecto como Richard, ni tan ingenioso como sir Christopher Hatton, ni tan alegre como Iago, y sin embargo la atraía. Quería estar con él, tocarlo, hablarle, sentir su boca sobre la suya como la noche de la tormenta.

—No —se dijo entre dientes—. No quiero que me importes. No puede ser —respiró hondo y contuvo el aliento, intentando dominarse. Tenía que haber un modo de pasar un momento de esplendor con él y salir con el corazón intacto—. Es posible —dijo en voz alta y, ciñéndose la bata, salió apresuradamente por la puerta—. Y voy a demostrarlo esta misma noche.

Londres nunca callaba, pensó Aidan, mirando el Támesis. Era de madrugada y aún se oían voces y caballos, y de cuando en cuando un susurro de remos: contrabandistas, o amantes clandestinos, o un grupo de juerguistas que regresaba tarde a casa.

El sonido de la alegría, del sufrimiento, de los negocios cotidianos, de los crímenes que se cometían. Todos aquellos ruidos lo envolvían como un gran coro discordante, tan ajeno a él como los tenedores y los protestantes.

No había hablado con nadie de la orden que había recibido ese día, tras la regata. Un correo especial le había llevado la misiva a Wimberleigh House. Al parecer, la reina había oído hablar de su actuación en la regata y había decidido concederle el honor de una audiencia.

Aidan estaba listo. Más que listo. Ansiaba dejar Londres y al mismo tiempo lo temía. Estaba impaciente por regresar a casa desde que había tenido noticias de Revelin de Innisfallen. Donal Og e Iago lo habían convencido de que se quedara, porque dejar Londres equivaldría a desafiar a la reina, y eso sólo podía empeorar las cosas. La reina ordenaría a sus estrategas militares desplegar más tropas en Kerry, desalojar a más irlandeses, quemar más campos y asolar más bosques. Y eso precisamente era lo que Aidan confiaba en evitar yendo a Londres.

Con todo, habían pasado dos semanas ¿y qué había conseguido? Un par de baratijas, un buen caballo, un encuentro con el heredero de los de Lacey, un tenedor...

—Reverencia, debo hablar con vos —dijo una voz clara entre las sombras.

Y a Pippa, pensó él, dando la espalda al río. ¿Cómo había podido olvidarse de Pippa? Su carga. Su tesoro.

—¿Sí? —dijo, escudriñando las sombras. Vio su figura menuda avanzar por el sendero, hacia él. Desapareció bajo las sombras de un emparrado y volvió a emerger como un espectro.

Aidan sintió una oleada de placer, un repentino destello de esperanza. Parecía una princesa de los *sidhe* pasando del reino de las hadas al de los hombres.

Sí, aquella muchacha tenía algo mágico, de eso no había duda. Aun así, su cuerpo traicionero le recordó dolorosamente que era una mujer de carne y hueso. La deseaba con un ansia que sentía en cada hueso, en cada nervio, en cada fibra de su ser. Pero no podía hacerla suya. Nunca podría. No se acostaba con una mujer desde que se había casado, ni podría hacerlo mientras Felicity estuviera viva.

—¿Aidan? —preguntó ella suavemente—. ¿Estás ahí?

—Aquí —avanzó unos pasos, tocó su brazo.

Ella sofocó un grito y se tensó. Él se preparó.

—Tranquila. No quiero acabar como el pobre Temple Newsome.

—Se merecía algo peor que un chapuzón.

Aidan se rió.

—Sí. Ven aquí. Prometo no tocarte.

—De eso precisamente quería hablarte.

Ah, Dios. Aidan sintió una punzada de deseo.

—¿Quieres que te toque?

La oyó contener el aliento. Estaba demasiado oscuro para verle la cara.

—No te atrevas —dijo ella con voz extrañamente temblorosa—. Lo que quiero que sepas es que te estoy muy agradecida por lo bueno que has sido conmigo. Ni siquiera sé por qué me acogiste.

Él sonrió con ironía.

—No me dejaste elección. ¿Cómo iba a resistirme, si me suplicaste de rodillas?

—Se me da muy bien suplicar —dijo ella.

Aunque su voz sonaba llena de humor, Aidan no quería oír nada más. No soportaba saber lo que Pippa había soportado para perfeccionar aquella habilidad.

—El caso es —dijo con suavidad— que merecía la pena salvarte. No sé por qué nadie se ha dado cuenta antes.

—¡Basta! —hizo un movimiento brusco. Aidan se dio cuenta de que se había tapado los oídos—. Me lo estás poniendo aún más difícil.

—¿El qué?

Pippa bajó las manos y suspiró, exasperada.

—Lo que he venido a decirte —hablaba lentamente, como si se dirigiera a un hombre corto de entendederas.

—¿Y qué es? —preguntó él.

—Que no puedo amarte. Nunca. Jamás.

Aidan tardó un momento en comprender lo que le decía. Deseó reírse de su vehemencia. Deseó enfadarse con ella y llorar por ella. Pero, sobre todo, deseó estrecharla en sus brazos y no soltarla nunca. ¡Tonto de él!

—Ah, muchacha —dijo con un suspiro—. ¿Qué te ha dolido hasta el punto de que te creas en la necesidad de decir tal cosa? Fue perder a tu familia, ¿verdad?

Ella se quedó callada un rato. Por fin dijo:

—Lo único que necesitas saber es que no te quiero ni te querré nunca.

Aidan se dijo que debía sentirse aliviado. Forzó una risa breve y suave.

—Tu amor es lo último que me hace falta.

Ella levantó la barbilla.

—Muy bien. Eso me parecía. Así es todo mucho más sencillo.

—Mucho más sencillo —se sintió hueco por dentro—. Eso significa que debemos ser amigos. Los irlandeses tenemos un dicho: «Si no eres mi enemigo, te cuento por amigo».

—Es muy bonito —su voz sonaba extrañamente densa. Se apartó de él y se sentó en un banco de mármol que miraba al paseo del río—. ¿Quieres hablarme de Irlanda? ¿Es cierto que allí hay duendes en los bosques?

Aidan cerró los ojos un momento. Una intensa nostalgia atenazaba su corazón.

—En Irlanda hay muchas cosas mágicas y maravillosas. Y también muchos peligros.

Pippa cubrió sus manos con una tierna caricia. Aidan se alegró de que estuvieran a oscuras. Así podía hablar con más libertad de sí mismo que a la luz del día, pues la noche era una gran niveladora: escondía tanto los defectos como las virtudes.

Pensaba en su patria con una mezcla de amor agridulce y desesperada resignación. Irlanda era un país espléndido, un peligro atrayente. Un lugar en el que un hombre podía vivir en comunión con la tierra. O así había sido hasta la llegada de los ingleses.

—Bien —dijo, mirando las sombras del jardín—. Los días soleados, el lago Leane parece un espejo azul en el que se refleja el cielo infinito. Los bosques son de un verde esmeralda. Hay montañas con torrentes tumultuosos, ríos rebosantes de salmones y truchas, y, en medio del lago, hay un lugar llamado Innisfallen.

—Innisfallen —Pippa saboreó aquella palabra—. ¿Es una isla?

—Sí. Habitan en ella canónigos de la orden de San Agustín. Mi tutor de la infancia, Revelin, vive allí —Aidan había pasado muchas horas en la isla, apoyado contra los frescos muros de piedra de la abadía, dejando que el silencio sagrado del lugar lo envolviera y abrazara sus sueños. Revelin era tan grande e imponente como el Todopoderoso en persona.

—¿Y Ross Castle? —preguntó ella—. Iago dice que enojaste a la reina por acabarlo.

El espectro de un dolor antiguo se apoderó de él.

—Ross Castle era el sueño de mi padre. Y mi penitencia.

Las palabras se le escaparon sin que pudiera evitarlo. Maldijo la oscuridad y la falsa sensación de seguridad que le proporcionaba. ¿Cuándo aprendería que no había ningún lugar seguro en el que desnudar su alma? ¿Sería una hechicera aquella inglesa, capaz de extraer confesiones de un corazón reticente?

Apartó las manos y dibujo profundos surcos en su cabello con los dedos.

—Sigue, por favor —dijo ella—. Quiero saber más cosas. ¿Qué quieres decir con que era tu penitencia?

Debía de estar encantada, se dijo Aidan. Porque se oyó decir:

—Después de la muerte de mi padre, me sentí obligado a acabar las obras del castillo, aun desafiando con ello las leyes inglesas. Mi padre se negaba a ver que nuestra gente estaba perdiendo la batalla para liberar Irlanda de los ingleses. Año tras año lo vi reunir ejércitos y conducirlos a la masacre. Año tras año escuché los lamentos de las viudas y los huérfanos que se morían de hambre porque mi padre se negaba a pactar con los ingleses.

—Aidan —dijo ella—, cuánto lo siento.

—No lo sientas por mí, sino por los que lucharon y murieron, por los que se quedaron por el camino —apoyó la cabeza en las manos y pensó en el precio que había pagado por restañar las heridas de su pueblo—. Habían llegado al límite de sus fuerzas. Las autoridades inglesas de Killarney nos tratarán con dureza mientras sigamos rebelándonos. Yo lucharía hasta la muerte, si por mí fuera, pero no puedo pedirle ese sacrificio a mi gente.

—Tu padre lo hizo —afirmó ella.

—Sí —una oleada de recuerdos invadió a Aidan: los gritos, las súplicas... la violencia. Santo cielo, habían sido como enemigos mortales, no como parientes de sangre.

—¿Qué vas a pedirle a la reina? —preguntó Pippa.

—Piedad, y un poco de autonomía. Si puedo negociar una paz duradera, se derramará menos sangre.

—Así que estás dispuesto a pagar con tu orgullo.

—Para salvar vidas —se levantó y comenzó a pasearse de un lado a otro—. Maldita sea, no tengo elección.

—Mi señor, ¿qué sabes de la reina Isabel?

—Que es inteligente, manipuladora y vanidosa. Que es caprichosa tomando decisiones. Y que es la monarca más astuta y poderosa de la Cristiandad.

—Te aseguro que tiene fama de tener muy mal genio. Una vez, Tom Canty fue a pedirle un favor en nombre del gremio de cerveceros, y la reina acabó multando al gremio.

—¿Por qué?

—Porque Tom se acercó a ella con el sombrero en la mano. Mi señor, si te humillas ante la reina, te despreciará.

—¿Prefieres que le declare la guerra? —preguntó él con una risa áspera.

—No —Pippa se apartó de las sombras y se puso delante de él. La luz de la luna bañaba su cara de una belleza pálida y extraña. De noche, su hermosura tenía un matiz melancólico demasiado sutil para verse a la luz del día.

—Aidan —dijo—, sé que te tomo el pelo poniéndote títulos ridículos, pero lo cierto es que desciendes de reyes. Eres un gobernante por derecho propio, el Mór O Donoghue, un caudillo militar.

Aidan notó una curiosa sensación en el pecho. Palabras, se dijo. Pippa decía simples palabras que sin embargo le afectaban profundamente. Se dijo que era una granujilla sin hogar, que sus opiniones no importaban, pero lo que acababa de decir tenía sentido, y su alma ansiaba la fe que había depositado en él. Bien sabía Dios que nunca la había obtenido de Felicity.

–Soy el Mór O Donoghue –dijo con su antigua convicción y, tomándola en brazos, comenzó a dar vueltas. La risa de Pippa flotó en la brisa nocturna y resonó al otro lado del río. Como hojas arrastradas por el viento, cayeron al suelo, sobre el suave y mullido cojín de la hierba. Aidan se apoyó en un codo y miró su cara risueña. Luego, alejando sus últimas dudas, la besó con ansia, bebiendo valor y sabiduría de sus labios.

Pippa se entregó al beso arqueando la pálida garganta y rodeándole el cuello con los brazos. Su bata cayó, abierta, y Aidan se perdió en un mundo de sensaciones inarticuladas. Deslizó la mano entre el camisón y la bata y sintió las dulces curvas de su cuerpo. Tenía la cintura estrecha y las caderas suavemente redondeadas, y unas piernas fuertes y tersas que se movieron, inquietas, cuando le acarició los muslos.

Pero enterrado muy adentro, bajo la pasión de Aidan, había un destello de honor que le decía que parara. «No». Cerró los ojos con fuerza, sofocando aquel destello. Disfrutaría de aquellos instantes con ella, aunque tuviera que robarlos.

Pippa era una ingenua en muchos sentidos: tan abierta a sus caricias, tan necesitada de su afecto. Y él era un guerrero curtido que ansiaba la confianza que ella le daba, la completa e incuestionable certeza de que había bondad en él... aunque él mismo supiera que no era así.

Ella tocó con un dedo su pecho lleno de cicatrices y susurró:

–No he venido para esto.

–Pero no te dejaré marchar sin ello –al decir esto, la última chispa de su conciencia se extinguió definitivamente. Pasó la mano por el pecho de Pippa y acarició uno de sus senos. Ella dejó escapar un gemido gutural y se arqueó para que su pecho encajara en la palma de la mano de Aidan.

–Dios, Pippa –dijo él con voz estrangulada. No había previsto la fuerza de su pasión. Compartía la misma ansia que sentía en ella. De pronto su deseo, su placer, se tornaron en el placer y el deseo de Pippa. Le besó la garganta, deteniéndose en la vena que palpitaba suavemente, y saboreó el leve aroma a sándalo de su piel suave y blanca.

Se movió más abajo, apartando con una mano los encajes del camisón. La prenda se abrió por completo y dejó al aire sus pechos. Pippa contuvo el aliento. Luego musitó:

–Hace frío.

–Yo te daré calor, amor mío –bajó la cabeza hacia uno de sus pechos y la mano hacia el otro. Ella no hizo ningún ruido, pero su carne pareció entonar una melodía cuando se arqueó hacia él. Aidan deseaba cubrirla como un semental, perder el control y arrancarle gritos de éxtasis. Dios, hacía tanto tiempo... tanto tiempo... Pero entonces la chispa del honor cobró vida, como él imaginaba. Fueran cuales fuesen sus motivos, le había hecho una promesa a Felicity.

Dejó de besar a Pippa lo más suavemente que pudo y volvió a envolverla en la bata. En la penumbra, a la luz de la luna, sus ojos parecían enormes y llenos de perplejidad.

Aidan se sentó. Por un momento fue incapaz de hablar. Aquello era demasiado doloroso. Y no sólo le dolía el sexo. Le dolía también el corazón. Porque allí era donde quería cobijar a Pippa y no podía.

Le acarició la mejilla.

–Muchacha...

–¿Qué? –parecía desconfiada, como una niña que supiera que estaban a punto de castigarla.

–Quiero hacerte el amor –dijo él–. Lo sabes, ¿verdad?

–Me di cuenta en cuanto me tiraste al suelo y empezaste a manosearme.

Él intentó sonreír.

Pippa se sentó y acercó las rodillas al pecho, abrazándoselas.

—Tengo una pregunta, Excelencia.

—¿Sí?

—¿Por qué has parado?

«Díselo», se dijo Aidan. «Dile la verdad».

Pero se limitó a apartar un rizo de su frente.

—No quiero hacerte daño —dijo—. ¿Puedes creerlo?

—Claro —contestó ella, y la fe brilló en sus ojos. Apartó la mirada—. Pero me duele que pares.

—¡Dios! —sintió que una lucha encarnizada le desgarraba el pecho. Sin poder remediarlo, la agarró de los hombros—. Te deseo.

Buscó palabras. Otros hombres hacían que el adulterio pareciera muy fácil. Y en su caso, dirían algunos, era justificable. Donal Og e Iago llevaban meses animándolo a disfrutar de él.

—Quiero que seas mi querida.

Ella lo agarró de los brazos.

—¡Tu querida! —exclamó.

—Vas a despertar a todo el mundo —Aidan se puso en pie y tiró de ella—. Te deseo, Pippa. Y tú me deseas a mí. Seré bueno contigo. Te lo juro. No te faltará nada.

—Excepto el orgullo. Aunque, naturalmente, una mujer de mi posición debería sentirse honrada por tu oferta. De hecho, me siento honrada. Mírame. Estoy emocionada —soltó una risa sin ganas, y Aidan oyó su desesperación. Reía por no llorar. Así había sobrevivido tantos años.

—Lo siento —dijo él en voz baja—. Debía pensar que... Lo siento.

—No hace falta que te disculpes —contestó ella—. Ya ves, no puedes hacerme daño, Aidan. ¿No recuerdas por qué he venido?

—Para decirme que no me quieres.

—Exacto. No te quiero. Ni te querré. Jamás.

Aidan dio un paso hacia ella, tomó su cara entre las manos y acarició sus mejillas cálidas y húmedas.

—Entonces ¿por qué lloras, *a gradh*? —preguntó en voz baja.

—Es sólo que... que...

—¿Qué?

—Estoy intentando acostumbrarme a no quererte. Y no me estás ayudando.

Era tan sincera, tan franca con él...

—Pequeña...

—Esto va a parecerte una locura, pero no me siento honrada en absoluto. Me siento insultada, Vuestra Estupidez. Suéltame. No me abraces así.

Aidan no quería soltarla. Era tan delicioso, tan reconfortante abrazarla...

—Aidan, si tengo que destrozarte la coquilla, lo haré. Suéltame.

Él bajó las manos. Nunca había hecho nada tan difícil.

Pero casi igual de difícil fue dejar marchar a Pippa.

Pasada una semana, Pippa comprendió que no iba a morirse de desamor.

Iba a convivir con él.

Más aún: iba a ignorarlo, a intentar encontrar a su familia y a conocer a la reina de Inglaterra.

Pensaba aprovechar aquella oportunidad para buscarse otro rico patrono. Un patrono que la apreciara. Que no la insultara. Que no le rompiera el corazón.

De pie junto a la ventana de su alcoba, miró el claustro central de la abadía. Parecía un teatro justo antes de una función: los hombres corrían de acá para allá, atusándose el pelo y preparando las armas.

Sólo que su pelo era largo y salvaje, y sus armas auténticas. Aidan se había tomado muy a pecho su consejo. Sus cien guardias se aprestaban para la batalla.

Pronto emprenderían la marcha al palacio de Whitehall para presentarse ante la reina Isabel. ¿Y luego qué? ¿Y si el plan fracasaba? La reina los haría matar a todos.

Pippa se obligó a calmarse y se apartó de la ventana. Se detuvo a mirarse en la lámina de bronce pulido que le servía de espejo.

—Una cara que ni siquiera su madre pudo amar —dijo, tocándose el pelo con desgana—. Parezco una fregona puesta del revés.

—Yo no diría eso —Iago entró en la habitación vestido con el esplendor de un sultán turco—. Tú tienes más curvas que una fregona.

Durante un momento, Pippa sólo pudo mirarlo. Llevaba pantalones de seda blanca, muy sueltos, y botas altas anudadas a los lados. Su camisa se abría, dejando al descubierto un pecho ancho y musculoso, lleno de cicatrices semejantes a las de Aidan. En lugar de jubón lucía una casaca corta y sin mangas y una llamativa faja alrededor de la cintura. Un fino florete seguía su muslo a lo largo.

Pippa no pudo evitar sonreír.

—Deberías haber sido comediante, Iago. Las mujeres acudirán a ti como moscas a la miel.

Él le sonrió.

—Me pregunto si habrá en mi vida alguna mujer de la corte.

—Si les sonríes a todas así, habrá más de una. Quizás incluso la propia reina.

Él se estremeció.

—No, gracias. Sus admiradores no siempre acaban bien.

Pippa volvió a mirar el espejo con el ceño fruncido.

—Al menos yo no tendré que preocuparme porque me atosigue un tropel de admiradores.

Iago se colocó tras ella y apoyó las manos sobre sus hombros.

—Pequeña, ¿por qué no dejas que las criadas te ayuden a

vestirte? ¿Te da vergüenza? ¿Escondes alguna deformidad secreta?

Ella se apoyó contra su pecho y echó la cabeza hacia atrás para mirarlo.

—No me gustan las sirvientas de Lumley House. No son como las de Durham o las de Wimberleigh. Dicen cosas feas sobre mí.

Iago siseó, enojado, y le apretó los hombros.

—Putas. ¿Por qué no has dicho nada?

Ella bajó la cabeza.

—Tenían razón. Menos en que soy la amante del Mór O Donoghue —«lo único que desearía que fuera cierto», pensó, y maldijo los caprichos de su corazón.

Iago dijo algo en español y la hizo volverse para mirarla. Con la habilidad de una costurera, comenzó a vestirla, cubriendo con diversas capas su combinación y su camisa. Primero, el corsé anudado con lazos a la espalda; luego, el guardapiés acampanado; después, la enagua.

Mientras trabajaba, hablaba con aquel acento grave y melódico que fascinaba a Pippa.

—Lo tienes todo: encanto, juventud, belleza, sentido del humor. Y sin embargo lo único que veo cuando te miro a los ojos es tristeza.

Ella se mordió el labio al estirar un brazo para que Iago le pusiera una manga.

—Entonces es que tienes mucha imaginación. ¿Por qué iba a estar triste? Os tengo a ti y a Aidan por doncellas. ¿Puede decir lo mismo alguna mujer de Londres?

—Yo sé el aspecto que tiene la pena. A mí no puedes engañarme.

Pippa observó su cara, grave y esculpida, y la expresión de viva inteligencia de su mirada y vio que, en efecto, allí estaba: una melancolía profunda y angustiosa que apesadumbraba a Iago incluso cuando sonreía.

—Guarda tu compasión para los mendigos sin hogar. Yo tengo un plan.

—Muy bien —dijo él—. Pero cuéntamelo. Ya que estoy haciendo de doncella, debería hacer también de confidente.

Acabó de anudarle las mangas y empezó a peinarla con un peine de madera. Ella respiró hondo.

—Lo que ocurre, Iago, es que no sé quién ni qué soy. A veces me convenzo de que soy una princesa perdida por error. Y otras estoy segura de que me dio a luz una pescadera que luego me abandonó para que muriera o me recogiera algún extraño. Podría aceptar cualquiera de las dos explicaciones, siempre y cuando supiera que es la cierta. Creo que lo que más me duele es no saber.

Iago sacó una cofia de rejilla adornada con perlas diminutas. Estaba en el baúl, junto con las otras cosas, pero Pippa no había sabido qué hacer con ella. Él recogió sus rizos sueltos a la altura de la nuca y colocó la cofia. Sus pliegues colgantes daban la impresión de que tenía el pelo largo. Pippa se animó al ver la mejoría.

—Pequeña —dijo él—, no soy el más indicado al que quejarte de eso. Mírame.

Ella lo miró.

—Eres un hombre extraordinariamente guapo.

Él sacudió la cabeza, y sus trenzas adornadas con cuentas tintinearon.

—Mi padre era un violador y mi madre una asesina.

Ella parpadeó.

—Tus historias son casi tan fantásticas como las mías.

—No, es la verdad. Mi padre era un hidalgo español dueño de una enorme hacienda en las islas. Y mi madre una criada mestiza de su casa.

—¿Mes... mes qué?

—Mestiza. Medio nativa de la isla, medio africana.

Pippa vio entonces en su rostro una magnífica mezcla de altiva nobleza española, color africano y exóticas facciones nativas.

Iago acabó de sujetar la cofia.

—Mi padre violó a mi madre y ella lo mató. Así que ya ves, pequeña: hay cosas peores que no saber quién eres.

—Ay, Iago. Lo siento muchísimo.

Él la besó en la frente y a ella la asombró su ternura. Iago era fruto de la ira y el pecado, había sido maltratado y esclavizado, y sin embargo allí estaba: bañándola con el fulgor de su amistad y su comprensión.

—Aidan fue mi salvación —dijo él de repente.

—¿Qué? —la sola mención de su nombre hizo que se le erizara la piel.

Iago sonrió.

—Es tan bondadoso que los mismos ángeles deberían envidiarlo. Pero... —apartó la mirada y tiró distraídamente del bajo de su vestido.

—¿Pero qué?

—Hay demasiadas personas que dependen de él. Es como el árbol de la leyenda: un árbol tan grande que su copa rozaba las nubes. Sostenía todo lo que se subía a él: monos y loros, lagartos y serpientes, escarabajos y abejas. Los nativos usaban sus ramas y sus hojas para construir refugios, su corteza y su sabia para fabricar canoas. Pero al final, el árbol no podía servir de sustento a tantas criaturas, y se moría —le hizo volver la cara hacia el espejo de bronce—. Ahora, mírate. La hija de la pescadera es una princesa, ¿no?

—No —contestó ella, y sin embargo un escalofrío recorrió su espalda—. Pero veamos si podemos engañar a la corte real.

Diario de una dama

Algunas noches, cuando cree que duermo, Oliver, mi marido, se levanta y se pone a pasear por la habitación. Siempre ha tenido el afán de protegerme y no quiere que lo vea preocupado.

Es la angustia por nuestro hijo Richard lo que despierta a mi amado esposo de su sueño. Richard es joven y luminoso como la mañana. Y, en cierto modo, igual de candoroso. No sabe lo que significa ir a la guerra. Sólo piensa en pendones ondeantes y toques de trompeta, en el atronar de los cascos de los caballos y los gestos majestuosos y dramáticos.

Pero Oliver sabe que las cosas no son así. Ha visto la faz de la guerra. Ha mirado a la muerte a la cara, y no quiere que le pase lo mismo a su hijo.

Pero se trata de una cuestión de estado, y se supone que las mujeres no debemos preocuparnos por tales cosas.

Lo cual es una inmensa falacia. Porque la persona a la que más atañen esas cosas es una mujer: Isabel de Inglaterra.

Alondra de Lacey,
condesa de Wimberleigh

CAPÍTULO 8

La reina había llamado por fin al señor de Castleross a la corte. De camino al palacio de Whitehall, Pippa no pudo vislumbrar siquiera a Aidan, porque Iago se empeñó en que no se apartara de su lado, al frente de la comitiva. Como el monarca de un reino mítico, Aidan permanecía invisible, remoto, reservándose para aparecer de repente con dramático impacto.

Cuando su escolta de cien guardias armados cruzó el Strand, Pippa comprendió el significado de aquel desfile. El sonido de sus pasos sobre el camino surtía un efecto visceral, como el siniestro latido de un corazón.

Los ciudadanos de Londres y Westminster parecían ser de la misma opinión. La gente se apresuraba a apartarse. Los hombres se pegaban a las paredes o se escabullían por callejones laterales. Las mujeres refugiaban a los niños entre sus faldas y se retiraban a los portales. Los jóvenes y pálidos estudiantes del Colegio de Westminster aferraban sus cuadernos y miraban atemorizados.

Iago había recibido órdenes de adelantarse para actuar como heraldo, y llegó temprano, con Pippa a la zaga. La entrada a palacio era un arco sobrecargado con una reja imponente. Iago y Pippa esperaron en un patio abierto llamado la Plaza de los Sermones. Pippa sentía las miradas de los guardias y los oficiales de palacio clavadas en ellos, pero, al igual que Iago, mantenía la cabeza alta y procuraba ignorarlas.

Iago se alzaba en medio de la plaza y miraba en silencio a los espectadores.

–Aidan, Mór O Donoghue –gritó tras una larga pausa–. Caudillo del clan O Donoghue, conocido en estos lares como lord Castleross.

Unos minutos después, Pippa oyó de nuevo el latido del desfile. La reja de hierro del patio se abrió de par en par para dejar entrar al caudillo irlandés. Y para que su guardia no se quedara fuera, Aidan iba el último, montado en su yegua engalanada.

Los mozos, los ministros y los sirvientes del palacio salieron a mirar. El gentío hizo retroceder a Pippa hacia un grueso muro. Estiró el cuello, pero no vio a Aidan.

–Da igual –le susurró Iago–. Lo verás cuando salude a la reina. Si se sale con la suya, lo verá todo el mundo.

De lejos, Pippa lo vio desmontar con un revuelo de su manto azul. Luego Donal Og dijo algo en irlandés y las tropas formaron dos filas. Un gaitero y un tamborilero comenzaron a tocar una extraña marcha, en tono menor, y toda la comitiva cruzó el patio hacia la Galería Real.

–Esto es un escándalo –balbució un hombre uniformado y de aire marcial, apostado a la entrada–. Es como si O Donoghue hubiera arrojado un guante y declarado la guerra.

–Puede que la cabeza de ese irlandés acabe rodando –dijo otro guardia.

–Sí, es posible. Parece estar cavando su propia tumba.

Iago y Pippa se miraron, indecisos. Luego ellos también entraron apresuradamente en el largo y elegante edificio.

La galería principal parecía infinita, con paredes y suelos de piedra que hacían resonar como truenos los pasos de la comitiva. Al final, una puerta muy alta conducía al Salón de Audiencias.

Pippa entró con Iago. Él la condujo por un lado de la estancia en el que había menos gente. Siguieron hacia el fondo iluminado del salón, donde había una tarima con dosel tan alto que parecía una enorme tienda de campaña.

—¿Adónde vamos? —preguntó Pippa.

—Aquí estaremos bien —Iago se situó en medio de la galería, hizo una reverencia y repitió su anuncio. Luego regresó junto a Pippa y la acompañó hasta el fondo de la sala—. ¿Ves ahora?

Ella miró más allá de una gruesa columna de piedra y sintió que la mano de Dios la paralizaba de pronto. Su asombro fue tal que no pudo moverse.

Era la primera vez que veía a la reina Isabel, y se quedó atónita. Aquello, se dijo, era majestad: una cualidad mucho más rara y temible que la simple belleza, la elegancia, la nobleza o la brillantez intelectual, aunque la reina poseyera todas esas cosas en abundancia.

Isabel estaba sentada en su trono, una enorme silla labrada, cubierta con un palio y adornada con colgaduras. Tras ella, en la pared, había numerosos escudos colgados en fila.

La reina llevaba el vestido más recargado que Pippa había visto nunca. Parecía muy menuda, y sin embargo su tamaño era como el corazón de una flor, en el que el néctar aparecía rodeado por pétalos suntuosos.

Una gorguera blanca y almidonada enmarcaba su cara, y trenzas de perlas y joyas adornaban su cabello rojizo, algo descolorido. Desde donde estaba Pippa, su rostro parecía muy blanco y sus ojos negros, brillantes y sagaces.

Fascinada, Pippa se apartó de la columna y comenzó a acercarse poco a poco al estrado. Iago le susurró algo, pero ella no le hizo caso. Encontró un sitio entre las sombras desde el que observar a la reina de perfil sin perder de vista el ancho pasillo que conducía a la tarima.

El redoble de los tambores y el clamor de las trompetas resonaron en la antecámara. El estruendo de los pasos no se detuvo.

Los ojos negros de Isabel brillaban como la luz de la luna sobre el agua. Se inclinó hacia el hombre que esperaba de pie a su lado.

—Robbie, ¿qué significa esto?

—El conde de Leicester —le susurró Iago a Pippa—, lord canciller de la reina.

—Lo sé. Intentó hacerme arrestar el día que conocí a Aidan.

Essex, un lord al que recordaba con desagrado del baile de máscaras en Durham House, se inclinó para susurrar algo a la reina. La pluma de su ridículo sombrero de terciopelo rozó la mejilla de Isabel.

—Fuera de mi vista —gritó ella—. No os he perdonado por ganarme a las cartas.

Essex se sonrojó y retrocedió hasta situarse a una distancia prudencial.

Las pesadas puertas se abrieron. Hasta Pippa, que sabía lo que iba a ocurrir, contuvo el aliento y miró boquiabierta. Los cortesanos se quedaron paralizados, con la mirada fija.

Entraron los cien guardias de Aidan, cuyo aspecto era más salvaje que el de una jauría de lobos. Lucían sus barbas desaliñadas y sus pieles de lobo como trofeos e iban armados hasta los dientes. Pippa dudaba de que aquella sala hubiera presenciado nunca tal despliegue de hachas de guerra y espadas, de mazas, porras y picas.

Los guardias de la reina desnudaron sus espadas, pero al lado de los irlandeses parecían soldados de juguete vestidos para un desfile.

El sonido de las gaitas llenó la estancia de un extremo a

otro antes de detenerse. Los guardias formaron dos largas filas, apartando a la guardia del palacio.

Entonces una sombra se alzó en el arco de entrada. Silueteado por el destello del sol procedente de la antecámara, Aidan parecía un dios. Su manto reluciente susurraba y se henchía como un inmenso par de alas.

Su cabellera flotaba al compás de sus movimientos, y su mechón adornado parecía retadoramente pagano. Su semblante reflejaba una arrogancia y un orgullo que Pippa no había visto nunca antes.

La luz conseguía realzar todas las facciones de su hermoso rostro: la frente ancha e inteligente; los pómulos altos y la mandíbula cuadrada; los labios sensuales y los ojos feroces. Irradiaba poder y majestad.

Era el Mór O Donoghue.

Nadie que lo viera ese día lo dudaría. Nadie lo olvidaría. Ni siquiera la reina de Inglaterra.

Se quedó allí el tiempo suficiente para que el impacto de su aparición alcanzara sus cotas más altas. Luego entró en la sala y, pasando junto a su guardia irlandesa y junto a los soldados paralizados de la reina, se dirigió en línea recta al estrado.

La reina no sofocó un gemido, ni susurró, ni se abanicó el pecho como las otras damas, apiñadas junto a Pippa. Se quedó quieta, pálida como el marfil, seria, con las cejas ligeramente levantadas.

Aidan se echó el manto sobre el hombro. Su broche de plata brilló. Luego, con un movimiento tan brusco que Pippa temió que le hubieran disparado, se postró en el suelo, delante de la tarima.

Se tumbó boca abajo, con los brazos abiertos en cruz, como un ángel caído.

La reina no se esperaba aquel gesto de sumisión. Sin duda se estaba preguntando qué significaba, como todos los demás.

¿Sumisión? Hasta así postrado O Donoghue irradiaba poder. ¿Fidelidad? Era dudoso, dada su desconfianza hacia todo lo inglés.

—Levantaos, mi señor de Castleross —dijo al fin la reina. Tenía una voz clara y alta, y sus vocales sonaban redondas como perlas cultivadas.

Aidan se irguió ante ella. El sol entró a raudales por las altas ventanas ojivales, envolviéndolo en un halo dorado y traslúcido. No podría haber pedido un escenario más teatral.

Pippa sintió una opresión en la garganta. Nunca había visto un hombre así, y se había colado en docenas de obras teatrales en las que los hombres se transformaban en pájaros, ángeles o dioses griegos. Pero aquello no era teatro, no era una ilusión creada por la ropa y el maquillaje. Había algo profundamente conmovedor en el hecho de que un hombre tan majestuoso se enfrentara de aquel modo a la reina.

Aidan rompió el silencio con un aullido tan fuerte que la gente se sobresaltó. Echó la cabeza hacia atrás con furia salvaje y lanzó un antiguo grito de guerra. Al menos, eso le pareció a Pippa.

Luego empezó a pasearse con las manos unidas tras la espalda. Sus botas y sus espuelas resonaban sobre las baldosas de piedra. Hablaba en gaélico, con tal vehemencia y convicción que no importaba lo que dijera. Su tono lo decía todo. Era un caudillo irlandés, un gobernante por derecho propio.

Junto a Pippa, alguien sofocó una risa. Ella se volvió y vio a Iago allí cerca, envuelto en sombras.

—¿Qué está diciendo? —susurró entre dientes.

Aidan seguía hablando apasionadamente. A veces se detenía para gesticular, pero su perorata no se acababa.

—Más vale que no lo sepas —murmuró Iago—. Pero las cosas que está diciendo podrían valerle la pena de muerte.

—Válgame Dios —murmuró Pippa, pensando en los comentarios que había oído en la antecámara. Sintió un escalofrío.

Cuando Aidan se detuvo para tomar aliento, el caballero situado a la derecha de la reina golpeó el suelo con su bastón.

—Milord —dijo sir Christopher Hatton—, Su Majestad desea que os dirijáis a ella en inglés.

Pippa contuvo el aliento, esperando la reacción de Aidan.

Él miró directamente a la reina e inclinó la cabeza.

—Señora —dijo—, es un honor dirigirme a vos en vuestra lengua materna.

—¡Mmm! —murmuró una dama de compañía—. ¡Qué acento irlandés tan delicioso!

Pippa levantó los ojos al cielo. Estaba claro que Aidan O Donoghue estaba surtiendo el efecto deseado en aquellas bobas. La cuestión era ¿afectaría igual a la reina?

—Me pregunto si necesitará compañía —dijo otra dama—. Tiene que sentirse solo, tan lejos de casa.

—Tiene compañía de sobra —les espetó Pippa en voz baja—. Así que ¡largo!

Las señoras sofocaron un grito y se callaron.

Iago se rió por lo bajo.

—Tú siempre tan discreta, pequeña.

—...mi autoridad absoluta como señor de Castleross —estaba diciendo Aidan—. Y además, mientras esté en Londres, asistiré a misa en la embajada española. Así lo exige mi posición como Mór O Donoghue, señora, una posición a la que ha de mostrarse el máximo respeto.

—Entiendo —dijo Isabel con voz alta y desagradable—. Pero yo no os he desafiado en cuestiones de fe, milord, ¿no es cierto?

Él le lanzó una sonrisa que hizo que las damas se abanicaran aún con más empeño.

—No, en eso sois la tolerancia personificada. Me presento ante vos impulsado por asuntos mucho más inmediatos, señora.

Ella ladeó la cabeza, intrigada.

—Continuad.

—Mi pueblo sufre. Sus cosechas han sido quemadas. Las mujeres violadas. Los hombres colgados por afrentas ficticias.

—Vuestro pueblo ha desafiado al gobierno de Inglaterra —replicó ella.

—Quisiéramos gobernarnos a nosotros mismos y mandar un diezmo a Su Majestad —contestó él—. Pero, dadas las circunstancias, no recibiréis nada, porque nuestras tierras están en la ruina gracias a lord Browne y a otros oportunistas llenos de avaricia. Seguid como hasta ahora y no quedará nada que reclamar.

La reina pareció hincharse y aumentar de tamaño como por arte de magia. Pippa sabía que era imposible, pero la presencia de Isabel se agrandó al despertarse su ira.

Era como una delgada llama avivada por una ráfaga de viento. Pese a ser tan menuda, su intensidad estaba a la altura de la poderosa presencia del caudillo irlandés.

Pero no la excedía.

—¿Habéis acabado, mi señor de Castleross? —preguntó al fin.

—Señora —contestó él—, apenas acabo de empezar.

Las narices de la reina se inflaron.

—Si buscabais impresionarnos con vuestro desafío, lo habéis conseguido.

Pippa ladeó la cabeza. Notaba una especie de temblor en la voz de la reina.

—Oh, no —le susurró a Iago—. Está absolutamente furiosa.

—Así pues, milord —dijo Isabel—, os pedimos una sola cosa. Es un asunto de poca importancia, pero al que tal vez os interese dar una pronta respuesta.

—¿Y cuál es ese asunto, Majestad? —preguntó Aidan.

—Nos gustaría que nos dierais una sola razón por la que no debamos cubriros de grilletes.

Aidan O Donoghue hizo lo impensable. Echó la cabeza hacia atrás y se rió con aquella risa de oscura alegría que Pippa había oído el día que lo conoció. Su hermoso sonido retumbó en la sala.

Los ojos de la reina brillaron. Leicester se inclinó y le dijo algo en tono suplicante, pero ella lo apartó con un ademán.

Al fin, Aidan dejó de reírse.

—Señora, para contestar a vuestra pregunta...

Pippa se preguntó si la reina notaría el acero que se ocultaba bajo su tono sedoso. Él señaló a los guardias irlandeses.

—...cuando se siega una brizna de hierba irlandesa, crecen dos más. Y hay hombres mucho menos complacientes que yo que no vacilarían en ocupar mi lugar si acabarais conmigo.

Se hizo el silencio, y dentro de ese silencio redoblaba una tensión tan palpable que Pippa levantó los hombros, lista para saltar cuando se rompiera. Aidan era hombre muerto. Ella podía leer su destino en los ojos de la reina, en los graves susurros de los cortesanos, en las caras indignadas de los guardias reales.

Luego, como una flecha surgida de la nada, tuvo una idea. Antes de que pudiera descartarla, se lanzó hacia delante, abriéndose paso entre las filas de cortesanos y guardias.

—Abrid paso —gritó, imitando el tono campanudo del mayordomo—. ¡Abrid paso!

Estaban todos tan pasmados que no la detuvieron. Pippa se colocó delante de Aidan e hizo una profunda reverencia mirando al estrado.

—Majestad, he de insistir en que dejéis marchar a este

hombre. Veréis, ha prometido hacer algo por mí, y aún no lo ha hecho.

Retrocedió y chocó adrede con MacHurley, uno de los jefes de la guardia de Aidan.

—¡Santo cielo! —chilló, llevándose las manos a las mejillas y dando un respingo para mirarlo—. ¡Es un cordero con piel de lobo!

Una risa nerviosa cundió entre las damas, seguida por un sutil murmullo de carcajadas masculinas, procedente del grupo de cortesanos situado junto al estrado. Aidan frunció el ceño y le siseó una advertencia, pero ella no hizo caso.

Acarició la túnica de guerra de MacHurley.

—Me gustan los hombres con pieles —anunció, y miró con intención el recargado sombrero de Essex. Sí, aquel caballero tenía problemas con la reina, así que podía mofarse de él—. Las prefiero con mucho a las plumas.

—¡Basta! —estalló Essex con la cara colorada por la rabia.

Pippa se acercó a él. Iba tan cubierto de volantes y rellenos que no notó que le birlaba la bolsa. Con una reverencia, la meció delante de su cara horrorizada.

—Basta, sí —dijo ella en tono burlón. ¿Qué es lo que tiñe de púrpura vuestro rostro, milord? ¿Un mechón de cabello de vuestra amada?

Los otros cortesanos rompieron a reír a carcajadas.

—¿Qué significa esto? —dijo la reina, acallando sus risas.

Pippa se volvió hacia la reina, hacia aquella cara pálida e insondable y aquellos ojos negros y penetrantes.

—Majestad, no soy más que una humilde comedianta a sueldo de lord Castleross. Si lo cubrís de grilletes, me quedaré ociosa —guiñó el ojo a la reina—. Y sin duda conocéis los peligros que corre una mujer cuando está ociosa. Podría ocurrírseme alguna idea inteligente. ¿Y adónde iríamos a parar entonces?

La reina tensó la boca. Por un momento, Pippa pensó que iba a sonreír.

—Me tomo muchas molestias para evitar los pensamientos ociosos —dijo Isabel.

Pippa se rió, pero nadie la siguió.

—¡Guardias! ¡Lleváosla de aquí inmediatamente! —dijo Leicester.

Dos guardias se acercaron a ella.

—Esperad —dijo la reina. Todos se quedaron paralizados. Isabel miró a Aidan y a Pippa—. Mi señor de Castleross —dijo.

—Señora.

—Quitaos de mi vista y llevaos a esta... a esta bufona con vos. Mañana volveréis y entonces os haré saber mi decisión respecto a vuestro desafío y al del pueblo de vuestra demarcación. ¿Está claro?

—Absolutamente —no esperó a que la reina lo despidiera. Dio media vuelta y gritó una orden en gaélico. Las gaitas y los tambores comenzaron a sonar de nuevo. Asiendo a Pippa del brazo, Aidan salió del Salón de Audiencias delante de su guardia.

Cuando estuvo en el patio exterior, se detuvo.

—Bien —dijo—, imagino que habrá alguna razón que explique tu pequeña actuación.

—Mi actuación no ha sido nada comparada con la tuya —replicó ella—. Podrían haberte arrestado por traición. No te debo ninguna explicación.

Aidan la agarró del otro brazo y la obligó a mirarlo. Pippa sintió el calor que emanaba de él, vio los destellos de plata de sus ojos azules.

—Vas a hablar conmigo, *a stor*. Esta noche tendré lo que quiero de ti.

Llegaba tarde. La muy perversa le estaba haciendo sudar a propósito.

Aidan se acercó a la chimenea del gran salón de Lumley House y golpeó furiosamente con el atizador un leño devorado por las llamas. Las chispas volaron chimenea arriba. Aquella mujer infernal lo consumía. Sólo pensaba en ella, en su sonrisa impía y su cuerpo deseable. La pasión que sentía por ella era como una fiebre de la que no había cura, excepto una: poseerla en sus propios términos, a su manera, y al diablo las consecuencias.

Por desgracia, Pippa tenía ideas propias y no temía hacer valer su voluntad. Aquel rasgo suyo lo atraía y lo repelía al mismo tiempo. ¿Por qué no podía ser más dócil? Él mismo respondió a su pregunta: porque las mujeres débiles y complacientes no tenían atractivo para él.

Se le ocurrió una idea terrible. ¿Y si había huido?

Le iría mejor si escapaba. Él sólo podía traerle dolor.

Una sensación de congoja inundó su garganta. Dejó en su sitio bruscamente el atizador y se acercó a la puerta, la abrió de par en par y subió los peldaños que llevaban a la alcoba de Pippa. Sin detenerse a llamar, abrió la puerta.

El cuarto estaba vacío. No había ni rastro de Pippa, fuera de su ligero y esquivo perfume floral. Debería alegrarse, pensó al tiempo que cerraba la puerta con exagerado cuidado. Ella le había quitado la decisión de las manos. Era un error desear a una mujer que no podía ser suya. Era un error no haberle hablado de Felicity. Pero ¿qué podía decirle? Nunca hablaba de ella. No había modo de explicar la situación, y menos aún a Pippa, que confiaba en él implícitamente.

Volvió a sus aposentos. Y casi chocó con Pippa, que salía de ellos. Ella lo miró con una sonrisa irónica.

—Aquí estáis, Reverencia. Llegabais tarde y he venido a buscaros.

—¡Que yo llegaba tarde! —exclamó él. Maldijo para disimular su alegría, la hizo entrar en la habitación y cerró la puerta de un puntapié. Había intentando convencerse de que debía ponerse duro con ella. Censurarla por interferir en su audiencia con la reina.

Pero, incapaz de refrenarse, soltó un grito de júbilo, la levantó en volandas y empezó a dar vueltas, lleno de alegría.

—Bendito sea el corazón de Santa Brígida —dijo y, dejándola en pie, le dio un sonoro beso en cada mejilla. Aunque deseaba posar sin prisa los labios sobre la tersura de su piel, se apartó y dijo—: ¡Qué bien nos ha ido hoy! Entramos en la guarida del león y salimos para contarlo.

Ella tardó un momento en recobrarse. Luego sonrió.

—Ya te lo dije. Reconoce que por un segundo tuviste miedo. Reconoce que temiste que te hiciera detener y te mandara a prisión.

—No tuve miedo por un segundo —contestó él, enojado—. Estuve aterrorizado todo el tiempo, maldito diablillo.

Ella se rió.

—Obligaste a la reina a verte como un hombre, como un rival digno, y no como a un mendigo buscando favores. Hiciste bien al arriesgarlo todo.

—Incluida mi gente. Eso fue una estupidez.

—No, fue una osadía. Eso es lo que pensará tu gente.

—Puede ser. Pero ¿a qué vino tu pequeña comedia?

Ella se encogió de hombros y fingió no saberlo. Estaba maravillosa. Sus rizos parecían haber sido cubiertos de oro por las hadas. Llevaba aún su vestido de corte, aunque se había quitado la cofia y las sobremangas.

—Alguien tenía que distraer a la reina para que se olvidara de castigarte —se acercó al aparador y se sirvió una copa de vino. Luego se volvió y bebió un largo trago—. Y no es que a mí me importe un bledo —dijo.

—Ah —Aidan la miró, recordando lo que había dicho. «No te quiero...». Aquel recuerdo le encogió el corazón y zahirió su conciencia. ¡Qué necio había sido por pedirle que se convirtiera en su amante! ¿Qué le hacía pensar que podía poseerla sin entregarse por completo?

—Pippa, respecto a lo que dije ayer... —comenzó, ansioso por borrar el dolor que arrugaba su frente.

Ella meneó la cabeza.

—No me incordies con eso, mi respuesta sigue siendo la misma. Eres un espécimen magnífico. Tienes un toque mágico. Cuando me besas, el mundo parece derretirse por los bordes. Pero no te quiero y no voy a ser tu amante. De todos modos, no me querrías a tu lado. Me gastaría todo tu dinero, te volvería loco con mi cháchara y mis canciones desafinadas. Así que es mejor que...

Aidan cruzó la habitación y la hizo callar con un beso apasionado. No se apartó hasta que sintió que desfallecía, vencida.

—Quería decirte que lo siento —le susurró al oído. Luego la soltó y se alejó fuera de su alcance—. Nada más. Y cantas de maravilla.

—¿Q–que lo sientes? —preguntó ella, aturdida.

—Lamento haberte deshonrado pidiéndote eso.

Pippa lo miró hasta que Aidan empezó a sentirse incómodo. Pero ella siguió mirándolo mientras se llevaba la copa a los labios y bebía. No se inmutó al tragar el áspero vino.

Por fin dijo con toda solemnidad:

—¿Haberme deshonrado?

—Hablé sin pensar, en el calor del momento.

Ella dejó la copa con exagerado cuidado.

—No me estás escuchando, mi señor. Me niego a ser tu querida. No quiero que me lleves como un adorno en el brazo en los bailes. No quiero que me dediques canciones y poemas y, que Dios no lo quiera, torneos y justas —hizo una pausa, respiró hondo y añadió—: Pero quiero... te invito... te imploro que me deshonres.

Su vehemencia, su candor, desgarraron el corazón de Aidan.

—Muchacha —dijo—, no sabes lo que me estás pidiendo.

Pippa se apartó del aparador y cruzó la habitación hacia él. Sus faldas y sus enaguas susurraban sobre el suelo de baldosas. Se detuvo ante Aidan, lo bastante cerca para que él sintiera su calor y su olor a seda y aire fresco.

–Sé exactamente lo que te estoy pidiendo –hablaba en voz baja, pero con convicción y un matiz de desafío–. Quiero los torbellinos y las hogueras de las que hablan las baladas. Quiero sentir otra vez lo que siento cuando me tocas.

Aidan tuvo que hacer un esfuerzo para mantener las manos junto a los costados. Lo único que deseaba era tomarla en sus brazos.

–Dices que no quieres...

–Y te ruego que lo recuerdes –repuso ella–. Esto no tiene nada que ver con el amor.

–¿Con qué tiene que ver, entonces?

Ella tragó saliva. Aunque pareció costarle algún esfuerzo, consiguió sostenerle la mirada.

–Tiene que ver con el deseo, milord. El deseo de una joven de la calle que se abre paso por Londres con la sola ayuda de un sueño que la sostiene. Con el deseo de una comedianta de Saint Paul que hace reír a los desconocidos y finge reírse con ellos, cuando lo único que quiere es llorar.

Su desesperación pareció llegar a lo más hondo de Aidan y atenazar su corazón hasta que no pudo ya separar el dolor de Pippa del suyo propio.

–Pippa...

–No, déjame acabar. No te estoy pidiendo piedad. Te estoy diciendo estas cosas para que lo entiendas. ¿Puedo continuar, por favor?

Aidan no quería oír nada más. Ya entendía de dónde brotaba su dolor. De un modo u otro, Pippa se había sentido abandonada toda su vida. Ahora tenía la impresión de que él podía curarla, y en eso se equivocaba. Pero Aidan asintió con la cabeza, casi contra su voluntad, y dijo:

—Te escucho.

—Ya sabes todo lo que hay que saber de mí, excepto una cosa.

—¿Y cuál es? —preguntó él. Le costó un gran esfuerzo no tocarla, dejar de sentir su tacto suave, de inhalar su perfume.

—Es ésta —respiró hondo—. Nunca me han tocado como me tocas tú.

—¿A qué te refieres? —preguntó él con la boca seca.

—Tú me tocas como si te importara.

Aidan no pudo refrenarse. Ni siquiera intentó detenerse cuando sus manos se deslizaron lentamente por sus brazos, como si fuera tan frágil como el cristal que se fabricaba en la abadía, y se posaron sobre sus mejillas suaves y sonrojadas.

—Me importas —confesó—. Por eso he de pedirte que no me tientes. Aférrate a tu honor, Pippa. Es lo único que no pueden quitarte.

Ella sonrió amargamente.

—¿Crees que me importa el honor? ¿A mí? —cerró los ojos y por un momento su boca se adelgazó como si sufriera. Luego volvió a mirarlo—. He mentido, robado y estafado para sobrevivir. Por el precio justo, habría vendido mi cuerpo —apartó las manos de Aidan de su cara y las agarró con fuerza. Profirió una risa amarga—. Lo más gracioso es que ningún hombre me ha considerado nunca digna de su dinero. Un par intentaron servirse gratis, pero hasta yo tuve el buen sentido de ahuyentarlos —se detuvo y el silencio se hizo en la habitación.

La tarde empezaba a convertirse en ocaso. Pronto sería hora de ir a cenar al salón, pero ninguno de los dos se movió.

Por fin ella volvió a hablar.

—Así que ya ves, yo no tengo honor. No puedes quitarme algo que nunca he tenido.

—Santo cielo, Pippa, tienes más honor que una legión de nobles ingleses.

—No uses conmigo tu encanto irlandés. Las palabras sólo estorban. Te deseo, Aidan. A ti. Por entero. Pero si sólo puedo tenerte una noche, me conformaré con eso.

Él desasió las manos.

—Me estás pidiendo que te haga sufrir.

Ella se agarró a su jubón, retorciendo la densa seda con los dedos.

—¿Es que no has oído ni una palabra de lo que te he dicho? ¡Ya estoy sufriendo, Aidan! ¿Acaso puede ser peor?

Aidan soltó un juramento. La agarró y la atrajo hacia sí, apretándola contra su pecho. Deslizó una mano hacia abajo para tocar sus nalgas. La otra la hundió en su pelo, echándole la cabeza hacia atrás hasta que sus bocas estuvieron separadas por un suspiro.

—¿Es esto lo que quieres, entonces? ¿No es peor que el dolor que ya sientes? —antes de que Pippa pudiera contestar, se apoderó de su boca y saboreó el vino que ella había bebido, la violentó con su lengua y se obligó a ignorar sus gemidos de angustia.

Ella deslizó las manos por su pecho. Aidan esperaba que intentara empujarlo. Pero se aferró a él y se apretó contra su cuerpo, loca de deseo, volviéndolo loco. Había adivinado de algún modo que su violento abrazo era sólo una farsa destinada a desanimarla. No la había engañado en lo más mínimo.

Enterrado en un rincón de la cabeza de Aidan había un motivo por el que no debía continuar con aquello, una razón que lo obligaba a romper aquel vínculo emocional con ella.

Pero Aidan se negó deliberadamente a buscarla.

Y cuando ella se frotó contra él, olvidó hasta su nombre.

Sin dejar de besarse, abrazados todavía, se movieron como dos bailarines hacia la puerta de la habitación. Aidan la abrió empujándola con el pie, y entraron en la alcoba.

No había velas encendidas. La luz del atardecer brillaba suavemente a través de los cristales ondulados de las ventanas. Unas pocas ascuas respiraban débilmente en un brasero.

Aidan la reclinó hacia atrás hasta que, con un dulce suspiro de rendición, Pippa se dejó caer en la cama. Se inclinó sobre ella y vio desperdigarse sus rizos alrededor de su cara como los pétalos de una flor dorada.

El ansia de sus ojos hizo presa en él. ¡Ah, aquel anhelo! Era lo único a lo que no podía resistirse.

—Date la vuelta —susurró.

Pippa obedeció sin rechistar. Aidan tiró de los lazos del corpiño y le quitó la rígida prenda. Bajo ella, llevaba sólo una camisa de tela tan fina que incluso a la luz mortecina y púrpura, Aidan distinguió la forma de sus pechos, la oscuridad de la aureola.

Se inclinó, la besó suavemente en la boca y apartó la camisa con la cara para besar sus pechos sin prisas, intentando mantener a raya su deseo mientras le ofrecía el placer más dulce de que era capaz.

Levantó la cabeza y la miró. La imagen de los pechos desnudos de Pippa, húmedos y endurecidos por sus besos, exacerbó su deseo.

Pippa se movió, inquieta, y él agarró el bajo de su falda, se le levantó por encima de las rodillas para dejar al descubierto las medias de puntos y abrazó sus piernas esbeltas. Se las desnudó lentamente, con delectación, besando y saboreando cada palmo de piel que desvelaba. Sus manos trazaron un delicioso sendero a lo largo de sus muslos desnudos y encontraron al fin el tesoro de su cima. Estaba lista para él, cálida y húmeda y palpitante. No ofreció resistencia: le dio la bienvenida. Aidan inclinó la cabeza y la besó allí, y se embriagó al sentir su intenso perfume.

Pippa se quedó paralizada por la impresión, pero luego se aferró a sus hombros y empezó a respirar entrecortadamente. Profirió un leve grito y, agarrándolo, tiró de él y lo besó casi con frenesí.

Aidan sintió penetrar su lengua en la boca y, sin pensarlo, se desabrochó la coquilla. Su única meta era hundirse en ella, aliviar el ansia intolerable que Pippa suscitaba en él. Nunca había sentido un deseo tan intenso, tan abrasador. Pippa había encendido en su sangre una hoguera cuyo calor lo atravesaba. Al fin, perdió toda noción de quién era. Ella bajó la mano para ayudarlo con la coquilla y susurró contra su boca:

—Si esto es el deshonor, ¿de qué sirve el honor? —volvió a besarlo con boca suave y húmeda, arqueándose hacia él.

«¿De qué sirve el honor?».

En el rincón más oscuro de su conciencia, brillaba débilmente un destello de culpa. Se obligó a recordar quién era. Lo que era. Un caudillo. Un extranjero. Un hombre casado.

Refrenarse para no hacerle el amor a Pippa era como intentar impedir que las olas se estrellaran en la playa. Su pasión fluía en todas direcciones y estallaba dentro de él, hasta dejarlo casi vencido. Si no seguía adelante, no era por lealtad a su matrimonio, sino por consideración hacia ella. Pippa confiaba en él, incluso lo admiraba. Aidan no se atrevía a hacer añicos la imagen que se había forjado de él, no quería defraudarla, como la habían defraudado toda su vida.

Se obligó a aligerar sus besos mientras maldecía para sus adentros. Muy suavemente, apartó la boca de la de Pippa.

Ella abrió los ojos.

—Aidan, por Dios... eso ha sido... Nosotros... Tú...

Él sonrió, acarició su mejilla, intentó ignorar la crispación de su cuerpo.

—Lo sé, pequeña. Lo sé.

Ella arrugó el ceño.

—¿Cómo puedes saberlo? He sido yo quien ha gozado.

Su sonrisa se hizo más amplia. Era asombroso que Pippa

pudiera hacerle sonreír a pesar del infierno que llevaba dentro.

—Ahí te equivocas.

—¿Quieres decir que...?

Aidan apartó un mechó de su frente.

—Para ser tan charlatana, parece que has perdido el habla. Yo también he disfrutado mucho —le subió el corpiño con ternura y discreción y le bajó las faldas.

Ella entornó los ojos.

—Creo que estás mintiendo.

—Y yo creo —repuso él— que hay algo que no comprendes. Tú me importas. Tu placer me importa. Hacerte gozar es mi recompensa.

—Bueno, pero ¿qué hay de la mía? —tendió los brazos hacia él.

Aidan se rió suavemente y la detuvo. Antes de esa noche, ignoraba que fuera posible estar tan rígido como la madera de boj y al mismo tiempo ser capaz de reírse.

—No te pongas ansiosa.

—He dicho que quería que me deshonraras —dijo ella—. Y todavía no me siento deshonrada.

Sus palabras le helaron la sangre. Todo volvió de golpe. Ya no era distante, remoto, libre. Porque ahora lo recordaba todo: recordaba por qué no podía estar allí, con Pippa, disfrutando de su placer.

Se apartó bruscamente de ella, dolorido como después de una batalla, y se levantó.

—Te equivocas —dijo, pasándose cansinamente una mano por el pelo—. Estamos los dos deshonrados.

Esa noche se quedó despierta, intentando morir de desamor. Pero no sirvió de nada. Empezaba a pensar que esas cosas pasaban sólo en las baladas de amor.

Ni siquiera cuando se imaginaba a Aidan rechazándola y

alejándose de ella como un ángel oscuro, envuelto en misterio y esplendor, conseguía que el corazón se le parara o se le hiciera pedazos, o lo que fuera que hacían los corazones cuando alguien los rompía.

Cuando pensaba en cómo la había abrazado, en cómo le había susurrado al oído, cuando recordaba sus besos y sus caricias íntimas, lloraba, pero no se moría.

Se quitó el broche y tocó el oro cálido mientras pensaba en su plan para encontrar a su familia. ¡Qué idea tan absurda, imaginar que podía lograr semejante hazaña! Hasta su madre la había abandonado. ¿Por qué iba a ser Aidan distinto? ¿Y cómo podía habérsele ocurrido que un caudillo irlandés podía amar a una chica de la calle?

Cuando amaneció, había llegado a la conclusión de que no se moriría. La cuestión era qué iba a hacer consigo misma.

Se levantó y se puso la ropa que había dejado amontonada en el suelo. Después de que Aidan... ¿Qué era lo que había hecho? ¿Hacerle el amor? No, había sido algo más comedido y frío, porque se había negado a darle lo único que ella ansiaba: su corazón. Le había abierto sólo por un momento la ventana de su corazón. Pero antes de que ella pudiera echar un vistazo dentro, había vuelto a cerrarla de golpe.

—Malditos sean tus ojos irlandeses, Aidan O Donoghue —masculló mientras se ponía las enaguas y las faldas. No pudo evitar recordar cómo la había ayudado él a vestirse, riéndose de las absurdas complejidades del atuendo inglés. Tiró del corpiño, se lo anudó por delante con aire retador y se acercó luego a la jofaina para lavarse la cara con agua fría.

En el establo encontró a Iago. El solo hecho de verlo paseando a un caballo fue un bálsamo para su corazón. Se había convertido en uno de esos raros tesoros: un verdadero amigo.

Él tiró de la rienda para detener al caballo.

—¿Qué te ha pasado? —preguntó—. Tienes muy mala cara.

—Gracias —contestó ella, burlona—. Eres muy amable.

Iago condujo al palafrén a un muro de piedra y lo ató.

—Anoche estuviste con Aidan.

—Sí —a Iago no podía decirle nada—. Pero... no se quedó.

La yegua se removió, inquieta. Iago acarició su cuello.

—Ah, me lo temía —de pronto parecía muy interesado en inspeccionar el bocado del caballo.

—¿Qué? —apoyó los codos en el muro y miró a Iago con el ceño fruncido—. ¿Qué es lo que temías?

Iago ajustó el bocado sin prisas. Luego la miró con plácida melancolía.

—Que Aidan se dejara vencer por su conciencia y su sentido del deber. Que hiciera oídos sordos a los dictados de su corazón.

—No te entiendo.

—No soy yo quien debe explicártelo. Pronto volveremos a Irlanda y nada de esto importará.

Pippa había sabido siempre que Londres, con sus calles sucias, sus guirnaldas de humo y su intenso olor a albañal, no era sitio para Aidan O Donoghue. Se lo imaginaba en su Irlanda natal, un lugar tan dramático y agreste como el propio Aidan.

Irlanda era su hogar. No era su destino estar en Londres, nunca había tenido intención de recoger a una cómica de Saint Paul y robarle el corazón. Aquello no debería haber ocurrido, pero había ocurrido.

La yegua relinchó y golpeó el suelo con los cascos.

—En todos mis años de vagabunda —le dijo Pippa a Iago con voz sorprendentemente firme—, he aprendido sólo una cosa importante.

—¿Y cuál es, pequeña?

—A marcharme primero. Para que no me abandonen.

Él le tocó la mano muy suavemente, y su ternura la hizo llorar por dentro.

—No es tan mal plan.

Pippa le lanzó una sonrisa trémula.
—Se supone que debes disuadirme.
—Eso sólo pospondría lo inevitable.
Ella respiró hondo, temblorosa, y le dio una palmadita en la mano.
—Supongo que sí. Pero ahora la cuestión es ¿adónde voy?
Su sonrisa brilló como la plata a la luz del sol.
—Pequeña, creía que nunca ibas a preguntarlo.

De los Anales
de Innisfallen

Me preocupa que el mensajero con nueve dedos al que se ha visto zarpar de Dingle Bay no augure nada bueno.

Pero al menos tengo alguna buena noticia que anotar aquí. A estas alturas O Donoghue ya habrá recibido mi carta respecto a su matrimonio, en la que le decía que es hombre libre y que había que dar gracias a los ángeles y a todos los santos por semejante bendición.

La cuestión que atormenta ahora mi pobre alma es si podrá remediarse alguna vez el daño que ha sufrido su corazón.

Revelin de Innisfallen

CAPÍTULO 9

—¿Se ha ido? —Aidan estaba con Iago frente a la fábrica de cristal de la abadía, adonde habían ido a buscar un regalo para la reina. Aidan se lo había encargado a los vidrieros, pero la noticia que le llevó Iago le hizo olvidar su propósito.

Había preguntado dónde estaba Pippa fingiendo una leve curiosidad. Ella no había hecho acto de aparición la noche anterior, a la hora de la cena, ni esa mañana en el desayuno.

—Sí, mi señor —dijo Iago con calma—. Se ha marchado.

Aidan se detuvo junto a un horno en forma de panal e intentó asimilar la noticia de que había perdido a Pippa. Se suponía que no debía importarle, pero ella se había metido en su corazón, y su ausencia dejaba un enorme vacío.

Sobre todo ahora. Había recibido carta de Revelin asegurándole que el calvario que había vivido con Felicity había tocado a su fin. Había acogido la noticia con cautela, no quería creerla hasta estar seguro de que era cierta.

—Debería haber imaginado que se marcharía —dijo con brusquedad—. Es tan inconstante como cualquier mujer —sintió que un intenso dolor despertaba en su corazón y se extendía luego por sus miembros, hasta sus manos, sus pies y su cabeza. De no haber sabido que estaba sano, habría pensado que sufría alguna enfermedad.

Masculló una maldición y se apartó de Iago, apretando los dientes y apoyando las palmas sobre el muro exterior del cobertizo. El horno calentaba la pared, pero no lo suficiente para caldear el vacío que había dejado la marcha de Pippa.

¿Cuándo había empezado a amarla, se preguntó, y cómo se las había ingeniado para ignorarlo durante tanto tiempo?

Su recuerdo brillaba como la luz del sol en su cabeza. Recordó la primera vez que la había visto, insolente y estrafalaria, en la escalinata de Saint Paul. La recordó cantando a voz en grito una impúdica canción mientras se bañaba por vez primera; expulsando a las doncellas con orgullo conmovedor; desviando la ira de la reina con indómito arrojo. Y, por último, suplicándole que le hiciera el amor; rogándole y replegándose después, al encontrar su rechazo.

—Se ha ido a la corte —dijo Iago en voz baja.

Aidan dejó de respirar un momento. Luego exhaló un profundo suspiro.

—A la corte.

—Es lo mejor para ella, ¿no? Vivirá en un sitio decente, correrá menos peligro que merodeando por Saint Paul.

Aidan cerró los ojos y se la imaginó en la corte, desenvolviéndose con toda facilidad entre nobles, diplomáticos y juristas. Tal vez encontraría a otro hombre al que hechizar, a alguien que la protegiera y pudiera entregarle su corazón. No como él.

Apartó de sí aquella idea insoportable.

—Si alguien puede triunfar en la corte —dijo—, es Pippa.

—En efecto. Y puede que de verdad encuentre a su familia, como tú le sugeriste.

Aidan soltó una risa áspera y desganada.

—Sólo lo sugerí para disuadirla de vivir entre chulos y ladrones.

—Me parece que te creyó, mi señor. Creo que, en el fondo, sueña que encontrará a su familia. Necesita saber que alguien la quiere.

Un escalofrío recorrió a Aidan como un viento invernal.

—Me necesita —dijo, a medias para sí mismo.

Iago chasqueó la lengua.

—Pero ¿qué hay del futuro? ¿Puedes darle la constancia que necesita?

Una rabia inútil se apoderó de Aidan, que se apartó del cobertizo para mirar a Iago.

—No puedo. Ya lo sabes —tras la rabia, llegó una marea de lúgubre desánimo—. ¿Nunca tienes ganas de darle la espalda a todo? ¿De desprenderte de todo y marcharte?

—Ya lo he hecho —sus ojos brillaron, maliciosos—. Sólo que en mi caso, fue a nado.

Aidan se obligó a sonreír. Al mismo tiempo, su corazón errático lo condujo a una decisión.

—Ve a buscar el regalo de la reina. Yo tengo que vestirme.

—¡Diablos! —exclamó Iago—. ¿No me digas...?

—Sí —Aidan echó a andar hacia la casa—. Voy a llevarle el regalo yo mismo.

—...así pues —dijo Pippa guiñando un ojo a la reina con aire cómplice—, la hija del bodeguero sólo pudo hacer una cosa: ¡envenenar el barril!

La reina Isabel esbozó lentamente una sonrisa llena de placer. Otros espectadores la imitaron y se echaron a reír.

Pippa hizo una reverencia y exhaló furtivamente. Su Majestad tenía un humor caprichoso. Las historias que un día le hacían gracia, al siguiente podían dar con el narrador en la picota. De momento, Pippa estaba teniendo suerte.

Pero sólo llevaba dos días trabajando como bufona de la reina. De momento, la reina no había tomado ninguna decisión respecto al Mór O Donoghue, pero Pippa mantenía los oídos bien abiertos por si oía algún rumor sobre la suerte de Aidan.

—Bien contado —dijo la reina—. De hecho, la virtud y la inocencia no siempre triunfan, ¿no es cierto?

—No tan a menudo como la vejez y la astucia, mi señora —balbució Pippa, y luego se quedó paralizada.

La reina la miró fijamente un rato. Su rostro, pálido y terso por la capa de polvos y albayalde, pareció palidecer aún más. Luego, Isabel soltó una carcajada y los cortesanos se unieron a ella.

—Sois un tónico, muchacha —dijo—. Me alegra mucho que me pidierais protección. Me gusta nutrir el talento. Y habéis hecho bien en libraros de ese caudillo extranjero.

—Señora —Pippa disimuló su dolor, hizo una reverencia y agarró el bajo del vestido de la reina—, os estoy muy agradecida.

—Sí, sí —una leve impaciencia marcaba las palabras de la reina—. Levantaos y dejad que os mire.

Pippa se irguió. Los ojos negros de la reina, semejantes a los de un pájaro, se deslizaron sobre ella.

—Ese vestido me resulta familiar.

—Me han dicho que perteneció a lady Cheyney —dijo Pippa sin rodeos, consciente de que era preferible decir la verdad a mentir y verse descubierta—. Pero lo cierto, señora, es que el hábito no hace al bufón. Hace dos días que lo llevo y no siento el menor deseo de invitar a un caballero a mis aposentos.

La reina tocó con uno de sus largos dedos el brazo de su sillón.

—Sois bufona sólo de nombre —su sonrisa se tensó—. Aun

así, deberíais consultar al maestro de ceremonias respecto al mejor modo de vestir. Mi hermana María, de ilustre recuerdo, hacía que su bufona se afeitara la cabeza y vistiera un sayo de rayas.

Pippa levantó una mano y se tocó los rizos que escapaban de su cofia.

—Hay cosas peores, señora, que afeitarse la cabeza —dijo valerosamente. Aun así, se sintió decepcionada. El pelo empezaba a crecerle por fin, y le quedaba mejor así.

—No temáis, porque... —la reina miró la lejana puerta de la Sala de Audiencias—. ¿Sí? —dijo.

—El Mór O Donoghue, lord Castleross —dijo el mayordomo.

Isabel alejó con un ademán a los cortesanos reunidos en torno al trono. Pippa se descubrió junto a la condesa Cerniglia. De las muchas personas que había conocido en la corte, Rosaria era su preferida. Alta y rubia, tenía una visión gratamente cínica de la vida y muy buen oído para los chismorreos.

Con el corazón latiéndole a toda prisa, Pippa fijó la mirada en la puerta. ¡Aidan!

¿Por qué había vuelto? Rezaba, en parte, para que hubiera ido a buscarla, aunque temía verlo de nuevo y sentir aquella punzada de deseo y el aguijón de su indiferencia.

Se quedó tan quieta como una columna de mármol y esperó.

Con la dramática prontitud de una tormenta, Aidan apareció en la puerta flanqueado por Donal Og e Iago. Avanzaron los tres sin prisas, como gigantes legendarios, por el centro del salón.

Aidan llevaba su atuendo principesco, la túnica adornada con gemas y el hermoso manto azul. Se arrodilló ante la reina. Iago y Donal Og hicieron lo mismo. Luego se levantaron los tres a la vez.

—Traemos regalos, mi reina —dijo Aidan ceremoniosamente. Mantenía la vista fija al frente, pero Pippa tuvo la sensación de que era consciente de su presencia.

—Ah, y hoy habla inglés —dijo Isabel con sorna—. Estamos haciendo progresos.

Iago y Donal Og dejaron los regalos a sus pies. Uno era el salero más elaborado que Pippa había visto nunca, una fantasía de vidrio hilado. Parecía un castillo estilizado cuyas torres se elevaban hacia lo alto. El diminuto recipiente en el que se depositaba la sal estaba rodeado por finísimos hilos y espirales de cristal.

El otro regalo era un brazalete de amatistas que atrapaba la luz y parecía brillar desde dentro. Pippa recordó que había llevado el collar a juego. Recordó la magia de esa noche, y parpadeó para contener las lágrimas.

—Es precioso —la reina alargó la mano, tomó el brazalete y lo miró a la luz.

—Las piedras proceden de Burren y han sido extraídas de las minas por irlandeses —dijo Aidan.

—¿De veras? Os doy las gracias por tal honor, milord —Isabel hablaba amablemente y sonreía, pero al mismo tiempo su pequeño pie empujó la base del salero.

Pippa vio con espanto que la hermosa torre de cristal se hacía añicos sobre el suelo de baldosas. Por todas partes se esparcieron diminutos trozos y agujas de cristal.

El Mór O Donoghue no se inmutó. Los cristales rotos cubrían el suelo alrededor de sus pies.

—Qué lástima —la reina fijó sus ojos negros en Aidan—. Veréis, milord, cuando un hombre construye un castillo sin consentimiento, es lógico que haya accidentes.

La condesa Cerniglia murmuró algo, desanimada. Se tiró suavemente de la falda. Un trozo de cristal hirió su tobillo. Donal Og se arrodilló al instante a sus pies y quitó con el dedo la pequeña gota de sangre que brotó a través de su media. El desaliento de la dama se tornó enseguida en interés romántico al mirar al irlandés. Tenía grandes pechos que su corpiño escotado y recubierto de gemas mostraba con orgullo. A Donal Og, aquel efecto no le pasó desapercibido.

—También es una lástima —dijo Aidan— que los accidentes sean caprichosos por naturaleza. Por desgracia, a menudo son los inocentes quienes sufren —dirigió una mirada cargada de sentido a la rubia condesa.

—A veces también sufren los fuertes —la reina se levantó de su trono. Leicester y Hatton se apresuraron a acompañarla fuera del Salón de Audiencias. Antes de marcharse, ella dijo—: Mi señor de Castleross, confío en que os unáis a la cena y el baile de esta noche.

No. Pippa intentó convencerlo mentalmente de que se negara. Era peligroso para él estar allí. La reina se había embarcado en un juego cruel. Aidan debía marcharse mientras aún podía.

Pero el Mór O Donoghue hizo una reverencia.

—Señora, será para mí un honor.

Esa noche hubo música de baile y acróbatas italianos. Donal Og e Iago asistieron extasiados al espectáculo.

Aidan, en cambio, miraba a Pippa. Estaba sentada en una de las mesas bajas, entre oficiales de la corte y damas de menor importancia. La corte, notó con una punzada, le sentaba bien. Se reía con encanto ensayado y empuñaba su tenedor y su cuchillo como si llevara años cenando sentada a una mesa. Aunque Aidan no oía lo que decía, adivinó que estaba de un humor extraño. Parecía animada y acalorada. Quienes estaban cerca de ella la escuchaban y reían.

Aidan advertía, sin embargo, una desesperación casi febril bajo su cháchara. Pippa recorría constantemente el salón con la mirada, escudriñando las caras de los nobles.

Aidan sabía qué estaba buscando. A los padres cuya imagen había forjado amorosamente su fantasía. ¿Cuándo se daría cuenta de lo inútil de su sueño? No sólo la había herido, sino que la había embarcado en una búsqueda imposible y la había condenado, por tanto, a sufrir.

Buscó a Pippa en cuanto empezó el baile. Estaba junto a la galería de los músicos, con Donal Og y la condesa veneciana, a los que animaba a bailar la volta.

Aidan no pudo evitar sonreír al ver aquella escena: el gigantesco Donal Og mirando con adoración indefensa a aquella beldad rubia.

Pippa consiguió que se fueran a bailar y se quedó mirándolos con aire satisfecho.

—En Irlanda —dijo Aidan suavemente, tras ella—, dejamos que sean las viejas y los jefes de clan los que hagan de casamenteros.

Ella se volvió y contuvo el aliento. Aidan se detuvo. Deseó que se parara el tiempo, conversar para siempre aquella imagen en su corazón. Pippa tenía ese aire de belleza intemporal: la tez tersa, los ojos grandes y asombrados, los rizos brillando a la luz de las lámparas.

¿Cómo lo había hecho?, se preguntaba Aidan. ¿Cómo había logrado seguir siendo tan inocente y atractiva, a pesar de haber tenido que luchar por sobrevivir cada día de su vida?

Ella dijo por fin:

—Siento lo del salero.

Él sonrió.

—Revelin solía decir: «Para dar sopas al diablo, hace falta una cuchara muy larga».

Pippa se echó a reír y dijo algo, pero un clamor de trompetas ahogó su voz.

—Ven conmigo —Aidan la condujo hacia una puerta lateral. Un momento después cruzaron un pasadizo de techo bajo y salieron al jardín. Al fondo del prado en declive, la luz de las estrellas hacía brillar el río. Aidan respiró el aire fresco de la noche.

—Eso está mejor —dijo.
—Se supone que no puede marcharse nadie hasta que la reina da su permiso —dijo Pippa.
—¿De veras? No sé cómo me he atrevido.
—Será por tu larga cuchara. Aidan...
—Pippa...
Hablaron los dos a la vez y ambos se echaron a reír, azorados.
—Adelante —dijo él—. ¿Qué ibas a decir?
Pippa echó a andar por un sendero. Sus pies, calzados con zapatos de baile, no hacían ningún ruido. Luego se detuvo y se volvió hacia él, apoyándose en la barandilla de los setos.
—Quería explicarte por qué me marché.
—Sin avisar —le recordó él. Tenía la vista fija en su esbelto y blanco cuello y en su escote, por el que asomaban sus pechos.
—Todo esto fue idea tuya —dijo ella—. Dijiste que tal vez encontrara un modo de descubrir quién soy, de dónde vengo —entornó los ojos—. ¿O era otra de tus mentiras?
Su desconfianza le hirió como un cuchillo.
—Yo nunca...
—Sí, lo has hecho —replicó ella antes de que pudiera continuar—. Me pediste que fuera tu querida. Hiciste que te suplicara que fueras mi amante y luego me rechazaste —clavó en él una mirada insolente—. Te aseguro, mi señor, que he tenido días mejores. Días mucho mejores. Como aquella vez que me atacaron unos perros en el corral de las peleas de osos.
—¿Te atacaron unos perros? —Aidan se puso enfermo. Había visto las casetas de los perros del corral de Southwark. Eran bestias feroces y horrendas.
—No —contestó ella—, pero si me hubieran atacado, habría sufrido menos que cuando me rechazaste.
Aidan masculló un juramento en gaélico. Pippa había

logrado agitar su mal genio, y se alegraba. Era el único modo de mantener su deseo a raya.

—Eres una actriz excelente. Dime, ¿fue la reina tan crédula como yo cuando viniste a pedirle que te acogiera en la corte? Si me hubieras advertido que tu lealtad estaba en venta, no me habría preocupado tanto.

—La oferta de la reina me tienta mucho más que la tuya —replicó ella—. A ti habría tenido que pagarte con el corazón roto.

Si su voz se hubiera mantenido firme, Aidan habría podido soportarlo. Pero no fue así. Le tembló la voz, cargada de amargura y de tristeza, y Aidan sintió que su alma se abrasaba.

—¡Ah, Pippa! Hiciste bien en dejarme. Yo no puedo darte lo que necesitas.

Ella apretó los ojos con fuerza. Aidan sentía un intenso deseo de besarla, de servirse de su boca y su lengua para cambiar su expresión de dolor por otra de placer. Pero se resistía a hacerlo.

—No deberíamos pelearnos. No sirve de nada —Pippa se apartó de él. Aidan cruzó los brazos para no tenderlos hacia ella—. Antes solía soñar con una mujer de cabello oscuro que se inclinaba para besarme —dijo ella—. «Cuidado con el broche de mamá», decía. «No te pinches» —arrancó un capullo de rosa—. No sé si son imaginaciones mías o es de verdad un recuerdo, pero sé que anoche volví a soñar con ello. Y soñé con la risa alegre de un hombre, y con una mujer mayor que me cantaba en una lengua extraña.

—¿Qué era lo que te cantaba? —preguntó Aidan—. ¿Lo recuerdas?

—Sí, aún recuerdo la canción —se puso a cantar. Usaba palabras extrañas, una especie de jerigonza incomprensible, y sin embargo parecía bastante segura de sí misma—. Aquí me siento cerca de ellos, Aidan. Como si en cualquier momento fuera a ver una cara entre la gente y a reconocerla. A reconocerme a mí misma.

Él guardó silencio un momento. No podía hablar. ¿Qué sentía uno cuando no conocía a su familia? Aidan O Donoghue sabía desde la cuna quién era. Ello le había causado mucho dolor y escasas alegrías, pero al menos lo sabía. Sintió de nuevo lástima por ella. Las probabilidades de que encontrara a su familia eran remotas. Podía pasar junto a su madre sin saberlo.

—Creo que entiendo tus ansias —dijo al fin—. Y soy irlandés. Jamás cometería la estupidez de subestimar el poder de un sueño.

—Gracias por decir eso —dijo ella—. Lo único que quiero es saber que alguien me quiso alguna vez. Quizás así pueda creer que alguien podrá quererme de nuevo.

«Alguien desea quererte, *a gradh*», pensó Aidan, pero se mordió la lengua. «Pero no es la persona indicada».

Wimberleigh House, la enorme mansión de Richard de Lacey en el Strand, era un hervidero. Las verjas del jardín de la casa se habían abierto de par en par, y los sirvientes desfilaban por un sendero que llevaba al río, llevando paquetes de todos los tamaños y formas a una espaciosa barcaza.

Y allí estaba el granuja al que Aidan andaba buscando.

—¡Lord Castleross! —Richard lo saludó desde el rellano del embarcadero.

Aidan bajó hasta el rellano, donde Richard estaba rodeado de barriles y paquetes.

—Habéis estado a punto de conocer a mis padres, los condes de Wimberleigh —dijo Richard—. Se han ido a Hertfordshire. Hemos celebrado una gran fiesta de despedida. Mi tía Belinda fabricó fuegos ratificales, una auténtica maravilla, y...

—Estoy seguro de que así fue —Aidan no quería perder tiempo hablando de banalidades—. ¿Por qué no me dijisteis que la reina os enviaba a Kerry?

Richard enrojeció por las orejas.

—Lo cierto, milord, es que no lo sabía. Esperaba un puesto en Irlanda, pero el nombramiento me pilló por sorpresa.

—Pero lo aceptasteis —dijo Aidan, crispado. Durante su furioso trayecto a caballo por las calles de Londres había confiado en que los rumores que había oído la noche anterior no fueran ciertos.

Richard no hizo intento de negarlo. Separó los pies.

—La reina no me dio a elegir. Ni tampoco a vos, cuando os hizo venir a Londres.

—Sí —replicó Aidan—, pero yo no vine aquí a asesinar a vuestro pueblo, a saquear sus campos, a violar a sus mujeres y robar su ganado.

—No es eso lo que me propongo hacer en Irlanda —Richard lanzó una maldición y arrojó su gorra de terciopelo al suelo—. Me envían para mantener la paz.

—¡Ah, eso tiene gracia! —dijo Aidan—. ¿Habéis pensado alguna vez, mi joven señor, que si los ingleses se marcharan de Irlanda, estaríamos al fin en paz?

—Si no estuviéramos allí, los irlandeses se pelearían entre ellos.

—¡Pues dadnos esa libertad! —rugió Aidan—. Dejad que nos matemos entre nosotros si se nos antoja y sin vuestra ayuda —hizo un aspaviento y golpeó sin querer un paquete envuelto en lona. El paquete cayó al suelo, se oyó un desgarrón y la esquina de un cajón de madera traspasó la lona.

—Santo cielo —Richard se inclinó para apartar el envoltorio. Un gran retrato de una dama, rasgado ahora por el cajón de madera, miraba el cielo gris de la mañana.

—Lo siento —dijo Aidan bruscamente—. Ha sido un accidente.

La mujer del cuadro era muy atractiva: morena, de expresión serena y brumosos ojos del color de la lluvia en invierno.

—¿Vuestra prometida? —preguntó, levantando el cuadro.

—Mi madre, la condesa de Wimberleigh. Sabe Dios cuándo volveré a verla —Richard llamó a alguien en una lengua extranjera. Un fornido sirviente con bigote se acercó y recogió el retrato.

—Esperad un momento —Aidan frunció el ceño, mirando el cuadro. La condesa llevaba un vestido muy sencillo de color gris. Su único adorno, un broche, parecía fuera de lugar prendido al corpiño.

El corazón le dio un vuelco. El broche era grande y extraño, en forma de cruz, adornado con una enorme gema de color rojo rodeada de doce perlas idénticas.

Aidan tragó saliva. Notaba de pronto la garganta seca y ardiente.

—¿Cuándo se pintó este retrato?

Richard se encogió de hombros, molesto.

—Hará unos veinticinco años. Mis padres llevaban menos de uno casados.

—¿Vuestra madre sigue llevando esa joya?

Richard frunció el ceño y sacudió la cabeza.

—Nunca se la he visto —cambió unas palabras con el sirviente extranjero, que se llevó el retrato.

—Pagaré la reparación.

—No tiene importancia —dijo Richard—. Milord, lamento despedirme de vos en estos términos. Quisiera que...

—¿Cómo es que tenéis criados rusos? —Aidan empezaba a encajar las piezas de un pasmoso rompecabezas.

—Mi familia tiene lazos con el reino de Moscovia. Mi abuelo Stephen, lord Lynley, fundó la Compañía de Comercio Moscovita. Mi abuela y él viven aún en Wiltshire.

—¿Os cantaba ella?

Richard lo miró, desconcertado.

—¿Cantarme?
—Ya sabéis, baladas. Nanas. En ruso.
—No lo sé. Quizá. No me acuerdo.

Aidan vio que estaba levantando sus sospechas. Se refrenó y dijo:

—No tengo nada contra vos hasta que piséis suelo irlandés. Después, será como si no nos conociéramos de nada.

Si Richard contestó, Aidan no lo oyó. Tenía un asunto urgente que resolver con la bufona de la reina en Whitehall.

Pippa fingía estar absorta en la partida de ajedrez que estaba jugando con Rosaria, la condesa de Cerniglia. Pero en realidad estaba pendiente del correo que, recién llegado a la corte, decía traer noticias urgentes de Irlanda.

El salón, lleno de gente, parecía bullir. El correo, un hombre de largas mejillas, ojos hundidos y clara voz de tenor, apoyaba las manos en la mesa, exasperado. Pippa notó que le faltaba un dedo de la mano izquierda.

—¿Qué creéis que le pasa? —preguntó la condesa.

Pippa le sonrió desde el otro lado del tablero.

—¿A quién, mi señora?

Los labios de la condesa se adelgazaron.

—Sabéis muy bien a quién me refiero. No habéis dejado de observarlo desde que entró. Y además estáis haciendo trampas, pero me gusta vuestra compañía, así que os lo perdono.

Pippa la miró fijamente. Nadie la había pillado nunca haciendo trampas.

La condesa se rió suavemente.

—Soy hija de un embajador veneciano —le recordó—. Mi padre se pasa la vida observando a la gente, intentando adivinar qué piensa, vigilando lo que hacen. Especialmente, con los ojos y las manos. Lo he aprendido todo de él.

—Siento haber hecho trampas —dijo Pippa—. Es una costumbre que tengo.

La rubia condesa le lanzó una sonrisa radiante.

—No importa. ¿Os interesa saber qué noticias hay de Irlanda? —señaló con la cabeza al correo, que seguía discutiendo con un oficial de palacio. Leicester y su hijastro, Essex, fueron a sumarse a la discusión.

—Claro que no.

—Claro que sí —la condesa se levantó de la mesa—. Puede que tengan que ver con vuestro amante.

—El Mór O Donoghue no es mi... —Pippa se tapó la boca con la mano, furiosa consigo misma por dejarse engatusar por la condesa para decir su nombre.

Aquella mujer bella y fresca le dio una palmadita en el brazo.

—Eso me parecía —condujo a Pippa por el salón lleno de gente, intercambiando rápidos saludos con los cortesanos con los que se cruzaban—. ¿Qué me decís del otro? ¿Es su hermano?

—No, Donal Og es primo de Aidan.

—Donal Og —la boca de la condesa se distendió en una sonrisa—. ¿Está casado?

—No, es... —Pippa se detuvo—. ¡Estáis enamorada de él!

—Enamorada es una palabra demasiado casta, *cara* —la condesa guiñó un ojo y la tomó de la mano—. Mis sentimientos la han dejado muy atrás —al acercarse a la mesa del oficial, se detuvo, sacó su abanico y empezó a agitarlo delante de su cara.

Pippa se quedó atrás.

—Van a vernos —dijo—. Se darán cuenta de que intentamos escuchar lo que dicen.

Rosaria sonrió.

—Una cosa elemental que debéis saber sobre los hombres es que, cuando no están pensando en asuntos de la carne, las mujeres son invisibles para ellos. Ni siquiera repararán en nosotras.

Era cierto. El correo hablaba con Leicester y Essex en voz baja, nerviosamente, y ni siquiera se detuvo para respirar cuando Pippa y la condesa se acercaron fingiendo conversar entre cuchicheos detrás de sus abanicos.

—...una emergencia. La amenaza apenas está bajo control —estaba diciendo el mensajero—. Sus hombres secuestraron a seis ingleses mientras hacían maniobras. Temo que asesinen a los rehenes.

—¿Han hecho los rebeldes alguna exigencia concreta?

—Ninguna, que yo sepa. Sospecho que se pondrán en contacto con lord Castleross y esperarán sus instrucciones. De hecho, interceptamos una carta de un cura o un monje llamado Revelin en el puerto de Dingle.

A Pippa se le heló la sangre.

—Entonces ya sabéis lo que hemos de hacer —dijo Essex.

—No estiréis tanto el cuello —advirtió la condesa a Pippa—. Se nota demasiado.

—Debemos asegurarnos de que el Mór O Donoghue no tenga noticia de...

—¡Pippa! —susurró la condesa con aspereza, pero no consiguió que Pippa se detuviera. Corrió al fondo del salón y pasó como una exhalación junto a los caballeros que flanqueaban la puerta. Más allá había un pasillo soleado con altas y estrechas ventanas y elevados techos ojivales.

El pasillo estaba lleno de cortesanos y peticionarios. Se veían letrados togados, pequeños nobles y algún que otro puritano de mirada severa. Pippa pasó corriendo entre ellos. Sólo pensaba en una cosa. Tenía que encontrar a Aidan y avisarlo.

Cuando estaba en medio del pasillo, vio que un hombre muy alto caminaba hacia ella con la cabellera negra al viento.

Aidan. Era como si sus pensamientos frenéticos lo hubieran avisado.

Pippa se levantó las faldas, ajena a las miradas de reproche de los puritanos, corrió hasta él y se detuvo al llegar a su lado.

—¡Mi señor! —al verlo, experimentaba siempre una especie de pasmo. Aidan poseía, en exceso casi extravagante, todos los atractivos que podían concebirse en un hombre. Después de llevar varios días alejada de él, le parecía aún más cautivador.

Se quedó mirándolo unos segundos, extasiada.

—Mistress Pippa —él tomó su mano y se la llevó a la boca. Cuando sus ojos azules como llamas se encontraron con los de ella, Pippa se vio reflejada en ellos y recordó lo que le inquietaba.

—Mi señor, acabo de descubrir...

Aidan puso un dedo sobre sus labios. Quizá fueran imaginaciones suyas, pero Pippa tuvo la impresión de que la observaba atentamente, deleitándose en su presencia. ¿Era posible que él también la echara de menos?

—*A storin* —dijo él—, ha ocurrido algo muy extraño.

—¡Prendedlo! ¡Prended a O Donoghue! ¡Es un rebelde!

El grito procedía del arco de entrada al Salón de Audiencias.

Aidan levantó bruscamente la cabeza.

—¿Qué...?

Pippa agarró su brazo musculoso y tiró de él con todas sus fuerzas—.

—¡Corre! —dijo, desesperada—. ¡Van a arrestarte!

En lugar de huir, como ella le pedía, Aidan plantó los pies en el suelo y miró con rabia a los guardias y oficiales que se acercaban. El capitán de la guardia volvió a gritar:

—¡Cerrad las puertas! ¡Prended al irlandés!

Unas manos agarraron a Pippa con fuerza y la apartaron de Aidan. Ella gritó una maldición. Pero el estruendo de las voces y los pasos ahogó su protesta. Comenzó entonces a asestar codazos y patadas a quienes la sujetaban y buscó algo blando que morder, usando tácticas aprendidas en la calle.

Pero eran demasiados. A fin de cuentas, estaba en la residencia principal de la reina. Allí había más guardias que en el tesoro real. Los soldados la redujeron. Furiosa, dejó de forcejear el tiempo justo para mirar a Aidan.

Él se cernía sobre los guardias, pero estaba rodeado por una docena de ellos: era imposible escapar. Era como un gran señor arrinconado por una jauría de perros.

Aidan la miró a los ojos y ella sintió que se le helaba el corazón. Porque los ojos del Mór O Donoghue estaban llenos de odio y de reproche.

Santo Dios. Pensaba que ella lo había traicionado.

Así pues, aquélla era la famosa Torre de Londres, pensó Aidan con acritud.

Le habían dado una habitación en la Torre de Beauchamp, donde, años antes, Guilford Dudley se había consumido por amor a lady Jane antes de ser conducido al cadalso. La habitación era hexagonal, con paredes de piedra clara y angostas ventanas que daban al Támesis por un lado y a la Torre Verde por otro.

La Torre Verde, donde se decapitaba a los traidores.

Se paseaba como un león enjaulado. Habían pasado tres días y tres noches, y nadie había ido a aliviar su aislamiento, excepto el carcelero y los guardias. Nadie le había dicho de qué se lo acusaba.

Ah, pero ya lo sabía.

Siguió paseando y reparó en que los muebles de la celda, aunque escasos, eran de buena calidad. La cama baja tenía un bastidor de roble labrado, y un tablero de ajedrez cubría la gruesa mesa. Su comida de mediodía, intacta, esperaba sobre una bandeja de plata.

Disfrutaba de todas las comodidades de un preso de su rango. Menos daba una piedra, se dijo. Pero no le bastaba con eso.

Masculló una maldición, se acercó a la ventana y apoyó las palmas en el alféizar. La furia bullía dentro de él. No sabía quién le enfurecía más: si Revelin de Innisfallen, por aconsejarle que siguiera en Londres, él mismo por aceptar su consejo, o Pippa por participar en su arresto. Allí, en la galería de Whitehall, le había dado el beso de Judas. ¡Cuán rápidamente lo había abandonado!

Las noticias de Irlanda habían llegado como un mal viento. Los rebeldes habían lanzado flechas encendidas a la casa de Browne en Killarney. La mayoría eran hombres violentos, de escaso honor y menos prudencia.

Él había respondido dando orden perentoria de retirarse y esperar su regreso. Obviamente, Revelin no había recibido el mensaje, o había decidido ignorarlo. Los rebeldes habían tomado rehenes ingleses.

La angustia le oprimió la garganta. Tenía miedo, pero no por sí mismo. Los últimos años le habían despojado del miedo a morir.

No, temía por la gente de su demarcación, por lo que sería de ellos si los ingleses decidían vengarse por la afrenta cometida por los rebeldes. Aidan había visto cómo funcionaba la justicia inglesa en Irlanda.

Una justicia que se materializaba en masacres sistemáticas y gratuitas.

Ancianas y niños eran sacados a rastras de sus casas y destripados como cerdos. A los hombres se los perseguía por los bosques y se los ensartaba en espadas y picas. A las mujeres se las violaba y se las dejaba morir, o parir hijos engendrados por sus maltratadores.

La barrera entre aquellas atrocidades y una solución pacífica era muy frágil y tenue. De momento, la situación estaba estancada. Seis ingleses permanecían en manos de los rebeldes. Y él era prisionero de la Corona.

Nada ocurriría hasta que uno u otro bando perdiera a sus rehenes.

Paralizado por aquella idea, se apartó de la ventana. Estuvo un rato sin moverse, mirando la mesa, con la apetitosa comida y el vino desplegados para él.

Una oleada de pesimismo se apoderó de él. De pronto vio con claridad cristalina una salida.

Tal vez lo más útil que podía hacer por su pueblo en ese momento era morir.

Diario de una dama

Hoy hemos tenido una visita de lo más singular: la condesa Rosaria de Cerniglia. Su conversación me ha parecido deliciosa y desprovista de afectación. De niña me enseñaron que las mujeres debían refrenar sus opiniones y sus ideas más osadas. ¡Suerte que mi querido Oliver me enseñó lo contrario!

La condesa es, como casi todos los venecianos, muy habladora. Se interesó vivamente por los criados rusos al servicio de Richard, y hasta se divirtió intentando leer en ese alfabeto.

¡Ah, Richard! ¡Hijo mío! Su sólo recuerdo empaña el placer que siento al relatar la visita de la condesa.

Porque mañana zarpa hacia Irlanda.

Alondra de Lacey,
Condesa de Wimberleigh

CAPÍTULO 10

Los desperdicios, arrastrados por un viento helado impropio de la estación, rodaban por la calle, delante de Pippa. Se ciñó el chal y, agachando la cabeza, apretó el paso.

Las damas de la reina, ansiosas por plegarse al último capricho de la soberana, la habían advertido de que no se alejara del palacio sin pedir permiso.

—¡Permiso! —masculló, pero el viento se tragó su voz—. Y un cuerno.

—Ven con nosotros, preciosa —gritó una voz ronca.

Vio que dos soldados borrachos caminaban hacia ella con botellas en las manos.

—Nosotros te daremos calor.

Durante las semanas que había pasado con Aidan, casi había olvidado la ingrata sensación de verse amenazada por bestias como aquéllas. Pero nunca olvidaría cómo librarse de ellos.

Como muchas otras veces antes, se mordió la parte de dentro del labio hasta que notó el sabor de la sangre. Aquella práctica le era tan familiar que ni siquiera hizo una mueca. Escupió sangre a la calle, delante de los soldados.

—¿Queréis probar suerte conmigo, muchachos?

Se alejaron maldiciéndola, entre tambaleos, y desaparecieron en la taberna más próxima.

Pippa pasó la lengua por la herida del labio y apretó de nuevo el paso. Su corazón latía a toda prisa cuando llegó por fin a la verja de Lumley House.

«Por favor, que esté aquí», se dijo.

Pero de la caseta de la verja no salió nadie. Empujó la puerta, entró en el patio y se dirigió hacia el huerto de detrás del edificio.

El silencio resonaba en la casa. Estremecida, Pippa se apoyó en el pozo para recuperar el aliento. Los recuerdos la asaltaron de pronto, pillándola desprevenida.

—No —susurró, pero sus emociones se agitaban como el viento: era imposible detenerlas, ignorarlas. No sabía que la memoria pudiera ser tan triste y tan dulce al mismo tiempo.

Allí estaba el peral ante el que había hecho juegos malabares delante de Aidan hasta arrancarle una carcajada. Allí, la pérgola bajo la cual le había enseñado cómo robaba un buen ladrón y las técnicas de defensa propia que le había enseñado un acróbata oriental. En lo alto de los escalones se había sentado con Aidan para explicarle cómo jugar a los dados mientras los rayos de sol lo envolvían en radiante esplendor.

Ese día él la había tocado, como hacía tan a menudo, con delicada ternura, apartándole un mechón de pelo para acariciar luego su mejilla por un instante. Él también le había enseñado cosas, cosas buenas, cosas valiosas, mágicas palabras en gaélico para describir el color de las nubes al amanecer o la sensación que se tenía al ver jugar a los niños. Le había enseñado que no siempre tenía que medir su valía por el aplauso de los desconocidos. Y que las familias podían adoptar muchas formas. Que algunos de los lazos más fuertes no los forjaba la sangre, sino el corazón.

El viento arrastraba hojas tiernas y pétalos por el sendero. El jardín de plantas aromáticas estaba en flor y el aroma penetrante y seco de la menta y la lavanda impregnaba el aire.

Pippa tuvo que tragar saliva para sofocar una oleada de tristeza. La casa y el jardín seguían en silencio, vacíos y desolados, como si las semanas que había pasado con Aidan no hubieran tenido lugar. Como si las risas no hubieran resonado en aquellos salones cuando ella imitaba el acento de Donal Og o cantaba con Iago una balada en español.

Durante unos días llenos de esplendor, habían sido una familia.

Enjugándose una lágrima, se acercó a la pared del fondo del jardín y entró en el priorato adyacente. El único indicio de vida era el hilillo de humo que salía de la fábrica de vidrio.

Se detuvo en la puerta del taller y esperó a que sus ojos se acostumbraran a la penumbra. Un artesano trabajaba en la forja, calentando una burbuja de vidrio fundido adherida al extremo de un tubo de hierro. Con un par de hábiles giros, transformó aquella masa informe en una copa y, al acabar, usó con destreza las tenazas para separarla del tubo.

—Hola —dijo Pippa.

La copa resbaló y se hizo añicos en el suelo de tierra prensada, cubierto ya de trozos de cristal roto.

El artesano soltó una sarta de maldiciones que incluso a ella la impresionaron.

—Siento haberos asustado —dijo Pippa.

Él dejó a un lado el tubo y se quitó los gruesos guantes.

—No es culpa vuestra —dijo con fastidio—. Éste es mi castigo por trabajar el día del Señor.

Pippa había olvidado que era domingo.

—Creía que estaba prohibido.

Él apoyó la cadera en la mesa y escupió en el suelo.

—Voy con retraso. El conde de Bedford quería sus copas para ayer.

El suave resplandor de la forja iluminaba su cara, y Pippa vio que no era más que un niño, imberbe y de mejillas suaves. Un ceño de preocupación fruncía su frente.

—¿Sois un aprendiz? —preguntó.
Él asintió con la cabeza.
—¿Qué ha sido de los invitados de Lumley House?
—Se han ido todos, por suerte.
—¿Sabéis dónde fueron? —intentaba aparentar un interés pasajero. Había llegado allí temiendo lo que le dirían: que Donal Og, Iago y los hombres de Aidan habían sido arrestados o (Dios no lo quisiera) ejecutados.
—Se escabulleron de noche —dijo el muchacho—. Fue muy extraño —el chico sonrió—. Creo que fue idea de ella.
—¿De ella?
—De esa extranjera. Era rubia. Con... hoyuelos muy grandes —guiñó un ojo—. Un poco mandona. Estuvo hablando un rato con ellos y luego se levantaron todos y la siguieron. Y no han vuelto.
Pippa se apoyó en el quicio de la puerta, llena de alivio. La condesa. De algún modo había logrado advertir a Donal Og y a Iago del peligro inminente.
Tal vez estuvieran escondidos, o camino de Irlanda. Una vez allí, Donal Og sabría qué hacer. Liberaría a los rehenes ingleses y sofocaría la rebelión. Y la reina ya no necesitaría retener a Aidan en la Torre de Londres.
Dio gracias al aprendiz y se marchó, tomando la calle Petty Wales hacia el sur, en dirección al río. La Torre se alzaba allí cerca, hermosa e imponente, con pendones ondeando en cada esquina.
Aidan, pensó. Con sólo pensar en él se sentía desfallecer.
El miedo a que le ocurriera algo la atravesaba como la estocada de una espada. Estuvo largo rato delante del lúgubre edificio, mirándolo y pensando mientras la tarde se cerraba a su alrededor y caía la noche.
Pasado un tiempo, oyó que se llamaba a la Ceremonia de las Llaves. Un carcelero con casaca azul y pluma en el sombrero apareció con un farol y una gran escolta. Divertida, Pippa se deslizó por las sombras de la calle Water, ob-

servando su avance. Cada vez que se cerraba una puerta de la fortaleza, un centinela gritaba:

—¡Alto! ¿Quién va?

—¡Las llaves de la reina Isabel! —respondió el carcelero—. Todo en orden.

Al final de la ceremonia, los hombres se quitaban los grandes sombreros y gritaban:

—¡Dios guarde a la reina Isabel!

Pippa sintió ganas de reír ante tanta formalidad, pero el recuerdo de Aidan disipó su alegría.

Tenía que encontrar un modo de sacarlo de allí.

Pero primero debía encontrar un modo de entrar.

La reina estaba de mal humor. Los suculentos manjares yacían ante ella, intactos, y sus sirvientes se apresuraron a recoger los restos del plato de dulces que acababa de tirar al suelo.

De pie en medio de las damas de la reina, Pippa vio con asombro que Su Majestad se levantaba de la mesa y se ponía a pasear de un lado a otro. Era muy ágil, a pesar de lo mucho que pesaba su vestido cubierto de bordados y joyas. Se detuvo para mirar a sir Christopher Hatton, que se adelantó para ofrecerle una copa de vino especiado.

—Atrás, alcornoque —le espetó ella—. Necesito buenos consejos, no buen vino.

Él hizo una reverencia y retrocedió. Con su cabello plateado y sus largas y elegantes piernas, Hatton era uno de los cortesanos con más experiencia de la reina. Pippa sospechaba que estaba acostumbrado a capear el temporal cuando la reina estaba de mal humor.

—El Mór O Donoghue pretende avergonzarme —se lamentó la reina—. ¿Cómo se atreve?

¿Cómo se atrevía a qué?, quiso gritarle Pippa. Poco antes había entrado un oficial de la Torre y, nada más recibir la reina su recado, Pippa había adivinado que se trataba de algo muy serio.

Juntó las manos y cerró los ojos con fuerza. Ojalá aquello significara que Aidan había escapado, deseó con toda su alma. Por favor, por favor, por favor...

—Voy a parecer un monstruo peor que el zar Iván —masculló Isabel—. Debería haberle hecho decapitar de inmediato.

—Señora —dijo William Cecil—, eso serviría a sus propósitos.

—Lo sé muy bien, cretino —miró a sus damas, que, como caballos bien entrenados, fingían que no pasaba nada—. Pero el muy insolente me ha puesto tan furiosa que me dan ganas de asesinarlo.

Pippa apretó los dientes para sofocar un grito de espanto.

Isabel se giró para mirar al alcaide de la Torre.

—Decidme, señor, ¿os ha explicado el Mór O Donoghue por qué ha decidido matarse de hambre?

Pippa no oyó la respuesta que masculló el alcaide. ¡Matarse de hambre! ¿Se habría vuelto loco?

No, comprendió notando un vuelco en el estómago. Aidan sabía exactamente lo que hacía. Había una lógica terrible en ello. Pensaba morir en poder de la Corona inglesa.

Si moría, Isabel se vería avergonzada, envilecida a ojos del mundo aún más de lo que la vilipendiaban ya sus enemigos.

—Hacedle comer —ordenó la reina—. No consentiré que se diga que permito que un lord irlandés muera de hambre. No voy a perder mi única baza contra los rebeldes de Kerry. Si es necesario, atadlo y alimentadlo por la fuerza.

Aquella imagen puso enferma a Pippa.

—Señora... —dijo antes de que pudiera fallarle el arrojo, e hincó una rodilla delante del estrado.

—¿Qué ocurre?

—Con el debido respeto, tal vez haya un modo mejor de obligarlo.

—Ya —respondió la reina con sarcasmo—. Y supongo que tú tienes la respuesta. Si te atreves a sugerir que lo deje libre, acabarás tú también en la cárcel.

—Puedo persuadirlo para que coma —dijo Pippa osadamente.

Los ojos negros de la reina brillaron a la luz de las velas.

—Desde que llegaste a la corte, no has cometido ninguna estupidez imperdonable. Éste sería un mal momento para empezar.

—Os estoy pidiendo que me dejéis intentarlo, Alteza. Castigadme, si fracaso.

El silencio cubrió la sala como un espeso manto. La reina estaba inmóvil, inexpresiva, como un ídolo labrado en piedra.

—Crees que puedes hacer comer al irlandés —dijo al fin.

—Sí, señora —a Pippa le ardía la cara. Esa noche, le fallaba el ingenio.

—Si tuvieras éxito, significaría mucho para mí —afirmó Isabel con suave dureza—. Mucho, sí. De hecho, si haces lo que prometes, tal vez te conceda el favor del que hablamos esta mañana.

Pippa sentía el suelo frío y duro bajo la rodilla. Esa mañana, la reina le había preguntado por sus orígenes y ella le había confesado su deseo de encontrar a los padres que la abandonaron mucho tiempo atrás. Con una sola palabra, Isabel podía convocar a todos los nobles del reino, mandar a los oficiales de la Corona a revisar censos y registros. Aquella posibilidad brillaba como un faro en su mente.

—Señora —dijo, levantándose animada únicamente por la esperanza—, no podría pedir mayor merced.

—Sí que podrías —dijo la reina con ironía—, pero eres lo bastante lista como para no hacerlo. Muy bien, ve a visitar al prisionero. Hazle entrar en razón. Y te lo ruego: no me falles.

Con cada comida que pasaba el rancho tenía mejor pinta: era más apetitoso, más abundante, más suculento.

O eso le parecía a Aidan.

La comida que le habían servido era digna de la mesa de la reina: un gran cuenco de relucientes aceitunas negras, una trucha delicadamente pochada, queso y carne ahumada. El pan era casi blanco y parecía suave como una nube.

Pero más tentador para su estómago que la comida era un jarro de vino tinto colocado junto a una copa. Le hizo falta toda su fuerza de voluntad para resistirse al vino. Imaginaba su gusto áspero e intenso y el aturdimiento que se apoderaría de él y embotaría su frustración.

Maldijo y se acercó al camastro estrecho y duro, se tumbó en él y se quedó mirando el techo descascarillado. Las cartas tardaban tanto en llegar entre Londres y la lejana Kerry, en la península de Iveragh... Se preguntaba cuánto viviría aún.

Una sonrisa amarga adelgazó su boca. Qué aprieto para la reina Isabel, tener sobre su conciencia la muerte del Mór de los O Donogue. Tal vez así se viera forzada a suavizar su política en Irlanda.

Era una lástima que el precio tuviera que ser su vida.

Oyó pasos y una voz incesante y conocida.

—...y no me vengáis con pamplinas, porque tengo aquí mismo un papel que dice que yo, Pippa Trueheart, tengo permiso para visitarlo.

Aidan se levantó tan bruscamente que casi se dio un golpe en la cabeza contra el techo.

—¿Dónde? —preguntó Smead, el guardia, con su voz nasal—. Enseñadme dónde pone eso.

Ella se rió.

—Ah, ése es un truco muy viejo, señor. Intentáis que no me dé cuenta de que no sabéis leer.

—Claro que... ¡Santo Dios! —la voz de Smead se alzó una octava—. ¿Qué hacéis con ese cuchillo?

Algo golpeó la puerta de la celda. Aidan habría dado oro por ver qué ocurría fuera.

—Nada —dijo Pippa—. Aún. Pero sería una lástima que me desanimara tanto vuestro empecinamiento que mi pobre mano resbalara...

—Oíd, señora...

—No, oíd vos —su voz tenía un filo que Aidan no reconocía—. Ésta hoja está muy afilada, y da la casualidad de que se encuentra peligrosamente cerca de vuestra coquilla. Abrid la puerta inmediatamente.

—¡Jesús! —chilló Smead—. Muy bien, pero informaré al alcaide de que me habéis amenazado.

—Oh, será una historia muy bonita. Amenazado por una chiquilla.

Una llave penetró en la cerradura. La puerta se abrió de golpe, mostrando a Smead, que tenía la cara muy blanca. Pippa había apoyado un pie en el quicio. Se echó las faldas hacia atrás y dejó al descubierto una de sus esbeltas piernas, con una pequeña funda sujeta con una liga en la que deslizó el cuchillo de mango de asta que le había robado a Aidan el día que se conocieron.

—Señora... —Smead tenía la vista fija en su pierna.

—¿Qué?

—No podéis entrar con un arma en...

—Smead... —Pippa se irguió y se sacudió el vestido.

—¿Sí, señora?

—Idos a paseo —con ésas, cerró la puerta de un puntapié y miró a Aidan.

Ninguno de los dos dijo nada. Se miraron. Aidan contempló los rizos que escapaban de su cofia, sus grandes ojos, aquella dulce cara de ángel que se le aparecía en sueños. Estaba delirando, se dijo al tiempo que un hambre aún mayor se apoderaba de él: el hambre del alma.

—Dios mío —musitó a pesar de sí mismo—, cuánto te echaba de menos.

Ella dejó escapar un gemido involuntario. Por un instante, pareció tan frágil como un adorno de cristal hilado, y Aidan temió que se hiciera añicos.

Entonces ella sacudió la cabeza y se transformó de pronto. Un brillo soberbio apareció en sus ojos. Apoyó las manos en las caderas.

—¿Ah, sí? Pues yo a ti no.

Aidan, sin embargo, veía más allá de sus poses. Se acercó despacio, dejando atrás las sombras que se amontonaban en los rincones de la celda. Tocó su mejilla y casi hizo una mueca al sentir su tersa pureza.

—No, *a gradh* —susurró—. No quieres echarme de menos, que es distinto.

—No he venido a discutir contigo —replicó ella, apartándose—. Quiero que sepas que no tuve nada que ver con tu arresto.

—Ahora lo sé —y en el fondo lo sabía. Pippa no tenía motivos para desearle ningún daño—. Cuando me trajeron aquí, pensé lo peor.

—Intenté advertirte —tocó su manga, sus dedos se posaron sobre ella como un pájaro asustadizo—. Por si te sirve de consuelo, tengo noticias de tus hombres.

A Aidan se le secó la boca.

—¿Están presos?

—Al contrario. La condesa los ayudó a abandonar Londres sin levantar revuelo. Sólo se han quedado Donal Og e Iago, y están a salvo a bordo de una galera veneciana.

Aidan apartó la mirada. Le ardían los ojos y la garganta.

—*Cead mile buiochas* —murmuró—. Gracias a Dios —no quería más sangre inocente sobre su conciencia. Sintiendo que le quitaban un gran peso de encima, dijo—: Es un regalo del cielo que hayas venido a decírmelo.

—Te debo eso y más —Pippa se estremeció. El escuálido brasero que calentaba la habitación estaba junto a la cama. Como no había otro sitio donde sentarse, Aidan la condujo allí y le apretó suavemente los hombros hasta que se sentó en el fino y duro camastro.

El tiempo parecía haberse detenido. Se sentía arrastrado al interior de una extraña fantasía. No era irlandés, ni Pippa era inglesa. No había nada fuera del círculo encantado que formaban ambos. Ellos componían el universo entero.

Se sacudió aquella idea. Más allá de su celda aguardaba el mundo. Y para ambos, por distintos motivos, el mundo era un lugar hostil.

Recordaba con toda claridad su última conversación con Richard de Lacey. La imagen de la mujer del retrato se le aparecía constantemente. Qué encantadora era aquella lady Alondra, condesa de Wimberleigh, con su broche de oro, perlas y rubíes.

Durante los días que llevaba en prisión había tenido tiempo para pensar. Tal vez el parecido del broche fuera una simple coincidencia. Tal vez Alondra lo había perdido, o vendido.

«O tal vez», le susurraba su mente, «Pippa sea familia de la condesa de Wimberleigh».

De una cosa estaba seguro: no diría nada aún. No quería que Pippa se hiciera ilusiones. Además, no sabía nada de lord y lady Wimberleigh. Si eran tan altivos e intolerantes como los demás nobles ingleses, no acogerían con los brazos abiertos a una cómica callejera como Pippa. De hecho, se negarían a creer que perteneciera a su familia.

Y Pippa había sufrido tantos rechazos en su vida... Aidan no podía permitir que padeciera otra traición.

Sin saberlo ella, Aidan se había puesto en contacto con otra dama: la condesa Rosaria de Cerniglia. Sólo a ella le había contado sus sospechas sobre el vínculo entre Pippa y los de Lacey. Hacía ya tiempo que había copiado los símbolos extranjeros de la parte de atrás del broche. Dos días antes, había sobornado a un guardia para que entregara el mensaje a la condesa. Ella había prometido hacer averiguaciones discretamente.

—Pareces distraído —dijo Pippa, interrumpiendo sus cavilaciones—. ¿Dónde estabas?

Aidan se sentó a su lado y la estrechó en sus brazos.

—Cariño mío, estaba más cerca de ti de lo que imaginas.

Pippa apoyó la mejilla en su hombro.

—¿Estabas pensando en mí?

—Sí.

Pippa se arrimó a él, le dio la mano. Con un movimiento tan natural como respirar, Aidan inclinó la cabeza, posó los labios sobre los de ella y saboreó su boca, buscando con la lengua su calor húmedo. Pippa se apretó contra él como si quisiera fundirse en su cuerpo. Hundió las manos en su pelo largo; pegó los senos a su pecho; movió las piernas, rozando inconscientemente sus muslos con intimidad abrasadora.

Aidan se apartó antes de que fuera demasiado tarde e intentó no ver la alegría y el anhelo de su cara, vuelta hacia él.

—Me cuesta tanto no quererte... —dijo ella con su franqueza de costumbre.

—Te costará menos cuando llegues a conocerme —su voz sonaba hosca y cargada de frustración. Pippa estaba allí, estaba lista, lo deseaba. Su instinto lo urgía a poseerla. Pero su sentido del honor, como un muro de piedra, lo refrenaba.

No podía ponerla en peligro, estando indefenso para protegerla del mundo. Si se quedaba embarazada y tenía un bastardo de padre irlandés, la reina la expulsaría de la corte. El bebé y ella se morirían de hambre.

Pippa le acarició la cara, áspera por la barba.

—Ya te conozco, Aidan. Por eso he venido. ¿Podemos...? —se mordió el labio—. Tenemos que hablar.

—¿De qué?

—No finjas que no lo sabes.

—Mi ayuno.

—Sí. Estás pálido y delgado. Tienes que ponerle fin.

Aidan se apartó de ella y empezó a pasearse por la angosta celda, haciendo caso omiso del aturdimiento que se apoderó de él.

—¿Te manda ella?

—No —estaba preciosa con las ropas y el pelo revueltos y la boca humedecida por sus besos—. Pero lo siguiente que harán será mandar a unos cuantos guardias para que te obliguen a comer.

Aquella idea le heló la sangre. No dudaba de que los oficiales de la Torre llevarían a cabo aquel plan detestable. Y tampoco dudaba de que podría resistirse a ellos.

—Come, por favor —susurró ella con un temblor en la voz.

Verla tan seria y preocupada iba minando a Aidan poco a poco. Cada palabra de Pippa socavaba su voluntad.

—No puedo —dijo—. No me pidas que ceda. Me lo han quitado todo, salvo mis convicciones, y prefiero morir a renunciar a ellas.

—Tienes en muy alta estima tu voluntad —dijo Pippa—. Pero ¿y tu gente? Ellos te necesitan.

—Les serviré mejor si muero.

—¡No! —se levantó de un salto de la cama y se lanzó hacia él, golpeándole el pecho con los puños—. No hables de morir. No voy a permitir que mueras.

Aidan la agarró de las manos. Pippa lloraba desconsoladamente: las lágrimas corrían por sus mejillas.

—No puedes morir. Te mataré, si mueres.

—Una idea interesante —dijo él con lúgubre humor—. Así son las cosas. Ahora mismo, soy un rehén útil. Pero ¿y si los rebeldes de Kerry matan a sus rehenes ingleses? ¿Y si el ejército inglés ocupa mis tierras como represalia? ¿Y si el nombre del Mór O Donoghue acaba por no significar nada? Los ingleses no me necesitarán. Moriré, bien sigilosamente, reconfortado con una copa de veneno, o con mucha ceremonia, a manos de un verdugo experto y ante el gentío de Londres, para que sirva de escarmiento a otros.

—¿Cómo puedes hablar con tanta calma de esas cosas?

—Porque no voy a morir como ellos planean —respiró hondo—. Voy a morir como quiero, y la vergüenza recaerá sobre la reina.

Pippa escuchó su ultimátum como si se preparara para una tormenta. Tenía la cabeza ligeramente agachada, los hombros caídos, los brazos cruzados sobre la cintura. Luego levantó los ojos y estalló la tormenta.

—Eres el hombre más cabezota, más necio y más cerril que he conocido nunca.

Él no pudo sofocar una sonrisa.

—¿Qué clase de persuasión es ésa?

—¿Está funcionando?

—No.

—¿Y si pudieras salir de aquí? —se acercó a la ventana y apoyó las manos sobre el alféizar. La luz del día cayó sobre sus bellos rasgos y el sol brilló en sus largas pestañas.

—¿Y quién va a sacarme, después de las molestias que se han tomado para encerrarme? —preguntó él suavemente.

Pippa se volvió y lo miró a los ojos, y aunque iba limpia y llevaba ropa elegante, seguía pareciendo el torbellino de energía que Aidan había visto por primera vez en la escalinata de Saint Paul.

—Yo podría hacerlo —afirmó.

—¿Sacarme de la Torre de Londres?

—Sí.

—Nadie ha escapado de la Torre este siglo.

—El siglo no acabado aún. Eso creo, al menos.

Si cualquier otra persona le hubiera hecho aquella proposición, Aidan la habría tomado por loca. Pero Pippa era la persona con más inventiva que había conocido nunca.

—Muy bien —dijo cautelosamente—. Tú sácame de aquí y yo me comeré un cerdo asado entero.

Ella sonrió.

—Ya me parecía que te gustaría la idea —tomó su mano y tiró de él hacia la mesa—. Ahora —dijo, tomando la suave hogaza de pan—, come.

Aidan apartó la mano.

—No.

El miedo y la ira brillaron en los ojos de Pippa.

—Tienes que comer. Necesitas recuperar fuerzas.

—Me quedan fuerzas para un día o dos. Así que, si piensas cumplir tu promesa, más vale que te des prisa.

—Pero tienes que comer ahora —dijo ella—. Verás...

—No, no quiero ver nada —respondió él ásperamente, y luego bajó la voz—. Si como, y la huida fracasa, pareceré un pusilánime.

—No fracasará —dijo ella entre dientes.

—Mientras sea prisionero de Inglaterra, no probaré bocado. Más vale que actúes pronto, o sacarás de aquí un cadáver.

—Deseará estar muerto antes de que acabe con él —masculló Pippa mientras pasaba a hurtadillas junto al muro pegajoso de la Torre, por la parte del río.

Era de noche y avanzaba a tientas, dejándose guiar por su memoria. Allí había un saliente en el muro; al doblar la esquina, encontraría un estrecho pasadizo cerrado con una reja de hierro. Había visto a los obreros usar aquella entrada para sacar la basura y el estiércol de los establos.

Sabía que estaría llena de ratas y porquería, pero tendría que aguantarse. El Mór O Donoghue quería escapar, y esperaba que ella le facilitara la huida.

El muy caradura.

Respiró hondo, se ciñó el manto de harapos y se metió

por el estrecho conducto. Apenas cabía. Al final, encontró una reja de hierro.

Entre maldiciones, empezó a horadar el mortero de la pared. Cuando consiguió apartar uno de los barrotes de hierro y meterse por el hueco, tenía las manos en carne viva y se le habían agotado las maldiciones.

Con el barrote de hierro en las manos, pasó sin hacer ruido junto a la Torre Devereux. Un centinela dio las nueve a voces. Pippa apretó el paso. Pronto empezaría la Ceremonia de las Llaves.

¿Por qué se empeñaba Aidan en no comer? Ella habría quedado como una heroína delante de la reina, Isabel habría convocado a sus nobles y su familia habría aparecido por fin. Sabía, en el fondo, que todo aquello era improbable, pero durante un tiempo le había proporcionado una dulce esperanza.

El tozudo lord Castleross, sin embargo, no confiaba en sus capacidades. Se negaba a comer hasta que estuviera libre. Pippa intentaba enfurecerse con él, intentaba maldecir su obstinación, pero se sentía enferma de preocupación. ¿Y si Aidan moría?

Su triunfo en la corte no significaría nada si él moría. Si lo perdía, no le quedaría en el corazón nada que compartir con su familia, en caso de que la encontrara.

Distinguió al primer guardia. Holgazaneaba envuelto en la luz de una antorcha, silbando entre dientes y apestando a cerveza. Pippa se acercó con sigilo. Él dejó de silbar y husmeó el aire como un sabueso.

Maldición. Debería haberse quitado el manto.

Antes de que pudiera moverse, el guardia la miró, parpadeando.

—¡Tú! —dijo—. ¿Qué...?

—Buenas noches, señor —antes de que el guardia pudiera reaccionar, lo agarró de la mano y apretó. Benditos fueran los acróbatas con los que había cruzado Lincolnshire. Ellos eran quienes le habían enseñado a tumbar a un hombre con un solo movimiento de la mano.

Al caer, el guardia exhaló bruscamente una bocanada de aire cargado de olor a cerveza. Pippa, chasqueó la lengua.

—No abras la boca y todo irá bien.

Él gimió cuando le amordazó y le ató las manos a un barrote de la reja. Pippa volvió a maldecir a Aidan O Donoghue. Por él estaba poniendo en peligro la única oportunidad que tenía de encontrar a su familia. Pero en el fondo sabía que lo único que quería de verdad era que Aidan sobreviviera.

Se acordó entonces de Mort y Dove, sus cómplices, que aguardaban en Galley Key. O eso esperaba. Les había dado una corona de oro y les había prometido dos más si seguían allí, vigilando, cuando llegara con Aidan.

Pensaba sacar a Aidan de allí, desearle buena suerte y regresar luego a su nueva vida en la corte.

Así que ¿por qué se sentía tan vacía al pensar en vivir sin él?

Aquello, sin embargo, no importaba. No podía importar. El guardia farfulló algo por entre los trapos que Pippa le había metido en la boca. Ella le quitó la espada.

—Me temo que voy a necesitar esto —susurró—. Y también tus pantalones.

Él volvió a gemir. Haciendo caso omiso, Pippa le desabrochó los botones de las calzas. Éstas cayeron alrededor de sus tobillos. Con manos temblorosas, Pippa se las puso, se ató el cordón y descolgó la chaqueta del guardia del gancho de la puerta. Por último lo dejó atado a oscuras y fue a ocupar su puesto en el arco de la Torre Bloody.

La larga casaca roja y el enorme sombrero la tapaban casi por completo, pero tendría que confiar en que nadie reparara en ello. El carcelero jefe iba de puerta en puerta meciendo su farol, seguido por un sargento y tres guardias. Pippa se puso firme, como había observado que hacían los guardias mientras ideaba su plan.

—¡Alto! —dijo con voz grave—. ¿Quién va?

—Las llaves —contestó el carcelero.

Pippa no se acordaba de qué iba a continuación.

—¿Las llaves? ¿Qué llaves?

—Las de la reina Isabel —contestó el carcelero con aire aburrido.

—Dádmelas. Todo está en orden —tendió la mano, confiando en que no le temblara.

El carcelero vaciló.

—¿Estás enfermo, Stokes?

—Puede ser, señor —carraspeó.

Cuando le pasaron las llaves, las cambió limpiamente por las que había birlado al despensero mayor de Whitehall. Después de la ceremonia, se fue al cuarto de guardia, con los demás. Al llegar a la puerta, se detuvo.

—¿Pasa algo, Stokes? —preguntó alguien.

Ella se tiró del ala del sombrero.

—Tengo que orinar.

Su compañero bajó una antorcha de la pared.

—Esta noche estás muy raro, Stokes.

Ella le quitó la antorcha.

—No, lo que es extraño es apresar a inocentes —con ésas, lanzó la antorcha al techo de brezo y huyó, rezando por que ocurriera un milagro mientras los guardias gritaban de miedo y de rabia.

Corrió a la Torre Beauchamp, subió la escalera como una exhalación y abrió la celda de Aidan.

—No creas ni por un segundo —dijo, dirigiéndose a la habitación a oscuras—, que he olvidado lo del cerdo.

Aidan profirió una de esas exclamaciones en gaélico que a ella tanto le gustaban y la estrechó entre sus brazos, apretándola tan fuerte que Pippa se quedó sin respiración. Él le susurró algo en su lengua materna.

—¿Y eso qué significa? —preguntó ella ácidamente.

—Significa que eres un milagro resplandeciente.

—Y también una idiota —dijo, fingiendo que lo que él había dicho no le importaba—. Una perfecta idiota.

Mortlock y Dove la sorprendieron. Estaban en Galley Key como un par de sabuesos, aguardando pacientemente. Pippa y Aidan habían tardado casi toda la noche en salir de la Torre y llegar a la ribera del río. El incendio del cuarto de guardia había bastado para encubrir sus movimientos al salir a Petty Wales, pero habían escapado por los pelos de un grupo de soldados escondiéndose en un pozo abandonado.

Aunque jamás lo admitiría, Pippa había disfrutado de lo lindo de aquella aventura.

—Por fin apareces —dijo Dove—. ¿Has traído el resto del dinero?

—Lo tendréis cuando me asegure de que habéis hecho lo que prometisteis —dijo ella.

Mort y Dove miraron a Aidan de arriba abajo.

—¿Quién es este petimetre? ¿No es el que te salvó de la picota?

—Eso no es asunto tuyo —se estaba poniendo nerviosa. Aquellos dos nunca habían sido de fiar, y no le gustaba cómo miraban la fina camisa de Aidan y sus botas de piel. Él parecía cansado y tenía las mejillas hundidas por el ayuno. Mientras estaban escondidos en el pozo, Pippa le había hecho comer un bollo de pan que llevaba consigo, pero Aidan tardaría días en recuperar sus fuerzas.

—¿Habéis traído el bote? —preguntó a Mort y Dove.

Mortlock achicó los ojos.

—¿Qué prisa tienes?

Aidan dio un paso hacia él. A pesar del ayuno y de la falta de sueño, se elevaba como un monte delante de Mortlock.

—Creo que la señorita te ha hecho una pregunta —dijo suavemente.

Mort movió la nariz, y Pippa reconoció aquella señal de miedo.

—¿Ahora es una señorita? —preguntó él con desdén al tiempo que se apartaba de Aidan.

—¡Uy! —exclamó Dove, fingiendo que agitaba un abanico.

Pippa tocó el brazo de Aidan.

—No les hagas caso. Siempre han sido insoportables.

—In—so—por—ta—bles —repitió Dove, probando aquella palabra.

Ella intentó disimular su enfado, procuró no mirar hacia el ancho río, donde la galera veneciana esperaba con el ancla echada.

—Mirad —dijo—, no tengo nada más —se quitó la voluminosa casaca del guardia y la tiró al suelo—. Nos vamos —dijo, y echó a andar hacia el embarcadero.

Mort y Dove se perdieron entre las sombras, mascullando. Al llegar a los escalones del escuálido muelle, Pippa se volvió para mirar a Aidan.

—Ya sabes lo que tienes que hacer.

—Tomar el bote para ir a la galera —señaló el barco anclado en la parte más profunda del río. El alba empezaba a colorear el cielo brumoso.

—La condesa me aseguró que allí gozarás de inmunidad diplomática. Una vez a bordo, los ingleses no podrán tocarte —apenas podía hablar: tenía un nudo en la garganta—. Es tan duro decirte adiós...

Aidan la apretó contra sí.

—Lo sé, cariño. Nunca te olvidaré. Ni aunque viva mil años.

Ella levantó la cara, sollozando, y esperó su beso. Los labios de Aidan rozaron los suyos. Luego, sus bocas se unieron, y sus alientos, sus lágrimas y sus corazones se mezclaron hasta tal punto que Pippa sintió deseos de gritar de dolor.

Se apartó de él y retrocedió.

—Aunque no te quiero —musitó—, te echaré de menos como echo de menos el sol en invierno.

—Pipa...

—¡Prendedlos! —gritó alguien en la oscuridad—. ¡Atrapad a los fugitivos!

Ella miró hacia Galley Key y el corazón le dio un vuelco. En un abrir y cerrar de ojos se dio cuenta de su error. Mort y Dove debían vigilar. Pero habían huido nada más tener el dinero.

Y habían avisado a los guardias de la Torre.

Sus maldiciones resonaron a lo ancho del río. El ruido de pasos procedía de un oscuro callejón.

—Parece que tus amigos han encontrado quien les pagara mejor —dijo Aidan con repugnancia—. ¿Qué hacemos ahora?

Ella lo agarró de la mano.

—¡Corre!

Las pesadas botas que le había robado al guardia le estorbaban para correr. Tropezó, se agarró a Aidan, se las quitó y las dejó allí. Se alegraba de que aún fuera de noche, porque la oscuridad ocultó su sonrisa de placer. Había pocas cosas de su vida anterior que añorara, pero una buena persecución de vez en cuando resultaba estimulante.

Pocas personas conocían el laberinto de las calles de Londres tan bien como ella. Rezaba para que Mort y Dove no hubieran ofrecido sus servicios como guías.

—No te separes de mí —le dijo a Aidan, agachando la cabeza al pasar por un arco de ladrillo que daba entrada al submundo del East End.

Era una delicia huir junto a un hombre como Aidan. Era fuerte y veloz, pese al ayuno, y no hacía preguntas estúpidas. Si se mantenían por delante de sus perseguidores y no salían a la luz, eludirían fácilmente a los guardias.

Se metió por un callejón abarrotado de cosas y mientras corría se arrancó el cinturón y lo arrojó a una cloaca. Al acabar el callejón, salieron a una plazoleta cuyo mercado empezaba a despertar. El campanario de Saint Dunstan–in–the–East destacaba contra el cielo del amanecer. A pesar de que era temprano, los vendedores habían llegado ya con sus carros desvencijados y estaban montando sus tenderetes. Un bullicio ensordecedor, formado por música, risas y voces llenaba el aire.

—¡Espléndido! —dijo Aidan—. Hemos ido a parar al único sitio donde nos verán sin duda alguna.

—Hombre de poca fe —le reprendió Pippa—. Vamos a dar media vuelta.

En cuanto acabó de hablar, se oyeron voces en el callejón. Los soldados habían encontrado su cinturón.

Pippa sintió una punzada de preocupación. Tenían que esconderse. Empujó una puerta lateral de la iglesia de Saint Dunstan. Se abrió y al otro lado apareció una escalera húmeda y tambaleante.

—¿Qué esperas conseguir encerrándonos en un campanario? —preguntó Aidan.

—Confía en mí —contestó ella—. Aquí no mirarán —las escaleras gruñeron amenazadoramente bajo el peso de ambos. Un denso olor a podrido impregnaba el aire. En un descansillo de arriba, una plataforma daba paso a la enorme y pesada campana por un lado y a una abertura baja por el otro.

Salieron por aquel hueco y se encontraron con una pasarela de piedra que rodeaba el campanario y cuyo suelo se inclinaba peligrosamente. Un suave zureo salía del palomar que había en una esquina.

En otra esquina, alguien había tendido un par de prendas de vestir.

—Ah, qué suerte —dijo Aidan, y descolgó un sencillo chaleco y se lo puso sobre la camisa. El chaleco se le tensaba en el pecho, así que dejó los lazos sin anudar. Pippa se quedó mirando su torso un momento, con la mente en blanco.

Él esbozó una sonrisa.

—Para ti también hay algo —descolgó una falta marrón muy ajada y se la tendió. Pippa se la puso sobre las calzas y usó un pañuelo para taparse el pelo.

—¿Cómo estoy?

—Pareces un ángel. No me extrañaría que en cualquier momento te brotaran alas.

—Muy gracioso.

Aidan le acarició la mejilla con los nudillos.

—No intentaba serlo. Yo...

—¡Ahí están! —gritó una voz a lo lejos. Cuatro hombres armados cruzaron la puerta de la escalera.

—Ojalá tuvieras razón en lo de las alas —dijo ella.

Aidan no respondió: desató uno de los extremos de la cuerda de la ropa e hizo un lazo con ella.

Gritos, golpes y maldiciones retumbaban en la vieja escalera.

—Agárrate a mí —dijo Aidan—. Sujétate a mi cuello.

Pippa pensó que caer desde el tejado de una iglesia en brazos del Mór O Donoghue era tan buen modo de morir como otro cualquiera. Rodeó con los brazos el fuerte cuello de Aidan, deleitándose un momento en la firmeza de su carne. Gracias a Dios, no había muerto de hambre, a fin de cuentas.

Los soldados aparecieron en la escalera y cruzaron el tejado blandiendo picas y hachas de mango largo. Aidan se volvió para proteger a Pippa con su cuerpo. Ella cerró los ojos y escondió la cara en su pecho.

Aidan dio un paso hacia atrás y saltó, describiendo un amplio arco. Cayeron tan deprisa que Pippa notó que el estómago se le subía a la garganta. La cuerda silbó al tensarse sobre los aleros del edificio.

Se detuvieron bruscamente y quedaron colgados, golpeándose contra la pared de la torre de la iglesia.

—¿Y ahora qué, Eminencia? —preguntó ella con una voz

que era poco menos que un chillido de miedo. Se aferró a él con más fuerza, enlazándole la cintura con las piernas y cruzando los tobillos. Aidan masculló algo en gaélico y Pippa miró su cara. Cielo santo, estaba aturdido de debilidad por el hambre.

—No sé cuánta distancia hay al suelo —dijo.

Ella miró hacia el callejón de más abajo.

—Demasiada para saltar —se atrevió a levantar la mirada—. Oh, oh.

—¿Qué ocurre?

Pippa se quedó sin habla cuando la luz del amanecer brilló en el hacha curva de uno de los soldados. El hacha cayó una, dos, tres veces.

Pippa chilló. De pronto se desplomaron, separándose. Sus faldas se hincharon. Su mente se vació, anticipando el fin. Pero súbitamente golpeó contra él y dejó de caer. Oyó gruñir a Aidan.

Habían aterrizado en una especie de toldo de lona. Antes de que pudiera recobrar el aliento, Pippa oyó que algo se rasgaba y cayeron de nuevo.

Esta vez, no fueron muy lejos. Aterrizaron, envueltos en un montón de lona, sobre algo blando y extrañamente cálido. Pippa intentó orientarse usando sus sentidos embotados. Hinchó las aletas de la nariz y se atragantó. Habían caído sobre un carro cargado de estiércol.

Aidan masculló en irlandés y se bajó de un salto, arrastrándola con él mientras el carretero los miraba pasmado. Gracias al toldo de lona, apenas se habían manchado de estiércol.

Corrieron por entre los tenderetes y los carros de los mercaderes. Poco a poco fueron recuperando el aliento, y Pippa logró que dejaran de temblarle las piernas. De algún modo sacó fuerzas para robar un taco de queso.

—Come —dijo—. No es un cerdo entero, pero algo es algo.

Aidan devoró el queso en tres bocados. Pippa empezó a

respirar más tranquila. Pero cuando echaron a andar hacia la salida este de la plaza, vieron dos soldados avanzar hacia ellos.

Aidan soltó una breve carcajada. Pero en lugar de abalanzarse contra los soldados, tomó a Pippa en sus brazos y la besó apasionadamente. Ella dejó escapar un gemido de sorpresa, pero se dejó llevar.

Aidan siguió besándola hasta que los soldados pasaron de largo. Al parecer, los habían tomado por una pareja de enamorados. Luego, con la misma brusquedad con que la había abrazado, la soltó y echó a andar a toda prisa.

Pippa estuvo a punto de caerse al intentar seguir su paso. El beso no parecía haber alterado a Aidan en lo más mínimo. A ella, en cambio, le había chamuscado las pestañas.

Se oyeron gritos procedentes de lo alto del campanario. Los soldados que seguían allá arriba, recortados como negros cuervos contra el cielo rosado, hacían gestos frenéticos a sus compañeros.

Pippa y Aidan cruzaron corriendo la calle Fowler y volvieron hacia el Támesis. Cuando al fin llegaron a Galley Key, estaban ambos al límite de sus fuerzas.

El bote había desaparecido. Ríos de niebla gris giraban en torno a sus rodillas mientras llamaban a voces al patrón del barco. Una barca se separó de la larga galera y avanzó sigilosamente hacia ellos.

Pippa miró con los ojos entornados a los dos hombres que había en ella. No los reconoció, pero la condesa le había asegurado que la tripulación de la galera veneciana era de fiar.

Se estremeció.

—Otra vez debemos decirnos adiós, mi señor. Debería haber bastado con la primera.

Él esbozó una sonrisa avergonzada.

—De todos modos, necesitaba cambiarme de ropa. Y además... —tocó la punta de su nariz—... era lógico que nuestra despedida fuera tan peligrosa como nuestro primer encuentro.

—Nuestra despedida —musitó ella, apesadumbrada—. ¡Ah, Aidan! Nunca te olvidaré.

—Muy emocionante —dijo una voz melodiosa—. Vos podéis contestarle por el camino —la condesa salió de entre la bruma, envuelta en un hermoso manto de terciopelo negro. Tras ella se alzaba una escolta de guardias venecianos—. Llegáis tarde —añadió—. Ha subido la marea y estaban a punto de zarpar sin vosotros.

La barca chocó suavemente contra la orilla. Aidan vaciló.

—Un momento, señora...

—No tenéis un momento, ni lo tiene Pippa —replicó la condesa—. Si os atrapan ahora, no podré ayudaros. Montad ambos.

Pippa sofocó un gemido.

—¡Yo no voy a ir a Irlanda!

—Tenéis que ir.

—Mi señora —susurró Pippa, refrenando las lágrimas—, no sabéis lo que me pedís. Ahora tengo un puesto en la corte y la reina...

—Te está pidiendo —dijo Aidan— que subas a esa barca antes de que te meta yo por la fuerza. La condesa tiene razón. Si te quedas, podrían arrestarte por ayudarme a escapar.

—Pero...

—Descubrirán que has participado en mi fuga —afirmó él—. Te han visto conmigo.

La condesa le dio algo a Aidan. Él empujó a Pippa hacia la barca.

—No os tratarían como a un prisionero de noble rango, sino como a una vulgar traidora. ¿Sabéis cuál es el castigo para ese crimen?

La condesa hizo gesto de cruzarse el cuello.

Pippa se quedó paralizada. Qué necia había sido. Había comprado la libertad de Aidan a cambio de sus sueños.

La condesa la besó en las mejillas y susurró:

—Id con O Donoghue. Es mejor huir hacia el futuro que aferrarse al pasado.

Pippa se volvió hacia Aidan. Él tenía un pie en el embarcadero y otro en el bote y le tendía la mano con expresión inescrutable.

El sol naciente incendiaba el cielo tras él. Por un momento, pareció tan espléndido como una pintura en el muro de una iglesia. Su cabello negro ondeaba agitado por la brisa. Sus ojos eran penetrantes, pero impenetrables.

—Ven conmigo, Pippa —dijo al fin—. No te arrepentirás, te doy mi palabra. Ven conmigo a Irlanda.

Segunda parte

Dulce es bailar al son de los violines
cuando el amor y la vida son hermosos;
bailar al compás de flautas y laúdes
es delicado y exquisito,
¡mas no es dulce bailar en el aire
con pies ágiles!

Oscar Wilde
La balada de la cárcel de Reading, soneto IX

Diario de una dama

Sólo ahora, días después, me siento con fuerzas para enjugar mis lágrimas y tomar la pluma. Sí, sufro como sufriría cualquier madre, porque mi hijo se ha ido a la guerra, pero no es ésa la razón de mi desconsuelo.

Oliver está como loco. Se pasea por los salones de Blackrose y maldice a todo aquél que tiene la mala fortuna de cruzarse en su camino.

Ninguno de los dos puede dormir por las noches. No hemos podido pegar ojo desde que nos llegó ese mensaje de Londres. Broma cruel o informe fidedigno, no sé qué es.

Sólo sé que alguien me escribió una nota copiando la inscripción del dorso del broche de los Romanov. Ese objeto tan singular me lo regaló Juliana, la madrastra de Oliver. Lo creía perdido para siempre.

La última vez que vi esa joya bellísima, la prendí al corpiño de mi amada hijita, justo antes de decirle adiós sin saber que no volvería a verla.

Alondra de Lacey,
condesa de Wimberleigh

CAPÍTULO 11

Aidan buscó refugio en una fortaleza abandonada junto al mar. El castillo de Dunloe había sido antaño la sede del Mór O Sullivan, pero éste había muerto, como tantos otros, en la gran guerra de Desmond contra los ingleses.

El ventoso salón parecía tan lúgubre y vacío como una tumba saqueada. Mientras aguardaba noticias de Ross Castle, Aidan intentaba no imaginar la matanza que había tenido lugar entre aquellos muros y pensaba en Pippa.

El viaje había sido muy duro para ella. Había hecho toda la travesía encerrada en un camarote atestado de cosas, mareada y temblando de miedo. Aidan había confiado en que se animara al llegar a tierra firme, pero estaba más deprimida que nunca.

Se acercó a la ventana y miró fuera, y su pesadumbre se disipó en parte. Las colinas redondeadas, más verdes que las de Inglaterra, lucían como recios collares los muros de piedra que separaban los campos. Las ovejas y las vacas pastaban entre aquel verdor, y los cúmulos de nubes surcaban el cielo.

Aquello era Irlanda: una belleza trágica, inconsciente y ciega a su sino fatal. Al pensarlo, Aidan se sentía embargado por una dulce y penetrante nostalgia amorosa: sabía, en el fondo, que todo estaba perdido.

Se dio la vuelta al oír pasos. Iago y Donal Og entraron en el salón.

—¿Hay noticias? —preguntó su primo.

—No —Aidan regresó a la mesa y sirvió cerveza para los tres—. Si O Mahoney no ha regresado al amanecer, mandaré a alguien a buscarlo.

—¿Dónde está nuestra invitada? —preguntó Iago—. ¿Se encuentra mejor?

—Ha salido a dar un paseo por el campo —Aidan se pellizcó el puente de la nariz—. Ojalá pudiera aliviar su melancolía.

—¿Puedes hacerlo? —preguntó Donal Og.

—Sí y no —Aidan sacó la carta que la condesa le había puesto en la mano antes de partir—. Los símbolos de la parte de atrás de su broche están en ruso. La condesa encontró a alguien que los tradujo. «Sangre, votos y honor» —se estremeció al recordar la historia de la gitana moribunda que Pippa le había contado.

Donal Og se acarició la barba.

—¿Es un lema?

—Sí, el lema de los Romanov, un clan de un país muy lejano. Están emparentados con una familia a la que conocemos muy bien —bebió un sorbo de cerveza—. La familia de Lacey.

Iago y Donal Og cambiaron una mirada.

—¿Richard de Lacey?

Aidan dejó su jarra.

—Podría ser su hermano.

—¡Diablos! —masculló Iago. Donal Og soltó un leve silbido.

Aidan lo había deducido todo de la información recabada por la condesa. Hacía ya muchos años, la peste había golpeado a la familia de Lacey y Oliver, su patriarca, había estado a punto de morir. Su mujer, temiendo que su única hija, una niña pequeña, cayera también enferma, la envió a casa de la familia de su abuela en el reino de Moscovia.

—El barco desapareció —les dijo Aidan—. No se encontraron supervivientes.

—Pero tú crees que hubo una —dijo Donal Og.

—Y que se llama Pippa —añadió Iago.

Aidan sintió de nuevo aquel extraño hormigueo de nerviosismo en las tripas.

—Philippa —dijo—. La niña desaparecida se llamaba Philippa.

Iago se acarició la barbilla.

—Es Pippa. Tiene que ser ella.

—Imagínate —Donal Og apuró su cerveza de un trago—. Esa granujilla tiene sangre noble. ¿Se lo has dicho ya?

—No —Aidan se levantó y comenzó a pasearse por el húmedo salón—. No debéis decirle nada. Nada.

—Pero es su familia. Lo que más desea en el mundo. Es una crueldad ocultárselo, primo.

—Llámame cruel, entonces —replicó Aidan—. Pero no voy a decirle nada hasta que esté absolutamente seguro.

—Todo encaja —dijo Iago—. Se parece a Richard: el pelo rubio, la sonrisa, esa insolencia...

—No os habíais fijado en su parecido hasta que os lo he contado —contestó Aidan—. No quiero que sufra. Ya sabéis lo insufribles que son los nobles ingleses. Los de Lacey se resignaron a su muerte hace más de dos décadas. ¿Y si no quieren reabrir esa vieja herida? ¿Y si les avergüenza que su hija haya llevado la vida de una cómica callejera, de una ladrona?

Donal Og asintió con la cabeza, comprendiendo por fin.

—¿Y si la acusan de ser una farsante y de haber robado el broche?

—¿O si deciden aceptarla y luego descubren que la persigue la justicia por haber ayudado a escapar al Mór O Donoghue de la Torre de Londres? —añadió Iago.

Aidan los miró a ambos.

—Ya veis por qué dudo.

Iago se acercó a la ventana y se sentó en el alféizar soleado.

—Ah, ¿por qué hemos de llevar una vida tan fatigosa?

Donal Og soltó un bufido.

—¿Acaso hay elección?

Iago se volvió, apoyándose en el borde del alféizar.

—A fe mía que sí.

Donal Og hizo gesto de golpearse el pecho con el puño.

—Las islas del Caribe —dijo imitando el acento y el timbre de voz de Iago—. Donde el sol brilla todo el año, la comida cae de los árboles y el agua está tan caliente que puede uno bañarse desnudo en el mar.

—Es todo cierto, maldito ogro irlandés. Yo soy el primero en reconocer que hay algunos inconvenientes...

—La esclavitud, las enfermedades, la Inquisición...

—Pero uno puede vivir libremente si es lo bastante listo. Hay miles de islas deshabitadas. Allí, uno puede hacer con su vida lo que se le antoje. Y con quien se le antoje.

—¡Ah, Serafina! —Donal Og fingió desmayarse.

—No me extraña que no tengas mujer —bufó Iago con desdén—. Eres un cretino. No, eso es un insulto para los cretinos. Tienes el cerebro de un adoquín.

—Un adoquín no tiene cerebro —rugió Donal Og.

—Precisamente por eso —respondió Iago.

Mientras seguían peleándose, Aidan creyó ver que algo se movía en la ladera que bajaba al mar. Un destello dorado, un revuelo de faldas marrones. Se quedó paralizado un momento. Las colinas y el mar eran tan vastos... Pippa parecía tan vulnerable como una hoja arrastrada por el viento del otoño.

Había encontrado una senda de ganado que bajaba por un acantilado. Bajo ella, las olas rompían estruendosamente en la orilla. De pronto, Aidan recordó otra cosa que la condesa le había contado sobre Oliver de Lacey.

«De joven, Wimberleigh tenía mala reputación. Su estado de ánimo pasaba bruscamente de la euforia a la melancolía. Algunos, incluso sus hermanos y hermanas, aseguraban que abrigaba un intenso deseo de morir».

Iago y Donal Og estaban tan enfrascados en su discusión que ni siquiera notaron que Aidan abandonaba a toda prisa el salón.

Una turbia fascinación por el mar tiraba de Pippa. Se sentía ya lo bastante fuerte como para acercarse al océano turbulento, para contemplar la violencia y el furor de las olas.

Bajó por un sendero. Grandes rocas grises emergían de la ladera, rodeadas por cúmulos de hierba y flores silvestres. Irlanda era el lugar más bello que había visto nunca. Era agreste, salvaje e implacable. Como Aidan O Donoghue.

El sendero acababa en una gran hendidura entre dos lomas. Pippa se detuvo en su borde, saboreó el aire salado y sintió la caricia invisible del viento. El fragor de las olas al estrellarse en las rocas saturaba el aire. Gotas de agua tocaban su cara y se prendían en su pelo. Entonces, sin previo aviso, la inundaron los recuerdos. Dejando escapar un leve grito, se precipitó en un mundo de sueños.

Subía, subía y subía, abriéndose paso entre el agua fragorosa, cubierta a cubierta. Ya no veía a su aya, ni la oía decir «Ave María». Los marineros habían desaparecido. Salvo por el perro, estaba sola.

Asomó la cabeza por una escotilla cuadrada y la lluvia azotó su cara. Los truenos rugían y los relámpagos iluminaban el cielo como si fuera de día.

La luz duró sólo un instante, pero bastó para que viera al hombre de la camisa a rayas que poco antes vociferaba que se cerraran las escotillas y se arriaran las velas. Estaba envuelto en una gruesa cuerda. Tenía la cara gris, los labios negros, y los ojos muy abiertos, como los del venado cuya cabeza colgaba en el pabellón de caza de su padre.

Se agarró a una escalerilla de mano mientras el perro escarbaba y movía frenéticamente sus largas piernas peludas. El barco empezó a inclinarse y a gruñir, encaramado a una ola tan alta como un monte. Subieron y subieron, como cuando se mecía en el columpio de su jardín. El barco quedó suspendido en la cresta de la ola y pareció quedar congelado allí, esperando, antes de caer.

Bajaron y bajaron. Por todas partes se estrellaban barriles, chocando entre sí como bolos. Brilló otro relámpago. A lo lejos, una silueta emergía del mar. Parecía una enorme roca o quizás una de las torres del palacio donde vivía su abuela.

Deseó recordar el nombre de su abuela, porque necesitaba ayuda. Pero sólo recordaba su cabello rojo, sus ojos negros y astutos, su voz mandona y alta. Todo el mundo la llamaba Majestad.

Luego dejó de pensar. Un gran barril de madera se soltó y rodó derecho hacia ella, como si alguien lo hubiera lanzado hacia allí...

Cayó al suelo, exhalando una bocanada de aire. No tenía voz para gritar. Un cuerpo sólido y duro la cubrió, apretándola contra la hierba.

Por fin recobró el aliento.

—¡Santo Dios! —gritó—. ¿Se puede saber qué estás haciendo?

El Mór O Donoghue estaba sobre ella. Pippa sentía el latido apresurado de su corazón. Aquello le gustó. Aidan había corrido hasta allí para ir a verla.

—¿Y bien? —preguntó, más enojada de lo que estaba en realidad. Seguía aturdida por... ¿qué había sido aquello? ¿Una visión? ¿Un ensueño? ¿Un recuerdo? Entonces las imágenes se disiparon y desaparecieron.

Aidan se incorporó, apoyando las manos en la hierba, a ambos lados de ella. Pippa pensó con un estremecimiento que habían adoptado la postura típica de los amantes. La había visto dibujada en un libro de horrendos sonetos que Dove le había birlado a un librero de Saint Paul.

El viento agitaba el pelo de Aidan, negro como el ébano, y el sol brillaba en las cuentas de su mechón trenzado. Él era Irlanda, en todo su dolor y su esplendor. Al igual que su patria, era agreste y hermoso, indómito e indomable. Pippa sintió el impulso de pasarle los dedos por el pelo.

—¿Sueles atacar a mujeres desprevenidas? —preguntó—. ¿Es una especie de ritual irlandés?

—Me pareció que te acercabas demasiado al borde. Quería pararte antes de que te cayeras.

—¿O saltara? —preguntó ella—. Y dígame, Alteza, ¿por qué iba a hacer tal cosa?

—¿No lo harías?

—Sería propio de un loco o de un cobarde. ¿Para qué quiero morir? La vida es dura. Y a veces duele. Pero es todo tan interesante que no me gustaría perdérmelo.

Él sonrió y luego soltó una carcajada. Había algo deliciosamente íntimo en el roce de sus cuerpos. Pippa cerró los puños sobre la hierba para no rodearle el cuello con los brazos. Deseaba en parte ceder a aquel impulso, pero otra parte de ella se refrenaba y se resistía, llena de desconfianza.

—¿Vas a soltarme o piensas quedarte así eternamente?

—Aún no lo he decidido. Algunas partes de tu cuerpo son muy mullidas.

Acercó los labios a su oído y, con un suave soplido, dijo una de las cosas más dulces que Pippa había oído nunca:

—Es muy extraño que un hombre se sienta tan perfectamente cómodo con una mujer.

Ella se obligó a fruncir el ceño.

—Sé lo que pretendes.

—¿Besarte? —su boca aleteó sobre la de Pippa.

Dios, cuánto deseaba ella saborearla. Tuvo que hacer un esfuerzo para decir:

—Creo que no deberías.

Aidan se inclinó y luego volvió la cabeza para frotar la nariz contra su cuello, dejando insatisfecha su ansia.

—¿Por qué no? —musitó.

—Intentas hacerme olvidar lo enfadada que estoy contigo.

—¿Enfadada? ¿Por qué?

Ella se quedó perpleja.

—Porque eres tan engreído que no me dejaste elección. ¿Crees que quería venir aquí? ¿Que quería que me arrastraras a ese horrible barco para hacer un viaje interminable? —se apartó de él y se puso en cuclillas.

—Creía que querías ayudarme —dijo Aidan—. Como te ayudé yo, hace algún tiempo.

—Eso era antes. Lo único que quería —contestó ella—, era ganarme el favor de la reina —para su consternación, se le quebró la voz—. Iba a ayudarme a encontrar a mi familia. ¡Te saqué de la maldita Torre! Lo único que quería era que acabaras con esa condenada huelga de hambre, y te negaste.

—No podía hacer otra cosa —dijo él—. Tenía que mantenerme firme.

—Podrías haber cedido sólo para que la reina me recompensara.

—¿Y si la huida hubiera fracasado?

Ella no tenía respuesta para aquella pregunta, de modo que se limitó a fruncir el ceño.

—Pippa —dijo Aidan—, si tanto significa para ti, podemos decir que te obligué a venir como rehén.

—Eso no sería faltar mucho a la verdad —replicó ella.

—Podríamos arreglarlo todo para que te rescataran los ingleses.

La idea de que se la llevaran extraños la repelía, pero no podía permitir que él lo notara. Se levantó y dijo:

—¡Ja! No te librarás de mí tan fácilmente, milord.

Aidan notó que ella estaba a punto de derrumbarse. Pippa, tan curtida en el submundo de Londres, estaba al borde del llanto por culpa del único hombre que se preocupaba por ella.

Él deseaba tocarla de nuevo, estrecharla contra su pecho. Pero era peligroso. Tenía aún la sangre en llamas después de su abrazo. Tal vez no pudiera refrenarse por segunda vez.

—Háblame de esa recompensa, *a gradh* —dijo, apartándole un mechón de la frente.

—La reina me hizo una oferta. Si te convencía para que comieras, me ayudaría. Pero tú sólo pensabas en tu ayuno y en tu honor. En tu estúpido y precioso honor.

Aquel latigazo de ira surgió de pronto, inesperadamente.

—¿Hiciste un trato con la reina? ¿Por eso querías que comiera? —la furia se disipó tan bruscamente como había surgido. Así pues, Pippa había hecho un trato sirviéndose de él. Aquello no era peor que lo que había hecho él.

—Ah, Dios —la agarró y la apretó contra su pecho—. No lo sabía.

—Iba a convocar a todos los nobles del reino, a hacer que un batallón de escribientes de la corte se pusiera a buscar en los archivos —se agarró a su camisa—. No habría servido de nada. Sé que es eso lo que estás pensando. Pero era mi única oportunidad. Y ahora la he perdido.

—Debiste explicármelo —dijo él—. Pero no, no habría servido de nada. No habría transigido, ni siquiera para cumplir tu sueño. Habría sido la gente de este distrito quien habría pagado el precio.

Ella resopló, enojada.

—No habría tenido la conciencia tranquila si hubiera pasado algo malo aquí.

Él apretó los dientes para no decir nada. Sabía, en el fondo, que Pippa era Philippa de Lacey.

Pero en lugar de decírselo, se obligó a reflexionar. Los altivos de Lacey podían rechazarla, lo cual sería más doloroso aún que no saberlo nunca.

—Lo siento —musitó contra su pelo—. De una forma u otra te devolveré a Inglaterra. Nadie te culpará de nada, te lo prometo.

Pippa se apartó para mirarlo.

—Si tus discursos fueran de oro macizo, a estas alturas ya sería rica.

Aidan se levantó y la ayudó a ponerse en pie.

—Nunca te dije que fuera a irte bien conmigo.

La brisa agitó los rizos de Pippa, que ya casi le llegaban a los hombros.

—Me ha ido bien contigo. No lo dudes ni por un instante.

Aidan la tomó de la mano y empezaron a subir juntos por la colina. Si alguien le hubiera dicho que algún día su mejor amiga sería una granujilla inglesa, protestante y criada en la calle, se habría reído en su cara.

Y sin embargo aquello había sucedido.

Al llegar a lo alto de la colina, O Mahoney salió a su encuentro. Estaba pálido y encorvado sobre su caballo.

—¿Qué noticias hay? —preguntó Aidan—. ¿Has estado en Ross Castle?

—Lo he visto —O Mahoney miró a Pippa y cambió al gaélico—. Malas noticias. En las murallas ondea la bandera inglesa.

Cuando entraron en la demarcación de Aidan, Pippa había dejado de quejarse. Seguía dándole pánico montar a caballo, pero sus protestas caían en saco roto.

El aire áspero del mar dio paso al denso olor a verde de los prados y bosques. La vegetación se volvió más espesa. en algunos lugares, el camino estaba cubierto de ramas y cascotes.

—Está hecho adrede —explicó Donal Og, señalando un montón de troncos—. Los irlandeses dañan los caminos que atraviesan los bosques para impedir el avance de los ingleses.

Pippa se estremeció. Aquella guerra era real, inminente. No era sólo esa idea vaga de la que se murmuraba en la corte. Los árboles se alzaban hacia el cielo, sus troncos macizos como pilares, sus hojas un dosel traslúcido. El suelo del bosque estaba cubierto de musgo aterciopelado. La luz del sol se colaba por el toldo de las hojas y brillaba con verdoso fulgor. El aire fecundo estaba cargado de silencio.

No era de extrañar que los irlandeses creyeran en encantamientos. Sólo la magia podía crear un lugar tan silencioso y sagrado. Era como hallarse en una catedral: las hojas en forma de estrella, atravesadas por la luz del sol, eran los cristales de la más hermosa de las vidrieras.

–Éste era un lugar maravilloso para crecer, hace mucho tiempo –dijo Donal Og, que cabalgaba a su lado.

–¿Es aquí donde jugabais Aidan y tú? –a Pippa le parecía maravilloso que una persona pudiera sentirse vinculada a un lugar en concreto. Era una idea totalmente ajena a ella.

–¿Jugar? No, nos lo tomábamos todo muy en serio. Yo era siempre el más grandullón, pero él era más valiente y pensaba mejor, aunque si se lo dices te llamaré mentirosa.

–Tu secreto está a salvo conmigo –se los imaginó a ambos: el uno moreno y el otro rubio, corriendo por el bosque, cruzando a saltos algún arroyo, o escondiéndose en la grieta de un peñasco.

–Ahora entiendo por qué Londres os resultaba tan extraño –dijo–. Éste es un lugar aparte. Un mundo salvaje y maravilloso.

–Como toda magia, tiene sus peligros –Donal Og aguijó a su caballo y se alejó al trote para reunirse con Aidan, que encabezaba la comitiva.

Habían llegado a la linde del bosque. Los bosques umbríos se abrían como un par de enormes puertas abiertas de par en par. Pippa se puso la mano sobre los ojos para protegerlos del sol y dejó escapar una exclamación de asombro. Las colinas arboladas rodeaban un valle verdeazulado y brumoso. El paisaje estaba salpicado de lagunas, y aquí y allá trechos de muro abrazaban sus orillas.

Muy lejos, en un saliente de tierra que se adentraba en el lago más grande, se alzaba un castillo. La enorme torre, construida en piedra clara, estaba rodeada por altivas almenas. Exiguas troneras hendían los muros y las paredes.

En lo alto de la torre ondeaba la bandera de Inglaterra.

—Eso es Ross Castle —dijo Pippa.

—Sí —la voz de Aidan sonaba tensa.

Hicieron el resto del camino en silencio. Los cien soldados de Aidan, acampados a orillas del lago del centro, aguardaban órdenes.

La torre principal del castillo, cuyos cimientos estaban formados por un gran afloramiento rocoso, brillaba como alabastro. Una estrecha lengua de tierra conducía a una puerta imponente, guarnecida por un arco. Los dientes del rastrillo de hierro, alzado, semejaban una sonrisa perversa.

Un guardia salió a cortarles el paso.

—Alto. He de llamar al señor.

Aidan apenas miró al guardia. Pasó sin detenerse por el arco de entrada mientras el inglés balbucía y gesticulaba, frenético.

—¡Nos atacan! —gritaba—. ¡Nos invaden! ¡Las hordas bárbaras caen sobre nosotros!

El puño de Donal Og cayó como un mazo sobre su cabeza. El guardia se tambaleó, cayó contra la barandilla de madera, se quedó allí un momento y a continuación se dejó caer al suelo, aturdido.

Dos caras asomaron por una puerta, enfrente de los establos.

—¡Salid! —gritó Aidan, exasperado—. ¿Desde cuándo se teme al Mór O Donoghue en su propia casa?

Un muchacho empujó al otro, y salieron de los establos. Aidan desmontó y arrojó las riendas al más alto de los dos, un chico flaco y pelirrojo.

—¿Qué tal va todo, Sorley Curran?

El chico se encogió de hombros y dejó que las riendas cayeran al suelo sin recogerlas.

—Perdonadnos, mi señor, pero nos han dicho que ahora debemos servir a otro amo.

El otro chico asintió, temeroso. Pippa contuvo el aliento y miró a Aidan, a pesar de que habría preferido no ver su semblante. Conocía aquella expresión de asombro y perplejidad provocada por la deslealtad de los otros. Y cuando esa deslealtad procedía de niños, resultaba especialmente venenosa.

Aquellos chicos nunca sabrían cuánto le costó a Aidan sonreírles y recoger de nuevo sus riendas. Habló en gaélico. Ellos cambiaron una mirada, le contestaron con cara de alivio y fueron a ocuparse de los caballos.

—Por aquí —Aidan se dirigió a una escalera que subía trazando una espiral en torno a la torre mayor. A ojos de Pippa, parecía un extraño. Tenía una expresión agria y severa, y caminaba con paso largo y decidido.

Mientras subían por la alta torre, Pippa notó un olor a col hervida y carne asada. Un momento después se hallaron en una enorme estancia cuyo techo abovedado era de mimbre recubierto de yeso. A un lado de la galería había una ancha chimenea y una mesa en la que un grupo de personas tomaba su comida de mediodía.

Los cuatro vieron la cara del nuevo señor de Ross Castle. Pippa parpadeó, asombrada.

—Por los clavos de Cristo —musitó.

Aidan profirió un sonido gutural, a medio camino entre una maldición y un gruñido. Ella sintió que se le erizaba el vello al ver su expresión. Sólo podía imaginar el efecto que surtiría sobre los presentes en el salón.

El Mór O Donoghue se acercó a la mesa. Alargó la mano y levantó al usurpador de su banco.

—¿Disfrutáis de vuestra estancia, milord? —preguntó con una voz que Pippa no había oído nunca.

A pesar de que le faltaba el aire y de que tenía la cara colorada y los ojos desorbitados, Richard de Lacey se las ingeniaba para estar increíblemente guapo.

—Puedo... puedo explicarlo —dijo con voz ahogada.

Cuatro guardias se precipitaron hacia ellos.

Richard levantó las manos y los guardias se detuvieron. Aidan aflojó un poco la mano con la que lo agarraba.

—Hablad —rugió.

—Yo os lo explicaré —dijo una fuerte voz femenina.

Una mujer llamativa se bajó de la tarima en la que se alzaba la mesa. Iba vestida de negro de la cabeza a los pies y llevaba la cabeza cubierta con un paño grueso y pesado.

La ausencia de cualquier adorno realzaba su belleza. Era como ver la luna en un cielo sin nubes. Tenía las mejillas tersas y los ojos expresivos, la boca curvada y las manos pequeñas y blancas. De su cintura colgaba el bolsito donde guardaba el devocionario.

—Felicity —dijo Aidan con frialdad—, apresuraos a explicaros, o puede que nuestro querido Richard expire por falta de aire.

¿Felicity? Pippa miró a Donal Og y a Iago, buscando una explicación, pero ambos eludieron su mirada.

—Fui yo quien invitó al teniente de Lacey a ocupar Ross Castle —dijo la misteriosa Felicity.

Aidan soltó a Richard, que cayó sobre el banco y se aflojó el cuello del jubón.

—Es fascinante —estalló Pippa, incapaz de contener su enfado—. ¿Con qué derecho ofrecéis la casa de los O Donoghue a unos desconocidos?

En el salón se hizo un silencio absoluto. Felicity miró a Pippa con una piedad tan falsa, con una tolerancia tan mentirosa, que Pippa sintió deseos de estrangularla.

Felicity se acercó con paso comedido hasta quedar justo delante de Aidan. Le tendió su bella mano de porcelana. Levantó la mirada hacia él, pero dirigió su respuesta a Pippa.

Y de algún modo, en algún lugar remoto de su mente, Pippa intuyó lo que iba a pasar, y un trueno de emoción cayó sobre ella. Se preparó para un dolor insoportable, consciente ya de lo que iba a oír.

—¿Con qué derecho, decís? —dijo la hermosa Felicity—. Con el que me da el ser la esposa de Aidan.

De los Anales
de Innisfallen

El día que Aidan O Donoghue accedió a casarse con Felicity Browne fue un día como otro cualquiera... con una excepción.

Es cierto que al abad no le agrada la superstición, pero yo, Revelin de Innisfallen, juro sobre el sagrado pecho de mi madre que esa mañana sentí resonar el cuerno de las hadas.

Bien sabe Dios que Aidan creía no tener elección. Fortitude Browne, el padre de Felicity, procedía del comercio y tenía lo que los ingleses llamarían «ambiciones». Quería que su hija se casara con un noble. Y para ello le servía hasta un noble irlandés.

Browne, el alguacil, impuso la boda como parte de la paz que negoció con Ronan. Ronan se negó, desde luego, pero Aidan vio en ella un modo de pacificar el distrito. Ronan montó en cólera. Le dio, literalmente, un ataque.

Aidan está convencido de que mató a su padre con sus propias manos. Aun así, como había prometido, se casó con ella, pese a ser protestante y puritana a más no poder.

Felicity era bella e impecable como una efigie de mármol: santa, remota, intocable. Fueron esas cualidades, quizá, las que atrajeron al joven Aidan. El reto que suponía ella.

La promesa de que, bajo su fría apariencia de porcelana, se escondiera un corazón tierno.

Aquélla fue la única vez que Aidan debió escuchar a su padre. La única vez en que la intuición de Ronan O Donoghue dio en el clavo.

Revelin de Innisfallen

CAPÍTULO 12

Si Aidan hubiera podido matar con la mirada, lo habría hecho, y de buena gana. Odiaba a Felicity con una virulencia tan intensa y venenosa que se preguntaba cómo era posible que ella siguiera en pie en ese instante.

—¿Qué demonios hacéis vos aquí? —murmuró sólo para sus oídos—. Se suponía que os habíais ido.

—¿Creíais, milord, que la endeble petición de Revelin para que el obispo O'Brien anule el matrimonio iba a ahuyentarme? —su mano era fría como una piedra.

Aidan apartó la suya y miró a Pippa. Allí estaba ella, con el corazón en los ojos, y él comprendió por fin.

Pippa lo amaba. Dijera lo que dijese, por muy alto que protestara, lo amaba.

Y su traición le había asestado un golpe fatal en el alma. Aidan la miró a los ojos y vio que su amor por él moría poco a poco.

—Su esposa —repitió Pippa con una vocecilla clara—. Sois la esposa del Mór O Donoghue.

La sonrisa de Felicity se suavizó hasta adoptar una perfecta expresión de piedad. Sólo Aidan veía la dureza de su semblante.

—Llevamos un año casados. ¿Y vos quién sois?

—Nadie —Pippa dio un paso atrás y luego otro—. Nadie en absoluto.

Y, con ésas, dio media vuelta y huyó.

Aidan masculló una maldición y la siguió por otro tramo de escalones de piedra. Pippa, que no conocía el castillo, se encontró con un angosto rellano, empujó una puerta baja y entró por ella.

La puerta conducía a las almenas descubiertas que daban al lago Leane. Se detuvo entre dos merlones cuadrados, subida al parapeto.

Aidan se paró a unos pasos de ella. Por un instante, el terror se apoderó de él, aquel mismo miedo que había sentido al verla al borde del precipicio, meciéndose como en sueños. Sólo tenía que echarse un poco hacia delante y caería al lago rocoso, precipitándose hacia una muerte segura.

—No merece la pena morir por mí —dijo él en voz baja.

Pippa lo miró, aturdida y triste. Estaba muy pálida.

—Eso ni lo sueñes —dijo.

Aidan se arriesgó a avanzar unos pasos y se apoyó contra el muro.

—¿Ves esa isla de allí?

Señaló con el dedo y Pippa miró la superficie azul del lago.

—¿Es Innisfallen? —preguntó.

—Sí.

—Veo el tejado de una iglesia a través de los árboles. ¿Crees que tu amigo Revelin sigue allí, o que Richard de Lacey habrá echado también a los monjes? —hablaba con suave acidez.

—Supongo que siguen allí. La isla tiene poco valor estratégico.

—Me gustaría conocer a Revelin —dijo ella—. Conocer a quien fue tu tutor, el encargado de convertirte en un hombre honorable —lo miró con compasión—. Cuánto tienes que haberlo defraudado.

—Sin duda tienes razón —respondió él, odiándose a sí mismo. Se obligó a mirarla, a pesar de que sólo deseaba agachar la cabeza, avergonzado—. ¿Qué puedo decirte, Pippa? ¿Que lo siento? ¿Por qué me casé con Felicity y por qué no es en realidad mi esposa?

Aquello despertó una chispa de interés en Pippa.

—Contarme esas cosas no explica nada. No explica por qué me engañaste. Ni por qué me acogiste, me hiciste regalos y me trataste con más generosidad que nadie antes. Ni por qué me abrazaste y me besaste, me acariciaste y me... —se mordió el labio y apartó la cara.

—Escúchame, al menos —dijo él.

Aparte del suspiro cansino del viento, no oyó ningún sonido. Contuvo el aliento hasta que ella volvió a mirarlo y preguntó:

—¿Por qué lo hiciste?

—Porque me importas, Pippa. Que Dios me perdone: me has importado desde el principio.

El viento rizaba la superficie del lago. Pippa miró boquiabierta a Aidan. Parecía tan frágil y bella como una flor recién abierta, insegura del lugar que ocupaba o de qué debía hacer a continuación.

Por fin, tras un largo silencio, empezó a golpear con los talones la pared del castillo.

—¿Por qué debería creerte?

—No tienes por qué hacerlo. Deberías ser capaz de notar por mi voz que soy sincero, y de sentirlo, puesto que cualquier caricia tuya hace arder mi sangre, *a gradh*.

—Lujuria, eso es lo que veo en ti. Lujuria y engaño —se pasó una mano por el pelo enredado por el viento—. No sé por qué habría de creer una sola palabra de lo que dices.

—No creas en palabras. Cree en lo que ves y sientes.

—No sé qué siento —repuso ella—. Ojalá pudiera enfurecerme contigo y tirarte cosas, pero estoy demasiado aturdida para eso —lo miró por encima de la almena. Había dolor y desconcierto en su semblante—. ¿Por qué no me lo dijiste?

Aidan se estremeció, avergonzado.

—Al principio, me pareció que no había motivo para hacerlo. Eras una desconocida. No tenías por qué estar al tanto de mis asuntos. Luego pensé que te dejaría en la corte de la reina Isabel, que no volvería a verte. Ni siquiera hablo de Felicity con mis mejores amigos, y mucho menos con amistades pasajeras.

Hizo una mueca al ver su mirada de dolor.

—Pero tú no has sido eso para mí. Tú te has convertido en mi mundo. Habría hecho cualquier cosa con tal de no hacerte daño, Pippa. No te dije nada porque sabía que llegaría el día en que tendría que dejarte. Soy un egoísta: quería que me recordaras con amor, así que no dije nada. Cuando me di cuenta de que venías a Irlanda conmigo...

Vaciló y miró el perfil aserrado de los montes Macgillycuddy a lo lejos, silueteados por un cielo azul y marmóreo.

—Después, no supe cómo decírtelo. Confiaba en no tener que hablarte de ella. Había recibido una carta de Revelin afirmando que la anulación estaba en camino. Se suponía que ella debía de haber vuelto con su padre. Pero aun así no tengo excusa. Debí hablar de ella.

—Háblame ahora.

Aidan se levantó e hincando una rodilla en el suelo, delante de ella, le tendió la mano.

—Ven, por favor.

Ella vaciló, y aquella fugaz señal de desconfianza atravesó a Aidan como un cuchillo. La había perdido. La Pippa de antes se habría arrojado en sus brazos. Al fin, ella tomó su mano y bajó de la almena.

—Ojalá pudiéramos estar solos en alguna parte, muy lejos del resto del mundo —dijo él.

—Eso es imposible. El mundo nunca se irá muy lejos

—Pippa se estremeció y cruzó los brazos—. Ni tampoco tu esposa.

Aidan se levantó, soltó su mano y se rió.

—Sí, aquí está, y ha entregado mi castillo al enemigo —apoyó el hombro en la pared de piedra y se quedó escuchando un momento el silbido del viento entre las copas de los árboles—. Pero eso no justifica mi engaño.

—Ella es el motivo de que nunca me has hecho el amor, ¿verdad?

Aidan asintió con la cabeza.

—Le hice una promesa por motivos equivocados. Y estoy obligado a cumplirla.

Pippa esbozó una sonrisa.

—Al menos mi vanidad queda a salvo. Cada vez que te parabas y me apartabas de ti, pensaba que había algo en mí que te repelía.

Si ella no hubiera estado tan seria, Aidan se habría echado a reír. Pero dijo:

—Muy al contrario, *a stor*. No hay nada en el mundo que me parezca más bello que tú —sonrió—. ¿Te sorprende? No estés tan pálida, amor mío. Desde la primera vez que te vi actuando en Saint Paul, me pareciste absolutamente cautivadora. Hasta me gustó que cantaras en el baño. ¡Ah, Pippa! ¡Cuánto te esforzaste para que no te apartara de mi lado! Lo que no sabías era que quería quedarme contigo para siempre. Pero no podía —miró hacia el arco que conducía a la torre del homenaje.

—¿Por qué te casaste con ella? —preguntó Pippa.

—Por el bien de mi pueblo —soltó una risa amarga—. ¡Cuán noble suena eso! Me casé con Felicity para afianzar una alianza muy necesaria con el alcaide inglés de Killarney. Mi padre llevaba tiempo trabajando febrilmente para acabar de construir Ross Castle. Me vi obligado a escoger entre pedir la mano de Felicity o defender la fortaleza de un ataque de los ingleses.

—Pero eso no es tan extraño —dijo ella con conmovedora credulidad—. ¿No se casa siempre la nobleza por conveniencia?

—Eso es lo que alegué a ojos del mundo. Pero lo cierto es que me casé con ella para vengarme de mi padre —ya estaba. Después de tanto tiempo, por fin lo había admitido. Sintió de nuevo aquella punzada de emoción abrasadora que le causaba siempre el recuerdo de su padre. Cerró los ojos y dejó que el viento soplara sobre su cara.

Lo recordaba todo con diáfana claridad: el bufido de incredulidad de su padre, seguido por un grito de rabia, y luego los golpes, dos, con la mano abierta sobre su cara, tan fuertes que la cabeza de Aidan se torció bruscamente de un lado a otro. Aidan no respondió. Siguieron más golpes, hasta que se encontró tendido en el suelo y levantó una mano para parar la sangre que manaba de su labio partido.

Ronan O Donoghue lo habría matado con sus propias manos, estaba seguro de ello. Mientras el viejo lo golpeaba y Aidan permanecía inmóvil para no devolver los golpes, la verdad, largo tiempo enterrada, salió por fin a la luz.

—Tú no eres hijo mío —rugió Ronan—. Eres hijo de un mercenario inglés. Un bastardo. Tu madre me hizo creer que yo te había engendrado, pero por fin conseguí sacarle la verdad a golpes.

Aquella antigua repugnancia volvió a inundar la garganta de Aidan. Apretó la espalda contra la pared y respiró entre dientes. Nunca sabría si esa noche su padre le había dicho la verdad. Los rumores acerca de que Márie O Donoghue había muerto a manos de su marido parecían ciertos. Y Ronan no había vuelto a tener hijo, así que tal vez su acusación también lo fuera.

—La sangre lo dirá —bramó Ronan—. Creía que podría hacer de ti un verdadero guerrero, pero en cuanto me doy la vuelta corres a echarte en brazos de los ingleses.

La paliza y los gritos continuaron. El odio cristalizó en el pecho de Aidan como una bola de hielo. No podía responder a los golpes, porque su rabia era demasiado intensa. Si lo hacía, quizá matara a su padre.

Y luego, a fin de cuentas, lo mató. Ronan dejó de vociferar en medio de una frase, con el brazo levantado para asestar otro puñetazo. Su cara amoratada se crispó, sus ojos se desorbitaron, y se desplomó hacia delante.

Su pesado cuerpo cayó sobre Aidan. Muy despacio, dolorido por los golpes, Aidan se apartó y se puso en pie. Recordaba haber mirado a su padre durante lo que le pareció mucho tiempo. Recordaba haber bajado lentamente la escalera de piedra de la torre, en busca de alguien que fuera a avisar al cirujano.

—¿Aidan? —la voz suave de Pippa lo rescató de aquel recuerdo infernal—. Continúa.

Aidan se sorprendió a sí mismo. Se lo contó. Por primera vez le confesó a otra persona, con todo detalle, por humillante y horrendo que fuera, lo que sucedió esa noche.

—Mi desafío fue el hacha que mató a mi padre —concluyó—. Murió de rabia porque me hubiera prometido con Felicity. Su muerte me hizo sentir muy mal, así que acabé de construir el castillo, según sus planes.

Ella escuchaba sin apartar los ojos de él. Lo miraba como si se hubiera vuelto un extraño. Estaba pálida y callada, pero no lo observaba con repugnancia o reproche, sino con compasión.

—Creía que las personas que tenían familia eran felices —dijo al fin.

Aidan juntó las manos a la espalda y comenzó a pasearse por la almena.

—A las pocas horas de casarme con Felicity, comprendí que había cometido un error.

—¿A las pocas horas? —ella se sonrojó—. Te refieres a la noche de boda.

Él se detuvo.

—Sospeché que algo iba mal cuando me impidió acostarme en el lecho nupcial. Y para que no hubiera malentendidos, declaró que seguiría siendo virgen hasta que yo y todos mis súbditos renunciáramos a la fe católica y abrazáramos la Reforma.

—En cuánta estima tenía su virtud.

Su ironía hizo sonreír a Aidan.

—En todo caso, no sirvió de aliciente. Tal vez te parezca raro, pero no encuentro ningún atractivo en destrozar figuras de santos y maldecir al papa —su sonrisa se desvaneció—. En realidad, nunca he estado casado. Y sin embargo me corroe la culpa por lo que siento por ti.

Pippa dejó escapar un leve gemido y se alejó, como si se resistiera a arrojarse en sus brazos.

—¿Qué piensas hacer ahora?

El corazón de Aidan latía lenta y pesadamente. Deslizó la mano por la mejilla de Pippa.

—Cuando me casé con ella, ignoraba que fuera posible que una mujer me importara tanto como me importas tú a mí —quería decirle que la amaba, pero no podía. Todavía no. No, cuando no sabía qué podía ofrecerle.

Ella ladeó la cabeza. Aidan posó la mano sobre su mejilla y sintió el calor de sus lágrimas. Aquello fue su perdición. La estrechó entre sus brazos y besó su pelo.

—Es demasiado tarde para nosotros, ¿verdad? —musitó Pippa.

—Es lo que me dice el sentido común. Pero el corazón me dice que encontraré una salida.

—Aidan...

—No nos han presentado adecuadamente —dijo Felicity desde el arco de la escalera. Una gélida pátina de odio brillaba en sus ojos azules.

Aidan y Pippa se separaron al verla allí parada. Una extraña turbulencia se agitaba en los ojos de Felicity. Siempre había sido extraña y fanática. Parecía tensa como un muelle a punto de saltar.

Pippa puso los brazos en jarras y la miró de frente, sin inmutarse.

—Podéis llamarme mistress Trueheart.

—¿Mistress? —siseó Felicity—. ¿No será más bien «ramera»?

Esa noche Pippa no pegó ojo pensando en Felicity. Por insistencia de Richard, le habían dado una habitación privada como invitada de honor.

En el fondo, admiraba a Felicity, aunque fuera a regañadientes. Para mantenerse casta estando casada con el Mór O Donoghue hacía falta una fuerza de voluntad que ella jamás tendría.

—Sólo tiene que mover un dedo, y voy corriendo —masculló, golpeando la almohada—. Al menos esa zorra intolerante tiene el coraje de sus convicciones.

Entre tanto, Aidan intentaba negociar una tregua con Richard. Sus hombres querían la guerra. Pippa les había oído discutir en el cuarto de guardia. Hablaban en irlandés, pero entendió algunas cosas de las que dijeron. Y sabía lo mucho que Aidan amaba su país y a sus gentes.

—Felicity, necia, más que necia —le susurró a la oscuridad—. No tienes ni idea de lo que te estás perdiendo.

Si repudiaba a Felicity, se decía Aidan, los términos de rendición que ella había firmado como lady Castleross quedarían anulados. No habría acuerdo con los ingleses. Pero Aidan conocía bien el poder del clan Browne. Su ira podía encender la chispa de una masacre generalizada.

De pie ante la ventana de la habitación de la planta de arriba que ocupaba desde la niñez, Aidan sintió que su pesadumbre se disipaba un poco. La confrontación llegaría a un punto crítico con Felicity o sin ella, y según Revelin tenía permiso de Roma para repudiarla. Debía mandarla con su padre a Killarney.

La vergüenza la mataría. Pero era ella quien había faltado a sus votos nupciales y le había vedado su cama.

La idea ser libre le parecía embriagadora. Libre para demostrarle a Pippa lo que sentía su corazón. Era como un regalo del cielo. ¡Dios, cuánto la deseaba!

Se lo diría a Felicity a primera hora de la mañana. Ella podía haberse librado de Revelin, pero a él no le impediría hacer efectiva la anulación.

Se oyó el chasquido de un pestillo y la puerta del dormitorio se abrió suavemente. Aidan se volvió, echando mano de la espada.

Una figura envuelta en un manto, con la capucha echada sobre la cara, entró en la habitación.

—Detened vuestra mano, milord —dijo una voz suave y femenina—. Por favor, os lo suplico —cayó de rodillas en medio de un rectángulo de luz de luna.

—¿Felicity? —su mano se relajó—. ¿Qué hacéis aquí?

Ella se echó la capucha hacia atrás y se abrió el manto. Debajo no llevaba más que un camisón de finísimo hilo.

Aidan se quedó paralizado. Era la primera vez que veía su pelo suelto, suave, sedoso y brillante como madera bruñida. Vio que los pezones oscuros de sus pechos generosos se apretaban contra la fina tela del camisón. Vio la piel marfileña de su garganta, en la que latía suavemente una vena.

Felicity levantó hacia él su rostro perfecto, y Aidan vio de nuevo aquella inquietante turbiedad en su mirada, más pronunciada que antes.

Ella respiró hondo.

—He venido a hacer lo que debería haber hecho la noche que nos casamos. Debí entregarme a vos entonces. Pero el Señor me habló y me dijo que debía esperar.

—Entiendo. ¿Y ahora el Señor os dice que debéis abriros de piernas para mí?

Ella dio un respingo.

—Hice mal al rechazaros. Ahora lo sé. Me di cuenta al veros tentado por la lujuria hacia otra mujer.

—No, Felicity. Os disteis cuenta al comprender que iba a repudiaros y a invalidar vuestro tratado con los ingleses.

Ella seguía teniendo una expresión serena, desprovista de emoción. Aidan se dijo que su aplomo era admirable, aunque hubiera en él algo que lo incomodaba.

—No pienso en absoluto en el tratado —insistió ella—. Hay cosas más importantes en juego. Cosas del alma.

—Señora —dijo él—, sois una enorme embustera.

—¡No! —se levantó. El camisón se pegó a su cuerpo cuando corrió hacia él. La luz plateada de la luna siluetaba su figura—. Os deseo, mi señor, amor mío. Siempre os he deseado. Sin duda sabéis lo duro que ha sido refrenarme para no pediros que me tomarais. Pero ahora os lo suplico, Aidan. Yo puedo daros hijos...

—Felicity —dijo él suavemente, apesadumbrado—, nunca tendréis esa oportunidad —antes de que ella pudiera protestar, añadió—: La vida es corta, y no espera a que decidamos cuándo y cómo vivirla.

Recordó fugazmente cuánto lo habían deslumbrado en otro tiempo su hermosura, su pureza. Y la idea de que su boda uniría también a sus dos pueblos.

—Los dos cometimos el error de intentar controlar algo que está fuera de nuestro alcance.

Felicity se abalanzó hacia él y cubrió su cara de besos. Él retrocedió, sorprendido.

—Felicity, por favor, no empeoréis más aún las cosas.

—Todo saldrá bien —musitó ella con voz ronca—. Aidan, sois mi marido.

Se acercó a él y, para esquivarla, Aidan cruzó la puerta del balcón rodeado por un parapeto de piedra. Soplaba un aire frío. Felicity lo siguió y se aferró a él, gimiendo y besando su boca, su barbilla, allí donde llegaba.

—Nunca lo habéis entendido —dijo, y su voz sonó como un gélido susurro en el oído de Aidan mientras lo estrechaba entre sus brazos. Era torpe, pero insistente, y Aidan sintió de nuevo una punzada de tristeza porque la ternura que debieran haber compartido hubiera estado sentenciada desde el principio.

—Os amaba tanto, milord —dijo ella.

—No, Felicity, ni yo tampoco os amaba a vos —sus brazos seguían atenazándolo. Aidan deseó que lo soltara—. Debemos poner fin a esto. Ahora mismo. Esta noche. Revelin tiene listos los papeles.

—¡No permitiré que me humilléis!

Al principio, Aidan no sintió nada. Luego notó un dolor intenso y abrasador. Se quedó paralizado. Estaba tan sorprendido que no podía moverse. Aquella bruja lo había apuñalado por la espalda. Levantó el brazo para volver a clavar el cuchillo.

Aidan profirió un grito inarticulado y la apartó de un empujón. Sintió una oleada de dolor en la espalda. Felicity levantó de nuevo el pequeño cuchillo y se abalanzó hacia él.

Aidan la asió por las muñecas. Veía las cosas borrosamente, y comprendió que estaba a punto de perder el conocimiento.

—No lo hagas, Felicity. Es una locura, ¿me oyes?

Ella intentó clavarle de nuevo el cuchillo, pero Aidan la apretó con más fuerza.

—Te estás destruyendo a ti misma, no a mí —dijo él entre dientes. Podía partirle las muñecas si hacía un poco más de fuerza, pero no quería hacerle daño—. Vuelve con tu familia. Cúlpame a mí de todo. Diles que soy un ogro, diles que te pegaba o que te obligaba a rezar el rosario. Podemos alegar que soy estéril, que por eso no tenemos hijos. Podemos alegar cualquier cosa...

—¡Eso jamás! ¡Maldito canalla papista! —la hoja tembló en su mano.

Aidan apretó su muñeca, encontró el nervio. Ella soltó el cuchillo y se dejó caer contra él. La sangre corría por la espalda de Aidan. Se sentía liviano, sin sustancia, como si pudiera flotar. Necesitaba sentarse, poner la cabeza entre las rodillas, llamar a Iago para que le curara la herida.

Pero primero tenía que ocuparse de Felicity.

—Se acabó —murmuró—. Esta horrible farsa se ha acabado. Pongámosle fin antes de que nos hagamos aún más daño el uno al otro.

Ella lo miró.

—Pero yo te quiero. Y tú me quieres a mí.

Aidan estaba seguro de que no entendía lo irónico que era que le dijera aquello al hombre al que acababa de clavar un puñal en la espalda.

—Te quería para enfurecer a mi padre y para complacer al tuyo —explicó—. Y tú me querías para promover la causa de la Reforma. Los dos nos equivocamos. Esto es el fin.

—No —dijo ella, retrocediendo. Saltó al parapeto de piedra. El viento agitó el bajo de su camisón y revolvió su bella y larga melena, formando un oscuro nimbo alrededor de su rostro atormentado—. No se ha acabado, Aidan.

—Por Dios, Felicity —dio un paso hacia ella, tambaleándose—. ¿Qué haces? Baja de ahí, por favor —se oyó repetir las palabras que le había dicho a Pippa hacía poco tiempo. Pero Pippa no estaba decidida a destruirle a cualquier precio. Sus ojos no brillaban con aquella luz demente y plateada.

Un chirrido sonó en algún lado, sobre ellos. El ruido de unas bisagras, quizá. Aidan no hizo caso. Le tendió la mano.

—No lo decía en serio, cariño —dijo—. Esta noche dormiremos juntos, te haré el amor, te haré feliz...

—Tus mentiras llegan demasiado tarde —agarró la parte delantera de su camisón y lo rasgó tirando hacia abajo de forma que sus pechos blancos quedaran al descubierto. Se arañó el torso, dejando en la piel feas marcas rojas—. Tus mentiras no nos salvarán a ninguno. Te condenarán al infierno. Mañana todos sabrán que me has matado.

Aidan se abalanzó hacia ella, pero Felicity fue más rápida: dio un paso atrás y cayó, cayó: su cabello y su manto se henchieron, su cara un óvalo blanco y diáfano que desapareció en las tinieblas.

Aidan se agarró al parapeto y vomitó. El sudor perlaba su frente al tiempo que la ira se agitaba en su pecho. Hasta muerta pretendía controlarlo. Por la mañana, lo llamarían asesino.

A menos que se marchara inmediatamente, en secreto, y no regresara hasta tener un ejército a sus espaldas.

Richard de Lacey dio a Pippa un pañuelo. Ella se enjugó los ojos y lo miró.

—¿Cuántos de éstos tenéis?

—Cuatro más, creo.

Ella dejó escapar un sollozo.

—Voy a necesitar más.

El sol no había asomado su cara. Una lluvia mortecina tamborileaba en los aleros de la pequeña estancia en la que estaba sentada con Richard y una mujer llamada Shannon MacSweeney.

Shannon había llegado al alba para ver si los rumores que corrían por Killarney eran ciertos. Con su llamativo pelo rojo y su porte orgulloso, parecía una antorcha encendida. Dio a Pippa unas palmadas en el hombro y miró a Richard con ojos verdes y afilados.

—Entonces, es cierto que está muerta —dijo Shannon.

—Sí.

—¿La atacó O Donoghue? ¿Fue él quien la arrojó al vacío? Eso es lo que asegura su padre, y eso es lo que su primo, Valentine Browne, anunció en el pueblo.

—Es completamente incierto —dijo Richard, furioso—.

Yo lo vi todo. Oí voces y me asomé a la ventana, que está justo sobre la terraza. Ella apuñaló a Aidan, saltó al parapeto y se rasgó el camisón para que pareciera que él la había atacado –la voz de Richard se cargó de espanto y tristeza–. Él intentó convencerla para que bajara, pero ella saltó.

Pippa se acercó el pañuelo a los ojos, deseando poder borrar aquella imagen de su imaginación.

–¿Por qué ha huido? –musitó–. Así sólo parece culpable.

–Ha hecho bien en huir –dijo Shannon–. Si se hubiera quedado, lo habrían colgado hoy mismo, antes de que anocheciera.

–Yo habría hablado en su defensa –insistió Richard.

Shannon soltó una risa amarga.

–¿Creéis que eso cambiaría algo? Fortitude Browne está buscando una excusa, sea la que sea, para librarse de Aidan O Donoghue.

Lleno de furia, el Mór O Donoghue descendía por la península de Iveragh reuniendo rebeldes en cada pueblo y cada aldea. No era difícil encontrar hombres belicosos y descontentos que lo siguieran en su propósito de recobrar Ross Castle. Desde hacía una generación, el dominio inglés los aplastaba bajo el peso de su rapacidad y su injusticia. La reciente ejecución de rebeldes ordenada por Fortitude Browne en represalia por la muerte de Felicity había colmado su paciencia.

En todas partes tomaban las armas con entusiasmo, y en menos de un mes hubo un formidable ejército acampado a orillas del lago Leane.

Pippa, que había pasado casi todo ese tiempo en Innisfallen, en compañía del canónigo Revelin, llegó en bote al atardecer. Vio a Iago trabajando con un batallón de arqueros. Verlos disparar sus flechas a dianas de paja en forma de hombre hizo que todo le pareciera de pronto espantosamente real. Pensaban matar hasta al último inglés.

—¿Dónde está Aidan? —le preguntó a Iago.

Los ojos de Iago se dilataron.

—No deberías estar aquí.

—Contéstame, Iago.

Él miró a Revelin, que la había acompañado.

—No debería estar aquí.

—¿Y quién iba a detenerla? —preguntó Revelin con su fuerte acento irlandés—. Es terca como un carnero. Insiste e insiste hasta que uno hace lo que quiere.

Iago esbozó una sonrisa.

—Veo que ya conocéis bien a Pippa.

—¿Y bien? —preguntó ella con brusquedad para disimular su nerviosismo—. ¿Dónde está?

Iago señaló con el brazo.

—Allí, en la linde del bosque, donde nace el arroyo —tocó a Pippa en el hombro y la miró con preocupación—. La tumba de su madre está allí. Y pequeña... me temo que ha estado bebiendo.

Ella sacudió la cabeza y echó a andar hacia el arroyo.

—No será la primera vez que vea a un hombre borracho —la angustia palpitaba en su pecho cuando atravesó el campamento. Los soldados callaban, expectantes, como si hubiera tensos hilos tendidos a lo largo y ancho del campamento.

Las semanas anteriores habían sido turbulentas en todo el distrito: los ingleses clamaban venganza por la muerte de Felicity Browne y los irlandeses proclamaban apasionadamente la inocencia de Aidan. Richard de Lacey, por su parte, seguía refugiado en Ross Castle, guardando un extraño silencio. Sin duda se preparaba para la guerra.

Pippa trepó por un corto sendero lleno de barro hasta llegar al manantial. Una hermosa cruz celta se alzaba junto a sus aguas burbujeantes.

Aidan no pareció oírla acercarse. Estaba sentado en una roca, con los codos apoyados en las rodillas. Un pequeño odre de piel de ciervo colgaba de sus dedos y su cabello, más largo que nunca, caía hacia delante en mechones desordenados.

A pesar de su desaliño, conservaba el porte de un caudillo feroz, fuerte e indomable, y sin embargo reticente, como si desempeñara un papel al que no se acostumbraba.

—Aidan... —dijo ella en voz baja.

Él la miró. Pippa vio la ira terrible y el desafío que ardían en el centro de sus ojos azules. En ese instante vio su tormento como si lo hubiera desnudado ante ella. Se consideraba hombre muerto. Hacerse matar en el asedio sería una simple formalidad.

—Por favor —dijo ella, acercándose—. Por favor, no hagas esto. Busca otra salida, Aidan. Te lo suplico.

—Buscar otra salida —contestó él, burlón—. ¿Qué sugieres? ¿Que me case con una inglesa para mantener la paz? ¿Y que la mate cuando se convierta en una carga?

Ella contuvo el aliento, horrorizada.

—Te culpas de lo sucedido, ¿verdad? —le tembló la voz—. Revelin me lo advirtió.

—Revelin rara vez se equivoca.

La angustia que sentía en su voz la conmovió. En el fondo, Aidan O Donoghue era un hombre bueno y decente, con demasiadas responsabilidades y escasas opciones. Pippa se puso de rodillas a su lado y se sentó.

Tomó el pequeño odre y se lo llevó a los labios. Conservaba aún el calor de la boca de Aidan. Lo echó hacia atrás y bebió un largo trago mientras observaba a Aidan de soslayo. Él la miraba con escepticismo. El licor prendió una hoguera en su estómago, pero no se permitió dar un respingo, ni una arcada.

Dejó el odre con la mayor calma de que fue capaz.

—¿Y bien? —preguntó él.

—Esto podría tumbar a un caballo.

Aidan la obsequió con una risa amarga y seca. Luego, las sombras volvieron a caer sobre él.

—No fue culpa tuya —insistió ella—. Ni la muerte de tu padre, ni la de Felicity. Los dos fueron víctimas de su propio odio.

Él miró la cruz labrada en piedra. En la parte de abajo había grabada una inscripción en gaélico.

—Ojalá pudiera creerte —dio un largo trago al odre y se limpió con la manga. Parecía exhausto, distante, desesperado.

Pippa nunca lo había visto así, y no sabía cómo acercarse a él. Estaba tan amargo y tenso que temía que estallara en cualquier momento.

—Tu madre se llamaba Márie —dijo mientras trazaba con un dedo las letras grabadas en la cruz—. ¿Esto de aquí es su nombre?

—Sí.

—Háblame de ella.

—¡Ah, otro tema lleno de alegría! —volvió a beber y lanzó luego el odre a la hierba. Los vapores del alcohol hicieron que a Pippa le escocieran los ojos—. Supuestamente le fue infiel a mi padre y yo soy medio inglés. Al menos, eso fue lo que confesó mientras mi padre le daba la última paliza.

Trémula e indecisa, Pippa tocó su brazo. Tenía los músculos en tensión.

—Una mujer torturada es capaz de decir cualquier cosa. Revelin me ha dicho que Ronan era un hombre odiado y lleno de odio.

Respiró hondo, intentando armarse de valor, y por fin dijo lo que la había llevado hasta allí.

—Si atacas el castillo, estarás actuando como él. ¿Es eso lo que quieres? ¿Convertirte en tu padre?

Aidan apartó el brazo y la miró con enojo.

—No sabes de qué estás hablando.

Su ira acobardó a Pippa, que sin embargo se obligó a quedarse allí, traspasada por su mirada.

—Sí lo sé, mi señor. Tú mismo me lo has dicho. Ronan O Donoghue sacrificaba las vidas de sus hombres sin pensar en las viudas y los huérfanos que dejaban atrás. Si tanto necesitas algo de lo que culparte, cúlpate de eso. No de que tu padre muriera en un acceso de cólera o de que Felicity se quitara la vida.

Él se movió tan deprisa que Pippa ni siquiera tuvo tiempo de gritar. Agarrándola por los hombros, la obligó a levantarse. Clavó los dedos en ella.

—Ya basta —dijo entre dientes—. No pienso oír nada más. Esto no es asunto tuyo. Márchate y deja que haga lo que tengo que hacer.

Ella miró sus dedos.

—Dijiste que te importaba. ¿Es así como lo demuestras?

Aidan masculló algo en irlandés y la soltó. Estaba todo allí, en su rostro: su determinación, su desconsuelo, la expresión torturada de un hombre sin capacidad de elección.

—Pippa...

Ella se desasió bruscamente y huyó.

Había decidido tomar el castillo al amanecer. A esas alturas Richard de Lacey ya sabía que se estaba reuniendo un ejército, pero no había habido tiempo de que llegaran refuerzos.

Ross Castle tenía fama de ser inexpugnable, y quizá lo fuera. Pero no para Aidan. Él mismo había supervisado la construcción de las defensas. Con suerte, sus hombres y él cruzarían el estrecho puente levadizo sin contratiempos y llegarían al menos hasta el cuarto de guardia antes de trabar combate con el enemigo.

La niebla helada del amanecer calaba sus huesos. Seguía oyendo la voz de Pippa: «¿Eso es lo que quieres? ¿Convertirte en tu padre?».

Arduas preguntas. Cosas que nadie más se atrevía a decirle. Cosas a las que no osaba responder. ¿Acaso no veía ella que no tenía elección?

Se volvió hacia los hombres que esperaban en silencio detrás de él. Vestidos con túnicas y pieles, descalzos y toscamente armados, exudaban una ira surgida de su humillación ancestral. Querían luchar, se dijo Aidan. Estaban preparados. Más que preparados.

Iago y Donal Og lo miraron y señalaron con la cabeza las tropas de los flancos.

—Que Dios nos acompañe —dijo Aidan en gaélico.

Donal Og le guiñó un ojo.

—Y que lleguemos al cielo antes de que el diablo se entere de que estamos muertos.

Una risa nerviosa cundió entre los hombres. Aidan se volvió y encabezó la marcha hacia la fortaleza. Esperaba ver vigías escapar de sus escondites y correr a avisar a de Lacey, pero en el bosque sólo se encontraron con un tejón y una bandada de pájaros.

Aidan se animó al cruzar el paso natural formado por la lengua de tierra que se adentraba en el lago. Los ingleses no movieron un dedo para detenerlos.

Cuando encontró la puerta principal abierta, sintió la primera punzada de nerviosismo. Se volvió hacia Donal Og y susurró:

—Es una trampa.

Su primo asintió lúgubremente.

—Tiene que serlo. ¿Seguimos?

—Sí —Aidan fue primero, a pesar de que algunos de sus hombres se ofrecieron a sustituirlo. Quería demostrarse a sí mismo que no era como su padre.

Cruzaron el patio interior y entraron en el cuarto de guardia. La luz mortecina del amanecer dejaba ver seis figuras voluminosas apostadas en las ventanas y las escaleras. Aidan se preparó para el combate, pero enseguida comprendió que algo iba mal.

Indicó a los hombres que iban tras él que se detuvieran y entró solo en el cuarto de guardia. Santa Madre de Dios, ¿estaban muertos los guardias?

Se oyó un largo y retumbante ronquido.

Aidan se sobresaltó. Al darse cuenta de lo que ocurría, soltó un suspiro de alivio.

—Desarmadlos —les dijo a sus hombres.

—Mi señor —susurró alguien con incredulidad—, ya están desarmados.

—Tienen las manos y los pies atados —añadió Iago.

Más allá del cuarto de guardia, subieron las escaleras. En cada rellano encontraron un inglés dormido. Era todo muy extraño, como si las *sidhe* hubieran hechizado a toda la guarnición.

Cuando llegaron al gran salón, Aidan empezaba a creer que la victoria era suya.

Pero oyó voces desde el rellano de la escalera y se quedó paralizado. Ladeó la cabeza para escuchar.

—Está bien —dijo una dulce voz femenina—. ¿Qué me decís de éste?

La brisa arrastró la risa argéntea de Revelin de Innisfallen.

—No, querida mía. Creo que estás perdida.

—¡Maldita...! —ella se interrumpió cuando Aidan entró en la habitación seguido por Donal Og, Iago y algunos de sus hombres. Se levantó y le dedicó la sonrisa más dulce que Aidan había visto nunca—. Bienvenido, Eminencia —dijo.

Aidan se acercó a la mesa, donde estaban jugando a las damas.

—¿Qué diablos está pasando aquí?

Revelin se acarició la barba larga y blanca.

—Bueno, mi señor, parece que esta señorita está a punto de perder la partida.

—Me refiero a aquí —exasperado, señaló a los hombres dispersos por la habitación.

—Ah, ésos —Revelin asintió con la cabeza—. Los hemos drogado.

—Sí —constató Pippa. Señaló un montón de espadas, escudos y dagas que había al pie de la tarima—. Las armas las hemos puesto ahí. ¿Te parece bien?

—También mandamos la caja fuerte del castillo a la costa para que no corriera peligro —dijo Shannon MacSweeney desde un rincón de la sala, donde cosía plácidamente—. Tuve que decirle lo del cofre de oro, Aidan —dijo su amiga de la infancia—. Espero que no te importe.

Acarició el cabello rubio de Richard de Lacey, que yacía sobre un cojín, a su lado.

—Y espero que a él tampoco.

Aidan se quedó sin habla un momento. Cuando recuperó la voz, dijo:

—Los habéis drogado.

—Sí —dijo Pippa.

—Unas gotitas de cierto brebaje en el whisky —dijo Revelin—. Bueno, puede que más que unas gotitas —siguió estudiando el tablero de damas.

—Y también en las gachas y en la cerveza —añadió Pippa—. Y me temo que añadí también un poco al vino, por si acaso. Pero más vale que os deis prisa en cantar victoria o lo que sea que hagáis al conquistar un castillo. Van a despertarse de muy mal humor.

Aidan se acercó a la mesa. Se quedó muy quieto, mirándola, deleitándose en la contemplación de su cara, envuelta en la suave niebla de la mañana. La miró tan largo rato que Pippa se sonrojó.

—Deberías darte prisa, mi señor.

—Sí —por primera vez desde hacía más de un mes, Aidan sonrió. Era agradable sonreír—. Pero hay una cosa que debo hacer primero.

—¿Qué?

—Esto —la rodeó con sus brazos y se inclinó para depositar un largo y apasionado beso en su boca sorprendida. ¡Ah, había olvidado cuánto significaba para él!

Pero nunca, ni por un instante, había olvidado cuánto la quería.

—Si piensas darme las gracias de la misma manera —dijo Revelin—, abstente.

Aidan se incorporó sin apartar los ojos de Pippa.

—Reservaré mis besos para ella, si no os importa.

La tensión que se había apoderado de los hombres se disolvió en carcajadas. Donal Og se golpeó el pecho como un guerrero de antaño.

—¡Vamos, muchachos! —gritó—. ¡Ocupémonos de los prisioneros antes de que se despierten y nos hagan sudar para conseguir la victoria!

Diario de una dama

Hemos recibido noticias inquietantes de Richard. Parece que se vio obligado a abandonar Ross Castle con sus fuerzas y a retirarse a Killarney, por causas que no aclara en su carta. Pero más desconcertante aún es saber que se ha enamorado de una irlandesa y que piensa casarse con ella antes de que entre en vigor el decreto que prohíbe las uniones entre ingleses e irlandeses. ¡Hay que ver! Mi Richard, casado.

Temo que sus deberes para con Inglaterra empañen su alegría. Ha pedido refuerzos, pero Oliver dice que es improbable que manden más hombres, puesto que los ejércitos de la reina se encuentran al límite de sus fuerzas.

Pese a todo, Oliver es muy capaz de levantar un ejército y una flota por sus propios medios: la Compañía de Moscovia, que fundó su padre, se ha vuelto inimaginablemente rica.

Tal vez un viaje a Irlanda nos permita aclarar la veracidad del misterioso mensaje que recibimos y que ha hecho brotar un dulce y doloroso manantial de recuerdos.

Por ahora, dejaré de lado mis preocupaciones. Estoy esperando la visita de la condesa, que siempre tiene las historias más deliciosas que contar.

Alondra de Lacey,
condesa de Wimberleigh

CAPÍTULO 13

—¿Quieres casarte conmigo?

Aidan levantó la vista del documento que estaba estudiando. Pippa se desanimó al ver su expresión de desconcierto, pero se obligó a mantener la calma y se quedó allí parada, en medio del despacho, esperando su respuesta.

Él esbozó una sonrisa suave y distraída. Tenía los ojos empañados por pensamientos distantes.

—Lo siento. No te he oído bien. Me ha parecido que me preguntabas si quería casarme contigo.

—Y así es.

Él levantó las cejas.

—¿Sí?

—Sí.

Aidan frunció el ceño.

—Ah —dobló la esquina de la carta que había sobre la mesa, arrugó la frente y puso el documento boca abajo.

Un tenso silencio se extendió entre ellos mientras la luz de la tarde, que entraba por la angosta ventana, pintaba filigranas en el suelo de piedra.

«Idiota», se dijo Pippa. Siempre había vivido con el miedo al rechazo, hasta tal punto que había aprendido a eludir cualquier forma de intimidad. Y ahora allí estaba, exponiéndose al rechazo supremo: el rechazo de la única persona que podía herirla en lo más hondo.

Era demasiado tarde para retirar su pregunta, así que se refugió en su pose desafiante y, poniendo los brazos en jarras, levantó la barbilla.

—¿Y bien? ¿Qué contestas?

—¿Casarme contigo? —Aidan saboreó la pregunta como si fuera una bebida exótica. Qué deliciosamente atractiva estaba Pippa esa tarde. Tres semanas después de firmar los términos de la rendición con Richard de Lacey, el Mór O Donoghue parecía un hombre nuevo, fuerte, sano y seguro de sí mismo, señor de sus dominios.

Richard y sus tropas se habían retirado a la costa septentrional del lago Leane, en las proximidades de Killarney. Aidan estaba en su verdadero hogar por primera vez desde que conocía a Pippa, y parecía sentirse a gusto.

Sorprendido, apoyó los codos en la mesa y formó un triángulo con los dedos.

—Perdona, pero ¿lo normal no es que sea el hombre quien se lo pida a la mujer?

—No sé qué es lo normal. Yo hago las cosas a mi modo —sacudió la cabeza como si su respuesta no importara en realidad—. Sé que el matrimonio es un asunto muy serio, y que es insólito que un caudillo irlandés se case con una forastera, pero...

—¿Cómo lo sabes?

—Me lo ha dicho Revelin.

—Ah. Revelin, el sabelotodo. ¿Qué más te ha dicho?

—Que dirías que sí —estaba tan avergonzada que apenas podía hablar.

Aidan se levantó lentamente, con la agilidad de un depredador, y dejó atrás el escritorio.

—Revelin se equivoca.

Pippa logró, por pura fuerza de voluntad, no derretirse de vergüenza. Compuso una sonrisa radiante y le guiñó un ojo, fingiendo que era todo una broma.

—Claro —dijo enérgicamente—. Es un disparate. Tienes mucha razón...

—Te adoro con todo mi corazón —dijo él suavemente.

Pippa dejó escapar un suspiro involuntario. Sintió que una oleada de calor la embargaba, coloreando su piel y agitando sus esperanzas hasta que casi no pudo respirar.

—Y no puedo casarme contigo —continuó él—. Ahora no. Quizá nunca.

A Pippa se le petrificó el corazón en el pecho. Aquel viejo dolor, aquella sensación de desvalimiento que conocía tan bien, volvió a inundarla. Era el mismo aturdimiento que se había apoderado de ella en la playa barrida por el viento en la que había visto enterrar a Old Mab; era la gélida sensación de soledad que experimentaba cada vez que un grupo de cómicos se disolvía; era la indiferencia forzosa que cultivaba incluso en la concurrida plazoleta de Saint Paul.

Creía estar preparada para soportar el dolor, pero había sobrestimado sus fuerzas. Si las palabras de Aidan hubieran sido golpes, la habrían matado. Tan letales eran.

Dio media vuelta, ansiosa por salir antes de que él viera su desesperación, y logró balbucir:

—Entiendo —esta vez no se recobraría rápidamente, no podría soltar una carcajada detrás de la cual esconder sus lágrimas.

Aidan la agarró de las manos.

—No, amor mío, tú no lo entiendes. Ven aquí —la condujo por una puerta baja y un corto tramo de escaleras de caracol. Pasaron luego por la puerta de una torre. Salieron a la parte oeste de las murallas. Hacía un día perfecto: el sol brillaba suavemente sobre las copas de los árboles y el lago reflejaba un cielo despejado y azul.

—Contempla esta belleza —dijo, de pie tras ella, susurrándole al oído—. ¿Quién sabe cuándo volverás a ver algo semejante? Es demasiado hermoso, demasiado conmovedor para durar.

Pippa no estaba segura de que se refiriera a sus dominios o a los sentimientos que había entre ellos.

—Porque no van a dejar que vivamos en paz, que nos amemos y tengamos hijos y hagamos todas esas cosas que la gente corriente sueña con hacer.

Las esperanzas de Pippa comenzaron a desinflarse bajo el peso de su lógica.

—Quieres decir que Richard regresará.

Sintió que sus anchos hombros se tensaban como si se prepararan para soportar una pesada carga.

—Volverá con refuerzos. Y no se conformará con tomar Ross Castle. Tendrá que apresarme también a mí.

—No —dijo ella—, ¿No podrías llegar a un acuerdo con él? ¿Por qué ha de tomarte prisionero?

—Si se tratara sólo de Richard, no me preocuparía. Porque a pesar de ser inglés actuó con honor —Aidan la hizo volverse en sus brazos para mirarla—. La familia de Felicity es muy poderosa.

Pippa se estremeció al oír el nombre de la difunta esposa de Aidan. Se aferró a sus brazos. De pronto se sentía mareada y enferma.

—Su padre sigue empeñado en que mataste a su hija, ¿verdad?

Aidan asintió con la cabeza. Recordó entonces la carta que había sobre su mesa.

—No descansará hasta verme ahorcado.

El escalofrío de Pippa se convirtió en gélida punzada. Deseó taparse los oídos, cerrar los ojos, ahuyentar el miedo. Pero Aidan tenía razón. Aquello no desaparecería así como así. Un hombre había perdido a su hija. ¿Cómo iba a descansar, si no sentía que se hubiera hecho justicia?

—Sigo queriendo casarme contigo —musitó.

Aidan sonrió con tristeza y besó su frente.

—Puede que hoy sí.

—Creo que lo he querido desde el momento en que te vi. Así que no intentes convencerme de que se me pasará.

Él pareció hacer un esfuerzo para no estrecharla entre sus brazos. Pippa sentía su tensión.

—Es comprensible, si sientes una décima parte del deseo que siento yo por ti.

—Esto es más que simple deseo —insistió ella—. Es como querer encontrar a mi familia, sólo que aún más fuerte. Me he dado cuenta de que, si te tengo a ti, no los necesito. De todas formas, seguramente es imposible descubrir la verdad.

—Pero ¿y si averiguaras quiénes son? —su voz sonaba tensa, sus palabras forzadas.

—Puede que sintiera curiosidad. Pero ya no me importa. No quiero saberlo.

Aidan cerró los ojos y una expresión atormentada ensombreció su cara. Sin embargo, cuando abrió los ojos, sonreía.

—Mi dulce y adorable niña —dijo, inclinándose para besarla—. ¿Hay algo que no seas capaz de decir?

—Creo que no —se estremeció cuando Aidan saboreó sus labios con la lengua—. A ti, no —él la besó más profundamente, y ella sintió que el amor y el deseo fluían tan densos por su sangre que gimió, llena de placer. Estaba temblando cuando él se apartó—. ¿Sabes? —musitó—, estoy segura de que hay peores razones para casarse que el deseo frenético.

—Tienes razón —dijo él, y un atisbo de su antigua risa se coló en su voz. Pero mientras la observaba su rostro se ensombreció—. Cariño, tú necesitas un marido del que puedas fiarte, no uno que probablemente acabará en el patíbulo.

Pippa cerró los puños y le golpeó el pecho.

—¡No digas eso!

—Pero ¿y si me apresara el alcaide Browne? —insistió él—. ¿Qué harías entonces?

Ella se obligó a reír.

—Supongo, mi señor, que me convertiría en una viuda muy rica.

Aidan se rió también e inclinó la cabeza para besarla.

Justo antes de que sus labios se tocaran, Pippa creyó ver un destello de desesperación en sus ojos. Pero cuando la boca cálida de Aidan se apoderó de la suya, olvidó por completo su lúgubre conversación.

«Supongo, mi señor, que me convertiría en una viuda muy rica».

Las palabras de Pippa, aunque dichas en broma, se enredaban en su mente como un cepillo en la crin de un caballo.

De madrugada, cuando toda la casa dormía, subió a lo más alto de Ross Castle, donde, apoyado el pie en la muralla, podía contemplar las montañas lejanas al otro lado del lago iluminado por la luna.

¡Qué sencillo era todo para sus antepasados!, se dijo. Qué sencillo y qué brutal. Un caudillo ejercía su dominio hasta donde alcanzaba su vista.

Pero los ingleses habían llegado, y la brutalidad se había perpetuado, multiplicada, y habían surgido complicaciones para las que Irlanda no estaba preparada. Los irlandeses perderían mucho en aquella guerra. Munster estaba hecho pedazos, y hasta el conde de Desmond, el gran rebelde, se había visto obligado a refugiarse en las brumosas montañas de Slieve Mish.

Aidan pensó en las numerosas cartas, las proclamas y las amenazas que había recibido desde que hiciera la paz con Richard. No sabía cuánto tiempo podría mantener a raya la cólera del alcaide Browne. ¿Un mes? ¿Seis? Sólo sabía que irían por él. Así eran los ingleses.

De modo que Felicity había vencido. Lo había derrotado.

Salvo en una cosa.

Una sonrisa suave asomó a sus labios mientras el viento agitaba su pelo. Felicity no había logrado destruir su amor por Pippa.

Golpeó con fuerza el parapeto de la muralla. Vio una

mancha de sangre pero no sintió dolor, sólo una exaltación profunda y silenciosa al tiempo que tomaba una decisión.

Sí, se casaría con Pippa. Arrancaría un poco de felicidad de las fauces de la desesperación. Y en secreto, sin que ella lo supiera, la prepararía para un futuro sin él.

«Supongo, mi señor, que sería una viuda muy rica».

—Y lo serás, amada mía —le susurró a la noche callada—. Y lo serás.

Los casó Revelin de Innisfallen. El canónigo sonrió cuando Aidan ofreció las arras de plata. Su voz sonó triunfal cuando bendijo la alianza de boda en forma de nudo de los O Donoghue.

Durante la misa que siguió, Pippa permaneció sentada, con los ojos muy abiertos por el asombro. Los misterios sagrados la fascinaban. Se preguntaba por qué los protestantes consideraban peligrosas cosas como las oraciones y los cánticos en latín, las nubes de incienso y la fe inamovible. La pequeña y ventosa capilla de Ross Castle no estaba precisamente cubierta de riquezas fastuosas, y Roma parecía estar muy lejos de allí. Las personas allí reunidas profesaban una piedad tan sencilla y humilde que habría hecho cambiar de opinión a cualquier reformador.

O quizá no. Hasta el día de su muerte, Felicity Browne se había consagrado a la conversión de aquellas gentes a la fe reformada. Más terco que su señora, el pueblo de Ross había resistido, causándole una frustración insoportable. Qué desperdicio y qué necedad, se dijo Pippa. Dios era Dios, sin importar qué culto profesara la gente o las plegarias que ofreciera.

Pero mientras el recuerdo de Felicity le producía un escalofrío, una leve exaltación se coló en su espíritu. Ella estaba allí, se había casado con el hombre al que adoraba, gracias a que Felicity se había quitado la vida.

Llena de mala conciencia, miró a Aidan de soslayo. Estaba arrodillado, con la cabeza agachada. El cabello negro le caía hacia delante y las cuentas de su mechón trenza reflejaban el fulgor de las velas. Tenía una expresión intensa y curiosamente decidida, y su rostro era tan bello, tan fuerte, que a Pippa se le encogió el corazón.

Un miedo espantoso se apoderó de ella. ¿Qué estaba haciendo? Ella, una golfilla de la calle, casada con un caudillo irlandés. Era una locura. Una locura.

Debió de hacer un ruido o un movimiento sutil porque él le apretó la mano y la miró a los ojos.

—*Pax vobiscum* —dijo, repitiendo las palabras que acababa de decir Revelin.

Ella cerró los ojos y se inclinó hacia él, meciéndose. Sí, paz. Aquella sensación la envolvió como un manto dorado, reconfortándola y curando sus heridas. Toda su vida había buscado la paz de saber que era amada. Eso era lo que le estaba dando Aidan O Donoghue. Comprendió de pronto la magnitud de aquel regalo y una lágrima escapó de sus pestañas.

Con una caricia tan leve como el ala de una mariposa, Aidan enjugó la lágrima. Pippa abrió los ojos y al ver su intensa mirada se quedó sin aliento.

—Más vale que sean lágrimas de felicidad —musitó él.

—Sí, o ésta será una noche muy larga —repuso ella en voz baja, intentando quitarle importancia al asunto mientras se esforzaba por no sollozar—. Ahora soy tu mujer. ¿Qué más podría desear?

La sonrisa de Aidan era tan prometedora que Pippa se estremeció.

—Eso —dijo él, y se inclinó para trazar la forma de su oído con la lengua—, lo descubriremos esta noche.

Las doncellas hablaban velozmente en gaélico, pero su forma de guiñar los ojos, sus palmadas y pellizcos amistosos transmitían un mensaje universal de cómica procacidad. Pippa comprendió que hasta para las mujeres más mayores y casadas había algo emocionante en el hecho de preparar a una recién casada para su esposo.

Entre risas y suspiros, la desnudaron y la bañaron con agua caliente del manantial, aromatizada con hierbas fragantes. Una muchacha con fuerte acento irlandés le explicó que se había añadido rocío al agua del baño para que su piel luciera en toda su hermosura. Pippa se entregó a aquel placer. Los baños seguían siendo una novedad para ella, y los cuidados de aquellas mujeres más aún. Sibheal, la comadrona del pueblo, tenía unas manos fuertes y capaces. Riendo con fino humor, le contó que había ayudado a nacer al Mór O Donoghue y representó con gestos hilarantes el tamaño prodigioso, en todos los aspectos, del futuro jefe del clan.

La alegría seguía fluyendo y refluyendo como una brisa deliciosa. Cuando Sibheal la ayudó a salir de la bañera para secarla y peinarla, Pippa se sintió asaltada de pronto por un recuerdo. Durante un instante, las atenciones de Sibheal evocaron en ella la tenue sensación agridulce de un sueño distante. ¿Era acaso el recuerdo vagaroso de las caricias de su madre? Aquella sensación se disipó rápidamente, y Pippa sonrió, pero se le aceleró el corazón al pensar que había estado a punto de recordar a su madre.

Las otras dos doncellas la untaron con aceite de rosas hasta que su piel quedó tersa y suave. La envolvieron en una prenda vaporosa de lino blanco. Le quedaba muy suelta y se deslizaba por sus hombros. Sibheal tiró del escote y chasqueó la lengua.

—Necesitamos un broche para sujetar esto.

—Tengo justo lo que necesitamos —Pippa fue a buscar su bolsa, que parecía muy vieja y ajada en aquella habitación limpia y bien barrida. Sacó el broche roto—. Con esto se sujetará.

Sibheal le prendió el broche en el hombro y Pippa sonrió, agradecida. Aunque despojado de sus gemas, el broche era su único vínculo con un pasado que desconocía, y en cierto modo la reconfortaba llevarlo puesto en su noche de bodas.

Las mujeres siguieron peinándola hasta que su cabello se convirtió en un amasijo de rizos coronado de caléndulas recién cortadas. Luego, las dos más jóvenes retrocedieron hacia la puerta haciendo reverencias y se marcharon.

Sibheal llevó a Pippa a una alcoba situada en lo más alto de la torre del homenaje, encima del gran salón. Una corona de espino blanco adornaba la puerta. Las mujeres habían decorado la cámara nupcial con fragantes guirnaldas de flores silvestres. El lecho era enorme y fastuoso; el cabecero de roble labrado y las grandes cortinas de lino envolvían su interior en misterio. Entre las colgaduras y la ropa de cama las mujeres habían escondido pequeñas ofrendas (manojos de hierbas aromáticas y pétalos secos) para traer buena suerte y prosperidad a los recién casados.

Después de que Sibheal se marchara, Pippa se quedó de pie en medio de la habitación, mirándolo todo.

—Acostarse es un asunto muy serio —dijo en voz baja.

—Así es, querida mía —Revelin entró en la habitación seguido por dos acólitos descalzos que se tropezaban con sus túnicas al mirar a la novia.

Ella se sonrojó, pero les dedicó una sonrisa llena de felicidad. Dejó que la miraran a su antojo. Quería que supieran el aspecto que tenía una mujer cuando sus sueños se hacían por fin realidad. Era la esposa del Mór O Donoghue.

Uno de los chicos rodeó la habitación balanceando un incensario que intermitentemente despedía nubecillas de vapor perfumado. Revelin tomó una rama de serbal verde, la mojó en el agua y salpicó la cama mientras salmodiaba bendiciones.

—Ayúdanos, Señor, creador de cielo y tierra. Bendice este lecho, que quienes yazgan en él descansen en Tu paz, y prosperen y se multipliquen y vivan muchos años, amén.

Luego, algo azorado, se volvió hacia Pippa.

—Supongo que la rama de serbal es un poco pagana.

Ella exhaló un suspiro nervioso.

—Acepto todo tipo de bendiciones.

Revelin se acercó y se quedó parado delante de ella, alto y erguido. Su barba y su cabello blancos le conferían una dignidad señorial, a pesar de que el brillo de sus ojos desmentía su expresión severa.

—Nunca he tenido una hija —susurró—, pero si la tuviera, le pediría a Dios que fuera como tú.

Pippa se puso de puntillas y le dio un beso en la mejilla.

—Yo nunca he tenido padre —confesó—, y ahora siento que lo tengo. Gracias, Revelin.

Él puso la palma de la mano sobre su frente y murmuró algo en gaélico. Luego se marchó y ella se quedó a solas en la habitación.

Dos velas ardían en los candelabros sujetos al cabecero de la cama y unas pocas ascuas brillaban en un brasero. Todo era hermoso y resplandeciente. Pippa se sentía delicada y mimada como una princesa en su torre encantada. El aire estaba cargado de promesas. Todo era como había soñado, salvo un pequeño detalle.

Nunca había imaginado que tendría tanto miedo.

Estaba asustada. Aidan lo notó enseguida.

Parado en la puerta de la habitación, la contemplaba con delectación. O, al menos, lo que veía de ella. Pippa estaba junto a la ventana, de espaldas a él, con la cabeza ligeramente inclinada.

Envuelta en sombras y finísima gasa blanca, parecía tan delgada y erguida como un junco. El pelo le caía sobre los hombros y el cuello, y una diadema de flores descansaba sobre sus crespos rizos.

—Te has ido pronto del banquete —notaba una opresión en la garganta—. El arpista ha estado tocando una hora más, al menos —era una pequeña mentira. Él tampoco había estado en el salón, sino encerrado en su despacho con Donal Og y Revelin, redactando los documentos que decidirían el futuro de Pippa cuando él muriera. Le dejaba el tesoro de Ross Castle y un salvoconducto para regresar a Inglaterra, al priorato de Blackrose en Hertfordshire, hogar de Oliver y Alondra de Lacey.

—¿Aidan? —ella interrumpió sus melancólicas cavilaciones, y Aidan se alegró de ello.

No esperaba excitarse tanto al verla, pero así era. Ya debería saber que Pippa siempre le sorprendía.

Ella irguió la espalda al oír su voz. Ésa fue su única reacción.

—No pasa nada, *a gradh* —dijo él, cruzando el cuarto para situarse tras ella—. Puedes darte la vuelta. Soy sólo yo, ¿recuerdas? Aidan.

Pippa se movió lentamente, con esfuerzo, como si una fuerza invisible la retuviera, hasta que por fin estuvo de cara a él.

—¿Sólo tú? —preguntó—. ¿Sólo el Mór O Donoghue, lord Castleross, descendiente de reyes? Debo de estar loca. Éste no es mi sitio.

A pesar de que hablaba en tono retador, Aidan no pudo contestar enseguida. Estaba demasiado ocupado mirándola. Era perfecta. Demasiado hermosa. No poseía la remota perfección de una estatua de mármol, sino el atractivo vibrante de una novia encantada. Era cálida y resplandeciente, sus labios eran carnosos y vulnerables, sus ojos grandes e indecisos.

—¿Mi señor? —cruzó los brazos sobre la cintura, como si intentara defenderse de algo—. ¿Por qué me miras así?

Aidan hincó una rodilla en el suelo.

—Dios mío, eres preciosa. Pareces una doncella encantada, toda blanca y dorada, y pura como la lluvia.

Pippa se mordió el labio y lo miró con preocupación.

—¿Se supone que eso debe tranquilizarme?

Él se rió en voz baja al tiempo que se levantaba.

—Sólo estaba siendo sincero, amor mío. Surtes un efecto curioso sobre mí. No suelo improvisar poemas ni odas a la belleza.

—No estoy acostumbrada a que se me considere una belleza —una sonrisa tímida asomó a su boca—. No me había pasado nunca, hasta que te conocí.

Aidan tuvo que hacer un esfuerzo para no tocarla, para no devorarla con los ojos.

—Y ahora, ¿puedo tocarte, mi señora de Castleross, o vas a hacerme sufrir?

La sonrisa de Pippa se hizo más amplia. Pasó de melancólica a traviesa.

—¿Quieres decir que puedo elegir?

Él asintió con la cabeza, y se preguntó de dónde sacaba fuerzas para soportar su deseo.

—Podría tumbarte de espaldas y hacer lo que se me antojara contigo, sin pensar en tus preferencias. Pero tú haces brotar en mí un honor que ignoraba poseer.

—¿De veras?

—De veras. No voy a hacerte daño. Te tocaré cuando me pidas que te toque y pararé cuando me pidas que pare.

Ella respiró hondo, se acercó a la cama y se detuvo junto al halo de luz que emitían las velas de cama.

—¿Por qué iba a cometer la estupidez de pedirte que pararas?

Aidan tragó saliva. Notaba una sequedad dolorosa en la garganta.

—Será tu prerrogativa. Y mi reto.

Justo en ese momento parpadeó y se avivó una de las

gruesas velas del cabecero, iluminando la habitación. El camisón de Pippa era, en cierto modo, más excitante que su total desnudez. Se ceñía a sus pezones, y la luz que lo atravesaba dejaba entrever la forma redondeada de sus pechos. La tela caía holgadamente hasta sus caderas, donde volvía a ceñirse silueteando la sombra de su sexo.

Aidan dejó escapar un gruñido.

—Por amor de Dios, Pippa, dime si puedo tocarte. Me estás matando.

Pippa se acercó a él y apoyó sobre su pecho sus manos pequeñas y cálidas. Sus ojos se dilataron cuando sintió la rápida cadencia de su corazón.

—Hay algo tan irresistible en la franqueza... —dijo.

—No podría ocultarte mi deseo —reconoció él. ¡Ah, Dios, estaba excitado! Ardía. Ansiaba a Pippa. ¿Tenía ella idea de torturarlo?—. ¿Y bien? —su voz sonaba rasposa como una bisagra oxidada.

Ella no apartó las manos. Su calor quemaba a Aidan.

—No quiero que me toques.

Un gruñido de frustración escapó de Aidan.

—Por amor de Dios, mujer...

—No me basta con que me toques —prosiguió ella con sinceridad casi dolorosa—. Quiero más que eso, más que caricias. Quiero tenerte a mi alrededor, dentro de mí, quiero que me atravieses. ¿Entiendes lo que quiero decir?

Él sólo pudo asentir con la cabeza. ¿Qué bien había hecho, que milagro había obrado para que Dios le hubiera concedido el don de una mujer como aquélla?

Habría sido absurdo tentar a la suerte, así que dejó sin contestar aquella pregunta y rodeó a Pippa con los brazos. Pero se contuvo deliberadamente: quería que ambos se deleitaran en lo que los aguardaba aún. Deslizó lentamente un dedo por su mejilla y su mandíbula, hasta debajo de la barbilla, y le levantó la cara para besarla.

Era como una flor abierta: sus labios húmedos y maduros se desplegaron para él, abriéndose para recibirlo. Aidan devoró su boca, bebió de ella. Nunca había probado nada tan delicioso.

Había besado a otras mujeres, sí, pero esos besos habían estado siempre manchados por la culpa. Aquél era el beso de dos recién casados, el beso de un hombre que adoraba a la mujer a la que estrechaba entre sus brazos.

Pippa se apretó contra él y dejó escapar un gemido de sorpresa al notar la evidencia de su deseo. Aidan deslizó una mano por su espalda y la apretó aún más fuerte. Pasado un rato, apartó la boca de sus labios y la deslizó por su garganta. Pippa se arqueó para darse más a él. Lo rodeó con una pierna. De no ser por la ropa, se habrían unido por fin.

—Ah —musitó ella—, Aidan...

—¿Estás bien? ¿Es... es incómodo?

Ella se irguió y hundió los dedos entre su pelo.

—No sabía que un hombre fuera... —se sonrojó y apartó la mirada.

Él estaba intrigado. Le besó la oreja y susurró:

—¿Qué? Continúa. ¿Qué ibas a decir?

—Bueno, he oído bromas al respecto, claro, pero no sabía que vuestro... en fin... ya sabes...

Aidan se rió suavemente.

—No me queda muy claro, amor mío.

Ella respiró hondo.

—Me ha sorprendido descubrir que lo que hasta ahora me parecía una parte del cuerpo bastante inofensiva pueda convertirse en una... en una herramienta tan... interesante.

Aidan soltó una carcajada.

—Una herramienta —repitió.

Ella levantó la barbilla.

—He oído que la llaman cosas aún más ridículas. Algunos hasta le ponen nombre de personas.

—Bueno, es que no nos gusta que un perfecto desconocido decida por nosotros.

El azoramiento de Pippa se disolvió en risa. Esbozó luego una sonrisa serena y soñadora, desprovista por completo del temor que Aidan había percibido en ella al entrar en la habitación.

Menos mal, se dijo. Había logrado disipar su miedo. Ahora sólo había sitio para el placer. Aun así, sabía que la confianza de Pippa era frágil e hizo un esfuerzo por refrenarse.

Tocó el feo broche de oro que ella llevaba en el hombro.

—¿Puedo?

Pippa asintió con un gesto.

—Claro.

Aidan sintió una momentánea punzada de culpa al ver el broche. Ahuyentó aquella sensación y desabrochó el alfiler. El camisón cayó al suelo con un susurro de protesta. Él sintió una ráfaga de calor.

—Puede que yo te parezca interesante —dijo—, pero mucho más interesante es lo que veo cuando te miro.

—Debe de ser por el baño. O por el aceite de rosas.

—Amor mío... —dijo él—, es por ti. Simplemente por ti —le sorprendió notar que se le quebraba la voz. Lo cierto era que Pippa lo conmovía más allá del deseo y la pasión. Cuando la miraba, allí parada, a la luz de las velas, sentía una emoción tan pura y dulce que su alma temblaba.

Se quitó la camisa con manos temblorosas y se quedó mirándola. Ella le sostuvo la mirada y un silencio cargado de deseo quedó suspendido entre ellos.

—¿Y ahora qué? —susurró Pippa al cabo de un momento, mientras deslizaba la mirada por sus cicatrices—. ¿Por qué dudas?

—Porque no sé qué hacer con una mujer como tú —apoyó la mejilla en la palma de su mano—. Has dominado el miedo que sentías, pero parece que el mío empieza ahora.

—¿Tienes miedo?

—Sí —su mejilla era como de raso bajo la palma áspera de la mano de Aidan—. Quiero que esta noche sea perfecta.

Ella contuvo el aliento, y a Aidan le sorprendió sentir la humedad de las lágrimas bajo su mano.

—¿Es que no lo ves? —susurró ella—. Ya es perfecta. Lo supe cuando dijiste que nunca habías estado con una mujer a la que amaras.

Aidan profirió un gruñido al tiempo que deslizaba los brazos a su alrededor. Escondió la cara entre su pelo y se deleitó en la calidez de su cuerpo sedoso y desnudo.

—Haces que todo sea tan sencillo, *a gradh* —la empujó suavemente hacia atrás para que se reclinara en la cama.

Por entre la neblina dorada del fulgor de la vela, ella lo vio inclinarse para quitarse las botas y los pantalones de tartán.

¡Ah, qué fácil era todo con ella! Ella, que nunca había pertenecido a nadie, habitaba ahora en su corazón. Y él, que nunca había sido amado, la miraba a los ojos y veía que lo adoraba.

Así pues ¿por qué seguía teniendo miedo?

Al tumbarse a su lado y sentir el roce de su hermosa cabellera, la respuesta a aquella pregunta brilló como un fogonazo que atravesó su cabeza.

Conocía la verdad sobre su pasado. Conocía las respuestas que ella tanto ansiaba. Y sin embargo no se atrevía a hablarle de ello por temor a perderla antes de tiempo.

Pippa rodeó entonces su cuello con los brazos y aquel fogonazo se apagó, y Aidan sólo fue consciente de su necesidad de hacerla feliz. Con ella, era sencillo. Esbelta, cálida y flexible, era como un junco tierno en primavera: se combaba hacia él, se deleitaba en su contacto como si él fuera el sol.

Aidan se apoyó en el codo y besó su boca. Deslizó la mano hacia abajo, circundó sus pechos y su vientre, trazó el contorno de su cadera y a continuación la tersura de sus muslos. Respondiendo a la suave presión de su mano, ella abrió las piernas ligeramente, con timidez, y él sofocó un gemido, presa de la excitación.

Había algo en ella que lo llenaba de ternura. La amó con la boca y con las manos cuando otros hombres ya se habrían hundido en ella, y le susurró tiernamente en gaélico. Escribió palabras de amor con la lengua sobre su piel, hasta que ella gimió de placer o gritó en un estallido de felicidad.

—Ah, cariño —dijo él—. Quiero tocarte, pero me da miedo hacerte daño.

—Es esta ansia lo que duele —respondió ella—, no tus caricias.

Aidan la cubrió por completo con su cuerpo.

—Cuán deliciosamente ingenua eres —susurró, mordisqueando su lóbulo. Y añadió en gaélico—: Y pienso aprovecharme de ello.

—Pero eres muy buen profesor —dijo Pippa, y añadió también en gaélico—: Y yo aprendo deprisa.

Aidan se quedó tan sorprendido que durante un instante no pudo reaccionar. Luego, se echó a reír suavemente junto a su oído.

—¿Desde cuándo hablas gaélico, niña?

Ella bajó la cabeza y besó una cicatriz de su pecho. Su lengua y su boca lo quemaban, y Aidan gimió de placer.

—Voy a dejarte con la duda.

—Entonces yo haré lo mismo contigo —volvió a hablar en gaélico y, usando palabras que ella no podía conocer, describió con todo detalle lo que quería hacerle.

—No tengo ni idea de qué has dicho —reconoció ella, y deslizó las manos hacia abajo, posándolas en sus muslos—. Pero me gustaría que te dieras prisa.

—No, no voy a darme prisa. Tenemos toda la noche.

—Pero...

—Calla. Confía en mí.

—Sólo quería...

Él le acercó los dedos a los labios.

—La primera vez que nos besamos no paraste de hablar y casi lo echas todo a perder. ¿Acaso no fue mucho mejor cuando por fin te callaste?

Ella se quedó boquiabierta bajo sus dedos.

—No puedo creer que te acuerdes de nuestro primer beso.

—¿Cómo iba a olvidarlo? Cambió mi vida.

Ella le echó los brazos al cuello, sofocando un grito de alegría.

—La mía también. Oh, Aidan, cuánto te quiero...

Él no se sorprendió al oírselo decir al fin. Sabía desde hacía tiempo que Pippa lo amaba, pero entendía también por qué se resistía a decírselo. Temía el abandono. El hecho de que ahora le confesara su amor sólo podía significar una cosa: creía que él nunca la abandonaría. Y así sería, si de él dependía.

Pero había cosas que no podía controlar.

Alejó de sí aquella idea y se entregó a su deseo de besarla y acariciarla, preparándola hasta tal punto para recibir su amor que todo su cuerpo se cubrió de rubor. Pippa se incorporó, apoyada en él, y comenzó a frotar las caderas contra su cuerpo con ritmo impaciente, sin darse cuenta.

Casi ciego por el deseo, Aidan comprendió que no podría seguir refrenándose mucho más tiempo. Comprobó con un suave contacto cómo estaba ella y sintió la deliciosa tersura de su sexo, la suavidad de pétalo de su carne intacta, y un flujo cálido y húmedo que lo convenció de que estaba tan preparada como él.

Se acomodó sobre ella, excitado hasta la locura por el roce de sus pechos y por la naturalidad con que abrió las piernas y lo rodeó con ellas como si sus cuerpos fueran partes diseñadas para encajar perfectamente formando un todo. Se irguió y se detuvo un momento para mirar su cara, que le pareció más bella que el sol. La besó luego suavemente, dejando que su lengua le demostrara lo que iban a hacer sus cuerpos. Ella gimió y lo apretó con las piernas, atrayéndolo hacia sí. Su deseo y su ardor incendiaron el alma de Aidan.

—Más —susurró ella entre besos, y luego chupó su lengua, y Aidan estuvo a punto de perder el control—. Más —repitió—. Dámelo todo. Enseguida.

Aidan se acercó a ella más aún, pero vaciló. Temía tanto hacerle daño que casi temblaba por el esfuerzo. Sentía un deseo casi blasfemo de adorarla. Fuera lo que fuese lo que esperaba de ella, no era aquella generosidad absoluta e incuestionable, ni aquella pasión franca e irresistible. Sin embargo, Pippa le daba todo aquello y más con una ausencia tal de egoísmo que lo dejaba boquiabierto de asombro. Había encendido una hoguera en la negra noche de su alma, y cada movimiento que hacía Aidan, cada beso y cada caricia, tenían como fin demostrarle lo que significaba para él.

Se contuvo un momento más, echándose hacia atrás para mirarla una última vez antes de que perdiera para siempre su inocencia.

Por fin se hundió en su calor, y ella dejó escapar un grito y lo envolvió. Cuando su virgo se rompió, abrió los ojos de par en par y exhaló un suspiro que no era de dolor, sino de bienvenida, como si comprendiera que aquel instante unía para siempre sus corazones.

Aidan empezó a moverse con lentas acometidas que lo llevaron al borde del abismo. Ella se arqueó, impulsada por el amor y el deseo, y él deslizó la mano para ayudarla, porque sabía lo que estaba buscando aunque ella lo ignorara.

La tocó en un lugar que la hizo gemir y estremecerse, y ella clavó los dedos en su espalda mientras se cerraba en torno a él con espasmos largos y suaves. Su abandono, su placer, habrían hecho reaccionar hasta a una piedra, y Aidan, que era de carne y hueso, no pudo resistirse. Asió sus caderas y la apretó contra sí, entregándose al deseo que lo abrasaba. La oleada de placer que se apoderó de él fue tan intensa y prolongada que le pareció que subía al cielo; no vio otra cosa que un fulgor cegador tras sus párpados y el universo entero pareció encogerse hasta quedar contenido en aquella mujer menuda y apasionada, que se aferraba a él como si no quisiera soltarlo nunca.

Aidan se relajó, se tumbó sobre ella y esperó a que su pulso y su respiración volvieran a la normalidad. Pero se sentía más ardiente y excitado que nunca.

—Ah —dijo, apartando un mechón de Pippa, húmedo de sudor, para poder susurrarle al oído—. ¿Estás bien, amor mío?

—No —contestó ella con una vocecilla asustada.

Él levantó la cabeza y la miró.

—¿Te duele algo? ¿Quieres que llame a tus doncellas o...?

—Cálmate, Aidan —tocó su mejilla con mano temblorosa—. Sólo te necesito a ti.

Temiendo haberle hecho daño, Aidan se tumbó a su lado con cuidado y la tapó con las mantas. Al apartar de su cara la maraña de su pelo, vio que tenía las mejillas mojadas, los ojos muy abiertos y una expresión acongojada.

—Háblame, por favor, amor mío.

Ella esbozó una sonrisa trémula.

—Jamás creí que te oiría rogarme que hablara.

—Me encanta oírte hablar. Siempre me ha encantado. Hasta me gusta cómo cantas.

Ella suspiró.

—Eres tan bueno conmigo... Tan bueno... Por favor, no te preocupes por mis lágrimas. Es todo tan abrumador... No estoy triste, ni me duele nada. Eso sólo que no sabía, no imaginaba lo dulce que podía ser el amor.

Él besó su sien.

—Es un alivio saberlo.

Pippa hundió los dedos entre su largo cabello.

—Si hubiera sabido que era así, hace tiempo que te habría seducido.

—Ah, entonces tendremos que recuperar el tiempo perdido.

—Estoy completamente de acuerdo, Eminencia.

¡Ah, Pippa era toda su alegría! De momento, Aidan había logrado no pensar en el futuro. Había hecho lo mejor para ella. Pippa lo entendería cuando llegara el momento.

Ella lo acarició osadamente y se quedó sin aliento al ver su reacción instantánea.

—¿Otra vez? —susurró él con voz áspera, lleno de incredulidad—. ¿Ahora?

—Sí —contestó ella—. Demuéstrame que lo de la primera vez no ha sido simple casualidad, Aidan. Demuéstrame que siempre será así entre nosotros.

—Pero no siempre será así, *a stor.*

Ella se puso seria.

—¿No?

—No —deslizó la mano por su cuerpo y la descubrió húmeda, tersa, preparada—. Encontraré tanto modos de amarte como estrellas hay en el cielo.

Y mientras el arpista tocaba en el salón, allá abajo, Aidan apagó las velas y cumplió su promesa.

De los Anales
de Innisfallen

Que Dios Todopoderoso me fulmine si he hecho mal.

Conozco a Aidan O Donoghue desde que respiró por primera vez, lo sostuve entre mis manos y lloré como una mujer mientras la sangre del parto manchaba aún su cuerpecillo.

Cuando me atrevía, cuando Ronan O Donoghue no miraba, procuré dar al muchacho el cariño que su padre le negaba. Siempre me he sentido responsable de la felicidad del chico.

Algunos dirán que me extralimité en mis deberes, que debí mantenerme al margen, observar desde lejos, con la mirada del cronista, y dejar que su vida se desplegara. Pero soy un entrometido y perdí la objetividad hace décadas.

Así pues, se han casado. Así pues, podrán disfrutar de un poco de felicidad antes de enfrentarse a las duras pruebas que los aguardan. ¿Tan terrible es eso?

Revelin de Innisfallen

CAPÍTULO 14

Pippa se volvió supersticiosa: no quería contar los días o las horas de su vida con Aidan en Ross Castle. Una pequeña parte de su ser le decía que no tentara al destino examinando su felicidad demasiado de cerca y preguntándose si se la merecía.

Se negaba a mirar hacia el futuro, a pensar en el hecho de que las tropas de Richard de Lacey se habían retirado de Killarney para reagruparse y esperar refuerzos.

Como una soñadora subida en una nube, vagaba de día en día, cantando hasta que a los demás habitantes de la casa les chirriaban los dientes, y aprendía con torpe diligencia sus deberes como lady Castleross.

Sus manos, que podían hacer juegos malabares con cualquier cosa, desde peras a peces muertos, no parecían capaces de dominar las complejidades del bordado y la rueca. Finalmente, Sibheal se apiadó de ella y le dijo que todos saldrían ganando si se limitaba a supervisar su trabajo. Preferiblemente, de lejos.

Todos aquellos comentarios se hacían con buen humor, y Pippa abría los brazos, resignada, mientras las demás se reían alegremente.

Así las encontró Aidan una mañana después del desayuno. Sus pasos resonaron amenazadoramente en el suelo de piedra del salón.

—¿Qué es esto? —dijo.

Las mujeres lo miraron, paralizadas. Sin precio aviso, él agarró a Pippa por la cintura.

—Creía que jamás volvería a oír reírse a las mujeres de mi casa —dijo.

Ellas comenzaron a susurrar y a reír por lo bajo. Pippa sintió que su corazón se hinchaba y se expandía, lleno de felicidad.

—Mi señor, Sibheal estaba alabando mi talento con la rueca.

—Si hilas tan bien como cantas, lo lamento por ella.

Pippa se obligó a fruncir el ceño y se apartó de él.

—Eres un marido malvado y cruel, Aidan O Donoghue —dijo imitando su acento.

—¿Ah, sí? —levantó las cejas sobre sus ojos, más azules que el lago Leane—. Es una lástima, porque eso significa que no podré enseñarte tu sorpresa.

Pippa se agarró a su túnica.

—¡Sorpresa! ¿Qué sorpresa? ¡Ah, qué lengua más larga la mía! Soy tu amante esposa y tú eres el mejor de los maridos.

Él se tocó la nariz al oír sus halagos. Las doncellas que entendían inglés se rieron tanto que estuvieron a punto de caerse de sus taburetes. Aidan la apretó contra sí.

—Mira cómo se ríen de nosotros, amor mío. Ahora que tú estás aquí, es como si volviera a ser primavera después de un largo y duro invierno.

Sus palabras la conmovieron como una caricia. Se puso seria, porque comprendió que Aidan se refería al invierno de su matrimonio con Felicity.

—Vamos, mi señor —lo llevó hacia los escalones de la puerta—. Me has prometido una sorpresa.

—Sí —dijo él.

Su presencia era para Pippa como una boya que la elevaba y la arrastraba, llenándola con una calidez que nunca antes había sentido.

No sabía que fuera posible sentir todo lo que estaba sintiendo. Era como descubrir un color nuevo en el arco iris o ver una estrella fugaz: algo imprevisto y absolutamente cautivador.

Cuando cruzaron el patio, apretó la mano de Aidan y dijo:

–La verdad es que no necesito sorpresas, Aidan. No se me ocurre nada que pueda hacerme más feliz que... ¡Oh!

Se detuvo con la mirada fija. Allí, enfrente de los establos de piedra y brezo, un niño sujetaba las riendas de un caballo ensillado y listo para cabalgar.

–Es una yegua de Connemara, amor mío –dijo Aidan–. Es tuya.

Pippa dio un paso hacia la yegua. Era magnífica, de color castaño, con arreos negros.

–¿Y bien? –preguntó él con tierna ansiedad–. ¿Qué te parece?

–Es el caballo más bonito que he visto nunca. Pero ya sabes lo mal que monto.

–No montas mal –la acercó al caballo y le puso las manos sobre la cintura–. Sólo te falta experiencia.

Antes de que Pippa se diera cuenta de lo que ocurría, la levantó en vilo y la sentó en la silla, a mujeriegas. Como siempre, le sorprendió la altura y se agarró a la crin del animal. Un mozo sacó otro caballo y Aidan montó y le sonrió.

–Shelagh ha sido entrenada para que la monte una mujer. Creo que te gustará.

–¿Adónde vamos?

Él no respondió, pero le lanzó una mirada fugaz y abrasadora. Tenía una capacidad asombrosa para hablar únicamente con los ojos: con sólo mirarlo, Pippa supo que le parecía preciosa, que deseaba hacerla gozar y que le hacía feliz.

Sólo de cuando en cuando advertía una sombra íntima en sus ojos. No se atrevía, sin embargo, a hablar de ello. Por primera vez en su vida era verdaderamente feliz y, aunque sabía que era egoísta, no quería que nada perturbara el delicado equilibrio de sus vidas.

Se negaba a ver a las fuerzas inglesas acampadas a las afueras de Killarney, se negaba a reparar en las miradas de preocupación de Revelin la última vez que había ido a visitarlo a Innisfallen.

De pronto recordó con sobresalto la carta que había llegado de Dublín el día anterior. O Mahoney parecía muy serio y desanimado al entregársela y explicarle que el condestable inglés había descubierto que alguien estaba robando fondos de la Corona en Kerry. Sin duda culparían de ello también a Aidan.

Pippa decidió preocuparse por eso más tarde. Pero no ahora. No, cuando Aidan la miraba tan dulcemente. Quería que su idilio durara para siempre.

«No», dijo una vocecilla dentro de su cabeza. «No es tan simple». Quería una respuesta a la única pregunta que temía formular: ¿de veras la amaba Aidan?

Una parte de ella tenía que creer que sí, porque se sentía querida y protegida cuando estaba con él. Pero otra parte, en un rincón frío y oscuro de su ser, le susurraba dudas que desfilaban por su mente. ¿Qué sabía ella del amor? Nadie la había querido. ¿Cómo iba a saber qué era?

Ese mismo susurro insidioso planteaba otra duda. Todos los amigos que había tenido a lo largo de su vida habían acabado por abandonarla. ¿Cómo podía estar segura de que no le ocurriría lo mismo con Aidan?

No podía estarlo.

«Confórmate con estar casada con él, por ahora», se reprendió a sí misma. «Confórmate».

Cabalgaron por la orilla del lago Leane. Era pleno verano y los bosques estaban cubiertos de hojas, musgos, líquenes y helechos de un verde vívido y resplandeciente. El olor denso del bosque saturaba el aire. El lago era profundo y azul como un zafiro.

—Cuánta belleza —dijo ella—. Casi abruma los sentidos.

—Sí —dijo Aidan, pero no miraba el lago, sino a ella.

Subieron por una senda sinuosa y al cabo de un rato les pareció que eran las únicas personas sobre la tierra, tan aislados se sentían. Pippa oyó el zureo de un faisán y el susurro de unas hojas cuando algún animalillo huyó en busca de escondite, pero aparte del retumbar de los cascos y del bufido ocasional de alguno de los caballos, el bosque estaba en silencio.

Siguieron un riachuelo de lecho pedregoso y al poco Pippa oyó un estruendo suave y distante. Intrigada, estiró el cuello para mirar hacia delante. Aidan refrenó a su caballo y le indicó con una seña que siguiera adelante.

El cambio fue tan espectacular que Pippa se quedó sin aliento. A ambos lados del sendero, los árboles cubiertos de musgo de color esmeralda se alzaban como enormes columnas. Las ramas más altas formaban una bóveda por encima de sus cabezas por la que se filtraba el sol, llenando el aire de un calor brumoso. Más arriba, siguiendo el camino, las ramas se abrían al cielo de verano, y Pippa vio una fragorosa catarata. Surgía de una gran grieta de la montaña y se precipitaba al vacío con tanto ímpetu que su agua era de un blanco purísimo. Allá abajo, sobre las peñas, una fina neblina saturaba el aire y formaba un arco iris entre los rayos de sol.

Aidan desmontó y la ayudó a bajar del caballo.

—Son las cataratas de Torc —dijo—. Hay quien dice que éste es un lugar mágico.

Cuando sus pies tocaron la densa alfombra de hojas y musgo, Pippa le sonrió.

—No lo dudo ni por un instante.

Aidan sonrió mientras ataba los caballos a la rama de un árbol, junto a la hierba de la orilla.

—¿Una inglesa que cree en la magia de los irlandeses?

—Absolutamente —Pippa lo abrazó. Le encantaba sentir la solidez de su cuerpo pegado al suyo. Aidan era su tierno defensor, todo cuanto había admirado siempre en un hombre y todo cuanto no se había atrevido a soñar para ella.

Levantó la cara hacia él.

—¿Acaso no es una magia poderosa?

—Sí, lo es —la besó tiernamente, sosteniéndola como si fuera un tesoro—. Y tú, mi señora, te has convertido en mi hechizo preferido.

—¡Aidan! —se puso de puntillas para besarlo—. Te quiero tanto que no sé qué decir.

—No sabía que pudieran faltarte las palabras. ¿Y no eras tú quien decía que no me amaba?

Ella soltó un bufido.

—Si eso es lo que prefieres, no. No te quiero —metió las manos dentro de su manto y las abrió sobre su pecho—. ¿Está claro, milord?

Él inhaló bruscamente.

—Sí, está claro. Tu desamor está clarísimo.

—Pues espera a ver lo que soy capaz de hacer cuando sí te quiero.

Le quitó el manto, se despojó del suyo y los extendió sobre el suelo, en medio de la neblina dorada del sol.

—Ven aquí. Voy a demostrártelo.

Embriagada por el aire enrarecido, se sentía osada y desinhibida, tan libre como un pájaro levantando el vuelo desde un acantilado. Se quitó la ropa prenda por prenda, riéndose del asombro de Aidan. Luego le pidió que siguiera desnudándola él.

Había algo mágico y delicioso en hallarse desnudos allí, en el bosque, rodeados de sol y bruma. Pippa experimentó una extraña sensación de certidumbre, como si algún poder pagano hubiera dispuesto su unión, como si los propios elementos sancionaran su amor.

Se miraron de frente y ella vio que Aidan sentía también las fuerzas invisibles que palpitaban a su alrededor. Quizá muchos siglos atrás, cuando el mundo aún era joven, otros dos amantes se habían unido en aquel sigiloso santuario envuelto en bruma.

—Aidan —dijo con voz cargada de emoción. Posó las manos sobre su pecho y pasó los dedos por sus gruesas y largas cicatrices—. Nunca me has hablado de esto.

Él esbozó una media sonrisa.

—Creía que lo haría Iago. Él te lo cuenta todo.

—Tienes las mismas cicatrices.

—Forman parte de un rito de iniciación que practica la tribu de su madre. Yo era muy impresionable cuando conocí a Iago. Sus cicatrices me parecieron muy interesantes.

Pippa deslizó los dedos sobre su pecho y sintió una oleada de deseo.

—Creo que lo entiendo.

Él dejó escapar una risa baja y retumbante.

—En realidad, mis cicatrices son resultado de un viaje por mar muy aburrido, de una botella de whisky y de un exceso de orgullo viril.

Pippa dio un paso hacia él.

—Debió de dolerte mucho.

—Ni la mitad que la paliza que me dio mi padre cuando las vio.

Hablaba con ligereza, pero ella advirtió una nota de resentimiento en su voz.

—Tú y yo nos parecemos mucho —dijo—. A ti también te abandonaron, en cierto modo.

—Sólo que quien me abandonó no se fue a ninguna parte y seguí sintiendo su desprecio todos los días de mi vida.

—Es un milagro que podamos amar a alguien —dijo ella.

—Tú haces que sea fácil.

Pippa se inclinó y besó las cicatrices que cruzaban la parte más ancha de su pecho. Sacó la lengua y él sofocó un gemido y se puso tenso. La idea de que sus caricias pudieran ponerlo en aquel estado hizo que Pippa se sintiera embriagadoramente seductora. Aquella sensación de libertad la volvió osada, y comenzó a deslizar las manos por su cuerpo en una elocuente afirmación de su amor por él. Bajó más aún, y Aidan dejó escapar un gemido delicioso cuando acarició su sexo con las manos y luego con los labios. Liberada de su timidez, lo amó con una audacia de la que jamás se había creído capaz. Siguió así hasta que él profirió un áspero gruñido: un grito de placer y de súplica. Aidan la hizo levantarse y la besó con ansia. Se tumbaron después sobre los mantos y Pippa se sentó a horcajadas sobre él. Encontró el ritmo que él le había enseñado y mientras Aidan acariciaba sus pechos y sus hombros, ella subía y bajaba, controlando la cadencia de su unión hasta que cambiaron las tornas y aquel ritmo se apoderó de ella y la poseyó, y no pudo hacer ya otra cosa que dejarse llevar por la marea.

Pippa derramó su amor sobre él como la gran catarata que surgía del corazón de la montaña, estallando hacia fuera y dispersándose en niebla multicolor.

Cuando, un momento después, Aidan alcanzó el clímax, se dejó caer sobre él y se quedó muy quieta, escuchando aún el golpeteo de su corazón. Estaba aturdida.

Por fin, con esa ternura que Pippa había amado desde el principio, Aidan la tumbó a su lado y la estrechó entre sus brazos.

—Eres maravillosa —dijo.

Ella dejó escapar una risa trémula.

—Actúo sólo por instinto. Por suerte, eres un hombre paciente —sonrió mientras un pálpito de placer la atravesaba suavemente. Se sentía llena de pasión y calidez. Pero de su felicidad asombrada surgió de pronto una idea sorprendente, y levantó la cabeza para mirarlo—. Me pregunto si ya estaré embarazada.

Él tuvo una reacción extraña. Aunque no dejó de abrazarla, pareció alejarse de ella ligeramente.

—Supongo que no lo sabremos hasta dentro de unas cuantas semanas.

Pippa besó su mandíbula.

—Antes anhelaba tener un hijo —dijo—. Siempre me decía que, si tenía un bebé, jamás lo abandonaría. Lo querría y lo mimaría y lo abrazaría tan fuerte contra mi pecho que nunca tendría miedo de sentirse abandonado.

—¡Ah, Pippa! —Aidan le acarició la mejilla—. ¿Todavía tienes ese anhelo?

—Bueno... —se volvió y se llevó la mano a la barbilla—. Ya no es un anhelo. Es una expectativa —se sonrojó—. A fin de cuentas, los dos estamos sanos y hemos... bueno, ya sabes, todas las noches...

—Y todos los días —le recordó él.

—Sí, hemos cumplido nuestros deberes a rajatabla... —se detuvo y se echó a reír—. Sabes muy bien lo que quiero decir, Aidan O Donoghue, así que no te hagas el despistado. Tendremos hijos, y serán fuertes y felices...

Volvió a interrumpirse. Aidan cambió de actitud tan sutilmente que su reacción estuvo a punto de pasarle inadvertida. Vio, sin embargo, que su semblante se ensombrecía y que sus ojos se volvían del color del lago en sombras.

Un escalofrío la recorrió.

—Aidan...

—¿Sí, amor?

—Tú no crees que esto pueda durar, ¿verdad?

Él se quedó callado y la observó un momento. La cascada se estrellaba incesantemente en el silencio que pendía entre ellos. Al fin, se incorporó apoyándose en las manos.

—Será mejor que volvamos —la ayudó a vestirse con mucha ternura y a continuación se puso los pantalones.

Pippa se sentó en cuclillas y lo tomó de la mano.

—Es peor que finjas no haberme oído, Aidan. Me estás asustando.

Él se sentó, mirándola de frente. Sin camisa, con el pecho marcado y el pelo cayéndole sobre los hombros, parecía un dios bárbaro, dueño y señor del bosque.

Al mirar sus ojos profundos y tristes, Pippa comprendió por fin.

—Maldito seas —musitó.

—Pippa...

Ella apartó las manos.

—Me has estado engañando. Otra vez.

—Amor mío...

—Nunca me hablas de tus preocupaciones. Y yo, tonta de mí, nunca pregunto. Me has hecho creer que todo iría bien.

Aidan respondió con una sonrisa fatigada.

—¿No es eso lo que debe hacer un marido? Escucha, Pippa. Eres lista y etérea. Contigo siempre me siento torpe y desmañado. Mi corazón me pide que te proteja. ¿Tan malo es eso?

—Sí, lo es, cuando algo te reconcome por dentro. No puedes ocultarme las cosas. Cuando me casé contigo, fue para compartir tus penas y tus alegrías. Eres injusto conmigo, si no es así. Me relegas a la posición de un niño, de un niño ignorante y consentido.

Aidan puso las manos sobre sus hombros.

—¿Y qué debo hacer, Pippa? ¿Qué quieres que te diga? —una tormenta se desató en sus ojos—. ¿Quieres compartir mis temores? ¿Eso es lo que quieres?

Su vehemencia pilló a Pippa por sorpresa. Sintió un hormigueo de miedo, pero lo miró a los ojos y dijo:

—Sí.

—Intenté explicártelo cuando dijiste que querías que nos casáramos. Nuestra victoria ha sido sólo temporal. Los ingleses volverán para recuperar Ross Castle. Fortitude Browne me considera responsable de la muerte de Felicity, ¿y quién puede decir que no lo sea?

—Esa mujer se quitó la vida —respondió Pippa, desesperada.

—Por mí. Eso es algo que no puedo olvidar. Ni lo olvidará el alcaide Browne.

—No puedes estar seguro. Puede que...

—Niégalo, pues —dijo él—. Tú me lo has preguntado. Has insistido en saberlo.

Pippa dio media vuelta. Se sentía como si la hubiera abofeteado.

Aidan se levantó y acabó de vestirse. Cuando estuvieron listos, la montó a caballo. Para entonces su ira se había disipado por completo.

Y la magia del bosque se había evaporado.

Aidan le lanzó una sonrisa desganada.

—¿Ves por qué me guardo mis miedos?

Ella lo besó.

—Sí, pero no deberías hacerlo. Esto no empaña mi amor por ti. Lo hace más profundo. ¿Entiendes?

Él se llevó su mano a los labios y la besó.

—Entonces, no hablaremos más de ello.

La noticia llegó, como un puñetazo asestado al estómago de Aidan, una mañana de principios de otoño. Donal Og fue el mensajero.

Aidan estaba con Pippa en el despacho, enseñándole a llevar las cuentas de los almacenes para el invierno. Aunque ella no lo sabía, Aidan pensaba en el día en que tendría que arreglárselas sin él, y quería que estuviera bien preparada. Cada día era más preciosa para él y más bella a sus ojos. Tenía un aura a su alrededor, una especie de resplandor. Era como una rara gema, brillante y exquisita.

Sí, aquel fulgor no existía cuando la vio por primera vez. Aidan consideraba un pequeño milagro que fuera fruto de su amor.

Se quedó frío cuando se acercó Donal Og. Su primo avanzaba a grandes zancadas, como un gigante de leyenda, con los hombros rígidos y algo encorvados.

Aidan besó a su mujer y salió al cuarto de guardia. Donal Og y él se detuvieron y se miraron. Aidan sintió dolor al ver la derrota pintada en la cara de su primo.

—¿Qué noticias hay de Killarney? —preguntó, preparándose para lo peor.

Donal Og se apoyó de espaldas en la pared.

—No son buenas. Fortitude Browne ha impuesto una fuerte multa a todos los aldeanos en represalia por la insurrección de la pasada primavera. Y ha prohibido que se celebre la misa durante siete semanas.

Aidan lanzó una maldición.

—Ese perro... La fe es lo único que tiene esa gente.

Donal Og miró hacia el despacho, donde Pippa estaba sentada a la mesa, con la cabeza agachada, absorta en los libros de cuentas. Luego señaló un sendero que llevaba a la orilla del lago.

—Así que hay algo aún peor —dijo Aidan cuando estuvieron fuera.

Donal Og, el hombre más fuerte y temerario de todo Kerry, se dejó caer al suelo y escondió la cara entre las manos.

—Se acabó, Aidan. Por mucho que luchemos, estamos vencidos. Son demasiados.

El corazón de Aidan dio un vuelco. Nunca había visto a su primo tan lleno de fatalismo.

—Creo que será mejor que empieces por el principio. ¿Qué planean?

—Aplastarnos como hormigas bajo sus botas. Han llegado los refuerzos. Una flota de ocho navíos, Aidan. Y están llegando más tropas de Pale.

—Que, sumadas a las de Richard de Lacey, formarán un ejército cinco veces mayor que el nuestro —dijo Aidan.

Donal Og tomó una piedra, se levantó y la arrojó al lago, tan lejos que Aidan no la vio caer.

—Está claro que quieren que nos rindamos sin luchar.

Aidan seguía escuchando el rugido de su sangre en los oídos. Su mundo se derrumbaba. Podía perder a Pippa. Al pensar que quizá no volvería a oír su risa, a ver el sol de la mañana sobre su cara, o a abrazarla mientras dormía, se sintió morir.

—Rendirnos sin luchar —miró con amargura a Donal Og—. Menudo cambio para los ingleses, ¿no?

Donal Og asintió con la cabeza.

—Antes les entusiasmaba masacrar irlandeses. ¿Qué crees que significa este nuevo ofrecimiento de piedad?

—Me temo que es lo que tú decías. Se acabó. Los ingleses vendrán, nos rindamos o no. La cuestión ahora es si los términos de la paz tratarán a nuestro pueblo como seres humanos o como esclavos —de pronto recordó una imagen de Richard de Lacey. Richard era inglés, sí, pero poseía un núcleo de humanidad muy raro entre sus compatriotas que vivían en Irlanda.

Más esperanzadora aún era la noticia de que se había casado con una irlandesa. Shannon MacSweeney era una mujer fuerte y obstinada. Aidan la creía muy capaz de conquistar el corazón de su esposo. Casi sonrió al imaginar a los pequeños de Lacey hablando gaélico.

Un rato después, Iago se reunió con Aidan y Donal Og a la orilla del río.

—Hay días —dijo sombríamente— en que me dan ganas de meterme en una barca y remar hacia el horizonte.

Aidan intentó sonreír.

—Una gran idea, amigo mío. Izar la vela y dejar que el viento nos lleve a su antojo.

Iago guiñó un ojo.

—Ojalá fuera a San Juan. Mi Serafina sigue esperándome.

Donal Og soltó un bufido.

—¿Después de todos estos años?

Iago lo miró con enojo.

—El corazón no cuenta los años.

—Eso depende de lo que la dama en cuestión tenga en la cabeza.

—¿Qué noticias hay? —les interrumpió Aidan, impaciente.

Iago se puso serio.

—Ha llegado un heraldo de las nuevas fuerzas inglesas. Está esperando en el salón.

Aidan no esperó a oír más. Lleno de gélida calma, volvió a la torre del homenaje.

Una mujer esperaba dentro. Aidan se detuvo y la miró con sorpresa. Ella se volvió lentamente. Tenía el rostro tan sereno como una diosa.

—Mi señora —Aidan se inclinó sobre su mano tendida—. Es un honor daros la bienvenida.

La condesa Cerniglia exhaló un profundo suspiro.

—Sé que esto es inaudito, pero quería ser yo quien os lo dijera. ¿Pippa está aquí?

—Sí, mi esposa está en el despacho.

La condesa sonrió.

—Eso sí que es una buena noticia. Sin duda estará radiante de felicidad.

Aidan miró el rollo de pergamino que ella sostenía entre las manos.

—Por ahora.

La condujo a una silla y le ofreció una copa de hidromiel.

Ella empezó a hablar, y nada de cuanto dijo sorprendió a Aidan. Los ingleses exigían la rendición incondicional. Ross Castle caería en poder de Inglaterra con resistencia o sin ella, y él se vería obligado a marcharse o a gobernar como vasallo de la reina Isabel.

—Así pues, sólo puedo elegir entre luchar o capitular —dijo Aidan.

—En ambos casos el resultado será el mismo —dijo ella con sincera compasión—. Y si os rendís, nadie perderá la vida.

«Nadie excepto yo», pensó él.

—¿Por qué voy a fiarme de las promesas de los ingleses?

Ella bebió un largo trago de hidromiel. Luego dejó a un lado la copa con todo cuidado.

—Por ser quien es el hombre que encabeza sus fuerzas.

—¿De veras? ¿Y quién es? No será, sin duda, ese mequetrefe de Essex.

—No. Es el conde de Wimberleigh, Oliver de Lacey.

Esa noche, mientras Pippa dormía, Aidan abandonó sigilosamente la cama que compartían. A oscuras, sin hacer ruido, se puso la túnica y los pantalones de tartán y salió con las botas en la mano. Al salir al patio le gruñó un perro. Aidan lo hizo callar con un susurro tranquilizador.

Había pasado la lúgubre madrugada como muchas otras noches de insomnio. Tomó una barca y remó hasta Innisfallen.

Al llegar a la capilla, mientras el viento silbaba al colarse por las angostas y altas ventanas, cayó de rodillas e intentó rezar.

Pero en su mente seguían bullendo las noticias que le había llevado la condesa.

Pippa no lo sabía aún, y la condesa había estado de acuerdo en que no era asunto suyo el decírselo. Esa decisión, esa agonía, le correspondía a él y sólo a él.

El hecho de que hubiera llegado Oliver de Lacey, y de que fuera acompañado de su esposa, confirmaba lo que Aidan había sospechado al ver el retrato de Alondra. Había estado esperando que llegara aquel momento desde que les hizo llegar el mensaje de que su hija vivía.

Los padres de Philippa de Lacey habían ido a buscarla.

Pero era él quien debía decidir los términos de la rendición.

¡Rendición! Aquella palabra de sonido tan corriente incluía ahora no sólo sus deberes como Mór O Donoghue, sino como esposo de lady Philippa de Lacey.

Repasó lo que la condesa y él habían descubierto. Los de Lacey eran un linaje antiguo y respetado. A juzgar por las condiciones que ofrecía, lord Oliver era más justo que sus pares. Y según decía la condesa su esposa se granjeaba el cariño de todos aquellos que la conocían.

—¡Dios! —dio un puñetazo en la barandilla del altar.

—Una oración muy elocuente, desde luego —dijo alguien con sorna.

Aidan se levantó y miró hacia la nave de la iglesia. La luz gris del alba alumbraba a una figura alta y enjuta.

—¿Acaso nunca dormís, Revelin?

—No me gusta perderme nada.

—Y supongo que no os lo habéis perdido.

Revelin asintió con la cabeza y su larga barba rozó su pecho.

—Cuando supe quién mandaba los refuerzos, comprendí que era la última pieza del rompecabezas. ¿Has decidido ya qué hacer?

Aidan miró la cruz que había sobre el altar en sombras. Se alegraba de haber confiado en Revelin.

—Casi.

—Hazte esta pregunta —dijo Revelin—. ¿Qué pueden darle los de Lacey que no puedas darle tú?

—La seguridad que nunca ha conocido —las palabras se le escaparon velozmente, como si esperaran a ser pronunciadas—. Ellos podrían cuidarla y mimarla. Si se libra de mí, tal vez algún día encuentre a un buen noble inglés que le ofrezca el bienestar de una vida acomodada, en lugar de arrastrarla a aventuras imposibles.

—Entonces, ¿estás diciendo que no puedes quedarte en Ross Castle?

–¿Y ser el perro faldero de los ingleses? ¿Suplicarles los despojos? –con gélida certeza, Aidan comprendió que cada día que pasaba con él Pippa corría más peligro.

Revelin vaciló. Luego se aclaró la garganta.

–Al menos así podrías quedarte con Philippa.

Aidan apretó los dientes. Tuvo que obligarse a hablar.

–¿Y para qué me querría ella entonces?

Revelin le tocó el hombro.

–A veces, lo más valiente es saber cuándo rendirse, cuándo darse por vencido.

Aidan rechazó su contacto. Pasó junto a Revelin y remó con furia de regreso a Ross Castle. Subió los escalones de dos en dos y de tres en tres y llegó al parapeto más alto justo cuando rayaba el alba.

Aquel castillo era el orgullo del clan O Donoghue. Representaba la culminación de todos sus logros.

¡Cuánto lo despreciaba Aidan! Lo había despreciado desde el principio, cuando era sólo una casucha a orillas del lago Leane. Su padre se había empeñado en convertirlo en un desafío de proporciones monumentales.

–Me dejaste un legado de odio –dijo Aidan entre dientes.

Se encaramó entre dos merlones y se asomó fuera, desde aquella altura vertiginosa.

El amanecer era rojo como la sangre. Más allá de los montes, las nubes se hinchaban, augurando tormenta. Pero de momento la mañana era púrpura y despejada. Aidan veía ya las señales del poder corrosivo de los señores ingleses. Los campos que antes se extendían sin interrupción se hallaban ahora cercados, formando pulcras parcelas. Las iglesias estaban vacías: sólo el viento aullaba en ellas. Las imágenes sagradas habían sido destruidas, los sacerdotes pasados a cuchillo u obligados a exiliarse a islas azotadas por el mar. Las pequeñas propiedades y las cosechas desaparecían como polvo arrastrado por la brisa.

Por un instante, el paisaje se abrió como una cortina y

Aidan vio el óvalo perfecto de la cara de Felicity con tanta claridad como si lo tuviera delante. Felicity había muerto, y nadie había pagado por ello.

¿Cómo se habría sentido al precipitarse hacia la muerte?

Supuso que como se sentía él en ese momento: frenético y fuera de sí, lanzado hacia un destino tan inamovible que parecía escrito de antemano.

Echó un último vistazo al rojo amanecer y supo que sólo había una salida.

Pippa sonrió, dormida, cuando Aidan la abrazó. Con los ojos aún cerrados, exhaló un profundo suspiro. Él llevaba aún en el pelo el olor del viento del lago.

Pippa parpadeó y vio que apenas había amanecido.

—¿Dónde has estado? —preguntó.

—Fuera, en la muralla. Mirando. Pensando —le dio un vaso de agua fresca. Ella dio un largo trago, agradecida.

No sabía por qué, pero advertía en él una nota de desesperación. Dejó el vaso y lo abrazó, apoyando la mejilla en el cálido hueco de su pecho.

—Te quiero, Aidan —musitó.

Él hundió los dedos en su cabello y levantó su cara para besarla. Un instante después estaban haciendo el amor con una vehemencia que llenó a Pippa de una extraña sensación de angustia y felicidad.

Aidan no fue tierno con ella. Ella no quería que lo fuera. Fue apasionado y audaz, como las olas que se estrellaban en las rocas de la orilla. Su amor era una tormenta de emociones descarnadas, y ella la quería para sí, entera, sin que Aidan se guardara nada ni la protegiera de su implacable poder.

Había una agreste belleza en su modo de abrazarse. Aidan la volvía de un lado y de otro, buscaba con boca y manos lugares de exquisita sensibilidad. Su excitación parecía llenar la habitación entera. A través de la ventana abierta, el cielo estaba en llamas, y él ardía, y su contacto hacía arder a Pippa.

La acarició y su boca y su lengua la abrasaron hasta que dejó escapar un grito; primero le suplicó que parara y un instante después le imploró que siguiera.

Cuando la montó por fin, el sol había salido del todo y su luz refulgía tras él, silueteando su larga cabellera y su rostro lleno de desesperación.

—Ahora, sí, ahora —dijo ella, y se apretó contra él, juntando sus cuerpos, envuelta por completo en la marea de su pasión.

Chocaron y se separaron una y otra vez, como amorosos enemigos trabados en una tierna batalla, una batalla que sólo podía acabar en la total rendición de ambos. Aidan inclinó la cabeza y besó su cuello, y luego siguió besándola más abajo, con más fuerza, al tiempo que la mordía. Una parte distante de Pippa observaba desde lejos, sorprendida. Era como si Aidan quisiera dejar en ella la impronta de su pasión. Como si quisiera grabar en ella una imagen que jamás se disiparía.

Ella ansiaba aquel placer salvaje, y así se lo dijo en un áspero susurro al oído. Sintió que se elevaba más y más, como una pluma llevada por una ráfaga de viento, y cada vez que creía que Aidan no podía llevarla más arriba, él la arrastraba hasta tan lejos que Pippa tenía miedo de mirar hacia abajo: temía que la caída la matara.

Luego aquello dejó de importar. Miró a los ojos de Aidan, vio en ellos una llama de adoración que jamás se extinguiría y su miedo se disolvió.

Gritó su nombre y lanzó su alma al viento.

La caída fue larga y vertiginosa, y acabó con una extraña oscuridad purpúrea que (lo descubrió después) procedía de sus ojos fuertemente cerrados.

—Ah, Aidan —su voz le sonó extraña.

—¿Sí, amor mío? —la suya también.

—Creía que, después de hacer tantas veces el amor, ya me lo habías enseñado todo.

—¿Y ahora no lo crees? —una sonrisa aligeró su tono.

—Me equivocaba. Cada vez que me haces el amor, es como si todo fuera nuevo. Especialmente ahora mismo.

Aidan la besó con ternura, suavemente.

—¿Te he molestado?

—No —sin embargo, no podía negar que empezaba a sentir que algo entre ellos había cambiado—. Te quiero. Mi amor por ti tiene que ver, en parte, con momentos como éste. Pero...

—¿Qué? —la miraba fijamente.

—Es una tontería. No importa.

—Dímelo.

Pippa titubeó, luchando por negar aquella idea. Por fin se obligó a hablar.

—Me has hecho el amor como si fuera la última vez.

Diario de una dama

Irlanda es más hermosa de lo que nunca había imaginado. Las noticias que oíamos en Londres sólo hablaban de campos quemados, de los gritos de los guerreros pintados para la batalla, de un pueblo famélico y violento.

Puede que sea cosa del azar, pero sólo hemos visto paisajes verdeazulados, altísimos precipicios, lagos como zafiros y montañas del color de las esmeraldas. Irlanda es un país en el que lo inesperado se hace real, así que supongo que es el lugar idóneo para afrontar lo que he de afrontar ahora.

Aunque Oliver me suplicó que me quedara en Inglaterra y esperara noticias suyas, insistí en venir. La condesa me hizo compañía durante el viaje, y se ha esforzado cuanto ha podido para prepararme para lo que nos aguarda.

Sí, ha hecho todo lo posible.

Pero ¿de veras puede una madre estar preparada para encontrarse cara a cara con la hija a la que dio por muerta hace veintidós años?

Alondra de Lacey
Condesa de Wimberleigh

CAPÍTULO 15

—No hay forma fácil de decirte esto —dijo Aidan. Después del desayuno, la había llevado al rincón más bello de Ross Castle. Era un jardín a la orilla del lago, repleto de aceñas y juncos, de patos y golondrinas de mar que entraban y salían como flechas de las marismas.

Ella lo miró con la sonrisa dulce y perezosa de una mujer que había sido bien amada y a la que había despertado sin remordimientos un beso al amanecer.

Una mujer que ignoraba haber sido engañada.

—¿Qué es, amor mío? —se inclinó, arrancó una flor y se la puso tras la oreja.

Él titubeó, mirándola una última vez mientras ella aún lo amaba. Cuando le dijera la verdad, Pippa no volvería a mirarlo con adoración. Era como saber que la estaba viendo por última vez. La confianza total, la franqueza y la aceptación desaparecerían en un abrir y cerrar de ojos, así que de momento cedió al egoísmo y se deleitó en el amor que le profesaba Pippa.

Mientras la miraba, se dijo que había una especie de grandeza en aquel amor condenado de antemano, majestuoso y arrollador. Su pasión era demasiado intensa y abrasadora para durar tanto como sus sueños.

—Aidan... —ella ladeó la rubia cabeza—. ¿Por qué me miras así?

—Tengo noticias —dijo—. Se trata de tu familia.

Ella le lanzó una sonrisa irresistible.

—Mi familia eres tú.

—Me refiero a la familia a la que has estado buscando.

Una extraña inquietud brilló en los ojos de Pippa. Aidan se dio cuenta de que era una negativa.

—Tú eres lo único que quiero, lo único que necesito —dijo ella.

—No, fue esa búsqueda la que te condujo a mí. Hace mucho tiempo me pediste que te ayudara a descubrir qué había ocurrido, cómo pudiste perderte a una edad tan tierna.

Ella palideció.

—¿Lo has descubierto?

Él era muy consciente de las sombras frescas, del olor del lago azul, del fulgor dorado en que la luz de la mañana envolvía a Pippa.

—Creo que eres lady Philippa de Lacey —dijo—. Hija de Oliver y Alondra de Lacey, condes de Wimberleigh.

Pippa se quedó completamente inmóvil. Pasados unos segundos, Aidan comenzó a temer que no le hubiera oído bien.

Luego ella habló por fin, con voz baja y sorda.

—Philippa de Lacey.

—Sí, amor mío.

—Mis padres son los condes de Wimberleigh.

—Sí.

—¿Y Richard?

—Tu hermano pequeño —ahora que sabía la verdad, le extrañaba no haber reparado antes en el parecido. Richard de Lacey era un dechado de perfección física, con su sonrisa angelical, sus ojos risueños y su profunda y sorprendente sagacidad. Donal Og tenía razón: Pippa (o Philippa) era su equivalente femenino.

—¿Cómo lo has descubierto?

—Todo empezó con tu broche. Después de que me lo enseñaras por primera vez, copié los grabados que tiene en el dorso. Con ayuda de la condesa, descubrí que eran caracteres del alfabeto cirílico. La inscripción estaba en ruso. Significa «sangre, votos y honor». Es el lema de una familia.

Se pasó una mano por el pelo. Hacía tanto tiempo que lo sabía...

Ella contuvo el aliento.

—¡Eso es mentira!

—Son las mismas palabras que te dijo esa gitana.

—¿Cómo sabes que es el lema de la familia de Lacey? —preguntó ella, gritando cada vez más.

—Vi un broche muy parecido en un retrato de Alondra de Lacey pintado hace veinticinco años. Tenía un rubí y doce perlas, como tú me dijiste —tenía ganas de moverse, pero se obligó a quedarse quieto y añadió—: La condesa descubrió que lord y lady Wimberleigh perdieron una hija, su primogénita, en una tempestad en el mar. La dieron por muerta.

—¿Desde cuándo lo sabes?

—Desde el día en que me arrestaron y me llevaron a la Torre.

—Lo sabes desde entonces —levantó la voz, llena de perplejidad—. ¿Cómo has podido ocultármelo? —se llevó las manos al estómago como si le doliera.

—Pippa...

—Pero, claro, no podías decírmelo —continuó con voz mortecina—. Igual que no podías hablarme de tu esposa. Me necesitabas para escapar de la Torre de Londres. Necesitabas que te adorara para que hiciera tu voluntad como una esclava.

Aunque hablaba en voz baja, sus palabras fustigaron a Aidan. Él aceptó su escozor, lo asumió como la quemazón de un hierro de marcar.

—Me lo merezco. Pero lo cierto es que estaba preocupado por ti. Quería estar seguro para no darte falsas esperanzas. Quería asegurarme de que los de Lacey te aceptarían, de que no te acusarían de ser una farsante. Y cuando llegamos aquí no vi razón para decírtelo. Pensé que no tendrías oportunidad de conocer a tus padres.

—Porque después de ayudarte a escapar me convertí en una prófuga de la justicia que no puede regresar a Inglaterra.

—Eso es —dijo él.

—Tú me convertiste en eso.

—Tienes razón. Pippa...

—¡No! —le gritó por primera vez—. No quiero más excusas. Encontraste la respuesta a mis sueños y no me lo dijiste.

—Lo siento, amor mío. Quería protegerte del dolor.

Ella soltó una risa amarga.

—Me extraña, porque nunca he sufrido tanto como desde que te conozco. Dime una cosa, ¿por qué de pronto has decidido contármelo?

Era casi demasiado dramático que, justo mientras ella hablaba, una nube tapara el sol y sumiera la mañana en una neblina gris y amarillenta.

—Quieren verte —dijo Aidan. Tenía que confiar en que Alondra y Oliver fueran tan amables y bondadosos como aseguraba la condesa—. Están en Killarney, esperándote.

Ella se estremeció.

—Mis padres han venido a buscarme.

—Sí, amor mío.

—Me dieron por muerta y ahora quieren verme. Ver si soy digna de ellos. Ver si mi sangre es lo bastante azul.

Aidan dio un paso hacia ella, tendió los brazos para reconfortarla. Tocó sus hombros. Ella se apartó, dejó escapar un gemido acongojado.

La predicción de Aidan, la convicción de que aquel secreto destruiría su amor por él, se había hecho realidad.

Sólo quedaba una cosa por hacer para cortar sus lazos por completo.

—Creo que deberías irte con ellos.

Ella levantó la cabeza y ahogó un sollozo. Sí, aquel fue el golpe mortal. El golpe de gracia. Su amor por él se moría ante los ojos de Aidan.

—Cariño —dijo él en voz baja—, Oliver de Lacey ha traído un ejército lo bastante grande como para pasar a cuchillo a todo Kerry. Me veo obligado a llegar a un acuerdo con él.

—¿Y yo soy parte de ese acuerdo?

—De Lacey no es tan insensible como para afirmarlo expresamente.

Naturalmente, ella sabía tan bien como Aidan que era una condición tácita.

—¿Harías algo por mí? —preguntó con voz fría y débil.

—¿Sí, amor mío?

Ella dio un respingo al oírle hablar de amor.

—¿Me dejarías en paz? ¿Podrías desaparecer de mi vista todo el día?

Aidan comprendía muy bien lo que necesitaba. Su semblante y su actitud recordaban a los de un soldado trastornado por la batalla, tan desolado que apenas podía pensar o sentir.

La miró un momento más. Parecía la misma, y sin embargo distinta. Era su amada Pippa, pero algo había cambiado en ella. La chispa que iluminaba su alma se había extinguido. Parecía hueca, vacía. Una vasija bellísima, pero fría.

—Adiós, amor mío —dijo Aidan. Después dio media vuelta y se alejó.

—Empiezo a creer que no se puede morir de amor.

Era mucho más tarde, ese mismo día, y Pippa había ido remando hasta Innisfallen en busca de la cordura y el consejo de Revelin.

El canónigo le dio un paño de hilo para que se enjugara los ojos y se sonara la nariz. Más de una docena de pañuelos semejantes yacían a sus pies, en el jardín de delante de la iglesia.

—¿Por qué dices eso, hija mía? —preguntó Revelin.

—He intentado varias veces morir de amor, y siempre sobrevivo.

—Entonces está claro que no había llegado tu hora —dijo él—. Tu sino era sanar tus heridas y seguir adelante.

—¡Ah, qué noble suena eso! Y qué sencillo.

—Las palabras son sencillas. Pero el hecho no —una repentina ráfaga de viento le echó la cogulla hacia atrás, dejando al descubierto la franja blanca que rodeaba su tonsura.

Ella se forzó a esbozar una sonrisa.

—Sois muy bueno conmigo. No tengo derecho a esperar que decidáis por mí. Supongo que no hay nada que decidir. Debo ir con los de Lacey —sintió un escalofrío al decirlo en voz alta.

—Parece que no van a rechazarte.

Pippa sintió un ardor repentino en los ojos y parpadeó para refrenar otra oleada de llanto.

—Supongo que no, si han venido hasta tan lejos y han traído un ejército. Es Aidan quien me ha rechazado —añadió amargamente.

—¿Y crees que quería hacerlo, muchacha?

—Lo ha hecho de tal modo que ninguno de los dos tiene elección.

—Hay elección —dijo el viejo canónigo—. La elección de confiar o no confiar. Pero eres tú quien debe hacerla.

La dejó sola en el jardín, bajo el cielo gris. Consciente de cada uno de sus movimientos, Pippa se levantó muy despacio y se acercó a la orilla rocosa de Innisfallen. Subió a la barca de remos y quitó la amarra; luego se sentó y empuñó los remos.

No remó, sin embargo. Se dejó llevar por la corriente,

absorta en sus reflexiones. No tenía prisa por llegar a ninguna parte. Posó la mirada en la bolsa que contenía todas sus pertenencias. La había llevado consigo siempre, a lo largo de todas sus idas y venidas, llenándola con objetos que sólo para ella tenían significado. Con mano temblorosa sacó el broche roto y se lo prendió en el hombro.

¡Cuántas veces había imaginado aquel día! El día en que conocería a su familia. ¡Y cuán distinto era en su imaginación! El corazón le dio un vuelco. Respiró hondo.

«Cálmate. Piensa cada cosa a su tiempo. Piensa en Richard».

Aquel vínculo familiar explicaba muchas cosas: por qué la atraía Richard, por qué se sentía tan a gusto con sus sirvientes, por qué había entendido una advertencia hecha en ruso acerca de una vela que caía, por qué parecía conocer la casa junto al Támesis.

Una oleada de asombro se apoderó de ella al darse cuenta de que la dama pelirroja de sus tenues recuerdos era su madrina: la reina Isabel en persona.

Y Richard de Lacey, el hombre más hermoso sobre la faz de la tierra, era su hermano.

Era una lástima que fuera también el enemigo, pensó con una punzada de pesadumbre. ¿O no lo era? Si iba a Killarney a ver los de Lacey, ¿se estaría uniendo al bando inglés? ¿Sería mejor que los ingleses: una intrusa llegada para invadir aquellas tierras?

No, ella siempre sería como aquella barca: vagaría sin rumbo fijo, arrastrada por la tormenta del azar. Tal vez, se dijo con una destello de esperanza, de todo aquello saldría algo bueno. Podía apelar a los poderosos de Lacey, persuadirlos para que se compadecieran de los irlandeses. Asió los remos y comenzó a remar mientras pensaba cada vez con más ímpetu.

Los de Lacey eran unos desconocidos para ella. Sólo a través de otras personas tenía pruebas de ser Philippa de Lacey. No estaría segura hasta que su propio corazón le revelará la verdad.

Gruesas gotas de lluvia caían sobre ella y perforaban la superficie del lago. Al principio no tuvo miedo, sólo sintió fastidio por verse sorprendida por la lluvia. El tiempo, pensó sombríamente, parecía unido de algún modo al estado de su corazón. Las semanas posteriores a su boda habían sido días de soleado esplendor, días en los que las nubes surcaban el cielo y brillaba el sol, y noches de luna resplandeciente entre los brazos de Aidan.

Luego se levantó el viento y la superficie del lago se encrespó. Pippa recordó cómo se habían amado el uno al otro, profundamente, con total certidumbre... o eso había creído ella. En realidad, su amor se había edificado sobre mentiras. Ella había permanecido en la ignorancia, feliz como un vagabundo al sol, ajena a la tormenta que se gestaba a lo lejos. Ajena a la destrucción que podía desatar.

La lanzada de un rayo hendió el cielo, iluminando fugazmente las cimas majestuosas de los montes Macgillycuddy. La lluvia caía en densas y gélidas cortinas que la zarandeaban y ladeaban la barca.

—No. ¡Dios mío, no! —empezaron a castañetearle los dientes. Los apretó y rezó entre ellos—. Por favor, Dios mío, no. Ave María...

Se hundió en el caos del interior de su cabeza.

Ave María... Las palabras del aya retumbaban en su interior a pesar de que el ama había desaparecido, sumida en el río fragoroso que corría bajo la cubierta. El perro seguía ladrando, gemía y se tambaleaba, pero era el único que seguía vivo, así que se aferró a su cuello empapado.

El barco basculó como un corcho empujado por las olas. Al cabo de un rato se oyó un tremendo chirrido, como aquella vez en que se desplomó un roble del jardín del abuelo Stephen.

Cuando volvió a brillar un rayo, vio por qué se había detenido el barco. Una roca enorme y afilada, alta como el campanario de una iglesia, había abierto un agujero en el casco. Se agarró a una gruesa soga hasta que llegó otra ola. Otro rayo brilló, y ella vio alzarse una ola como un monte de cristal negro.

El barco subió y volvió a bajar. Decenas de barriles se soltaron y rodaron hacia ella por la cubierta inclinada. Algo (¿el viento? ¿una ola?) la levantó y la lanzó al mar. Voló por el espacio negro y frío y el agua la golpeó con fuerza...

Un grito brotó de su pecho cuando el agua del lago comenzó a entrar en la barca. Apenas distinguía la orilla entre la niebla. La barca se hundía cada vez más en el agua, y al fin se ladeó, desgobernada, y empezó a hundirse.

Pippa dejó de gritar, porque por encima del estruendo de la tormenta oyó el leve ladrido de un perro. Luego el viento rugió en sus oídos y ella se deslizó en el agua fría y se aferró a uno de los remos mientras la barca desaparecía de su vista.

Sintió una punzada de mala conciencia porque los de Lacey hubieran hecho un viaje tan largo para verla. Luego ya no sintió nada. El agua se cerró sobre ella, y bajo la superficie dejó de oír la tormenta. Allá abajo todo estaba en silencio, como una tumba.

En plena tormenta dos hombres a caballo se encontraron en una choza de pastores abandonada, en las colinas que daban al lago. Aidan desmontó y condujo a su caballo al oscuro refugio mientras Fortitude Browne, lord alcaide de Killarney, hacía lo mismo. Aidan había acudido solo, a pesar de que sabía que una tropa de soldados ingleses, empapados por la lluvia, esperaba a los pies de la colina. Browne era hombre extremadamente cauteloso en lo que concernía a su propia seguridad.

Aidan había disgregado su ejército y mandado a sus hombres a las colinas: ésa había sido una de las primeras exigencias de Browne.

Se miraron el uno al otro durante unos instantes, sin decir nada, dejando que la lluvia fría mojara sus caras. A pesar de que la tarde era oscura, Aidan vio el odio pintado en la cara enflaquecida y austera de Browne. Tenía los labios finos y los pómulos altos, la mandíbula apretada en un gesto cruel y una mirada cargada de dureza. Mantenía la mano sobre la espada, pero Aidan no temía que la usara. Allí no. No en ese momento.

—No lo creeréis, viniendo de mí —dijo—, pero lamento mucho la muerte de Felicity.

—Debisteis pensarlo antes de matarla.

Aidan esperaba aquella fiera acusación.

—No, señor, yo no la maté, pero mis remordimientos tienen raíces profundas. Felicity estaría viva si no nos hubiéramos conocido, si no nos hubiéramos casado.

Browne dejó escapar un sonido estrangulado y se volvió. Apoyó el brazo en el quicio de la puerta desvencijada y miró la tormenta.

—Queríais casaros con esa pordiosera. Por eso empujasteis a Felicity a la muerte.

Aidan respiró entre los dientes apretados.

—Mi señor, los dos sabemos que vuestra hija enloqueció. Se quitó la vida. Hay un testigo, un inglés, como vos.

Un leve vaho se alzaba de las paredes empapadas de la choza.

—Puede —continuó Aidan— que yo sea culpable de no haber advertido su locura.

—¡Vos la volvisteis loca, asesino! ¡Si enloqueció fue por culpa vuestra!

Aidan no sintió ira. Sólo un gran cansancio.

—¿Pensabais vos alguna vez en su cordura cuando la obligabais a arrodillarse encima de piedras o a recitar pasajes de las Escrituras durante noches enteras?

Silencio. La lluvia caía tan fuerte que casi ocultaba el lago. Pippa odiaba las tormentas, y ahora que conocía su pasado, Aidan comprendía por qué. Se alegraba de que se hubiera marchado a Innisfallen cuando todavía hacía buen tiempo. Pippa, al igual que él, buscaba solaz en la isla. Revelin le ofrecería consuelo y refugio. Le aconsejaría que se marchara con los de Lacey.

Aidan apretó los dientes para aguantar el dolor de perderla y esperó a que Browne volviera a hablar.

Browne se volvió hacia él. Se pasó una mano por el pelo mojado y denso.

—No mancilléis el nombre de mi hija hablando de ella en voz alta. Según la carta que me mandasteis con esa dama veneciana, estáis dispuesto a aceptar mis términos.

Aidan le lanzó una sonrisa desganada.

—Yo no llamaría «términos» a vuestras exigencias de rendición.

—Merecéis ser arrastrado y descuartizado. Morir poco a poco —a Browne le tembló la voz, y Aidan sintió una punzada de lástima. A fin de cuentas, aquel hombre había perdido a su hija. Felicity había sido muy bella, etérea y rara, con aquella tez pálida e inmaculada. En sus momentos de lucidez, antes de que empezara a odiar a Aidan, había sido amable y serena.

—Si respetáis vuestra parte de este trato endemoniado —dijo Aidan—, iré con vos como prisionero.

—Excelente —Browne se acercó a la puerta e hizo un gesto con el brazo. Cuatro hombres se acercaron, empujaron a Aidan contra la pared mojada y le pusieron grilletes en los tobillos y las muñecas.

Browne sacó su caballo a la lluvia. Sonrió.

—Será un inmenso placer mandar al Mór O Donoghue al infierno.

Un aroma sutil impregnaba el aire. Pippa se estremeció, sorprendida y asustada por un sueño tan vívido que incluso tenía olores.

Su instinto reconocía aquel perfume, reaccionaba ante él: era una fragancia dulce. La fragancia única de su madre.

Su madre...

¿Se había ahogado? ¿Estaba en el cielo? Philippa abrió los ojos para disipar el sueño. No estaba soñando, sino tendida en una cama desconocida. ¿Cómo había llegado allí?

Parpadeó a la luz de las velas y reparó vagamente en las ricas cortinas de la cama.

Luego volvió la cabeza sobre la almohada y vio a la mujer.

«Mamá...».

Su corazón comprendió al fin que había llegado a casa.

Presa del espanto y la alegría, del temor y el alivio, Philippa se incorporó y acercó las rodillas al pecho. Miraba fijamente a aquella mujer menuda y de cabello oscuro, que la observaba con atención.

Mamá la apretaba contra su pecho y Philippa inhalaba su dulce olor a ropa limpia y a sol.

—Adiós, cariño mío —le susurraba mamá con voz entrecortada—. Quiero que te lleves esto para que te acuerdes de papá y mamá mientras estés lejos.

Mamá prendía el broche de oro y rubíes en su hermoso vestido. Luego sacaba el cuchillito que el broche llevaba dentro.

—Esto me lo quedo. Es mejor así, Philippa...

—Philippa... —dijo la mujer.

Ella abrió los ojos.

—Soy Philippa —dijo con voz suave e indecisa—. Vuestra hija.

—Sí. Oh, sí, cariño mío, sí —la inglesa de cabello oscuro la rodeó con sus brazos. Su olor a sol y ropa limpia era tan evocador como hacía más de veinte años. Era el olor del confort, del cariño. El olor de mamá.

Pero entre ellas mediaban décadas de separación. Philippa se apartó. Alondra de Lacey pareció sentir que necesitaba acostumbrarse a la idea y la soltó.

Un momento después un hombre entró en la habitación. Alondra fue a su encuentro, lo tomó de la mano y lo llevó junto a la cama. Al principio, Philippa pensó que era Richard, pero luego vio que era más mayor. Nunca, sin embargo, había visto un hombre tan apuesto.

«Papá...».

Se quedó inmóvil, observándolos mientras ellos la miraban. Una tormenta de emociones se apoderó de ella: perplejidad, confusión, incredulidad, rabia, indefensión y una espantosa impotencia.

Pero no amor.

Al mirarlos, sólo veía a dos guapos desconocidos por cuyas mejillas corrían las lágrimas.

Por fin se sintió capaz de hablar.

—Sois Alondra y Oliver de Lacey, los condes de Wimberleigh.

—Sí —lord Oliver tenía los ojos azules. No eran del azul profundo de los de Aidan, sino más claros. Las lágrimas los hacían brillar cuando tomó su mano y se la llevó al corazón. Luego le dio su beso especial: mejilla, mejilla, labios y nariz, siempre en ese orden. Y el corazón de Philippa comenzó a recordar la dulce ternura de aquel hombre.

—Bienvenida a casa, Philippa, mi querida hija.

—¿Ha sido condenado a muerte? —le preguntó Donal Og a la condesa en un suave susurro. Había salido de Ross Castle a uña de caballo, y llevaba el olor de la lluvia y el viento aún prendido a la ropa y a la abundante cabellera rubia.

Ella lo miró en silencio, solemnemente, incapaz de hablar hasta que logró dominar el nudo que notaba en la garganta. Tragó saliva con esfuerzo y tomó la mano de Donal Og entre las suyas.

—Hice lo que pude. Wimberleigh lo intentó. Pero Fortitude Browne se niega a retirar sus acusaciones contra Aidan.

Donal Og apartó la mano y se dio un puñetazo en la palma de la otra. Ella hizo una mueca, sobresaltada por la fuerza del golpe. La lámpara que colgaba de un gancho en los establos emitía una luz extraña. Bajo ella, Donal Og parecía aún más grande e imponente que de costumbre. La condesa había acordado reunirse con él allí, en secreto, cerca de la residencia de Oliver de Lacey en Killarney.

—Lo único que ha querido siempre mi primo —dijo él lentamente— es que lo dejaran en paz. Su padre no lo permitió. Ni tampoco Felicity. Incluso ahora que están muertos intentan asfixiarlo.

El corazón de la condesa lloraba por él. Por todos ellos.

—Lo siento mucho, amor mío.

Donal Og la agarró de los hombros, la apretó contra él.

—Tengo que ir en busca de Aidan, tengo que liberarlo...

—¡No! —exclamó ella—. Temía que lo intentaras, Donal Og. Pero acabaríais los dos muertos. Aidan no querrá acompañarte y los ingleses te prenderán.

—Lo obligaré a ir conmigo. Soy más grande que él, siempre lo he sido.

—Eres más grande que todos, pero piensa con la cabeza, no con los músculos. Si te llevas a Aidan, Fortitude Browne bañará todo Kerry con sangre inocente.

Donal Og apretó la mandíbula salvajemente y miró el techo.

—¡Dios, mátame ahora para que no tenga que ver esto hasta el final!

Ella apoyó una mano trémula sobre su mejilla.

—Tienes que encontrar fuerzas, amor mío. Vas a necesitarlas —una oleada de frustración se apoderó de la condesa. Había empleado todas sus habilidades, todo su encanto, todas sus artimañas para convencer al alcaide de que se mostrara compasivo—. Lo único que he conseguido de Fortitude Browne —confesó— es la promesa de que no morirá nadie más.

Donal Og empezó a pasearse de un lado a otro.

—Debería matarlo con mis propias manos. Mandarlo al infierno con esa loca de su hija.

—Refrena tus impulsos. Fortitude Browne está mintiendo. Sólo necesitamos pruebas —«y las necesitamos antes de que ejecute a Aidan»—. Voy a escribir de nuevo al lord gobernador de Dublín.

Donal Og soltó el aire con un siseo cargado de desánimo. Abrió los brazos y le lanzó una sonrisa fatigada.

—Ven aquí, amor mío.

Ella se acercó. En los brazos de aquel hombre hallaba un consuelo que nunca antes había conocido.

—¿Qué va a ser de nosotros? —susurró él contra su pelo—. ¿Debería desaparecer como un lobo herido en los bosques de Connaught, donde los ingleses temen entrar?

—Tengo una idea mejor. Wimberleigh ha fletado uno de sus navíos para ti y para todos los que deseen marcharse. Tiene provisiones para seis meses y una tripulación experta que os llevará donde deseéis.

Donal Og se rió.

—Iago va a llevarse una alegría. Querrá que zarpemos hacia las Antillas antes de que acabe la semana.

—¿Y es acaso un destino tan horrible?

Él la abrazó con fuerza.

—Sí, si supone dejarte, amor mío.

Ella extrajo un rayo de esperanza de entre los posos de la desesperación.

—¿Hay alguna ley que me impida ir contigo?

Donal Og la miró con perplejidad y luego, poco a poco, con cautelosa alegría.

—¿Harías eso? ¿Me seguirías al exilio?

—Te seguiría al fin del mundo, si hiciera falta —contestó la condesa.

—¡Ah, mi dulce Rosaria! Seguramente es ahí donde te llevaré —dijo Donal Og.

Por la mañana, tras haber dormido sorprendentemente bien, Pippa se levantó y se vistió. Mientras se arreglaba, reflexionó sobre los extraordinarios acontecimientos de la víspera.

Le dolían los músculos de bregar contra la tormenta y lo ocurrido saturaba su mente por entero. Según Oliver, una patrulla inglesa la había visto intentando llegar a la orilla. Alertado por los perros, un soldado se había arrojado al agua justo en el momento en que ella se hundía. La habían sacado medio ahogada e inconsciente y la habían llevado directamente a la casa señorial.

Tras ver a sus padres, había tomado un poco de caldo y de vino. Después había caído en un sueño profundo.

El salón de la casa de Killarney era majestuoso y soleado. La tormenta había dejado verdes y brillantes los jardines que rodeaban el edificio. No le sorprendió ver a un perro alto y de pelo largo correteando por el huerto. Un borzoya. Papá los criaba. Y ahora ella se acordaba de que el más bonito de cada camada se llamaba siempre Pavlo.

Los tres (Oliver, Alondra y Richard) se levantaron cuando entró en la habitación. Ella los miró lentamente, acongojada.

—¿Vas a desayunar con nosotros? —preguntó Alondra.

—No tengo hambre —Philippa notó impaciencia en su voz y forzó una sonrisa—. Gracias —con las manos frías se quitó el broche y lo empujó sobre la mesa, hacia Alondra—. Me han dicho que esto fue vuestro antaño.

Trémula, Alondra sacó una daga minúscula y afilada, con la empuñadura incrustada con piedras preciosas, y la guardó limpiamente en la funda que formaba el broche.

—Antes que a mí, perteneció a lady Juliana, tu abuela.

Philippa asintió con la cabeza.

—Solía cantarme. Recuerdo fragmentos de una canción rusa.

Alondra le devolvió el broche, pero Philippa sacudió la cabeza.

—Hubo un tiempo en que ese alfiler era lo único que atesoraba. Lo único que me pertenecía. Lo único que podía considerar mío.

—¿Las gemas fueron robadas? —preguntó Richard.

—Las vendí. Para sobrevivir.

Richard se sonrojó y se miró las manos. Oliver dejó escapar un sonido estrangulado.

—Philippa, mi querida hija... Dios mío, cuando pienso en cuánto has sufrido, me desprecio a mí mismo. Debería haber sentido de algún modo que estabas viva. Debería haber rastreado toda Inglaterra para encontrarte.

Ella sintió una opresión en la garganta, y sin embargo seguía sintiéndose alejada de aquellas tres personas encantadoras y bien educadas.

—No sabéis nada de mí —dijo—. Nada de lo que he sufrido, nada de la soledad que he padecido todos estos años.

—Nosotros también hemos sufrido, Philippa —dijo Alondra suavemente—. Más de lo que crees. Hemos llorado mucho por la hija a la que creíamos perdida.

Philippa endureció su corazón. Por costumbre se resistía a encariñarse con ellos.

—Parece que la suerte no nos ha sonreído.

—Nos privó de nuestro mutuo amor —dijo Oliver—, pero un milagro ha vuelto a reunirnos.

—No ha sido un milagro —dijo Philippa—. Ha sido Aidan O Donoghue —le dolía incluso pronunciar su nombre—. Mi marido.

Alondra palideció y Oliver se puso colorado al oírla. Richard se pasó una mano por el cabello rubio.

—Entonces, te casaste con él.

—Con un rebelde irlandés —dijo Oliver.

—Con un católico.

—¡Con un hombre! —Philippa dio una palmada sobre la mesa—. Me habláis de amor como si fuera algo que existe entre nosotros únicamente por los vínculos de la sangre. Pero eso no es amor. Es parentesco. El amor es algo que se gana con constancia y cuidado, con atención y entrega, con las cosas que Aidan me ha dado, no vosotros.

—Philippa —comenzó a decir Alondra—, nosotros habríamos...

—Pero no lo hicisteis —no sentía ira; sólo exasperación—. No fue culpa de nadie. Pero lo cierto es que Aidan me amaba ya cuando para vosotros yo estaba muerta aún. Me amaba cuando era menos amable: cuando era pobre y grosera, cuando no tenía hogar y pasaba hambre. Cuando sólo me preocupaba cuándo podría volver a comer.

Alondra lloraba en silencio. Sus ojos eran tan parecidos a los de Philippa que era como mirarse en un espejo.

—Siento mucho vuestro dolor —dijo Philippa—. Nadie tiene la culpa. Pero quiero a mi marido —sí, era la verdad. La impresión que le había causado descubrir la verdad sobre los de Lacey la había hecho cargar contra Aidan, pero pese a todo sabía que seguía amándolo—. Nada de lo que digáis cambiará eso.

Richard se aclaró la garganta.

—Entonces, ¿por qué estabas en el lago, huyendo hacia Killarney?

Su pregunta heló la sangre de Philippa, que se llevó la mano a la garganta y comenzó a pasearse de un lado a otro. Temblaba por dentro, preguntándose si había destruido el amor de Aidan al abandonarlo con palabras tan amargas.

Por fin miró a sus padres y su hermano.

—Aidan me dijo que me reclamabais.

—Lo hicimos de corazón —dijo Oliver—. Quería ver a mi hija —sonrió, y aquella sonrisa trajo de vuelta toda la magia de los primeros años de Philippa. Por un instante, Oliver de Lacey dejó de ser un desconocido y volvió a ser su querido papá, el hombre que tanto la hacía reír. El que hacía sombras chinescas por las noches en la pared del cuarto de los niños. El que le enseñaba a esconder las gachas sin que mamá se diera cuenta cuando ella no quería comérselas. El que le daba los besos de buenas noches más especiales del mundo: mejilla, mejilla, labios y nariz, siempre en ese orden–. Aún no te he dicho lo preciosa que me pareces –dijo Oliver.

Aquellas palabras tiraron del corazón de Philippa en su sentido. Pero el recuerdo de Aidan tiraba de él en el otro.

–Quizá tengamos tiempo de sobra para vernos en el futuro –dijo–, pero ahora debo regresar con Aidan. Vuestras tropas han amenazado a estas gentes. Pienso permanecer a su lado y luchar...

–Cariño –dijo Oliver y, rodeando la mesa, le tendió las manos–, no puedo dejar que vuelvas con él.

–¡No me toques! –ella sacó la daga de su funda.

Oliver extendió las manos con las palmas hacia fuera en un gesto de súplica y de rendición.

–Philippa, me has entendido mal. No nos oponemos a tu matrimonio con Aidan O Donoghue, como no nos oponemos a que Richard se haya casado con Shannon, aunque haya sido precipitado. Admiro tu lealtad hacia los irlandeses.

–Entonces, ¿por qué intentas mantenerme alejada de Aidan? –ella bajó la daga–. Voy a volver a Ross Castle inmediatamente.

–Philippa –dijo su padre–, Aidan no está allí. No está en Ross Castle.

El miedo comenzó a palpitar en sus sienes.

–¿Qué quieres decir? ¿Qué ha ocurrido? ¿Lo habéis matado?

Fue Richard quien contestó. Hincó una rodilla en el suelo, delante de ella.

—Philippa, la familia Browne cree que Aidan asesinó a su esposa. Todo el mundo sabe que Felicity estaba loca. Se quitó la vida, pero su padre exige venganza. Fortitude mandó un ultimátum a Aidan. Le ordenaba rendirme Ross Castle y entregarse al alcaide Browne.

Ella levantó el mentón.

—Aidan jamás capitularía ante Fortitude Browne.

Oliver apretó la mandíbula y dijo con evidente desagrado:

—El alcaide prometió quemar a una familia irlandesa cada día hasta que el Mór O Donoghue se entregara.

—¿No puedes hacer algo? —le preguntó ella a su padre—. Eres un lord, un noble. Intervén, detén al señor Browne...

Oliver apoyó las manos sobre la mesa y respiró hondo.

—Lo he intentado. He estado en vela toda la noche escribiendo cartas, mandando correos a Cork, a Londres y a Dublín, pero aquí no tengo autoridad. En el distrito de Browne, apenas tengo más influencia que un soldado cualquiera.

Richard se levantó, apesadumbrado.

—El Mór O Donoghue no tenía suficientes hombres, ni provisiones para afrontar el invierno.

—¿Qué intentas decir? —preguntó Philippa con una voz áspera que no reconoció.

Oliver la agarró de las manos.

—Cariño, no tuvo elección. Anoche licenció a su ejército y se entregó a Fortitude Browne.

Philippa se desasió de él y corrió al asiento de la ventana. Deseaba poder acurrucarse allí y olvidarse del mundo.

—Él lo sabía —musitó para sí misma mientras empezaba a temblar—. Sabía que esto ocurriría.

La mañana anterior, ella casi lo había adivinado. Aidan la había amado como si fuera la última vez.

Sintió la mano de Alondra sobre su hombro.

—Dios mío —dijo—, oh, Dios mío, quería que me marchara enfadada, quería que me fuera con vosotros. Lo tenía todo planeado. ¿Por qué no me di cuenta?

—No quería que lo supieras —dijo Alondra.

Philippa levantó la vista. «Arréglalo, mamá». Pero nadie podía borrar aquel dolor.

—¿Qué va a ocurrir ahora? —preguntó—. ¿Lo mandarán a Dublín para que sea juzgado?

Alondra y Oliver cambiaron una mirada.

—No me mintáis —dijo Philippa—. Nunca os lo perdonaré, si me mentís.

Fue Oliver quien le dijo lo que su corazón temía desde el principio.

—Van a colgarlo.

El lúgubre redoble de un tambor rompía la quietud de la mañana. El aire soplaba helado mientras Aidan avanzaba por el camino, hacia el cadalso levantado en una loma, a una milla de distancia.

En deferencia a su rango, llevaba libres pies y manos y lucía un manto azul oscuro que lo resguardaba del frío de principios de otoño. Su larga cabellera se agitaba, suelta, sobre sus hombros.

Iba rodeado por doce guardias: tres delante, tres detrás y tres a cada lado. El alcaide Browne cabalgaba delante, vestido completamente de negro, como era propio de los puritanos. No había, en realidad, peligro de que Aidan escapara. Browne se había asegurado su cooperación con refinada crueldad.

La gente que se agolpaba junto al camino entorpecía el paso de la comitiva. Sus lloros, en los que se mezclaban exabruptos y bendiciones, resonaban con fuerza.

El dolor de su pueblo afectaba curiosamente a Aidan. Intentaba no sentir nada, pero aquella gente se lo ponía difícil. Había hecho cuanto podía por ellos.

Al menos no tendría que ver a Pippa. Estaba más seguro que nunca de haber tomado la decisión correcta al empujarla en brazos de su familia.

—¡Que Dios os bendiga, mi señor! —los gritos llegaban de todas partes, de ambos lados del camino, de delante y de atrás, incluso de arriba, pues algunos muchachos se habían subido a los árboles, desde donde gritaban y arrojaban nueces de haya a los soldados.

—Benditos seáis vosotros también —su voz sonaba fuerte y clara y, a pesar del cansancio, se mantenía erguido. Esa noche no había dormido: la había pasado negociando los términos de la rendición.

Ross Castle y todos sus dominios quedaban bajo la jurisdicción de Richard de Lacey. Iago, Donal Og y los cien guardias de su escolta marcharían al exilio. Iago juraba que encontraría el paraíso. Donal Og lo retaba a hacerlo.

Fortitude Browne había accedido sin vacilar. Lo que quería en realidad era que el Mór O Donoghue muriera.

Y eso era lo que iba a conseguir.

Estaban aún a un cuarto de milla del cadalso, levantado sobre una loma que daba al lago Leane, cuando Aidan oyó un fuerte galope.

Miró por encima de las cabezas de los guardias y vio que un solo jinete cabalgaba hacia él bajando por la falda de la colina. Sólo conocía a una persona que montara con tan osada torpeza.

Pippa.

Dios, ¿por qué había ido?

Pippa cruzó el gentío sin detenerse. Fortitude frenó a su caballo.

—¡Alto!

—¡Idos al infierno! —replicó ella, y, metiéndose en el camino, obligó a los soldados a detenerse. Luego desmontó entre un revuelo de faldas y se abrió paso entre la guardia.

Qué solitaria parecía, rubia y sonrosada como una pera

madura, con los ojos húmedos y los labios entreabiertos. Se detuvo ante Aidan, sofocó un sollozo y le echó los brazos al cuello.

Todo el amor que había sentido por ella volvió de golpe, atravesándolo como un rayo de sol. La besó y la saboreó, y se llamó mil veces tonto por amarla tanto.

—Tu truco no funcionó —musitó Pippa contra su boca—. Intentaste destruir nuestro amor. Para que no sufriera al perderte.

Mientras hablaba, los soldados arrastraban los pies y observaban aquel asombroso espectáculo. Aidan, sin embargo, se olvidó de ellos, como parecía haber hecho Pippa.

—Deberías saber que no daría resultado, Aidan. Te amaré eternamente.

Aidan sintió que le ardía la garganta y que le picaban los ojos. Posó la mano en su mejilla y le apretó la cabeza contra su pecho.

—Soy un bruto egoísta —dijo—. Por abrazarte una última vez —pero no quería que ella lo viera morir; no quería que presenciara cómo apartaban la carreta bajo sus pies, cómo se cerraba el nudo y se sacudía su cuerpo, cómo danzaban sus pies impotentes en el aire vacío.

—Dime adiós aquí y ahora. Te lo suplico, no acabes este viaje conmigo.

Ella se echó hacia atrás y lo miró fijamente.

—¿Cómo puedes hacer esto? ¿Cómo puedes preferir la muerte a la huida?

Él señaló a la gente que se agolpaba junto al camino.

—Si huyera, ellos pagarían el precio.

Leyó en su cara lo que no se atrevía a decir: «¡Que paguen!». Y una parte de su ser, pequeña y egoísta, estaba de acuerdo con ella.

Pero de pronto, mientras abrazaba a la mujer a la que quería, se sentía extrañamente revigorizado. Incluso logró sonreír.

—Amada mía —dijo—, es demasiado tarde para nosotros. Tiene gracia, ¿no? Cuando nos conocimos era demasiado pronto. Y ahora es demasiado tarde.

Ella exhaló un suspiro largo y trémulo.

—Les supliqué a mi padre y a mi hermano que intercedieran por ti.

—Es inútil. No culpes a los de Lacey por esto. No tienen autoridad para detener al alcaide Browne.

—Así pues, has renunciado a todo. A Ross Castle. A nuestro amor. A la vida. ¡No puedo permitirlo!

Aidan pasó los nudillos por su mejilla sonrojada y casi hizo una mueca de dolor al sentir la dulzura de tocarla.

—A nuestro amor, no, amada mía. A nuestro amor, nunca. Mi fe ha superado muchas pruebas y si algo creo con todo mi corazón es que el amor nunca muere. Nunca encontraré un amor tan perfecto como el nuestro, ni en este mundo ni en el venidero.

—¡Dios mío! —ella volvió la cabeza y apretó los labios contra su palma desesperadamente.

—Siempre estaré contigo —dijo él—. Te doy mi palabra. Estaré en la brisa cálida que acaricie tu rostro. En el primer olor de la primavera, en la canción de la alondra, en el aleteo de tu corazón cuando sientas pena o alegría —tocó su barbilla. Inclinándose, posó los labios sobre los suyos sin decir nada, solemnemente, mientras la gente sollozaba—. ¿Confías en mí, Pippa?

Ella lo miró. Daba la impresión de que el más leve movimiento la haría pedazos. Sin embargo, en lo profundo de sus ojos, más allá de la pena, más allá de la desesperación, Aidan vio arder su amor con la fuerza de una llama radiante.

—Gracias —musitó, consciente de que ella entendería su gratitud—. Gracias por eso.

Era el último regalo de Pippa para él. Un amor puro y resplandeciente que lo ayudaría a cruzar el tiempo y el espacio que iban a separarlos.

Fortitude Browne pronunció hoscamente una orden. Suavemente, pero con firmeza, un soldado apartó a Pippa del camino. Por un instante, el pánico brilló en sus ojos, pero Aidan la tranquilizó con su mirada.

–Déjalo, cariño mío, amada mía –susurró. Se deleitó mirándola por última vez: sus ojos grandes, sus labios tersos, sus rizos, que el viento había revuelto. La mano tendida hacia él. Quiso asir aquella mano, deseó que lo llevara a un mundo mágico e invisible, pero se obligó a repetir–: Déjalo.

Ella retrocedió. Los soldados volvieron a cerrar filas en torno a él. Al firme retumbar de los tambores, el Mór O Donoghue se encaminó a la muerte.

De los Anales de Innisfallen

¿Cómo se narra una vida que acaba antes de que dé comienzo su mejor parte?

Yo, Revelin de Innisfallen, creo imposible extraer palabra alguna de mi cerebro acongojado y triste.

Igual de imposible me resulta rezar, grave problema para un hombre que ha consagrado su vida al estudio y la oración. Pero ¿de qué sirve la fe cuando triunfa la injusticia? ¿De qué vale rezar si pido al Todopoderoso que salve al mejor hombre que he conocido y Él desoye mis plegarias?

Confiaba en que la carta de Dublín y mis esfuerzos (así como los de la condesa) rindieran fruto, pero, ¡ay!, es demasiado tarde.

Es hora de que me vaya. Hora de acompañar al Mór O Donoghue en esta lúgubre hora.

Y que el Todopoderoso (sordo o no) se apiade del alma de mi señor Aidan.

Revelin de Innisfallen

CAPÍTULO 16

—¿Cómo dices que se llama? —preguntó Donal Og, mirando el objeto que Iago había dibujado en la cubierta del barco con un trozo de carbón.

—Piña —dijo Iago—. Ananás —miró a la condesa con exagerada paciencia—. Señora, deberíais decirle a vuestro marido que preste más atención. En las islas del Caribe verá muchas cosas nuevas. Sin mi guía y mi consejo, estará perdido.

La condesa lanzó una sonrisa de adoración a Donal Og.

—Mi marido ha tenido una noche muy larga. Dadle tiempo. Hace apenas un día que salimos de Irlanda. Nos quedan por delante muchas semanas de navegación.

Iago sacudió la cabeza, desolado.

—Que Dios nos ampare a todos —dijo—. Este barco se hundirá bajo el peso de vuestro amor.

—Es imposible que este barco se hunda —repuso la condesa con un bufido de superioridad mientras veía a dos delfines saltar junto a la proa—. Es un navío de la Compañía de Moscovia. Lord Oliver me aseguró que es absolutamente fiable y que llevaba provisiones para seis meses.

—Tardaremos menos en llegar a San Juan, si el viento sigue soplando como hoy. ¡Ah, San Juan! ¡Amigos, una nueva vida nos espera! —Iago estiró los brazos, abarcando en su gesto el navío y la tripulación, y a todos aquellos moradores del castillo que habían decidido acompañarlos al exilio.

Se oyó de pronto el estruendo de unos pasos sobre las planchas de madera de la cubierta. Todos miraron hacia el castillo de popa.

Allí, agarrado a la barandilla dorada, con la negra melena ondeando empujada por la brisa, se alzaba el Mór O Donoghue.

Los hurras se alzaron como banderas al viento. Aidan sonrió, pero su sonrisa estaba hueca: no procedía del corazón. Su alma lloraba por la mujer a la que había dejado atrás.

Con engañosa brusquedad, los guardias lo habían conducido no al patíbulo de la colina, sino a un barco bien aprovisionado atracado en Dingle Bay.

Aidan había sabido después que era Oliver de Lacey quien lo había dispuesto todo. Nunca sabría, sin embargo, qué presiones había tenido que ejercer. Fuera como fuese, el lord gobernador de Dublín había sido informado del nombre de quien estaba robando fondos a la Corona en provecho propio. Sólo un momento antes de que la sentencia de Aidan se cumpliera, un grupo de soldados había llegado a caballo desde Dublín llevando el decreto del lord gobernador. Fortitude Browne había caído en desgracia y debía regresar de inmediato a Inglaterra.

Aquél demostró ser un triunfo muy amargo. Browne había desaparecido, pero también el señorío de Aidan. No podría reclamar Ross Castle, pues otro alcaide inglés, tan poco amigo de los irlandeses como Browne, ocuparía el lugar de éste. Aidan estaba vivo, pero había perdido a Pippa, y sentía que una parte de su ser había muerto. Sabía que no volvería a verla. Sin duda su padre consideraría que un caudillo irlandés exiliado no era el esposo más conveniente. Y

Aidan no se lo reprochaba. Philippa debía quedarse con su familia, dejarse querer por ellos, no aventurarse en un país desconocido.

¿Sabía ella que se había salvado, o su familia había creído conveniente que pensara que había muerto? Se la imaginó rodeada del esplendor de la casa de su padre, recordándolo, melancólica. Se preguntaba cuánto tiempo sobreviviría en su corazón. ¿Un año? ¿Dos? Era joven aún. Tal vez aprendiera a amar a otro. Pero sin duda no con aquel amor salvaje y abrasador que había compartido con él.

La sola idea le desgarraba el corazón. No le deseaba ningún mal, sin embargo. Algún día, cuando el dolor se disipara, se permitiría imaginarla con otro hombre, con un inglés corriente, que pudiera ofrecerle un afecto cómodo y apacible. Un hombre del que ella pudiera creer que nunca la abandonaría.

Pero ¿podría olvidar la pasión incandescente que había iluminado el mundo de ambos durante un verano mágico?

—¡Barco a babor! —gritó un muchacho desde lo alto del mástil.

Todos los marineros corrieron a la barandilla. Algunos treparon por las jarcias. Dos banderas de colores ondeaban en el castillo de popa del barco que se acercaba.

—Nos hacen señas de que nos detengamos —dijo el capitán del barco—. Quieren hablar con nosotros.

Aidan ardía en sospechas, pero confiaba en el capitán.

—Es la ley del mar —declaró el curtido marino inglés mientras se gritaban órdenes de un extremo a otro de la cubierta—. Debemos parlamentar con ellos. Que Dios nos ampare.

Aidan se quedó donde estaba, agarrado a la barandilla de la cubierta superior, mientras los dos barcos se acercaban. Se preparaba para lo peor: de algún modo, Browne había encontrado un modo de llevarlo de nuevo al cadalso.

Luego parpadeó a la luz cegadora del sol de otoño, pensando que sus ojos lo engañaban. En la cubierta del navío, una mujer agitaba los brazos. El sol brillaba en sus rizos indómitos, del color del oro batido.

—¡Pippa! —su grito resonó como un trueno por encima del agua.

Pareció que pasaba una eternidad hasta que los dos navíos se acercaron. Aidan se paseaba de un lado a otro y maldecía, convencido de que no llegaría nunca el momento. Incluso cuando los barcos estuvieron a distancia de abordaje, el tiempo pareció arrastrarse lentamente.

—Paciencia, mi señor —dijo Iago—. Los barcos tardarán en detenerse por completo para poder tender una pasarela.

—No tengo tiempo, pardiez —agarró una cuerda que colgaba de un penol. A pesar de las protestas que le llegaban de todas partes, ató un garfio a la cuerda y lo lanzó al otro navío. El garfio se enganchó al tercer intento y, sin vacilar un instante, Aidan colgó una polea de la cuerda y se lanzó con ella. Chocó con la barandilla del otro barco, rebotó y dio en el mamparo de los arqueros. Pero ajeno a sus moratones, se encaramó a la barandilla, saltó y cayó de pie delante de Pippa.

Los ojos de ella brillaban como estrellas.

—No puedo creer que estés aquí —dijo.

Aidan lanzó un grito de pura alegría y la estrechó en sus brazos. Se besaron largo rato, con tanta pasión que hizo falta que alguien carraspeara con fuerza a su lado para que pararan.

Aidan se apartó y vio a un hombre mayor, muy sonriente, que rodeaba con el brazo a una mujer menuda. Alondra de Lacey llevaba el broche de Pippa prendido al hombro.

—Lord y lady Wimberleigh —dijo Aidan—. Muchísimas gracias. Les debo la vida.

—A nuestra hija no le bastaba con eso. No pensaba darnos ni un minuto de paz hasta que la trajéramos a reunirse con vos en esta loca aventura.

—Es cierto –dijo ella, apretándose contra su pecho–. No sé cómo pudisteis pensar que iba a conformarme con quedarme sentada bordando pañuelos mientras tú navegabas por el mundo –apoyó una mano sobre el amplio pecho de Aidan–. Nací para correr aventuras con él –miró el otro barco, junto a cuya barandilla se habían congregado todos los hombres y la condesa.

Respiró hondo, se apartó de Aidan y besó a sus padres. Los tres lloraron y fingieron no darse cuenta.

—Dad un abrazo a Richard y a mis otros hermanos y hermanas, a los que todavía no conozco –dijo Philippa.

—Tenemos la flota de Moscovia a nuestra disposición –dijo Oliver–. Los traeré muchas veces a visitaros –se enjugó la cara con la manga.

Alondra tocó el feo broche de oro.

—¿Estás segura de que no lo quieres de recuerdo?

Pippa sonrió a Aidan.

—No lo necesitó, mamá. Ya no. Tengo todo lo que quiero.

—Podría hacerlo engarzar de nuevo y llevártelo a las Indias.

—Me encantaría que vinierais a visitarnos, mamá –dijo Pippa–. Pero en cuanto al broche, guárdalo para tus nietas.

El pecho de Aidan se llenó de esperanza.

—Nos encargaremos de que tengáis muchas.

—Entonces llevaos nuestro cariño y nada más –dijo Oliver.

—Es lo único que necesitamos –repuso Pippa.

Aidan agarró la polea y levantó a Pippa en vilo. Ella le rodeó el cuello con los brazos y se sujetó con fuerza cuando él se encaramó a la barandilla. Aidan saltó, dejando escapar una carcajada de pura felicidad. Quedaron suspendidos un momento sobre el agua bravía. Luego, empujados por una ráfaga de aire, cruzaron al otro barco y aterrizaron en la cubierta con una sacudida.

—Me estás llevando en brazos –dijo ella casi sin aliento.
—Sí.
—No puedo creer que me estés llevando en brazos.
—Otra vez –le recordó él.
—Sí, otra vez –contestó Pippa, y se echó a reír.

De los Anales
de Innisfallen

¡Qué maravilla posar mis pobres ojos en algo tan hermoso como lo que lord Richard me ha traído hoy, dos años después de convertirse en señor de Ross Castle!

Es un fajo de cartas y dibujos de una isla situada en un mar llamado Caribe. Lo han traído lord y lady Wimberleigh, que acaban de regresar de un viaje a las islas para conocer a su primer nieto.

¡Imaginad un lugar tan lleno de islas de exuberante verdor que un hombre decidido puede poner el pie en una de ellas y hacerla suya! Eso es exactamente lo que hicieron Aidan O Donoghue y sus alegres aventureros. Iago fue su guía. Se aprovisionaron en San Juan (donde aguardaba la novia de Iago, ¡bendito sea el cielo!) y zarparon de nuevo, solos. Fundaron una enorme plantación donde siembran unas cañas altísimas que dan azúcar, nada menos. Jamás lo habría creído, si el barco de los Wimberleigh no hubiera llegado cargado de sirope de azúcar.

Además de haber sido bendecida con un hijo orondo y de negra cabellera, mi señora Philippa está de nuevo encinta. Se espera que la condesa y ella den a luz el mismo mes. Que Dios Todopoderoso las guarde a ellas y a sus pequeños.

El Mór O Donoghue dice que no lo llame más así y que deje de hacer la crónica de su vida. Dice que, con tanta felicidad, sería una historia muy aburrida.

Así pues, cierro este grueso tomo, hecho de risas y de llanto, acerca de una vida bien vivida y de un triunfo del corazón. No volveré a escribir sobre Aidan O Donoghue porque él me lo ha pedido.

Pero pensaré a menudo en él: para mí, será siempre el Mór O Donoghue, el último de los grandes jefes, el señor del crepúsculo.

Revelin de Innisfallen

Títulos publicados en Top Novel

La hija del pirata – BRENDA JOYCE
En busca del pasado – CARLY PHILLIPS
Trilby – DIANA PALMER
Mar de tesoros – NORA ROBERTS
Más fuerte que la venganza – CANDACE CAMP
Tan lejos… tan cerca – KAT MARTIN
La novia perfecta – BRENDA JOYCE
Comenzar de nuevo – DEBBIE MACOMBER
Intriga de amor – ROSEMARY ROGERS
Corazones irlandeses – NORA ROBERTS
La novia pirata – SHANNON DRAKE
Secretos entre los dos – DIANA PALMER
Amor peligroso – BRENDA JOYCE
Nuevos amores – DEBBIE MACOMBER
Dulce tentación – CANDACE CAMP
Corazón en peligro – SUZANNE BROCKMANN
Un puerto seguro – DEBBIE MACOMBER
Nora – DIANA PALMER
Demasiados secretos – NORA ROBERTS
Cartas del pasado – ROSEMARY ROGERS
Última apuesta – LINDA LAELL MILLER
Por orden del rey – SUSAN WIGGS
Entre tú y yo – NORA ROBERTS
El abrazo de la doncella – SUSAN WIGGS
Después del fuego – DEBBIE MACOMBER
Al caer la noche – HEATHER GRAHAM

www.ingramcontent.com/pod-product-compliance
Lightning Source LLC
LaVergne TN
LVHW030334070526
838199LV00067B/6279